OS DESCAMINHOS DE JUNE FARROW

ADRIENNE YOUNG

OS DESCAMINHOS DE JUNE FARROW

Tradução
Isabella Pacheco

HARLEQUIN
Rio de Janeiro, 2025

Publicado mediante acordo com o autor a/c Baror International, INC.,
Armonk, Nova York, EUA

Título original: *The Unmaking of June Farrow*

COPIDESQUE	Laura Folgueira e Gabriela Araújo
REVISÃO	Ingrid Romão e Natália Mori
ADAPTAÇÃO DE CAPA	Guilherme Peres
DIAGRAMAÇÃO	Abreu's System

Dados Internacionais de Catalogação na Publicação (CIP)
(Câmara Brasileira do Livro, SP, Brasil)

Young, Adrienne
    Os descaminhos de June Farrow / Adrienne Young ;
tradução Isabella Pacheco. -- 1. ed. --
Rio de Janeiro : Harlequin, 2025.

    Título original: The Unmaking of June Farrow
    ISBN 978-65-5970-428-6

    1. Ficção norte-americana I. Título.

Índices para catálogo sistemático:

1. Ficção : Literatura norte-americana   813

Aline Graziele Benitez - Bibliotecária - CRB-1/3129

Harlequin é uma marca licenciada à Editora HR Ltda. Todos os direitos reser-
vados à Editora HR LTDA.

Rua da Quitanda, 86, sala 601A – Centro
Rio de Janeiro/RJ – CEP 20091-005
Tel.: (21) 3175-1030
www.harpercollins.com.br

Para Meghan Dickerson e Kristin Watson.
Vocês são meu verdadeiro norte.

1

No dia 10 de junho de 2023, quando Margaret Anne Farrow morreu enquanto dormia, passei a ser a última integrante viva da família Farrow.

O sol se punha atrás da colina com uma vista ampla das montanhas Blue Ridge, um mar de delicados cumes azuis. Somente algumas pessoas que chamavam de lar a cidade de Jasper, na Carolina do Norte, reuniram-se para se despedir de Margaret.

Embalem-me ao repouso ao som da rabeca no pôr do sol, havia pedido ela, pois sabia que estava morrendo. Todos nós sabíamos. Ninguém preparara um discurso, pois esse fora o desejo dela. Não tinha muito às claras, sobretudo ao longo dos últimos anos em que a mente da Vovó tinha basicamente esmorecido, mas um sepultamento naquela colina ao pôr do sol, com uma rabeca tocando ao vento, fora uma especificação nítida.

A lápide era feita de mármore branco simples e bruto, combinando com as das outras mulheres da família Farrow enterradas a poucos metros de distância: Mildred, Catharine, Esther, Fay e agora Margaret. Um dia, meu próprio nome estaria ao lado do delas: June Farrow.

A cidade de Jasper me conheceu a princípio como o "bebê da rua Market", palavras eternizadas no dia em que o jornal *Chronicle* as expusera na primeira página. Logo antes de o sol nascer em 2 de outubro de 1989, Clarence Taylor estava indo abrir o café quando ouviu o choro de um bebê ressoando do beco. Demorou apenas algumas horas para a cidade toda saber da menininha no cesto com uma marca de nascença debaixo de uma das orelhas e o pingente de relógio escondido na manta.

O colar era uma herança que havia sido passada por muitas gerações na família Farrow. A última mulher a usá-lo no pescoço fora minha mãe, Susanna — o único nome que faltava no jazigo familiar, pois a Vovó se recusava a alocar uma lápide em cima de uma cova vazia.

Não houve dúvida alguma de quem era o bebê quando o pingente foi encontrado. Fazia quase catorze meses desde que minha mãe tinha desaparecido. Muitas teorias surgiram sobre o assunto, mas nenhuma resposta real. Em um belo dia, Susanna simplesmente se meteu floresta adentro, com um bebê na barriga, e nunca mais voltou. Havia quem acreditasse que ela encontrou um fim trágico. Que tinha sido vítima de algum crime horrendo. Outros achavam que minha mãe havia se perdido nas profundezas da floresta sem nunca ser encontrada.

A explicação mais fácil e mais aceita acerca do estranho sumiço de minha mãe era a insanidade, a mesma tragédia que havia acometido todas as mulheres de minha família até onde se lembrava. Nós, as mulheres Farrow, éramos amaldiçoadas.

Ao cair da noite, o delegado estava batendo à porta de minha avó, e ali acabou a história. Minha mãe tinha ido embora. Não voltaria mais. Portanto, seríamos só nós duas, Vovó e eu.

Dois tentilhões cruzaram o brilho do horizonte que escurecia, fazendo-me desviar o olhar da lápide enquanto Malachi Rhodes deslizava o arco nas cordas da rabeca. As notas se estenderam, longas e profundas, deixando no ar uma melodia que fez meu coração apertar de dor. Ele havia puxado a boina de lã que usava para pescar no rio toda manhã até a altura dos olhos enrugados, mas era um dos poucos da cidade que a Vovó considerara um verdadeiro amigo e tinha se dado ao trabalho de vestir seu melhor casaco.

As janelas da igrejinha branca de madeira no sopé da colina ainda estavam iluminadas. Aos domingos, quando todos os moradores de Jasper se amontoavam nos bancos para assistir ao culto, ficava cheia. Quase todos. Eu nunca tinha pisado naquele lugar, nem Vovó. Era um dos motivos de o jovem pastor, Thomas Falk, ter fingido não ver enquanto nos encaminhávamos para os portões do cemitério. Era também um dos motivos para só haver quatro outras almas naquela colina, além de Malachi e eu.

Ida Pickney, nossa vizinha de porta, enxugava o canto dos olhos com um lenço que apertava firme na mão. Sua filha, Melody, estava ao seu lado, e Mason Caldwell, um palmo mais alto que ela, estava a poucos metros de distância. Ele teve a infelicidade de ser a única criança da escola tola o suficiente para se sentar ao meu lado no recreio, e acabou se tornando o único tolo que me acompanhava até a ponte para pular no rio durante o verão ou que matava aula comigo no ensino médio. Ali também estava Birdie Forester, a amiga mais antiga da Vovó, que era mais família do que qualquer outra coisa.

Ela segurou minha mão, apertando-a, e foi só nesse instante que senti como meus dedos estavam gelados. Pisquei, então desviei o olhar do campanário estreito da igreja e olhei para trás. Birdie estava às minhas costas, o colarinho de renda do vestido preto esvoaçando na curva da clavícula. O cabelo grisalho estava preso com grampos em cachos estilo anos 1950, deixando-a exatamente igual às fotos dela e da Vovó quando jovens. Havia dezenas de fotografias no porão. As duas de braços dados na frente da sorveteria. Agachadas feito galinhas sobre fardos de feno na fazenda. Lado a lado no rio, só com as roupas íntimas e com água na altura do joelho.

— Ela conseguiu o solo sagrado no fim das contas — sussurrou Birdie.

Um sorriso surgiu no canto de minha boca, e outra vez revezei o olhar entre as cinco lápides brancas das mulheres Farrow.

Houve um tempo em que aquele canto específico do cemitério não existia. Quando Vovó era pequena, as Farrow eram enterradas do lado de fora da cerca por não serem batizadas. Mas, em certo momento, conforme cresceu a necessidade de mais covas e as cercas do terreno da igreja foram realocadas, as sepulturas excluídas passaram a fazer parte das delimitações do cemitério. Vovó achara isso hilário, dizendo que conseguiria o solo sagrado, no fim das contas.

Havia algumas coisas que faziam a cidade ser o que era. O perfume das madressilvas florescendo pelas ruas de alcatrão preto e o correr do rio Adeline, que atravessava a cidade como o corte de uma faca. Os olhares curiosos que seguiam Vovó e eu nas ruas, e os rumores que pairavam no ar, não importava quanto tempo passasse. As histórias das pessoas nem se comparavam às pérolas que Vovó me contava ao se deitar comigo na cama quando eu era pequena. A cidade de Jasper não fazia ideia do quão diferentes e estranhas nós éramos.

O vento soprou mais forte, e calafrios se espalharam por minha pele, correndo do punho ao cotovelo quando senti olhares sinistros sobre mim. Engoli em seco antes de seguir o movimento colina abaixo com o canto do olho. O trecho de luz dourada no gramado da igreja foi encoberto por uma sombra intensa.

Ergui o olhar e vi a silhueta de um homem na janela, com os ombros virados para o cemitério. Mesmo de onde eu estava, conseguia sentir os olhos dele focados em mim. Mas a vaga em que o carro do pastor estivera estacionado uma hora antes já estava vazia. Assim como a igreja.

Não é real, falei a mim mesma, desviando o olhar. *Não tem nada ali.*

Quando pisquei, ele desapareceu.

A melodia da rabeca foi ficando mais lenta, sumindo em meio ao barulho do vento, enquanto o último feixe de luz desaparecia ao longe. As árvores balançavam com uma brisa amena de verão que deixava minha pele grudenta, e, um instante depois, havia somente o som de passos na grama úmida, enquanto os outros caminhavam por entre as lápides de volta à estrada.

Fixei os olhos na terra escura e remexida que preenchia a cova. Vovó tinha me ensinado a trabalhar na fazenda, a trançar coroas de flores e a assar os biscoitos que a avó dela fazia. Ela me ensinara a ignorar as orações sussurradas que as mulheres proferiam baixinho ao entrar e sair da floricultura. A interpretar as estações seguintes pela intuição das árvores e a prever o clima pela aparência da lua. Não tinha de fato me permitido pensar que era nos momentos futuros que eu mais precisaria dela. Só que ela não estaria aqui.

Birdie e eu esperamos os últimos faróis sumirem de vista antes de enfim começarmos a caminhada de volta, seguindo a ponte sobre o rio até o único quarteirão a que se resumia o centro da cidade de Jasper. Olhei pela última vez para a igreja e vi a janela ainda vazia, como eu sabia que estaria. Mas aquela sensação esquisita ainda revirava meu estômago.

Desabotoei o vestido preto de malha, deixando a brisa da noite tocar minha pele, antes de tirar o sapato de salto preto que Vovó devia ter no armário desde 1970. O que também devia ser o caso do brinco de pérola que eu tinha catado naquela manhã na caixinha de joias dela.

Os grilos tinham acordado com a escuridão que recaía pela faixa estreita da cidade ladeando a estrada, nenhum carro à vista. Pequenas comunidades como a nossa dormiam em geral junto com o sol, e Jasper era formada basicamente por fazendas, o que significava que os residentes acordariam com as galinhas.

A rua principal tinha um outro nome que ninguém nunca lembrava, uma combinação de quatro ou cinco números que só apareciam em mapas. Em Jasper, era conhecida como "estrada do rio", o único caminho para chegar ao centro a partir dos trechos remotos da cidade que ficavam escondidos em meio às montanhas nos arredores. O sul seguia para Asheville. O norte, para o Tennessee.

Um banner da vindoura Feira do Solstício de Verão estava estendido sobre o único cruzamento da cidade, soprando ao vento como um veleiro. Os prédios de tijolo vermelho datavam de mais de cento e cinquenta anos. Serpenteavam pelo rio Adeline que, àquela hora da noite, sob a lua minguante, parecia uma parede preta. Os únicos lembretes de que estava ali eram o silvo que emitia ao correr sobre as pedras nas partes rasas e o cheiro distinto que o agito das águas montanhosas espalhava pelo ar.

As luzes do café, do pet shop, do supermercado e do banco estavam apagadas, e as ruas laterais mal sinalizadas estavam silenciosas. Uma após a outra, as placas inclinadas refletiam o luar conforme passávamos. Rua Bard, rua Cornflower, rua Market... Deixei os olhos se perderem nas sombras se alongando por aquele último beco estreito. Fora ali que Clarence Taylor ouvira um choro na escuridão e me encontrara.

Depois, havia a rua Rutherford, nomeada em homenagem a uma das lendas mais sinistras de Jasper, a única que eu sabia que ofuscava o desaparecimento de minha mãe. Décadas antes, o pastor da cidade tinha sido brutalmente assassinado no rio, embora eu não tivesse certeza do que era verdade em meio aos detalhes pavorosos que ouvira ao longo dos anos. Algumas pessoas ainda deixavam flores no túmulo dele, e a foto do homem seguia pendurada no café como o patrono de Jasper, zelando pelo rebanho. Minha mãe desaparecida, por outro lado, mal recebera uma equipe policial de busca.

— Mason trancou tudo? — perguntou Birdie, observando as janelas escuras da floricultura do outro lado da rua.

Assenti, vendo nossos reflexos no vidro, caminhando lado a lado. Birdie tinha assumido a gestão da floricultura quando Vovó ficara doente a ponto de não conseguir mais trabalhar, e, no momento, Mason basicamente assumira o controle da fazenda. Pelo último ano e meio eu havia cuidado da Vovó, e, com a partida dela, eu não sabia mais qual seria meu lugar. Também não tinha certeza de que isso importaria por muito mais tempo.

A luz do alpendre da casinha em que eu havia crescido era a única acesa quando viramos na rua Bishop. Mesmo do lado de fora, ela parecia diferente sem minha avó lá dentro. Mais velha, de alguma forma. Birdie, por outro lado, parecia mais nova sob o luar.

Ela destravou o portão da cerca outrora branca e, antes de entrar, o segurou para que eu passasse.

Tinha vendido a própria casa e se mudado para a nossa três anos antes, instalando-se no quarto vazio do primeiro andar quando a saúde da Vovó piorara, e nós duas viramos nós três. Contudo, de certa forma, sempre foi assim. Mesmo antes de o marido de Birdie morrer, ela era um porto seguro, uma constância rara em minha vida. Isso não mudaria agora que Vovó se foi.

Subi os degraus da varanda e abri a porta de tela. Só pelo hábito, cheguei a caixa de correio e coloquei os envelopes debaixo do braço, e, de repente tomada pela culpa, percebi que essa era uma daquelas coisas mundanas que continuaria acontecendo, mesmo quando nosso mundo parava de girar. O Edison Café ainda fecharia às oito da noite, as glórias-da-manhã ainda desabrochariam ao alvorecer e o correio ainda seria entregue todos os dias, exceto aos domingos.

Birdie empurrou a porta, e o cheiro — madeira velha e décadas de café coado que havia se entranhado pelas paredes — fez um nó se formar em minha garganta. Ela pendurou o casaco em um dos ganchos, nos quais o cachecol feito à mão da Vovó seguia enterrado sob uma sombrinha e uma capa de chuva. Imaginei que a dor da saudade viria, em maior parte, dessas pequenas coisas. As lacunas que haviam ficado para trás, lugares vazios com os quais eu me depararia agora que ela se foi.

Um corredor estreito se estendia da sala de estar até a escada. As tábuas do chão rangiam, a casa antiga estalava ao redor, enquanto o vento soprava de novo por entre as árvores. Birdie parou em frente ao espelho comprido de moldura esmaltada acima da mesinha. Coloquei as cartas sobre as outras que haviam se acumulado ali. No canto, um porta-retratos oval exibia uma foto que eu havia tirado da Vovó sentada nos degraus do alpendre. Ao lado havia outro, com uma foto de minha mãe.

— Tem certeza de que não quer que eu faça um chá para você?

Birdie contorceu as mãos, tentando ao máximo não demonstrar que estava tomando conta de mim. Eu não gostava disso.

— Tenho. Vou para a cama.

— Tudo bem.

Ela baixou o olhar e esticou o braço, segurando no corrimão como se estivesse se equilibrando.

Ergui a sobrancelha.

— Você está bem?

A boca dela, que formava uma linha fina, tremeu um pouquinho, e ela hesitou antes de colocar a mão no bolso do vestido. Quando retirou o que havia lá dentro, apertei os olhos para enxergar no escuro. O brilho vindo da cozinha iluminou o que estava na palma de sua mão.

— Ela me pediu para garantir que você recebesse isso — afirmou Birdie.

Senti uma pontada no peito. Era o pingente de relógio. Aquele que Vovó havia usado todos os dias desde que o delegado batera à porta da casa dela comigo no colo. O mesmo que estivera escondido debaixo da minha manta quando Susanna sumira.

A correntinha comprida e facetada reluziu quando a peguei da mão de Birdie, e o pingente balançou no ar, frio e pesado. A frente redonda tinha um padrão complexo, desgastado ao longo dos anos pelo apalpar dos dedos de minha avó, e da avó dela antes disso.

Abri o fecho e me deparei com o relógio de madrepérola. Tinha não dois, mas quatro ponteiros, todos com comprimentos diferentes. Era uma joia esquisita, e relógio era a descrição mais próxima, mas os números estavam desalinhados, alguns deles faltando. O dez e o onze já não existiam mais, e um zero ficava no lugar do doze. Os ponteiros nunca se mexiam, dois deles fincados para sempre no número um, enquanto os outros dois apontavam para o nove e para o cinco. Os números que haviam sido arrancados da superfície de madrepérola ainda podiam ser vistos caso se inclinasse o relógio na direção da luz, um defeito cuja origem Vovó desconhecia.

Birdie parecia triste e afagou minha bochecha com o polegar antes de me dar um beijo. Seus olhos buscaram os meus por mais um momento, então ela se afastou.

— Boa noite, querida.

Esperei até que a porta do quarto dela se fechasse antes de me virar para o espelho. Meu cabelo louro estava mais escuro sob a luz fraca e já se soltava do coque que eu tinha feito para conter as madeixas onduladas. A corrente escorregou entre meus dedos quando a passei por cima da cabeça, deixando que o pendente brilhoso descansasse entre meus seios. Segurei-o, passando o polegar pela superfície macia.

Olhei para a foto de minha mãe aninhada no canto da mesa antes de observar meu rosto no reflexo do espelho. Os olhos castanho--claros eram a única coisa que eu havia herdado de Susanna, e, toda vez que pensava nisso, sentia que estava vendo um fantasma. Cheguei a marquinha vermelha de nascença debaixo da orelha com a ponta do dedo. A marca se alongava pela mandíbula e descia até o pescoço.

Quando eu era pequena, as crianças na escola diziam que era a marca do diabo, e, apesar de nunca ter admitido isso para ninguém, eu às vezes ponderava se era verdade. Ninguém em Jasper jamais me vira como uma pessoa normal, porque minha avó nunca *havia* sido normal. Ela também nunca acreditou que estava doente, alegando estar apenas em dois lugares ao mesmo tempo.

Antes que eu percebesse a ardência nos olhos e o tremor no lábio inferior, uma lágrima quente escorreu por minha bochecha.

— Eu sei — sussurrei, olhando para o rosto de minha avó na segunda foto na mesa. — Prometi que não ia chorar.

Mas a dor dentro de mim não era só a dor da perda. Era alívio também, e essa era outra coisa que eu nunca havia dito em voz alta. Ao longo dos anos anteriores, Vovó vivera dentro da própria mente debilitada, apartada do nosso mundo por semanas a fio. Uma coisa era sentir saudade dela após sua partida, outra era sentir saudade quando ela ainda estava aqui, dentro desta casa comigo. Nos meses anteriores, eu me vi desejando o fim, por mais que a ideia me apavorasse.

O estalido da madeira me fez piscar, e virei a cabeça para o corredor, onde a luz do alpendre entrava pelo vitral oval da porta da frente. Mas, no momento em que meus olhos focaram, um calafrio correu por minha pele de novo, deixando-me paralisada. A imagem de um homem era visível do outro lado... o mesmo que eu tinha visto na igreja.

Ali, atrás do vitral, os olhos pretos feito borrões de tinta se fixavam em mim, enquanto o brilho laranja de um cigarro iluminava a escuridão.

Não é real.

Rangi os dentes, a mandíbula doendo enquanto eu me forçava a piscar. Mas, desta vez, ele não desapareceu. Uma lufada de fumaça misturou-se à névoa da luz da varanda, e por um momento tive certeza de que conseguia sentir o cheiro de seu cigarro.

Fechei os olhos outra vez, contando até três antes de abri-los. O cigarro brilhou mais uma vez. Ele ainda estava lá.

Meus dedos escorregaram do pingente, e comecei a caminhar na direção da entrada, os saltos batendo no piso no ritmo de pulsações cardíacas, até que encostei a mão na maçaneta de bronze. Escancarei a porta, a visão vagando enquanto a brisa da noite adentrava a casa. O lugar em que o homem estivera alguns segundos antes estava vazio. Finalmente, ele tinha sumido.

Empurrei a porta de tela, vasculhando a escuridão com os olhos. O jardim estava silencioso, a cadeira de balanço, intacta, e a luminária de latão balançava com delicadeza no teto.

— Está tudo bem, June?

A voz aguda de Ida Pickney me fez pular de susto, e eu prendi a respiração. Ela estava parada no alpendre da casa ao lado, já com um vestido diferente do que usara no enterro. Segurava um jornal fechado, e os olhos dela se demoravam sobre mim.

Forcei um sorriso, tentando acalmar a respiração.

— Tudo bem.

Ida hesitou, as mãos inquietas brincando com o elástico envolvendo o papel.

— Precisa de alguma coisa, querida?

— Não, eu só... — Balancei a cabeça. — Só achei que tivesse visto alguém aqui fora.

A expressão no rosto dela foi de solícita para preocupada em um instante, e eu percebi meu erro. Fora assim que tudo começara com Vovó: ela viu coisas que não existiam.

Coloquei a mão na testa, soltando uma risada nervosa.

— Não era nada.

— Está certo. — Ela forçou um sorriso. — Se você ou Birdie precisarem de alguma coisa, é só chamar. Vocês vão chamar, né?

— Com certeza. Boa noite, Ida.

Antes mesmo que ela pudesse responder, entrei de volta em casa e fechei o trinco. Desacelerei os passos conforme voltava para perto da escada, mas minhas mãos suavam, meu cabelo desordenado enrolava por causa da umidade. Quando cheguei ao espelho, o pingente brilhou na luz e vi que o caminho que a lágrima havia deixado um instante antes ainda marcava minha bochecha. Enxuguei o rosto com as costas da mão.

— Não é real. — As palavras mal podiam ser ouvidas sob minha respiração trêmula. — Não tem nada ali.

Ignorei a sensação de enjoo que revirava meu estômago outra vez. Aquela que sussurrava no fundo da minha mente algo que eu não deixaria vir à tona. Um ano antes, teria dito a mim mesma que fora um truque da luz passando pelo vidro. Não uma ruptura na mente. Não algo se fragmentando. Era a luz do alpendre balançando. A sombra de um galho de árvore.

Mas eu sabia. Já sabia fazia um tempo.

Meu olhar seguiu pelo corredor escuro até a porta do quarto de Birdie. Eu não tinha contado a ela sobre os flashes de luz que começaram a aparecer no canto da minha visão no meio do ano passado. Não tinha contado a ela sobre o eco das vozes que pairavam no ar ao redor ou sobre o fato de que, cada vez mais, meus pensamentos pareciam areia se infiltrando pelas tábuas do chão.

Tinha chegado para minha avó, assim como para minha mãe, e agora para mim.

Durante anos, a cidade de Jasper me observou, esperando que a insanidade aparecesse. O que eles não sabiam era que já estava ali, abundante sob a superfície.

Meu futuro nunca havia sido um mistério. Eu sabia desde muito nova o que me esperava, meu próprio fim tão incisivo e visível ao longe. Por isso eu nunca me apaixonaria. Nunca teria um filho. Nunca viria sentido nos sonhos que enchiam os olhos de todos ao meu redor. Eu tinha somente uma ambição na minha vida simples: me certificar de que a maldição das mulheres da família Farrow terminasse comigo.

Era um lugar tão bom quanto qualquer outro para se terminar uma história. Eu não fui a primeira Farrow, mas seria a última.

2

A esporinha florescia, o que era o primeiro sinal certeiro do verão nas montanhas.

Entrei por uma fileira estreita, abrindo caminho pela parede de dálias, que só desabrochariam dali a algumas semanas. *Só lá para o meio do verão*, Vovó sempre dizia, e todo ano estava certa.

Puxei a gola do macacão para cima para me proteger do calor do sol que nascia. As manhãs eram frescas, a melhor hora para colher flores, e também silenciosas. O canto dos pássaros e o som do rio correndo por trás das árvores eram as únicas companhias no campo àquela hora do dia. A maioria dos funcionários estava no celeiro, preparando-se para começar a trabalhar, mas eu já estava ali fazia horas, feliz por ter um motivo para deixar o silêncio da casa na rua Bishop.

Um pólen brilhante e dourado cobria os dedos das minhas luvas desgastadas de couro conforme eu tateava e chegava à ponta dos caules das flores por instinto, de cor. Uma por uma, eu tirava o aglomerado de folhas até chegar ao lugar certo de fazer o corte. Usava a mesma tesoura com cabo de madeira e minhas iniciais gravadas desde os 13 anos e me recusava a substituí-la.

As mulheres Farrow tinham um *dom*. Quando as fazendas se espalharam de vale em vale e todos na Carolina do Norte plantavam tabaco, as Farrow cultivavam flores. Mantiveram a fazenda de pé pelos últimos cento e dezoito anos, e, muito antes de existirem a internet ou os guias de viagem, o lugar era uma das atrações de Jasper: uma fazendinha peculiar que cultivava certas variedades de flores a que nem os fazendeiros mais ricos da Nova Inglaterra conseguiram acesso. O mistério havia transformado a fazenda em uma espécie de lenda, embora as donas do negócio não fossem consideradas boa companhia.

Minha trisavó Esther nunca revelara onde conseguira as sementes, embora as pessoas de Jasper tivessem seus palpites, que incluíam uma lenda urbana de que ela tinha feito um pacto com demônios. Era mais provável que, em algum momento, alguém veio trabalhar na ferrovia e as vendeu para ela. Só que esse não era o tipo de história que as pessoas gostavam de contar.

O barulho de um balde encostando no chão soou do outro lado das dálias. Ergui a cabeça e vi o topo do chapéu de Mason. O chapéu de lona e abas largas estava manchado na altura da testa pelo suor de muitas estações de colheita.

— Não sabia se você ia aparecer hoje — comentou ele, sem me olhar nos olhos por cima das plantas.

Cortei mais um ramo de esporinhas, e, quando minha mão estava cheia, encaixei-as debaixo do braço, empilhando-as ali para que eu pudesse colher mais.

— Esse é seu jeito de ficar de olho em mim, Mason Caldwell?

Ele puxou a tesoura do cinto e começou a trabalhar, cortando o arco-íris de ranúnculos desabrochados que ficava na fileira paralela a das dálias.

— Você *precisa* que eu fique de olho em você?

Mason ainda tinha um pouco daquela atitude sarcástica de garoto, de quando éramos crianças e pescávamos na margem do rio, saindo escondidos para ver o nascer do sol nas Cataratas Longview.

Dei uma risada leve.

— Não, não preciso.

— Você deu uma olhada no cronograma? — perguntou ele.

Respirei fundo.

— Você sabe que não.

— A colheita das esporinhas é só amanhã.

— Bem, mas vão ser colhidas hoje mesmo — retruquei, com uma voz monótona.

Não me daria ao trabalho de dizer a ele que o tom de rosa na ponta das pétalas indicava que já estavam prontas para serem colhidas e que amanhã parte da cor teria se esvaído. Também não diria que a quantidade de orvalho nos caules esta manhã me deixara preocupada quanto às folhas. Mason não acreditava nas crendices que Vovó tinha me ensinado. Ele acreditava em planilhas, dados e previsões do tempo, e eu tinha decidido não discutir com ele. Era ele que gerenciava a fazenda agora, e era melhor assim. Não havia como saber quanto tempo eu ainda teria antes de terminar como Vovó ou minha mãe.

— Temos um cronograma por um motivo, Farrow.

Revirei os olhos antes de encontrar o ponto de corte da flor seguinte, sem sequer olhar para ele. Mais uma vez, eu não discutiria, pois não fazia sentido. Era uma das vantagens de trabalhar com seu amigo mais antigo e, no meu caso, o único. Aprendíamos a não gastar energia onde ela seria desperdiçada.

— E então?

— E então o quê? — repeti.

— Você está bem? — A voz dele se suavizou um pouco, mas eu ainda o ouvia cortando as flores.

Peguei o maço de debaixo do braço e segui a fileira até o fim, onde eu tinha deixado um balde. A lembrança daqueles olhos no alpendre na noite anterior me fez ranger os dentes. Mesmo agora, parte de mim achava que ainda sentia o cheiro de cigarro no ar.

— Estou bem.

Coloquei as esporinhas no balde e voltei para o ponto em que tinha parado.

Todas as mulheres da família Farrow eram diferentes, mas o final era sempre o mesmo. Vovó só tinha começado a demonstrar sinais depois dos 60 anos, e a coisa havia progredido bem devagar. A mente dela tinha esmorecido nos últimos anos, a luz nos olhos se apagando aos poucos. No final, eu a perdi para um outro lugar, fosse lá onde fosse. Ela desvaneceu. Desapareceu.

Contudo, a cidade já tinha começado a ver os sinais em minha mãe muito antes de ela sumir, e, pelo que se dizia, fora algo que evoluíra rápida e ferozmente.

As declarações feitas durante a investigação eram repletas de relatos de um comportamento inexplicável. Ela falava com pessoas que não existiam. Confundia se coisas tinham ou não acontecido. Havia um relato preocupante em específico a respeito de ela caminhar descalça no meio da noite durante uma nevasca. E não fora a primeira vez que ela desaparecera sem explicação. Mas o dia em que ela me deixara em Jasper foi o último. Depois disso, ninguém soube mais de história alguma.

Naquele momento, a calma na voz de Mason deu lugar à hesitação:

— O que você vai fazer mais tarde? Vou para Asheville, se quiser vir junto.

Olhei por cima do ombro. Ele ainda estava escondido atrás do matagal alto de dálias.

— Você nunca vai conhecer ninguém se continuar passando os fins de semana tomando conta de mim.

Ele ficou em silêncio por um momento. Queria ter visto a expressão dele. Nós dois tínhamos 34 anos, e, pela maior parte de nossa vida, a cidade ficara especulando se éramos mais que amigos. E éramos, eu acho. Éramos família. Nas poucas vezes que pensei que talvez pudesse haver algo além disso, fui arrebatada pela realidade do que nós dois sabíamos que viria. Eu tinha prometido coisas a mim mesma muito tempo antes que me impediam de ultrapassar esse limite na nossa relação. Mason também não tinha ultrapassado.

— Estou bem, Mason — falei mais uma vez, na esperança de soar mais convincente.

— Só estou dizendo...

Cortei a flor seguinte, e, já irritada, respondi:

— Eu disse que estou bem.

Mason ergueu as mãos enluvadas em um gesto de rendição e ficou calado, fazendo com que eu logo me sentisse culpada. A verdade era que ele, assim como Birdie, estava esperando que eu desmoronasse. Ele não sabia que a espera já chegara ao fim, só que eu ainda não tinha decidido como contar a ele.

Trabalhávamos em silêncio, entrando no mesmo ritmo enquanto nos movíamos pela carreira, e, quando cheguei ao fim da fileira de esporinhas, coloquei a tesoura no cinto e me abaixei, pegando os baldes cheios. Quando me virei para a fileira de dálias, Mason estava agachado, cortando fora os galhos amarelados de uma seção em que o tubo gotejador tinha furado e afogado as raízes.

A aba do chapéu cobria os olhos dele, e a camisa jeans já estava toda molhada e escurecida no meio das costas. Quando ele enfim olhou para mim, seus olhos azuis fizeram a pergunta que ele não faria. Queria saber se eu estava bem. Bem *de verdade*.

— Quer que eu leve as flores? — ofereceu.

Ele se levantou, enxugando a testa com o antebraço, mas seu olhar estava focado nos baldes que eu carregava.

— Não, pode deixar — respondi, reposicionando um deles na dobra do cotovelo para que eu pudesse pegar o que ele havia enchido com ranúnculos.

Antes que Mason pudesse repensar e dizer alguma coisa, passei por ele depressa, indo em direção ao telhado enferrujado do celeiro, visível ao longe.

— Vê se olha o cronograma amanhã antes de vir arrancar as flores aqui! — gritou ele.

Abri um sorriso e acenei, sem olhar para trás.

Era um daqueles dias lentos, e eu estava grata por isso. As portas do celeiro estavam abertas, permitindo a entrada da luz do sol, e, lá dentro, alguns dos lavradores amarravam as hortênsias azuis que não tínhamos usado na floricultura na semana anterior. Elas ficariam ali até o inverno, quando a neve tomaria os campos e as únicas coisas disponíveis para vender seriam as guirlandas de sempre-vivas e as flores secas.

O Bronco verde antiquado que pertencera a minha mãe estava estacionado entre o celeiro e uma parede de girassóis a poucos dias de florir. O motor ainda funcionava, mas àquela altura o jipe era mais uma caminhonete de fazenda do que qualquer outra coisa. Coloquei os baldes no chão de cascalho e abri o porta-malas, sem nem titubear ao ouvir o grunhido agudo das dobradiças enferrujadas. Flores murchas que haviam caído em entregas anteriores da floricultura estavam espalhadas no assoalho, junto a um pano de juta e um caixote velho de plástico aparafusado ao metal do veículo, que servia como o único espaço real de armazenamento.

Coloquei os baldes lá dentro, tomando cuidado para que as flores não encostassem no teto, e então abri o zíper do macacão, deixando-o cair no chão. Tirei as botas e peguei as sandálias guardadas dentro do caixote.

— Bom dia, June.

Alguns trabalhadores do campo passaram com sorrisos compassivos, um cumprimento gentil demais para ser normal. Imaginei que seria assim por um tempo.

Acenei com a cabeça, chacoalhando o macacão antes de jogá-lo dentro do caixote. Os lavradores desapareceram pelas fileiras de escovinhas e saponárias quando eu engatei a marcha da caminhonete e saí para a estrada.

A estrada serpenteava pelo meio das árvores, e as videiras de verão já tomavam o cimento rachado. Era assim nesta época do ano, como se a floresta mordiscasse os cantos da cidade, só esperando por uma chance para engoli-la por inteiro.

Havia um silêncio nas montanhas, mesmo quando as cigarras e os grilos cantavam e o vento uivava. Era a vista daqueles picos azuis ondulantes à distância que me fazia sentir como se o planeta não estivesse girando de fato.

Nenhuma das fazendas operantes ainda plantava tabaco. O rio havia mantido a terra fértil, esculpindo os campos antes de começar a descer para as planícies, e agora as famílias em Jasper criavam sobretudo porcos ou cultivavam batata-doce. Havia até algumas fazendas de pinheiros de Natal.

O sinal de rádio falhava, tocando trechos perdidos de "I'll Be Seeing You", de Billie Holiday. Respirei fundo, sentindo o peito apertado, e olhei para o visor rachado. Encostei no botão que trocava de estação e girei, só por desencargo. Entretanto, não importava quantas estações passassem, a música era a mesma. Aquele aparelho estava quebrado fazia anos, mas eu ainda ouvia as notas estáticas abafadas e a voz suave e aveludada saindo pelos alto-falantes.

Às vezes, se eu me concentrasse, conseguia ignorar os episódios da minha mente, como se fechasse uma torneira com força para parar de pingar. Contudo, estava ficando cada vez mais difícil. O homem que eu tinha visto no alpendre e na janela da igreja na noite anterior era a prova.

Dirigi pelas vias sinuosas e deixei uma das mãos para fora da janela, abrindo os dedos para que o vento passasse entre eles como água quente. A música se esvaía da minha mente enquanto a manhã fresca se espalhava pelo ar e o sol se erguia no céu.

Quando a cidade apareceu ao longe, vi que as portas da floricultura já estavam abertas. O motor ronronou quando parei no único semáforo de Jasper, pendurado por um fio tênue sobre o cruzamento principal. Uma curva à direita me levaria para a ponte que cruzava o rio, neste momento brilhando com a luz do sol. Vi o campanário da igreja e resisti à vontade de procurar o túmulo récem-cavado na colina verde do cemitério.

À esquerda do sinal ficava o fórum do condado. O tijolo vermelho era o mesmo que havia sido usado em todos os prédios, mas a cúpula branca e o piso de mármore eram pomposos demais para Jasper, construídos em um tempo em que as fazendas daquelas colinas produziam o melhor tabaco do Leste. Ninguém podia imaginar que a cidade nunca se tornaria algo além de uma terra de fazendeiros trocando fofocas locais, cortada por uma estrada interestadual que ia da Califórnia até o litoral da Carolina do Norte.

O sinal apagou e acendeu de novo quando a luz ficou verde. Tirei o pé do freio e estacionei na vaga em frente à floricultura. A antiga placa de metal pendurada acima da porta tinha os dizeres: FAZENDA DE FLORES DO RIO ADELINE.

Birdie estava trabalhando atrás do balcão, com uma caneta presa entre os dentes enquanto lia o pedido pregado na parede. A filha de Ida, Melody, me viu do balcão principal antes mesmo que eu desligasse o carro. Havia dois anos que ela trabalhava conosco no verão, quando tinha férias da faculdade e nós precisávamos de uma ajuda extra para a temporada de casamentos. Estávamos no meio do nada, mas a abundância de noivas com o intuito de se casar com vista para as montanhas em Asheville queriam as flores do rio Adeline nos buquês e lapelas.

Melody saiu da floricultura, o avental de linho amarrado com um laço perfeito na cintura. Ela era onze anos mais nova do que eu, e o rosto dela sempre me lembrava do quanto eu me sentia deslocada. Não só na cidade, mas na vida, e até mesmo em minha própria pele. Ela estava sempre sorrindo. Era sempre educada de um jeito que as pessoas do Sul aprendiam a ser. Como se nada obscuro jamais tivesse passado nem perto dela.

Ela deu a volta na caminhonete, dando algumas pancadas no porta-malas até que se abrisse.

— Bom dia, June — cumprimentou Melody, com a voz cantante e em um tom ainda mais agudo do que o da mãe.

— Bom dia.

— A cerimônia foi muito bonita ontem à noite, tanto minha mãe quanto eu achamos.

Nossos olhares se encontraram pelo espelho retrovisor enquanto ela puxava os baldes de flores. A expressão dela me fez ponderar se Ida tinha pedido que ela ficasse de olho em mim. Eu não ficaria surpresa se fosse o caso.

— Obrigada.

Puxei o lenço que estava amarrado na cabeça, jogando-o no assento ao lado, e soltei o cabelo. As madeixas onduladas, quentes por causa do sol, espalharam-se por meus ombros.

— Não sabia que você ia colher as esporinhas hoje — comentou ela. — São só essas aqui?

— Sim. Vão trazer mais daqui a algumas horas, e vamos precisar de espaço na câmara fria.

— Beleza. — Ela balançava da esquerda para a direita ao carregar os baldes até a calçada. — Quer que eu chame Birdie?

— Não — respondi, engatando a marcha a ré, que sempre emperrava. — Falo com ela depois.

Ela me deu um aceno obediente enquanto eu voltava para a estrada, dirigindo para casa, com a caminhonete sacudindo quando virei na entrada irregular de carros. Parei na frente do chalé. Era pintado de uma cor clara de pêssego, e o jardim estava todo florido, fazendo-o parecer uma imagem de livro ilustrado ou um daqueles cartões-postais do balcão do supermercado. Só que não era assim que eu me sentia dentro dele.

A porta de tela da casa rangeu enquanto eu tirava a chave da ignição. Quando eu estava saindo do carro, Ida apareceu no alpendre.

— Oi, minha querida. — Ela desceu os degraus enquanto eu abria o portão. Pendurada em seu dedo estava a chave da casa que Birdie havia dado a ela. — Eu estou a caminho do fórum, mas deixei o jantar para vocês na geladeira. Não quis largá-lo aqui fora neste calor.

— Obrigada, Ida.

Ela hesitou, remexendo na chave.

— Fiquei um pouco preocupada com você ontem à noite. Parecia que estava assustada com algo.

Eu entendi quando ela semicerrou os olhos para mim. Para Ida, eu sempre seria a menininha de vestido rasgado que roubava cerejas maduras da árvore de seu quintal, e tive a sensação de que ela se considerava uma espécie de guardiã minha agora que Vovó se fora. Isso poderia virar um problema, sobretudo se eu quisesse manter aqueles flashes de luz e sons evanescentes em segredo.

Balancei a cabeça.

— Só estava cansada. Foram dias bem longos.

A expressão dela se suavizou, e o sorriso foi ficando triste.

— Sim, lógico que sim.

Desviei-me dela no pavimento que levava ao alpendre e subi os degraus.

— Obrigada mais uma vez.

— De nada, querida.

Eu a observei pelo reflexo da janela enquanto destrancava a porta. Ela ficou ali por tempo demais, até que enfim saiu pelo portão.

Em qualquer outro dia, eu entraria em casa e sentiria o cheiro do bolo da Vovó ou ouviria seu cantarolar na sala, mas hoje havia só silêncio. Não foi tão ruim quanto na noite anterior, mas ainda estava ali — aquele vazio.

Larguei a chave na tigela em cima da mesa e peguei a pilha de cartas no canto antes de subir a escada. Estava com as pernas pesadas e ainda sentia o calor do sol na pele. O banheiro que eu dividia com Vovó ficava no andar de cima, logo na frente da escada, e era iluminado por outro vitral que projetava uma luz amarela e laranja no azulejo branco. Abri a janela e a torneira para encher a banheira, passando a mão pelo cabelo e o segurando para cima, longe do rosto. Minhas unhas estavam sujas de terra. De alguma forma, sempre estavam.

Lavei as mãos na pia, observando as olheiras no espelho. Eu estava mais magra. Mais pálida do que o normal, apesar de ter passado a manhã no campo. Respirei fundo, juntei as mãos sob a água enquanto ela esquentava e, quando olhei para baixo para fechar a torneira, fiquei estática, com a água pingando dos dedos. Havia um redemoinho vermelho ao redor do ralo, como um fitilho escarlate na água. Quase parecia...

Ergui as mãos diante dos olhos e as virei de um lado para o outro, aproximando-as do rosto. Ainda havia pequenas meias-luas escuras embaixo das minhas unhas, as cutículas horríveis de tanto cortar plantas e cavar o solo. *É só terra*, pensei. *Só terra.*

Fechei os olhos com força, piscando intensamente ao reabri-los, e, quando olhei para a pia de novo, a água estava limpa. Fechei a torneira, regularizando a respiração à força antes de pegar a toalha no gancho. Contei devagar, pressionando a mão molhada no rosto.

Na maior parte do tempo, eu sentia a aproximação dos episódios. Era como estática no ar, os detalhes do mundo ficando mais nítidos e brilhantes, como o acender de uma lâmpada, logo antes de minha mente se perder. Em outros momentos, chegavam de surpresa.

Saí da frente do espelho, pegando a correspondência na pia e seguindo pelo corredor até meu quarto. Desde pequena, sempre dormi nesse mesmo cômodo: um canto pequeno do segundo andar com o teto inclinado feito de ripas de madeira e uma janela que dava para as flores roxas eletrizantes da cerejeira no quintal.

Lancei a pilha de envelopes na cama e tirei a roupa, ficando somente com o colar de pingente no pescoço. Abri por instinto, como se quisesse checar se o pequeno mostrador do relógio ainda estava ali dentro. Então tirei o colar pela cabeça e o coloquei com delicadeza na penteadeira antes de pegar o roupão no gancho atrás da porta.

Eu o vesti e me sentei na cama, colocando a mão debaixo do colchão. O caderno estava bem ali onde eu o havia deixado, a caneta dentro formando uma protuberância na encadernação.

Dia 2 de julho de 2022 era a data escrita na primeira página, e eu ainda me lembrava do nó na garganta ao escrever aquilo. Era um diário, pela falta de uma denominação melhor. Um registro de cada episódio que tive desde que eles começaram. Pelo menos daqueles que eu reconhecia como tal. Comecei a ponderar se estavam acontecendo com mais frequência do que me dava conta e eu só não conseguia perceber. Talvez o homem por quem tinha passado na estrada naquela manhã não houvesse estado lá de fato. Talvez Ida não tivesse se deparado comigo na varanda momentos antes. Como eu saberia? Em que momento o real e o irreal se mesclariam de vez, como acontecera com Vovó?

Fora o dr. Jennings que decidira chamar de "episódios", mas eu não gostava da palavra, assim como Vovó. Eu entendia por que ela dizia que era como estar em dois lugares ao mesmo tempo. Era como se duas películas de filmes diferentes fossem colocadas uma por cima da outra. Como uma sobreposição que ficava mais nítida e mais real a cada vez que ocorria.

Virei para a página que havia escrito na noite anterior ao chegar em casa após o enterro.

13 de junho de 2023

Por volta das 19h45: Vi um homem que não existia na janela da igreja.

20h22: Vi alguém no alpendre de casa. O mesmo homem, talvez? Senti o cheiro da fumaça do cigarro dele.

Olhei para a mancha de tinta no último registro, onde deixei a ponta da caneta encostada por tempo demais ao lembrar daquele pontinho de brilho laranja na escuridão.

Engoli em seco para desfazer o nó na garganta, virando para a página seguinte. O papel limpo e pautado era da cor do leite, um contraste à capa de papel cartão amassada e manchada.

Peguei a caneta e escrevi a data no topo da página.

14 de junho de 2023
Por volta das 11h45: A música no rádio de novo.

Olhei para o relógio na mesa de cabeceira.

12h12: Sangue na pia, debaixo das minhas unhas.

Não consegui evitar esticar as mãos para conferir de novo. Tinha até sentido o gosto daquela sensação pungente de cobre no ar quente. Eu tinha visto o redemoinho vermelho vivo descer pelo ralo da pia como uma cobra.

Quando meus dedos começaram a tremer, deitei a caneta no meio do caderno e o fechei, colocando-o debaixo do colchão. De início aconteciam esporadicamente, uns poucos episódios por semana, no máximo. Contudo, ao longo dos três meses anteriores, havia registros quase todos os dias. Em breve, o caderno estaria repleto deles.

Peguei a pilha de cartas no canto da cama, desesperada para focar a mente em outro assunto. A maioria eram contas a pagar e boletos da fazenda, mas quando vi a ponta de um envelope pardo granulado, parei tudo. Era o mesmo tipo que usávamos na floricultura, mas não foi isso que estranhei.

Tirei os outros envelopes de cima e fixei os olhos no destinatário.

June Farrow
Rua Bishop, número 12
27753 – Jasper, Carolina do Norte

Era a letra da Vovó.

Peguei o envelope e o inspecionei. Não havia endereço do remetente, mas o selo era igual aos que tínhamos na mesa do escritório lá embaixo, e a postagem datava de dois meros dias antes de ela morrer.

Quanto tempo ficou ali na mesa da entrada?

Virei o papel e abri o envelope. A borda recortada do que parecia ser um cartãozinho branco apareceu lá dentro. Puxei o cartão e franzi a testa quando li o que estava escrito:

Nathaniel Rutherford e esposa, 1911

Rutherford era um nome que eu conhecia porque estava em quase todas as histórias de terror contadas na cidade. Era o pastor que havia sido assassinado na margem do rio.

Não era um cartão, percebi, sentindo a espessura grossa do papel entre os dedos. Era uma foto.

Virei a fotografia e me deparei com uma imagem antiga em preto e branco amarelada nas pontas. Mostrava um homem, usando uma camisa branca abotoada até em cima, com o ombro apoiado em uma parede de tijolo e um cigarro na mão. A lembrança da figura no alpendre na noite anterior me veio à mente. Aqueles ombros largos em uma estatura fina.

Ele era bonito, com o cabelo penteado para o lado, a mandíbula acentuada e olhos profundos que encaravam a câmera. Senti uma pontada tênue e dolorosa nas pontas dos dedos.

Havia uma mulher ao lado dele, virada em sua direção, colocando atrás da orelha uma mecha de cabelo ondulado e despenteado pelo vento. Uma mão estava entrelaçada ao braço do homem, e um sorriso permanecia estampado no rosto dela.

A água corrente no banheiro no fundo do corredor se fundiu ao silêncio enquanto eu a observava. Cada milímetro de seu rosto. Cada detalhe do vestido simples que usava. Eu procurava por algo, qualquer coisa, que explicasse o sentimento que tomava meu peito.

Pois aquele era um rosto que eu reconheceria em qualquer lugar, mesmo sem me lembrar de tê-lo visto em pessoa.

Era o rosto da minha mãe.

3

Fui sendo guiada por meus pés ao longo de todo o corredor do andar de cima e escada abaixo, com os olhos ainda grudados na foto. Eu a segurava diante do rosto, traçando a ponta do nariz da mulher. O formato da bochecha. Quando cheguei ao último degrau, desviei o olhar da fotografia e me virei para a que estava emoldurada em cima da mesinha debaixo do espelho.

Era a única foto de minha mãe exibida na casa. Eu passava por ela toda vez que descia a escada, aquela imagem marcada em minha mente como um ferrete. Fitei a fotografia com atenção. O arrepio que percorrera minha espinha virou um cobertor gelado que envolveu meu corpo por inteiro. Não estava imaginando coisas desta vez. A mulher da foto era igualzinha.

Percorri a sala de estar com os olhos até encontrar a porta do porão, e lá estava eu caminhando de novo, passando pela lareira, cujas pedras grandes e planas eram banhadas pela luz da tarde. Segurando a foto com firmeza, pressionei-a no peito quando encostei na maçaneta e a girei. A porta se abriu, emanando dali um ar frio e úmido. No verão, o porão tinha um cheiro de mofo fresco que ficava mais forte conforme eu descia as escadas, avançando pela escuridão até chegar ao fio pendurado que acendia a única lâmpada do recinto.

Dei um puxão, e aquele barulhinho da eletricidade preencheu o cômodo, dando vida ao quartinho. Não tinha muitas coisas lá embaixo, somente os pêssegos e ameixas que enlatamos na estação anterior e a máquina de lavar roupa, mas Mason construiu para nós prateleiras de metal em uma das paredes depois de o porão ter alagado uns anos antes. Havíamos transferido tudo das caixas de papelão que se desfaziam para recipientes limpos de plástico. Empurrei os primeiros para o lado, procurando pelo único sem etiqueta. Foi uma decisão intencional de minha parte, pois não queria chamar a atenção da Vovó para o que havia dentro.

Eu tinha 16 anos quando comecei a investigar o desaparecimento de minha mãe. Bem nova, percebi que Vovó não queria falar sobre o assunto. Na verdade, ela não queria falar da minha mãe e ponto. A foto emoldurada na mesinha ao lado da escada era a única evidência na casa de que Susanna sequer havia existido.

Tudo começou quando encontrei uma reportagem de jornal na casa de Birdie. Esse único fio conectado ao mistério se tornou uma obsessão. Antes disso, Susanna fora apenas mais uma fofoca da cidade para mim. Parte do folclore que vivia nas montanhas. Ver a história impressa, o nome dela escrito no papel, de alguma forma fizera com que ela ganhasse vida em minha mente. Depois de um tanto de persuasão, recrutei Ida para me ajudar no fórum a compilar com minúcia cada informação que podia ser encontrada sobre minha mãe e o que tinha acontecido com ela.

Deslizei a caixa pela prateleira e a coloquei no chão, sentindo o piso gelado sob os pés descalços. A tampa se abriu com um estalido, e olhei lá dentro para uma pasta grande e sanfonada. A peça era grossa, com as bordas desgastadas. Fazia anos que eu não a abria, mas era mais pesada do que me lembrava. Encostar na pasta me trouxe lembranças das tardes de verão que passava na garagem de Mason. Eu me estirava no sofá velho e manchado, fazendo anotações, cotejando referências e catalogando cada pedaço de papel enquanto ele jogava videogame em uma televisão velha.

A pesquisa tomou minha vida por quase um ano inteiro, o que tive que esconder da Vovó. Havia um senso de urgência naquilo, como se fosse minha única chance de entender o que havia acontecido. Só que, por mais informações que eu descobrisse ou lacunas que fossem preenchidas, só consegui mais perguntas sem resposta. Mesmo tantos anos depois.

Abaixei-me e puxei a pasta para o colo, desatando o barbante e virando a aba para ler as etiquetas. Era tudo o que eu tinha reunido. Pilhas de reportagens, fotos e cópias do relatório da polícia organizadas por data e fonte.

O delegado me dera as poucas respostas que eu tinha. Havia declarações repletas de histórias sobre Susanna que faziam meu estômago se revirar, relances do que eu imaginava que poderia ser meu futuro. Também havia outras coisinhas, como registros da biblioteca dos últimos livros que ela pegara emprestados. O acordo de compra do Bronco, que ela pagara em dinheiro após anos economizando. Uma conta do café que mostrava o que ela havia consumido na manhã de seu desaparecimento: panquecas. Esse detalhe em específico era de partir o coração. Em questão de horas, Susanna sumiria para sempre. Mas, naquela manhã, ela tinha comido panquecas.

Havia diversas reportagens de jornal, a maioria sobre o desaparecimento, do *Jasper Chronicle*, do *Citizen Times,* em Asheville, e do *The Charlotte Observer*. Contudo, também havia uma que anunciava que a Susanna de 12 anos de idade tinha vencido o concurso de soletrar do sétimo ano.

Peguei a pilha de fotos de uma das seções e espalhei de forma aleatória no chão ao lado, os olhos buscando as muitas faces de Susanna Farrow. Um bebê nos braços da Vovó. Uma criancinha pequena de macacão, sem blusa por baixo das alças largas. Uma criança soprando as velas de aniversário. Uma adolescente com óculos de hastes largas e armação metálica pelos campos da fazenda.

Interrompi minhas mãos em sua busca frenética quando enfim encontrei o que estava procurando: uma Susanna que parecia ter 20 e poucos anos.

Ela estava debaixo de um corniso-florido no jardim da frente, segurando, distraída, um galho baixo ao lado do corpo. Tinha o longo cabelo solto, o rosto virado para a rua, como se a foto tivesse sido tirada no momento em que vira alguém vindo pela calçada. Por fora, parecia tão normal. Tão comum, de um jeito que sempre desejei ser. Não havia nenhum vestígio nem sombra do que estava por vir naqueles olhos.

Deslizei a fotografia pelo chão e a coloquei ao lado da que eu tinha encontrado no envelope, e me arrepiei toda. As duas fotos, uma ao lado da outra, eram de tamanhos diferentes, uma em preto e branco e a outra com a cor desbotada, porém as duas mulheres formavam uma simetria perfeita. Não eram só semelhantes. Eram *idênticas*.

Afastei a mão e a coloquei sobre o coração, que martelava. Não podia ser ela. Minha mãe tinha nascido décadas depois, e a semelhança não era tão estranha quando se levava em consideração que o rosto da mulher estava um pouco virado para o lado. Também era preciso considerar quão antiga poderia ser a foto. Não estava em péssimas condições, mas não era tão nítida e límpida quanto a que estivera dentro da pasta.

Não é ela, falei a mim mesma outra vez. Tirei o cabelo do rosto, prendendo-o atrás da orelha. Lógico que não era ela, mas onde Vovó tinha achado a foto? E por que a tinha enviado para mim?

Tentei relembrar das semanas antes de Vovó morrer, minha mente repassando os dias. Haviam sido comuns. Idas à floricultura, à fazenda, ao supermercado. Ela poderia ter me enviado a foto de qualquer lugar. Mas por que sequer enviar pelo correio? Por que não só me entregar? Esse era o tipo de pergunta lógica que eu havia parado de fazer à medida que a mente dela ia piorando.

Conforme os anos passavam, mais tempo Vovó passava naquele *outro* lugar. Ela estaria diante da pia lavando a louça, ajoelhada no jardim ou sentada na cadeira de balanço no alpendre, mas, em sua cabeça, tinha transitado para um local distinto. Falava com pessoas que não existiam. Cantarolava músicas que eu nunca tinha ouvido. Ia para o celeiro procurar coisas inexistentes. Ao longo dos anos, ela ia e voltava daquele universo paralelo. Nos últimos seis meses de vida, viveu basicamente do outro lado.

Nas últimas semanas, Vovó foi desacelerando. Ficando mais quieta. Dormia por mais tempo e não queria sair de casa. Eu tive a sensação de que o fim dela estava próximo, embora nem ela nem o dr. Jennings dissessem isso. Só que havia algo diferente nela.

Esse pensamento específico foi o que enfim fez cair a ficha... talvez não fizesse sentido porque não significava nada de fato. Como Vovó tinha encontrado uma foto de Nathaniel Rutherford, eu não sabia. Contudo, era provável que ela tivesse pensado o mesmo que eu — que a mulher se parecia muito com Susanna — e, em algum lugar da névoa confusa de sua mente, ela decidira enviar a foto para mim por correio.

Não vi uma aliança no dedo da mulher, mas a legenda dizia que era a esposa de Nathaniel. Também havia a forma como ela estava apoiada nele, como se houvesse uma força gravitacional que eu não conseguia enxergar. Ou talvez fosse o vento dando nela um pequeno empurrãozinho na direção dele.

— June.

Uma voz abafada no andar de cima chamou meu nome e me deu um susto.

— June!

Birdie. Eu nem sequer a ouvi entrando em casa. Olhei para as fotos no chão, como se acabasse de me lembrar onde estava. A caixa aberta. O porão. Meu roupão amarrado meio frouxo.

— Merda — xinguei, grunhindo.

A banheira. Eu tinha deixado a torneira aberta.

Tirei a pasta do colo, lançando-a dentro da caixa junto com as fotos. Fechei a tampa toda desajeitada, coloquei-a junto da parede e fui subindo os degraus de madeira até a sala de estar.

— June!

Quando cheguei ao segundo andar, Birdie estava pegando toalhas do armário no corredor. A água cobria os azulejos, refletindo a luz que entrava pela janela. A banheira antiga estava coberta de água até a boca, a superfície ondulando debaixo da torneira que pingava.

— Desculpe. — Peguei uma toalha das mãos de Birdie e me agachei para estendê-la na entrada da porta, antes que a água chegasse ao piso de madeira. — Esqueci a torneira aberta.

— Onde você estava?

De joelhos, continuei a enxugar a água, sem fôlego.

— June. Onde você estava, querida?

— Lá embaixo — respondi.

— Mas eu estava no andar de baixo.

— Quis dizer que eu estava no porão.

Ela me olhou, atenta, antes de avaliar o banheiro. Era um olhar de escrutínio. Quase de desconfiança. Deixar a banheira transbordar era bem o tipo de coisa que Vovó teria feito. Não sabia quantas vezes eu tinha chegado em casa e encontrado a cozinha cheia de fumaça ou todas as janelas abertas durante uma tempestade. Mas não era a mesma coisa, era?

— Eu só estava levando a roupa suja para lavar — menti, meu estômago se revirando quando comecei a me preocupar com a possibilidade de ela ir lá conferir.

Não queria lhe contar sobre a foto. Talvez porque ainda fosse algo que eu não entendia. Era o meu nome no envelope; Vovó a tinha mandado para mim em específico.

Não significa nada, lembrei a mim mesma. *Ela estava doente, June.*

Fiquei de pé e olhei pelo corredor para a porta aberta do meu quarto, onde conseguia ver a ponta da colcha dobrada em cima da cama. As cartas ainda estavam espalhadas no lugar em que eu havia deixado, o diário continuava escondido em segurança debaixo do colchão.

Birdie ergueu a mão e tocou minha bochecha.

— Você está vermelha, querida. Está se sentindo bem?

— Estou bem.

Sorri, ainda tentando acalmar o coração disparado. Birdie não parecendo convencida.

— Não há necessidade de eu ir a Charlotte amanhã, sabe. Que tal eu ficar por aqui?

— Não — respondi depressa demais. — Já estamos atrasadas no cronograma.

Era verdade. Estávamos expandindo o bosque de salgueiros na fazenda, e ela ia a Charlotte para escolher as árvores novas. Com Vovó e o enterro, estávamos uma semana atrasadas, e não podíamos adiar mais uma vez com a Feira do Solstício de Verão chegando.

— Tenho certeza de que Mason pode ir em meu lugar — argumentou ela.

— Ele tem muito a fazer. Vou ajudá-lo na fazenda, e você vai para Charlotte. — Quando ela retorceu a boca, dei uma risada. — Foi só um pouco de água, Birdie. Relaxa.

— Bem, se você tem certeza disso.

— Tenho certeza.

Fechei a porta do banheiro, trancando-me lá dentro, e desfiz o sorriso. Continuei ali, em silêncio, enquanto os passos hesitantes dela se afastavam. Uns segundos depois, eu a ouvi enchendo a chaleira na pia lá embaixo.

A água no chão não estava mais quente. Eu nem sabia quanto tempo tinha ficado lá no porão. Por um instante, o medo me atingiu ao pensar que, talvez, eu tivesse imaginado aquilo tudo. Que talvez aquela carta, a foto, sequer fossem reais.

Coloquei a mão no bolso do roupão, procurando em desespero pela foto. Assim que a tateei com a ponta dos dedos, exalei fundo, sentindo um alívio doloroso, e a saquei dali. Os olhos escuros de Nathaniel Rutherford encontraram os meus, tão focados e calmos que quase esperei que ele se mexesse. Que o dedo dele batesse a cinza do cigarro ou que o colarinho da camisa branca bem passada se mexesse com o vento.

No espelho, minha imagem era um eco tênue da mulher parada ao lado de Nathaniel. Deste ângulo, a marca de nascença que se alongava por debaixo de minha orelha parecia sangue. Meu reflexo estava desfocado, o vidro, embaçado pelo vapor. Passei a palma da mão nele, com um movimento em forma de arco, e vi o reflexo começar a se esvair de novo.

Segundo a segundo, foi desaparecendo. Assim como acontecia comigo.

4

Acordei recebendo um abraço.

O primeiro pensamento flutuante que me veio à mente foi que eu sentia o cheiro de algo. Um aroma silvestre que me lembrava o verão, tipo madeira fresca, grama nova e a fragrância doce de flores desabrochando na fazenda.

Respirei fundo, provando aquele cheiro no fundo da garganta, e o peso de braços que gentilmente me puxavam para mais perto. Na névoa dos pensamentos, eu sentia o calor de alguém atrás de mim, um corpo pressionado ao meu. O eco distante de um toque se moveu pelas costas de minha mão, deslizando entre meus dedos. A sensação percorreu minha pele, passou pelas têmporas, desceu ao meio da coluna. E, quando ouvi o som, era somente um sussurro, mas tão perto do meu ouvido que eu podia sentir a respiração em minha bochecha.

— *June.*

Tossi, engasgando-me ao me sentar na cama. Lancei a colcha longe e olhei para o quarto ao redor nos primeiros momentos de luz do sol, antes de sair da cama e me encostar na parede.

Diante de mim, a cama estava vazia... uma pilha de colchas e lençóis emaranhados.

Passei os dedos pela bochecha e esfreguei o local em que havia sentido aquele calor. Minha orelha ainda formigava com o som. Foi tão perto. Tão real.

Voltei para a cama e enfiei as mãos sob o lençol, buscando em desespero o calor que eu sentira. Mas o outro lado da cama estava frio. Eu estava sozinha.

Fiquei ali em pé, olhando para o nada, até que um embrulho no estômago me fez engolir em seco. Meus pés bambos conseguiram chegar ao canto do quarto, e permaneci encostada ali. Minha pele queimava, e de repente percebi que talvez eu estivesse tendo um ataque de pânico. Fiquei parada, focando os olhos em um pequeno rasgo no papel de parede. Eu precisava respirar. Precisava acalmar os batimentos cardíacos.

Estendi a mão, firmando-me no parapeito da janela conforme ia agachando. Puxei os joelhos para perto do peito, tentando manter respirações profundas e constantes. Tentei afastar aquela sensação até que o entorno se tornasse reconfortante e familiar. Eu estava em casa. Em nossa casa. Estava segura.

Um, dois, três.

Contei minha respiração em uma sequência repetitiva até que a tremedeira passasse. O calor sob minha pele começou a sumir, sendo substituído por um frio cortante.

— Não é real — sussurrei ao expirar, forçando-me a contar a respiração de novo.

Mas, naquele momento, havia sido. E não foi a primeira vez que ouvi aquela voz.

O tom grave era algo que eu já conseguia distinguir, o "u" do meu nome distinto e prolongado de um jeito peculiar. Eu ouvi pela primeira vez na fazenda, no dia em que os episódios começaram, chamando meu nome inúmeras vezes. Agora, quase um ano depois, eu o reconhecia, assim como reconhecia os sons desta casa ou o correr do rio. Aquela voz era um eco nas páginas do meu caderno.

Eu já tinha tido sonhos que resvalavam pelo limite da realidade. Alguns que me faziam acordar com lágrimas escorrendo pelas têmporas ou um grito preso na garganta. Neles, era como se meu corpo e mente tivessem se mesclado com outro mundo e então ressurgido de forma bruta e rápida demais na realidade. Mas este não tinha sido assim. Este... Era como se alguém tivesse atravessado a barreira do outro lado. Como se aqueles braços ao meu redor tivessem se estendido para fora de minha mente e entrado no meu quarto.

O sol já tinha nascido quando desci a escada, com o cabelo preso em um coque desajeitado na nuca. A mala de Birdie já estava na beira da escada, e fiquei aliviada ao ver a bagagem. Depois do que acontecera ontem, tinha quase certeza de que ela cancelaria a viagem para Charlotte.

Ela estava sentada no lugar de sempre à mesa, uma xícara de café fumegante ao lado do jornal *Jasper Chronicle*. A manchete anunciava a programação oficial da Feira do Solstício de Verão, o maior e mais antigo evento da cidade, que acontecia, lógico, no solstício de verão. Artesãos e artistas locais se instalavam na rua principal para exibir seus produtos, e as pessoas vinham de cidades vizinhas para ouvir música e dançar.

Birdie fingiu que não me observava com cautela enquanto espalhava cream cheese no *bagel* tostado.

— Bom dia — cumprimentei.

Fiquei de costas para ela, pegando a cafeteira pela metade e servindo café em uma xícara. A colherzinha de açúcar tilintou na cerâmica quando despejei duas colheres cheias no café e mexi.

— Bom dia, querida.

O jornal farfalhou quando ela virou a página.

Segurei a xícara junto ao peito, apoiei a cintura na bancada e olhei para ela. Era nossa rotina normal, só que, uma semana antes, Vovó estaria sentada ao lado dela. Não pude evitar reparar que o prato e o jornal de Birdie estavam em um lado da mesa, como se seu subconsciente tivesse deixado espaço para o café da manhã da Vovó.

Ela partiu o *bagel* em dois.

— Quando você vai me contar o que anda acontecendo aí na sua cabeça?

— Não tem nada acontecendo.

Levei a xícara aos lábios de novo, tentando esconder o tique nervoso na boca.

Eu ainda estava pensando na sensação daquele corpo pressionado ao meu. Durante toda minha vida, eu soube que certas coisas não eram uma possibilidade para mim. O tipo de amor tranquilo e pacífico, em que as pessoas acordavam juntas de manhã, era uma delas. Eu deixara isso bem claro. Para Vovó, Birdie e Mason. Houve momentos em que eu sentira um indício de compaixão crescendo dentro deles. Às vezes, eu pegava a Vovó e Birdie trocando olhares silenciosos quando tais conversas aconteciam. Só que eu nunca permiti que nenhum deles sentisse pena de mim e me recusava a sentir pena de mim mesma.

A fissura tênue na geleira de minha determinação me assolava em raros momentos. O toque delicado e distraído da mão de uma mulher na barriga grávida. Um recém-nascido aninhado nos braços de alguém no supermercado. Tudo isso me acertava como um trem. Pois havia uma única coisa que eu escondia deles. Estava enterrada no íntimo do meu ser, tão fundo que eu quase sempre conseguia fingir que nem existia.

Era a verdade que eu não podia sequer admitir para mim mesma... Eu queria, *sim*, aquilo. Tudo aquilo.

Aos 9 ou 10 anos de idade, eu comecei a entender que, um dia, ficaria doente da mesma forma que minha mãe. Já tinha idade para saber que ela não desaparecera. Ela me *abandonara*.

Tentava não pensar muito no fato de Susanna estar tão acometida a ponto de fazer o que fez. Não conseguia imaginar isto: deixar a filha sem olhar para trás. Essa questão me incomodava, como um dedo tocando sem parar a mesma corda de um violão desafinado, até se tornar um som perturbador. Eu sabia que ela estava doente, mas queria acreditar que havia partes de nós que não poderiam ser tocadas por aquela sombra... as partes que nos tornavam humanas.

O toque estridente e atroante do telefone me fez dar um pulo, entornando o café da xícara. O líquido escapou pela borda e pingou em minha mão.

Birdie começou a se levantar, mas fiz um sinal para ela, sacudindo os dedos na pia para remover as gotas de café.

— Pode deixar que eu atendo.

Atravessei o piso de linóleo, estremecendo quando o aparelho tocou de novo e erguendo os ombros para cobrir as orelhas. Tínhamos aumentado o volume do telefone antigo para Vovó, já que ela se recusava a usar o aparelho auditivo, e soava como um punhado de moedas sendo chacoalhadas dentro de uma lata.

O receptor estava frio quando o encostei no rosto quente e falei:

— Alô?

Uma voz masculina respondeu, o som falhando, então mexi no fio torcido, tentando melhorar a ligação.

— Alô? — repeti.

Atrás de mim, Birdie murmurou:

— Tenho que trocar essa porcaria.

— Ah, oi. June? — Enfim a voz ficou nítida. — Aqui é o dr. Jennings.

Congelei, virando-me devagar para que Birdie não visse meu rosto.

— Ah, olá.

— Desculpe ligar tão cedo, mas tentei falar com você no celular ontem e não consegui.

— Sem problemas. Como posso ajudar?

Ouvi um farfalhar de papéis, seguido de um suspiro profundo, como se ele estivesse se acomodando na mesa com o telefone apoiado entre o ombro e o queixo.

— Só queria confirmar sua consulta hoje à tarde.

A voz do dr. Jennings sumiu no fundo de minha mente, sendo substituída pelo barulho da geladeira e de uma mosca batendo contra a janela em uma tentativa de fuga. Fixei os olhos em um ponto preto no chão de madeira. Tinha esquecido da consulta.

— June?

— Ah, sim — respondi, enrolando o fio do telefone na mão. — Claro, estarei lá, sim.

— Ótimo. Até mais.

— Obrigada.

— Tchau.

Ele encerrou a ligação, e a linha ficou muda. Desliguei o telefone, fingindo calma antes de voltar para a pia.

— Quem era? — perguntou Birdie com a boca cheia de *bagel*.

— Era Mason confirmando se vou hoje.

Ela ergueu a sobrancelha, cética, enquanto dava outra mordida. Eu tinha conseguido esconder os episódios, ainda assim, em algum momento, ela ligaria os pontos. Mantive segredo não porque não confiava nela, mas sim porque, no instante em que eu contasse que estava doente, as coisas mudariam. Para ela e para mim. Quanto mais eu me afastasse da realidade, mais solitário seria para Birdie.

Ela mudou de assunto:

— Ida vai acabar me matando com esse negócio da Feira do Solstício de Verão. Tem certeza de que dá conta de fazer isso?

Assenti. Não era a primeira vez que eu e Birdie tocávamos a feira juntas. A fazenda de flores sempre doava a colheita excedente do fim da primavera para decorar o evento, e, este ano, Ida estaria coordenando. Tinha colocado Melody para trabalhar sem parar no planejamento.

— A primeira sem Vovó — pensei em voz alta.

Birdie deu um sorriso de canto.

— É, estava pensando nisso hoje cedo.

Voltei a pensar no envelope e na fotografia. Cogitei contar a Birdie sobre eles na noite anterior, quando nos sentamos à mesa com a caçarola de Ida entre nós. Mas não consegui, e aquilo ainda estava me consumindo, cutucando minha mente.

— Você sabe se Vovó conhecia Nathaniel Rutherford? — A pergunta saiu dos meus lábios antes que eu sequer pensasse direito.

A postura de Birdie enrijeceu de leve. Quase sutil demais para perceber.

— Quê?

— Nathaniel Rutherford. O pastor daquela igreja que...

— Sei quem ele é, June. — Havia um incômodo na voz dela? Eu não sabia dizer ao certo. — Mas eu era muito pequena quando aquilo tudo aconteceu.

— Certo. Mas Vovó era mais velha. Talvez ela o tenha conhecido de fato.

— Ela não se misturava muito com o pessoal da igreja. Você sabe disso.

— Mas ela falou disso alguma vez? — tentei de novo.

— Ninguém gostava de falar disso. Nem naquela época, nem hoje.

— É que cresci ouvindo essa história e vendo a foto dele no café, mas não me lembro de Vovó o mencionar. É esquisito.

Birdie franziu a testa.

— Nem tão esquisito assim, se parar para pensar.

— Como assim?

— Foi um momento difícil para a cidade. Muitas suspeitas, muitas acusações sendo feitas. Acho que a tragédia faz isso. — Ela levantou-se da mesa, um pouco desajeitada. — É melhor eu ir logo.

Eu a observei com atenção enquanto ela secava as mãos no pano de prato pendurado na porta do forno. A viagem até Charlotte era de apenas algumas horas, e a hora do rush já tinha passado. De alguma forma, eu tinha tocado em um ponto sensível para Birdie.

— Já vai sair? — perguntei.

— É melhor. Você poderia parar na floricultura a caminho da fazenda e dar uma conferida em Melody? Temos um pedido grande para hoje.

— Uhum. — A resposta soou como uma pergunta.

Eu ainda estava tentando desvendar aquele olhar no rosto dela. Tive a estranha sensação de que a pergunta a havia incomodado, apesar de não imaginar o porquê.

Quando Birdie enfim olhou para mim, parecia ela mesma de novo. Atravessou a cozinha em três passos e tascou um beijo firme em minha bochecha.

— Até amanhã.

Forcei um sorriso e me apoiei na parede enquanto ela desaparecia pelo corredor. Quando ouvi as chaves chocalhando em suas mãos, gritei alto:

— Dirija com cuidado!

— Pode deixar, mamãe!

A porta se fechou e, alguns segundos depois, o carro de Birdie estava saindo pela garagem.

Não era do feitio dela embromar com respostas. Ela sempre fora bem direta e não amenizava a verdade. Foi a primeira a ser sincera comigo sobre minha mãe, a maldição das Farrow e o futuro assombroso que eu tinha pela frente. Nunca tentou me proteger de nada disso, como Vovó fez. Porém, a menção do nome de Nathaniel Rutherford a incomodara. Por quê?

Foquei o olhar no jornal em cima da mesa, ainda pensando na pergunta, até que a curiosidade venceu. Virei-me para a sala de estar e peguei o notebook na mesa em frente à janela panorâmica. O cômodo não tinha mudado nadinha em toda minha vida, das bugigangas em cima da cornija da lareira ao sofá capitonê de veludo azul que parecia mais velho que Birdie.

Afundei nele e abri o computador, apertando o botão para ligar. A tela se acendeu, iluminando a caixa de entrada do e-mail da fazenda. Abri uma aba nova no navegador, os dedos pairando sobre as teclas, até que enfim comecei a digitar no campo de busca:

Nathaniel Rutherford, Jasper, Carolina do Norte

Dezenas de resultados apareceram, e fui rolando a tela, com os olhos saltando de um para o outro, até que vi um dos Arquivos Estaduais da Carolina do Norte. O link me levou para outra página de pesquisa, na qual inúmeras manchetes de jornais antigos estavam listadas com o nome de Nathaniel destacado na descrição.

As mais antigas pareciam ser a cobertura de mídia de cidades pequenas, mas, em 1950, as manchetes ficavam diferentes.

CORPO ENCONTRADO NO RIO ADELINE

ASSASSINATO DE PASTOR

DELEGADO PEDE QUE TESTEMUNHAS SE APRESENTEM

JASPER RELEMBRA NATHANIEL RUTHERFORD

UM ANO DEPOIS: AINDA SEM RESPOSTAS

Cliquei na primeira, e uma versão escaneada em alta resolução do *Jasper Chronicle* preencheu a tela. A primeira página era diferente da que estava em cima da mesa da cozinha. A fonte tinha mudado ao longo do tempo, assim como o layout das colunas.

Na manhã desta quinta-feira, o Departamento de Polícia do Condado de Merrill respondeu ao chamado de Edgar Owens, que estava pescando no lado norte do rio Adeline, logo acima das Cataratas Longview, quando encontrou um corpo arrastado pela correnteza até a margem. O homem foi identificado como Nathaniel Rutherford, de 63 anos, pastor de longa data da Primeira Igreja Presbiteriana, em Jasper.

As Cataratas Longview formavam a queda-d'água mais alta da região em que o rio Adeline se bifurcava. Era um destino de montanhistas e local de inúmeros acidentes ao longo dos anos. Houve até incidentes de pessoas que se jogaram de lá e morreram.

A reportagem seguinte era maior:

O departamento de polícia confirmou que a morte de Nathaniel Rutherford está sendo considerada suspeita. Após a perícia, descobriu-se que o corpo tinha um ferimento fatal na cabeça e múltiplas lacerações nos braços e pescoço, prováveis resultados de um embate.

Este seria o marco do primeiro assassinato declarado na pacata cidade de Jasper, e o delegado jurou que encontrará o assassino.

O último local onde o pastor foi visto foi na Feira do Solstício de Verão. Esperava-se que, após o evento, Rutherford aparecesse no celeiro de Frank Crawley para um jogo de cartas semanal com um grupo de homens da igreja. Segundo Crawley, Nathaniel nunca chegou. Aqueles que estavam presentes no jogo estão sob interrogatório, mas o delegado deixou evidente que eles não são suspeitos no momento.

De acordo com sua estimativa, o dr. Francis Pullman declarou que a morte de Rutherford foi por volta das oito da noite, uma hora após ter sido visto pela última vez.

Cliquei no link seguinte.

O departamento de polícia pede que qualquer pessoa que tenha alguma informação sobre o paradeiro de Nathaniel Rutherford na noite de 21 de junho apresente-se. Todo detalhe é essencial. Qualquer um que tenha presenciado ocorrências incomuns deve ligar para o departamento de polícia no número 431-2200.

A manchete da última reportagem estava impressa acima da fotografia de um homem.

UM ANO DEPOIS: AINDA SEM RESPOSTAS

Nathaniel estava parado nos degraus da frente da igreja com o chapéu nas mãos. Precisei olhar bem de perto para ver as semelhanças entre ele e o homem na foto que Vovó tinha enviado. A data da edição era de 1951, exatos quarenta anos após a data escrita no verso da fotografia.

Contudo, não havia menção ao nome verdadeiro de sua esposa nas reportagens, e as únicas fotos mostravam Nathaniel sozinho.

Eu me inclinei para o lado e peguei a foto do bolso de trás da calça jeans, aquela coceirinha de curiosidade cada vez mais insistente. Eu balançava a perna com ansiedade, fazendo o notebook tremer, enquanto voltava os olhos à cozinha. Quando eu estava pesquisando sobre o desaparecimento de minha mãe, Ida me ajudou a conseguir exemplares antigos do *Jasper Chronicle*. Também foi ela quem puxou os registros no fórum para mim.

Deixei o computador escorregar para o sofá e me levantei, voltando à cozinha, onde o som suave de um sino de vento entrava pela janela aberta. O número do celular de Ida ainda estava escrito na longa lista presa à lateral da geladeira, mas eu sabia de cor. Disquei, e uma voz alegre atendeu no terceiro toque.

— June? Está tudo bem?

— Oi, Ida. Sim, tudo bem.

— Ah. — Ela fez uma pausa. — Que bom. Como posso ajudar?

— Queria saber se você poderia procurar uma coisa para mim nos registros da cidade.

— Está bem. Que coisa?

Olhei para os números no telefone, no ponto em que os dedos de Vovó tinham pressionado os botões tantas vezes que eles ficaram brilhantes e macios.

— É uma certidão de casamento, na verdade.

— De quem?

Eu a ouvi pegando um lápis da antiga lata de sopa decorada em sua mesa.

Rangi os dentes, mudando de ideia duas vezes antes de me forçar a falar:

— Sobrenome Rutherford. Primeiro nome... Nathaniel.

Ela ficou calada.

— Seria em alguma data por volta de 1911 — acrescentei, preenchendo o silêncio constrangedor.

— Por que raios você precisa disso? — Ela riu, mas de um jeito tenso.

Sorri, mesmo que ela não pudesse ver, na esperança de que isso transparecesse, de alguma forma, pela voz.

— Só estou fazendo uma pesquisa histórica.

— Tudo bem. — As rodinhas da cadeira dela rangeram, e ouvi o som de unhas batendo no teclado. — Vai ser fácil encontrar, imagino.

Eu podia imaginá-la atrás do balcão alto, com o queixo erguido para poder ler a tela do computador pela área bifocal da lente dos óculos.

— Bom, vamos dar uma olhada. — Sua voz foi sumindo enquanto ela digitava. — Achei. O que você está procurando em específico?

— O nome da mulher com quem ele se casou.

O murmúrio dela lendo foi quase inaudível pelo telefone, e o fio danificado chiou de novo. Fiz uma careta. Ela soltou um sonzinho, então mais silêncio.

— Desculpa, Ida. Não consegui ouvir.

— É que… Bem, isso é estranho, não é?

Mais uma risada nervosa escapou dela.

— O que foi?

— Aqui diz… — Ela começou a ler: — Tendo solicitado a certidão de casamento de Nathaniel Rutherford, de Jasper — ela respirou fundo —, de 25 anos, com a residente de Jasper… — A ligação falhou de novo, e apertei o fio, segurando-o no lugar. — Susanna… Susanna Farrow.

Meus dedos escorregaram do fio e foram direto para o pingente no meu pescoço. No momento em que aquilo saiu da boca dela, tive certeza de que tinha ouvido errado. Que a voz em minha cabeça sussurrando o nome de minha mãe havia sido alta demais. Estava encobrindo todo o resto.

— Desculpa… o quê? — gaguejei.

— É isso o que diz aqui, querida. Está bem aqui na minha frente. — Ela continuou a ler: —… unidos em matrimônio Nathaniel

Rutherford e Susanna Farrow, as partes acima mencionadas, no dia 9 de setembro de 1911 na Primeira Igreja Presbiteriana, em Jasper.

Fiquei olhando para a parede, com uma sensação de dormência se espalhando pelo corpo.

— Eu não sabia que vocês eram parentes dessa família.

— Não somos — contrapus, as palavras aspiradas.

— Bom, essa mulher era uma Farrow. Duvido que seja uma coincidência em uma cidade pequena como esta. O nome de sua mãe deve ter sido em homenagem a ela.

Fiquei atônita, encaixando as palavras de Ida nos fragmentos de pensamento que lutavam para fazer sentido. Mas é claro. Isso explicaria tudo. Talvez alguém da linhagem da família tenha, *sim*, se casado com Nathaniel Rutherford. Só que eu não me lembrava de Vovó falar sobre nenhuma outra Susanna Farrow, e também não havia lápide no cemitério com esse nome. Ela sempre fizera muita questão que eu soubesse a história da família.

Com exceção de quando se tratava de Susanna, notei.

Engoli em seco.

— Você consegue encontrar a certidão de nascimento dela? Algo que tenha o nome dos pais ou...

— Vamos ver. — Ida digitou por alguns longos segundos antes de estalar a língua. — Não encontrei nada aqui com esse nome. O único registro em nome de Susanna Farrow que aparece é o de sua mãe em 1966. Mas esses dados você já tem.

Tinha mesmo. Graças a Ida, eu tinha uma cópia de qualquer documento sobre minha mãe que pudesse ser encontrado no fórum.

— Mas não é incomum para essa época — pensou ela em voz alta. — Naquele tempo, as mulheres davam à luz em casa o tempo todo e não havia muita razão para se registrar um nascimento no condado.

Debrucei-me na bancada, pensando.

— Você pode tentar na igreja — sugeriu ela.

— Na igreja?

— A igreja é mais antiga que o fórum e mantinha registros detalhados de nascimentos, casamentos e mortes. Vale a tentativa, se essa mulher era casada com o pastor.

Quando não respondi, ela seguiu falando:

— Quer que eu ligue para lá?

— Não, tudo bem. Obrigada, Ida.

— De nada, querida.

Desliguei o telefone, ainda segurando o receptor, e mordi forte a unha do polegar. No intervalo de alguns instantes, aquela necessidade compulsiva que eu havia sentido de entender a fotografia se transformou em algo sorrateiro. Como se, no segundo em que Ida pronunciou o nome de minha mãe, ela tivesse emanado as palavras de um feitiço proibido. O nome carregava um tipo consagrado de ressonância, que tinha capturado a imaginação da cidade por anos e inspirado centenas de histórias. Assim como acontecera com Nathaniel.

Olhei para a janela. Eu ainda ouvia aquele som, aquele tilintar agudo do sino de vento, e me dei conta de que não sabia de onde vinha. Os únicos sinos que tínhamos no jardim foram destruídos por uma tempestade havia mais de um ano. Ainda estavam lá fora com o material de jardinagem, à espera de um barbante novo.

O som ficou mais alto. Mais doloroso. Meu peito subiu e desceu conforme eu respirava e ia até a porta da frente, abrindo-a. A porta de tela bateu, e eu saí para o alpendre, procurando nas vigas. Uma rolinha me observava da beirada de um ninho.

O sino de vento não estava lá.

Pressionei as mãos nas orelhas quando o barulho virou uma dor pontiaguda na minha cabeça. Só que o sino não parou. Não diminuiu o volume. O barulho aumentou, as notas se unificando até virarem um grito longo e ensurdecedor em minha mente.

Então, de repente, como o vento apagando a chama de uma vela, o som parou.

5

O consultório do dr. Jennings era em um prédio de três andares, alto, mas estreito, no centro da cidade, uma combinação contraditória de velho e novo. A sala de exames era pintada em um tom verde-claro. Combinava com os armários de 1970 que ficavam acima de uma pequena pia de porcelana e continham jarros de vidro com bolinhas de algodão e gaze, e, embora a porta ainda tivesse o que parecia ser a maçaneta original, havia uma máquina novíssima de ultrassonografia em um canto, com a tela brilhando.

Uma bandeja com três frascos de meu sangue estava ao meu lado na mesinha coberta de papel, meu nome escrito nos adesivos em caneta azul. Olhei para eles, ouvindo a caneta do dr. Jennings rascunhar um papel enquanto ele virava as páginas de meu diário. Ele era o único que já tinha lido o que eu escrevia.

Vovó não gostava muito de médicos, mas o dr. Jennings continuou fazendo visitas domiciliares mesmo assim, insistindo que o que estava acontecendo com ela não constava nos livros nem nos padrões da prática da medicina que ele já viu. Ela achava que ele a tratava como uma espécie de experimento científico, mas eu o via mais como um homem tentando aplicar o xeque-mate em uma partida complicada de xadrez. Ele queria ser o primeiro a resolver o enigma das mulheres Farrow.

O doutor tinha falhado com Vovó. Eu era sua segunda chance.

— Estão com certeza aumentando em frequência, nisso você está certa. Quantos episódios acha que teve essa semana?

Ele ergueu a cabeça, olhando-me com expectativa.

Seu cabelo outrora escuro estava quase todo branco, a pele preta e delicada repleta de manchinhas na bochecha. O rosto havia envelhecido de forma significativa desde que eu era pequena, mas ele ainda tinha aquele jeito gentil, como se temesse que uma única palavra errada me fizesse sair correndo do consultório.

— June?

— Seis, acho. — Pigarreei quando a voz saiu falhada.

— Certo.

Ele escreveu a informação, a caneta dando uma volta pela página. Vi a palavra "alucinação".

Essa designação nunca me pareceu correta. As coisas que eu via eram diferentes. Era uma sensação oca e flutuante, como o caminho sinuoso que uma única semente de dente-de-leão faz pelo ar antes de pousar. Uma coisa real, só que um tanto fora do alcance.

— Você reparou se alguns desses episódios vieram acompanhados de um... sintoma físico? Desmaio? Alteração na visão?

— Não.

Concentrei-me no quadro pendurado na parede atrás dele. Era um diagrama de um coração humano, com representações detalhadas dos músculos e tecidos, e de imediato pensei na sorte que teria se tivesse algo simples como um problema cardíaco. Havia cirurgias para isso. Medicamentos clinicamente comprovados para serem receitados. E até transplantes. Etiquetas identificavam os componentes do órgão em palavras como "câmara", "ventrículo", "átrio" e "válvula". Tudo parecia tão simples. Como as partes de uma máquina. Contudo, a mente humana era como as profundezas desconhecidas dos oceanos. A ciência ainda estava vagando pela superfície.

— Acho que devemos levar em consideração que você vem sofrendo um estresse significativo. Sei que a morte de Margaret não foi em si repentina, mas você está de luto, e isso sobrecarrega tanto o corpo como a mente. É possível que esses episódios tenham se exacerbado pelo estresse.

Ele desviou o foco do caderno e colocou o objeto no colo.

Decidi não contar que meu estresse tinha se multiplicado ainda mais nas últimas vinte e quatro horas, quando recebi uma carta de minha falecida avó com uma foto de 1911 de uma mulher idêntica à minha mãe desaparecida. Também não contaria sobre as novas reportagens ou a ligação para o fórum. Só de pensar nisso fiquei desestabilizada.

— Você já falou com Birdie sobre isso? Ou com Mason?

— Não — respondi.

— Certo. Bem, nós sabíamos que, se o momento chegasse, você teria neles um sistema de apoio forte e estável. Isso segue sendo verdade. E você vai precisar contar a eles. Logo.

Eu havia passado os doze anos anteriores sendo a cuidadora de Vovó em graus variados, enquanto Birdie assumia a floricultura e Mason, a fazenda. A questão era que eu ficava feliz em fazer aquilo, porque a amava. Ela tinha me criado e sido tudo para mim. O centro do meu pequenino mundo em Jasper sempre havia sido minha avó. Agora, alguém teria que se tornar *meu* cuidador. Não era uma função que Birdie conseguiria executar por muito tempo. Só sobrava Mason.

O pensamento fez eu me sentir fraca. Frágil. Essas duas palavras nunca foram familiares para mim, mas agora pareciam íntimas. Tão próximas que pareciam me sufocar.

— É importante que você continue documentando os episódios com a maior precisão possível, para que possamos continuar em busca de padrões e gatilhos — continuou o dr. Jennings.

— Vovó nunca teve padrões e gatilhos — lembrei-o.

Essa tinha sido a parte mais frustrante.

Ele franziu a testa, folheando as páginas do caderno outra vez.

— Não é verdade. Algumas alucinações se repetem. A égua, a porta, a voz.

O formigamento causado por aquele toque se reacendeu em minha pele onde eu o havia sentido naquela manhã. O dr. Jennings estava certo. Havia padrões, *sim*. Eu já tinha visto a égua de pelagem castanha quatro vezes. A porta vermelha, duas. A voz masculina eu ouvi inúmeras vezes.

— O principal que precisamos observar é qualquer sinal de paranoia ou delírios — prosseguiu o médico. — Se perceber qualquer sinal dessas coisas, me ligue na hora, não importa o horário.

— Pode deixar.

Deslizei para fora da mesa de exames e peguei a bolsa na cadeira. Queria que a conversa acabasse.

— E você precisa começar a pensar na questão da procuração legal.

— Quê? — Minha voz foi tomada pelo pânico.

O médico acenou com a mão na tentativa de me tranquilizar.

— Sem pressa. É só algo para se considerar. Já pensou em quem você vai designar?

Eu não podia fingir que não tinha pensado nisso.

— Mason. — Dei de ombros. — Ele já é mesmo o único beneficiário de tudo.

— Bem, eu queria que você priorizasse o descanso nesta próxima semana. Vamos limitar os estímulos, quem sabe até passar uns dias sem trabalhar na fazenda.

— Não posso parar de viver minha vida. Não quando eu talvez não tenha mais muito tempo.

Ele me lançou um olhar empático e colocou a mão em meu ombro.

— Vamos ver quais serão os resultados dos exames de sangue e compará-los à média. Você já sabe como é. Check-ups regulares significam dados regulares. Talvez isso nos dê uma nova perspectiva.

— Eu não quero que ninguém saiba — lembrei.

— Claro. Não até você estar pronta. — Ele assentiu. — Completamente confidencial.

— Confidencial para todo mundo?

Ergui a sobrancelha, olhando para a porta. A enfermeira do dr. Jennings, Camille, era a esposa de Rhett Miller. Ele era dono do Edison Café e, se a informação chegasse lá, o caos estaria instalado.

— *Confidencial para todo mundo*. Ninguém sabe do que conversamos entre estas quatro paredes, a não ser que você conte, June. Posso até passar a fazer visitas domiciliares, como foi com sua avó, se você preferir.

— Obrigada.

Ele tirou a mão do meu ombro, e eu dei um passo em direção à porta, fazendo uma pausa tão longa que ele me olhou com preocupação.

— Posso fazer uma pergunta? — questionei.

— Lógico.

— Minha mãe se consultou com você alguma vez? Quando ela estava grávida de mim, digo.

Ele inclinou a cabeça de leve, como se a pergunta o tivesse deixado perplexo.

— Bom, sim. Margaret trouxe Susanna aqui algumas vezes, e eu fiz o pré-natal dela, até que... — As palavras saíram meio engasgadas. — Até que ela desapareceu.

— Você se lembra de algo incomum nas consultas? Qualquer coisa que achasse que pudesse estar ligada ao sumiço dela?

— Nada específico. Mentalmente, ela estava em crise, lógico. Só que, no geral, estava saudável. Parecia estar se cuidando.

— Ficou surpreso quando ela desapareceu?

— Sim e não. O declínio dela era imprevisível, mas doenças mentais não são incomuns quando falamos de pessoas desaparecidas. No entanto, se está perguntando se eu achava que ela poderia ser um perigo para si mesma ou fugir, a resposta é não.

— Ela nunca contou para você quem... — Não consegui terminar a frase.

— Não. Ela nunca disse quem seu pai biológico poderia ser. Até onde sei, ela não contou isso para ninguém.

Respirei fundo, decepcionada.

— Por que está perguntando?

Balancei a cabeça.

— Por nada. Só tenho pensado nela.

Percebi que o dr. Jennings traçava uma analogia na mente entre o que estava acontecendo comigo e o que havia acontecido com minha mãe. Talvez eu estivesse preocupada com a mesma coisa.

Ele suavizou o tom da voz:

— É um emaranhado e tanto essa história, mas quero que você leve o que eu falei a sério, June. Descanse um pouco.

— Vou descansar.

Abri a porta e desci os degraus estreitos até o primeiro andar, onde a recepcionista estava debruçada por cima da gaveta aberta de um armário de arquivos. Ela não levantou a cabeça quando passei, mas me peguei prendendo a respiração, esperando pelo momento em que faríamos contato visual. No instante em que saí para a calçada, a coisa toda me atingiu. Episódios. Dados. Exames de sangue. Padrões. Gatilhos. Eram palavras que eu tinha usado inúmeras vezes ao falar sobre Vovó. Agora, isso passava a ser a *minha* vida.

Entrei na ruela tortuosa entre o consultório do dr. Jennings e o mercado e encontrei um lugar debaixo de uma antiga escada de incêndio que me escondia da rua. Minha mão tremia quando peguei o celular na bolsa, e, assim que vi o nome de Birdie na lista de contatos, senti um bolo na garganta. Liguei para ela, pressionando o aparelho na orelha e enxugando uma lágrima silenciosa que escorreu por minha bochecha.

— Alô?

— Oi! — cumprimentei, um pouco alegre demais.

— June?

Quase comecei a rir. Meu nome estava estampado na tela do celular dela, mas ainda assim, por algum motivo, ela ficava surpresa por ser de fato eu ligando.

— É, sou eu, Birdie. É só para confirmar que você chegou bem.

— Ah, sim, cheguei. Estou a caminho do depósito agora. Quer que eu acrescente algo ao pedido?

Enxuguei mais uma lágrima, me sentindo melhor só de ouvir a voz dela.

— Nada de que eu me lembre.

— Está bem. Você precisa de algo? Estava pensando que, se não demorar muito, eu poderia já voltar hoje à noite.

— Não, não quero você dirigindo pela estrada no meio das montanhas na escuridão.

— Sabia que eu dirijo há mais tempo do que você está viva? — Eu ouvia o humor na voz dela, e o som aliviou o aperto em meu peito um pouquinho. — Até amanhã, então. Vou fazer frango e guioza. Que tal?

— Boa ideia.

Peguei a chave na bolsa e fui em direção à rua.

— Te amo, querida.

Encostei a ponta do dedo no canto pontudo da chave, o nó se formando em minha garganta de novo.

— Te amo.

Entrei no carro e girei a chave na ignição. O cheiro do motor e do couro quente conjuraram inúmeras lembranças de verões anteriores. Inúmeras lembranças com Mason. Lembrava de dirigir ao pôr do sol com a roupa de banho molhada após passarmos a tarde toda nadando no rio. De buscá-lo em casa para o turno dele na fazenda, quando Vovó enfim o contratou. De estacionar debaixo do carvalho enorme nas Cataratas Longview com uma caixa de pizza aberta entre nós e os pés descalços apoiados no painel.

Assim que passei pelo cruzamento, peguei o celular de novo e procurei o contato dele. Às vezes, eu fazia isso, ligava para ele em um impulso e depois precisava elaborar um motivo. Era mais para me sentir reconfortada do que qualquer outra coisa, uma forma de afastar aquele sentimento de solidão que me acompanhava havia tanto tempo. Meu mundo era muito pequeno, composto por apenas algumas poucas pessoas e lugares, e parecia estar diminuindo a cada segundo.

Meu polegar pairou sobre o nome dele por tempo demais, e acabei jogando o celular no banco e olhando para a bolsa. Enfiei a mão no bolso lateral em busca da fotografia. Coloquei-a no painel à frente, observando o reflexo no para-brisa.

O que Ida tinha dito era possível. Nossa família nunca fora grande. Cada Farrow tivera somente uma filha, e todas mantiveram o sobrenome materno, pois a maioria dos pais das crianças morrera jovem ou não fora presente. Era crível que em algum momento uma das mulheres Farrow pudesse ter tido mais de uma filha, e a Susanna Farrow da foto só se perdeu no tempo. Não parecia tão improvável, sobretudo em uma cidadezinha agrícola como Jasper.

Meus dedos tamborilavam no volante conforme a estrada ia ficando mais estreita, a mente pulando de pensamento em pensamento. Eu sabia o que estava fazendo, indo mais fundo em um buraco de coelho para evitar cair em outro. Tentava me distrair do que estava acontecendo de fato. Mas, no fundo, sabia que não importava a profundidade do buraco. Em algum momento, eu chegaria ao fim dele.

Mordi o lábio e entrei no acostamento da estrada, girando o volante com uma mão sobre a outra, até que dei meia-volta e fui na direção oposta à da minha casa. O centro da cidade passou como um borrão conforme eu dirigia pela via que beirava o rio, virando no semáforo para cruzar a ponte. Segundos depois, o campanário da igrejinha branca apareceu entre as árvores.

Segui a estrada inclinada e rochosa ao lado do rio, passando na frente do cemitério. O túmulo da Vovó ao longe ainda estava escuro com a terra recentemente cavada, a lápide tão branca que quase brilhava em meio ao cenário verde da floresta. As flores lá deixadas começavam a murchar, as cores fortes desbotando.

O freio rangeu quando parei o carro, depois tirei a chave da ignição e a coloquei no painel. As portas da igreja estavam abertas, como sempre ficavam durante o dia. Mesmo do outro lado do rio dava para ver a luz do pôr do sol reluzindo na entrada e pelos degraus da frente depois.

Esperei alguns segundos antes de sair da caminhonete, para me dar a chance de pensar duas vezes. Só que havia algo implacável na minha necessidade de saber mais sobre a mulher da foto. Era como um peso se assentando dentro de mim, como se algo de fato terrível estivesse prestes a acontecer e a única forma de impedir era sabendo quem ela era.

A porta da caminhonete estalou quando a abri. Segurei a alça da bolsa com uma das mãos e o pingente de relógio com a outra, como se fosse uma âncora que pudesse acalmar aquela sensação de revirar o estômago. As cigarras cantavam nas árvores, a correnteza do rio seguia atrás de mim. Subi a escada da igreja.

Fiquei estática quando senti um arrepio lento formigar nas costas da mão, subindo pelo braço até o ombro. Assim que chegou ao pescoço, forcei-me a virar a cabeça e olhar para a coisa tomando forma no canto da minha visão.

— Não é real, June. — As palavras foram um reflexo.

Ali, no meio do cemitério, havia uma única porta vermelha no meio das lápides inclinadas. Estava emoldurada, como se tivesse sido retirada de uma parede, e, ainda assim, não parecia deslocada. Como uma pincelada em uma pintura. O revestimento à moda antiga, a tinta lascada e a maçaneta de bronze eram as mesmas encontradas em dezenas de outros lugares na cidade.

No minuto em que meu coração acelerou, eu me forcei a respirar fundo.

— Não é real. — Meus lábios se mexiam, mas eu não ouvia as palavras.

Já era a terceira vez que eu via aquilo. Uma vez na fazenda, outra no centro da cidade e agora aqui, no cemitério. Imaginei se a teoria do dr. Jennings estaria certa. Talvez *houvesse mesmo* um padrão a ser desvendado ali.

Olhei por mais um instante, esperando que desaparecesse, mas não aconteceu. Simplesmente ficou ali, erguida na grama, como se esperasse por mim. Eu ainda sentia o peso da presença daquele objeto quando me virei de volta para a igreja, os pés parados na soleira. Analisei o santuário iluminado pelo sol lá dentro.

Os bancos envernizados ficavam em fileiras uniformes embaixo de seis candelabros suspensos nas vigas curvas. As luminárias eram compostas por partes de vidro facetado que pareciam fazer a luz pontilhar o teto, a única coisa ali que podia ser considerada elegante. Era apenas uma simples igreja rural, mas que tinha sido cuidadosamente preservada, incluindo as janelas de lanceta que seguiam pelas paredes.

— Senhorita Farrow?

Vasculhei o local com os olhos até ver Thomas Falk, o pastor. Ele estava parado à porta no canto do santuário, a testa franzida, como se não tivesse certeza do que via. O cabelo escuro parecia recém--cortado, e a camisa social estava impecável de tão bem passada.

— Olá — cumprimentei, com a voz tensa.

Ele cruzou os braços.

— Não vou fingir que não estou surpreso de vê-la aqui.

Olhei para os meus pés, ciente de que não queria passar por aquela porta.

— Está com medo de pegar fogo?

Ergui o olhar e vi que a expressão dele mudara. Parecia estar achando graça.

Arrastei a ponta da bota pela borda do piso, dei um passo e entrei.

Ele caminhou em minha direção com as mãos no bolso.

— Como posso ajudar?

Tive o impulso repentino de olhar para trás para ter certeza de que ninguém estava ouvindo.

— Na verdade, eu soube que a igreja guarda certidões… de casamento e nascimento, coisas assim.

— É verdade.

— Estava torcendo para que você pudesse procurar uma coisa para mim.

— E o que seria?

— Estou tentando encontrar a certidão de nascimento de uma pessoa. Ela deve ter nascido antes de 1900.

— Entendo. — Ele arqueou a sobrancelha. — Nós temos certidões dessa época, sim. Vamos lá nos fundos ver o que conseguimos encontrar?

Hesitei, mas segui pelo corredor central, passando pelos bancos até a porta que levava ao que parecia ser um escritório. Thomas desapareceu lá dentro, sua sombra se mexendo pelo assoalho de madeira.

O cômodo era pequeno, mas continha uma mesa, prateleiras embutidas repletas de livros e algumas cadeiras que pareciam tão velhas quanto os bancos do santuário. A única coisa que não pertencia àquele lugar era um computador preto e fino em cima da mesa.

Thomas se ajeitou na cadeira de couro de rodinhas, movendo o mouse.

— Pode se sentar, se quiser.

— Obrigada. — Tentei parecer mais confortável do que estava, sentando-me na cadeira perto da janela e colocando a bolsa no colo.

A vista dava para a parte mais larga do rio, onde alguns rochedos dividiam a correnteza em quatro seções. A espuma branca da água corria sobre as pedras.

— Felizmente, a maioria dos registros agora estão digitalizados, o que deve facilitar a tarefa — informou ele, olhando para mim por cima da tela do computador. — Quem você está procurando?

O nome de minha mãe parecia preso em minha garganta. Não havia uma pessoa sequer em Jasper que não o reconheceria.

— Na verdade, é Susanna Farrow.

O pastor moveu a boca, encarando-me.

— Achei que você tinha dito que era alguém nascido antes de 1900.

— É uma outra Susanna Farrow. Alguém mais antiga na linhagem da família.

— Ah! — Ele relaxou tanto que percebi. — A mesma grafia?

Assenti.

Ele digitou, pressionando as teclas em um ritmo constante, mas franziu a testa enquanto lia algo na tela.

— Não vejo nada aqui. Sabe mais alguma coisa sobre ela? O nome dos pais, talvez?

— Não, é isso o que estou tentando descobrir. Ela foi casada com Nathaniel Rutherford.

A expressão de Thomas mudou de novo, e ele se recostou no assento, apoiando os cotovelos no braço da cadeira.

— É mesmo?

Fiquei esperando, incerta do que a reação dele significava.

— Se é isso que está procurando, pode só dizer a verdade, srta. Farrow. Você não é a primeira pessoa que vem até esta igreja tentando desenterrar informações daquele caso.

— Não estou tentando desenterrar nada — respondi, alguns segundos antes de me dar conta de que não era exatamente verdade. — Uma mulher com o mesmo nome que a minha mãe foi casada com Nathaniel, e só estou tentando descobrir quem ela era.

Ele ficou me observando, e tive a sensação de que estava tentando decidir se eu mentia ou não.

— É sério. Eu não estou nem aí para o pastor.

Isso, *sim*, era verdade.

— Bem, eu imagino que não haja muita documentação sobre ela, considerando que morreu tão jovem.

Endireitei a postura na cadeira.

— Quê?

— Ah, sim. Nathaniel é conhecido por causa do assassinato dele, lógico, mas a história do antigo pastor foi bastante trágica muito antes disso.

— O que aconteceu?

— Bem... — murmurou Thomas, respirando fundo. — O pai dele foi pastor desta igreja por anos, mas morreu de um ataque cardíaco logo após Nathaniel se casar, quando ainda era apenas um rapaz jovem. — Ele ergueu a mão, apontando para a porta aberta que levava ao santuário. — O pai estava pregando a palavra do Senhor bem ali naquele púlpito quando isso aconteceu.

Não me aguentei e olhei. Aquele simples pódio de madeira branca ficava sobre alguns degraus em um palquinho diante dos bancos.

— Nathaniel assumiu o cargo do pai. Mas, não muito depois, ele e a esposa tiveram uma filha, e ela morreu.

— Uma filha? — Minha voz alongou as palavras.

Thomas mexeu o lábio inferior.

— Ela era só um bebê. A esposa nunca se recuperou. Dizem que ela perdeu a cabeça.

Estremeci. Se eu tinha alguma dúvida de que ela era uma Farrow, aquele único detalhe a sanou.

— Ela tirou a própria vida nas Cataratas Longview. Como eu disse... trágico.

Uma dor profunda e entorpecente surgiu entre minhas costelas.

— Nathaniel nunca se casou de novo e dedicou a vida toda à congregação desta igreja. Está enterrado ali fora. A esposa e a filha também.

Meu olhar seguiu para o lado de fora da janela, para as águas que desciam pela montanha. A míseros dois quilômetros correnteza abaixo, o rio desaguava nas Cataratas Longview. Pensar na mulher da foto caindo da beira da cachoeira fez meu estômago se revirar.

Engoli em seco.

— Tente o nome Rutherford — sugeri.

— Quê?

— Veja se há alguma certidão de Susanna Rutherford. Talvez tenha uma data de nascimento em algum lugar.

— Pode dar certo.

Ele se voltou para o computador e digitou.

O celular em minha bolsa tremeu, e eu o saquei lá de dentro. Uma foto de Mason parado na frente do celeiro apareceu na tela atrás do nome dele. Silenciei a ligação e joguei o aparelho na bolsa, massageando a têmpora na tentativa de suavizar a dor que pulsava ali.

— Aqui está — murmurou Thomas.

Fiquei de pé e dei a volta na mesa para olhar a tela por cima do ombro dele. O site parecia uma espécie de base de dados, com as palavras ASSEMBLEIA REGIONAL PRESBITERIANA visíveis no topo da página.

— Há um registro de batismo vinculado ao nome de casada dela.

Ele clicou no arquivo, e uma página escaneada em preto e branco de um registro antigo se abriu, preenchendo a janela do navegador. Linha após linha de nomes e datas estavam registrados com a mesma grafia ornamentada.

Thomas se inclinou para perto da tela, com os olhos observando cada registro, mas desviou a atenção para a porta quando um barulho de passos ecoou no santuário. Afastou-se da mesa e se levantou.

— Olá?

— Sou eu, Tom — respondeu a voz de uma mulher.

— Com licença.

Ele deu a volta na mesa e me deixou sozinha no escritório. Sentei-me na cadeira dele com os olhos grudados na tela.

A caligrafia à moda antiga quase impossibilitava a leitura das palavras, e a claridade entrando pela janela dificultava ainda mais. Fui seguindo cada linha com o dedo na tela até que encontrei.

Susanna Rutherford

Estava embaixo do campo MÃE. O registro não era do batismo de Susanna, mas sim do da filha dela.

Fiquei analisando o nome da mulher, que não mais me parecia familiar. Havia algo ali que parecia deturpado. Até perverso.

Peguei o mouse e ampliei a página, lendo o registro inteiro com cuidado. Estava datado de 1912.

Batizada por Nathaniel Rutherford no dia 4 de abril, com a mãe, Susanna Rutherford, como testemunha.

Foquei o olhar, estática, no nome da criança, sentindo um bolo na garganta. Li de novo. E mais uma vez.

June Rutherford

June.

Eu me afastei da mesa, fazendo a cadeira de rodinhas recuar alguns centímetros. Como se o espaço entre mim e o computador fosse, de alguma forma, mudar o que estava escrito ali. Contudo, quanto mais eu olhava, mais nítida a cor da tinta no registro parecia ficar. Quase como se estivesse se mexendo na tela. Ondulando como água.

Vozes ecoaram do outro lado da porta aberta do escritório, seguidas de mais passos. Peguei o celular na bolsa, tirei uma foto do documento antes de fechar a página que Thomas tinha aberto e deletei o nome de Susanna do campo de pesquisa. Minhas mãos tremiam quando afastei os dedos do mouse.

— Encontrou algo?

Thomas voltou e entrou no cômodo.

— Na verdade, não. — Sorri, meio trêmula. — Mas obrigada de qualquer forma.

Levantei-me e coloquei a bolsa no ombro antes de passar por ele.

— Sabe — falou Thomas, esperando até que eu olhasse para ele —, você é sempre bem-vinda aqui. Se precisar de qualquer coisa. Mesmo que seja só conversar.

Comprimi os lábios, sem conseguir responder. O que ele pensaria se eu contasse sobre a fotografia e o registro de batismo? O que ele diria se eu compartilhasse o pensamento aterrorizante que estava se formando em minha mente fragmentada?

Ele desfez o sorriso em meio ao silêncio sinistro que tomou o escritório.

Saí caminhando, seguindo o corredor até as portas abertas da entrada da igreja. Meus pés correram escada abaixo, e só consegui respirar fundo quando estava do lado de fora, com a luz do sol tocando minha pele. Havia algo apertando meu peito. Uma pontada no centro do corpo que fazia a sensação dolorosa na minha garganta se intensificar.

Eu tinha dito a mim mesma que era só uma foto. Só um nome. Mas não era verdade, era? Algo muito maior estava acontecendo aqui.

Virei a cabeça na direção da cerca de madeira branca que circundava o cemitério, vasculhando as lápides com os olhos. A porta vermelha havia sumido, mas, no monte ao lado das árvores, li: RUTHERFORD. O nome estava gravado em uma pedra de mármore vermelho. Dei um passo, e mais outro, encostando nas hastes da cerca até que a madeira farpada começou a arranhar minhas mãos.

NATHANIEL RUTHERFORD

Quanto mais me aproximava, mais nítido ficava o nome na lápide ao lado.

SUSANNA RUTHERFORD

Mas era a lápide menor, ao lado da deles, que eu procurava.

A sepultura estava marcada com um granito velho, desgastado pelo vento, e a escritura era fina, enturvando o nome.

Caí de joelhos, tensionando a mandíbula quando me deparei com as palavras. Levantei a mão, traçando as letras cobertas de musgo com a ponta do dedo.

JUNE RUTHERFORD

FILHA AMADA

14 DE MARÇO DE 1912 — 2 DE OUTUBRO DE 1912

Dia 2 de outubro. De uma só vez, meu mundo desmoronou. Eu não sentia mais o chão. June Rutherford morrera no dia 2 de outubro, na data exata em que Clarence Taylor me encontrara naquele beco.

— Cinco, seis, sete — contei.

Sete meses entre a data de nascimento e a data de morte na lápide. Eu tinha cerca de 7 meses quando fui encontrada.

Com relutância, meu olhar seguiu para a data de nascimento na lápide de Susanna. 19 de setembro. A mesma de minha mãe.

Meus pensamentos começaram a formar algo que eu não conseguia entender ao certo. Não conseguiria explicar nem se tentasse. O que Vovó tinha me falado? Que ela estava em dois lugares ao mesmo tempo. Que as mulheres Farrow eram diferentes. As palavras dela giravam na minha mente, fazendo tudo parecer estar de cabeça para baixo.

Eu tinha escolhido me enfiar no buraco do coelho errado, pensei.

O barulho em meus ouvidos ficou tão alto que chegava a doer, uma fenda cada vez maior em minha mente. Seria possível que minha mãe *não* tivesse desaparecido? Que talvez só tivesse ido para um lugar onde ninguém podia encontrá-la?

Devagar, virei-me para onde a porta havia surgido no meio do cemitério, desviando o olhar da grama conforme eu ponderava a ideia. Para onde, exatamente, ela me levaria? O fato de eu estar cogitando a possibilidade era apenas uma confirmação de que cada pensamento, cada propensão que eu tinha não era confiável. Não conseguia atribuir sentido a tudo aquilo. E não tinha certeza de que era isso que eu queria.

6

Eu não tinha uma data de aniversário. Ao menos não uma real.

Ao considerar o palpite do dr. Jennings de que eu tinha cerca de 7 meses quando fui encontrada na rua Market, eu havia deixado Mason escolher uma data. Em parte porque ele ficava incomodado por eu não ter um dia para ser celebrado, em parte porque eu precisava escrever algo nos formulários médicos e escolares quando solicitado. Ele escolheu o dia 20 de março, e Vovó concordou que era uma boa data, porque o equinócio de primavera coincidia com esse dia com frequência. Alguns meses depois, o estado da Carolina do Norte emitiu minha primeira certidão de nascimento.

Fiquei de pé apoiada na mesa da sala, olhando para os papéis que cobriam todo o tampo. Um prato quase vazio com os remanescentes da caçarola de Ida estava ao lado de minha certidão. Susanna Farrow constava como minha mãe, mas o campo para o nome do pai estava em branco.

Eu havia reunido todos os documentos e fotos que consegui encontrar pela casa. Fotografias penduradas nas paredes. Registros fiscais guardados no fundo das gavetas. Uma pilha de boletos insignificantes vindos da floricultura que, de alguma forma, foram parar em casa. A papelada abarrotava o sofá, a mesa de centro, a cornija, o chão... e ia até a entrada da cozinha e do corredor. Eu tinha deixado algo passar. Só podia ser. Estava fazendo aquilo havia horas, caminhando na ponta dos pés pelo quebra-cabeça, tentando elaborar uma explicação que fizesse sentido. Só que, quanto mais eu procurava, mais distante a verdade ficava. Em algum momento, eu tinha deixado algo passar. Só podia ser.

A primeira vez que Susanna desaparecera, ela voltara para Jasper alguns meses depois. Não havia muita documentação a respeito. A família manteve a história o mais abafada possível, e Birdie me contou que descobriram depois que ela esteve em Greenville, na Carolina do Sul, onde conhecera alguém. A aventura foi creditada sobretudo ao fato de Susanna já não estar mais muito bem naquela época. Ela fazia coisas estranhas e imprevisíveis.

Não muito tempo após seu retorno, Vovó e Birdie souberam que ela estava grávida, e, alguns meses depois, Susanna desapareceu de novo. Durante esse tempo, eu nasci, embora ninguém soubesse ao certo quando nem onde. Quando Clarence me encontrou na rua Market sem qualquer pista do paradeiro de Susanna, a polícia conferiu os hospitais em um raio de trezentos e vinte quilômetros na tentativa de achar algum registro de pelo menos uma de nós. Mas não havia nada. Nem de June Farrow nem de uma mulher sem identificação com a descrição de Susanna que havia dado à luz uma menina.

Meus pés descalços deslizaram pelas tábuas macias do chão quando me agachei ao lado do sofá, pegando uma das cópias da foto de minha mãe.

O parto podia ter acontecido em algum outro lugar, talvez na casa de alguém ou em alguma clínica, mas onde ela e eu estivemos pelos sete meses após o meu nascimento? Como uma mulher jovem no terceiro trimestre de gravidez pôde simplesmente sumir e, de repente, voltar à Jasper sem ser reconhecida para abandonar o bebê ali?

Fiquei no meio da sala, girando devagar enquanto vasculhava com os olhos os papéis pelo chão. Fotografias das mulheres Farrow estavam organizadas em uma linha cronológica na cornija: Esther, Fay, Margaret e Susanna.

A foto emoldurada que eu havia tirado da parede do quarto da Vovó era da avó dela, Esther. Ela tinha fundado a Fazenda de Flores do rio Adeline e criado Vovó depois que a mãe, Fay, morrera de escarlatina.

Naquela fotografia, Esther estava no campo a leste da fazenda, que atualmente chamávamos de campo seis. Uma parede de girassóis imponentes florescia atrás dela, e suas mãos se enrolavam no avental ao redor da saia, como se ela se sentisse desconfortável com a foto. Devia ter sido tirada alguns anos antes de os compradores começarem a ir de Knoxville e Charlotte até as montanhas para estocar as flores da fazenda nas lojas e hotéis do centro da cidade.

Segui para o papel que estava no braço do sofá. Era um pedido de compra antigo, feito em 1973, pela Vovó. Sementes, tela de arame e um novo arado manual estavam entre os itens listados, e a caligrafia dela era uniforme e descomplicada. Muito diferente do jeito como escrevia nos últimos anos de vida, quando as mãos já tremiam. Cinquenta anos antes, ela era uma mãe solo comandando uma fazenda, sem fazer ideia do destino sombrio que a filha dela teria.

E se Susanna tivesse conseguido, de alguma maneira, voltar ao passado? Eu já não rejeitava mais essa possibilidade.

As peças, de fato, se encaixavam, mas só se eu deixasse de lado tudo o que sabia ser verdade sobre o mundo real.

Um arrepio subiu por minha espinha. Isso era muito diferente de ver um homem em uma janela ou uma égua correndo em um terreno baldio. Mais aterrorizante do que ouvir o barulho de motores de carro em uma estrada vazia. Era uma realidade completamente diferente. Uma insanidade total e absoluta.

Meus pensamentos ficaram confusos e bagunçados. Talvez o corpo de minha mãe nunca tivesse sido encontrado porque ela não estava morta. Talvez não houvesse pistas a seguir porque ela havia sumido. Não só de Jasper, mas desta...

— Linha do tempo — sussurrei.

Era assim que se chamava? Linha do tempo? Falar desse jeito fazia parecer que havia mais de uma, mas só de pensar nisso meu estômago se revirava todinho. Era o pensamento mais desatinado que já tive. Então por que eu me sentia tão lúcida?

Desde o momento em que vi o envelope da Vovó, estive puxando um fio que parecia não ter fim. Como quando jogamos uma pedrinha em um poço e esperamos, prendendo a respiração até ouvi-la bater na água escura lá embaixo. Só que o silêncio era interminável.

O aviso do dr. Jennings sobre paranoia e delírios ressoou em minha mente. Eu vinha registrando os episódios em detalhes durante o ano anterior, mas este era um território diferente. Parecia perigoso.

Peguei o notebook enterrado no meio dos papéis na mesa e me sentei no chão. A luz da tela iluminou a sala escura com um brilho azul-claro enquanto minhas mãos pairavam sobre o teclado.

Engoli em seco antes de digitar "definição de delírio" e pressionar a tecla *enter*.

A ferramenta de busca logo foi tomada por resultados:

SUBSTANTIVO: falsa crença ou juízo sobre a realidade externa, mantida apesar de provas incontestáveis do contrário, que ocorre sobretudo em doenças mentais.

Tentei de novo e digitei "delírio *versus* alucinação".

Diversos artigos surgiram, e cliquei no primeiro. Uma figura ilustrada do cérebro humano tomava a metade da página, mas as vias sinuosas estavam desenhadas como raízes. Delas, uma árvore enorme crescia, com os galhos se estendendo como dedos contorcidos.

Passei o olho pelo texto até encontrar o que procurava:

Portanto, alucinar é ver, ouvir, cheirar, sentir o gosto ou o toque de algo que não existe.

Meu caderno estava repleto de situações assim, e tudo parecia estar de acordo com os sintomas de Vovó.

Por outro lado, delirar é tomar crenças falsas por verdadeiras, apesar das evidências contrárias.

Respirei fundo, de certa maneira aliviada. Havia evidências, *sim*. Estavam espalhadas pela sala inteira como confete. Eu não tinha inventado as coincidências entre minha mãe e a esposa de Nathaniel Rutherford. Também não tinha imaginado as conexões entre mim e a filha deles, June Rutherford.

Minhas mãos se fecharam em automático. Aquele nome ainda parecia sufocante, mas a parte irrefutável de tudo era que as pessoas não podiam simplesmente viajar pelo tempo.

Não estou doente, querida. Só estou em dois lugares ao mesmo tempo.

Nunca parei para pensar naquelas palavras. Nunca precisei, pois nós sabíamos que a mente da Vovó estava debilitada, assim como a de minha mãe. O padrão estava lá, assim como o fim inevitável. Mas o dr. Jennings havia dito que essa forma de demência ou declínio cognitivo não seguia as regras dos livros. Ele nem tinha uma teoria sobre o que poderia ser.

Quando eu seguia tal linha de pensamento, isso me levava a um único lugar. Uma pergunta que parecia a ponta de uma agulha. Se eu a tocasse, a coisa me picaria.

E se a Vovó *não* estivesse delirando?

Detive a mim mesma, freando a velocidade daqueles pensamentos antes que me conduzissem a um lugar de fato aterrorizante. A ideia era uma soleira. Se eu a atravessasse, não tinha certeza de que conseguiria voltar. Só que sentia como se não houvesse mais uma escolha.

Voltei à mesa e peguei o caderno. Hesitei ao encostar na capa. Não senti mais aquela sensação de apreensão e enjoo como em todas as outras vezes que o abri. Havia algo no momento que parecia científico. Clínico.

Abri na primeira página e olhei a data.

2 de julho de 2022
20h45: Na estufa de plantas. Alguém chamou meu nome.

A primeira vez que um "episódio" aconteceu, eu estava na fazenda, na estufa que usávamos para preparar as sementes da colheita de outono. Tinha ficado até mais tarde, depois de os funcionários já terem ido embora. Enquanto trabalhava, ouvi alguém chamar meu nome. Foi a primeira vez que ouvi aquela voz, agora tão familiar, que me cobria de uma sensação calorosa. Tinha soado tão nítida e alta que eu sequer questionei, nem por um instante.

Eu respondi, mas a voz só chamou meu nome de novo. E de novo, até que eu tirei as luvas e fui até o lado de fora, procurando por um rosto nos campos já escuros. Mas não havia nada. Ninguém. E a voz continuou a me chamar.

Levei alguns segundos para perceber o que estava acontecendo, e foi como ser atingida por um maremoto, a força chegando de uma vez só. Não importava que eu estivesse à beira daquela costa a vida inteira, esperando pela onda. Quando ela enfim chegara, parecera partir o mundo em dois.

A anotação seguinte era de três dias depois, bem quando eu começara a me convencer de que tinha imaginado aquilo tudo.

5 de julho de 2022
14h11: Uma égua correndo no acostamento da estrada. Ela desapareceu.

As páginas estavam preenchidas com dezenas de outras datas e horas. Música. O cheiro de pão assando no forno. Houve vezes em que vi alguém em um reflexo ou ouvi passos na casa. Uma vez até chamei Mason na fazenda no meio da noite, convencida de que alguém tinha invadido.

Todas as vezes, eu afugentava a alucinação, respirando fundo e bloqueando a mente até passar. Eu repetia as palavras: *Não é real, June.*

Se Vovó de fato tinha estado em dois lugares ao mesmo tempo, isso significava que eu também estava?

Uma batida à porta. Eu me virei e vi parte do casaco de Mason pela cortina.

Respirei fundo, frustrada, fechei o caderno e o cobri com algumas das folhas espalhadas pela mesa. Com cuidado, passei por cima dos documentos no chão até chegar ao corredor da entrada. A sombra dele balançava para a frente e para trás na janela até que abri as portas de madeira e de tela. Ele deu um passo para trás, olhou para mim e então para dentro da casa quando fechei as portas de novo atrás de mim.

— Oi — cumprimentou ele.

— Oi. — Tentei soar normal.

As roupas de Mason estavam cobertas de terra e pólen, o que significava que ele estava a caminho de casa depois do trabalho.

— Liguei mais cedo — comentou. — Fiquei preocupado quando você não apareceu na fazenda.

— Estava ocupada.

— Ocupada demais para ligar de volta?

Fitei a rua, onde um carro estava estacionando na entrada de uma garagem. Eu podia mentir para Mason, mas não conseguia olhar nos olhos dele quando fazia isso.

— Estive lidando com algumas burocracias que faltavam da Vovó.

Ele não acreditou. Eu soube pelo jeito que inclinou de leve a cabeça.

— June.

— Que foi?

— O que está acontecendo?

— Nada — respondi, ríspida.

— Nada? — Ele ergueu a sobrancelha. — Jura?

Olhei para ele, cravando os pés no chão.

Ele ficou parado em silêncio por alguns segundos antes de passar por mim e entrar.

— O que você está... — Tentei segurar seu braço, mas ele se esquivou, indo casa adentro. — Mason!

Eu o segui, ultrapassando-o depressa no corredor. Quando ele chegou à sala de estar, coloquei a mão no peito dele para freá-lo. Só que Mason estacou no lugar assim que viu o que eu estava tentando esconder.

Analisou o cômodo devagar, observando cada pedaço de papel que eu tinha disposto ali. Ele estava estático... não só fisicamente, mas algo em seu semblante mudou, deixando a casa ainda mais fria. Quando enfim olhou para mim, a expressão era estranha.

— June. — Ele abaixou a voz. — O que é isso?

Exalei com força, pressionando as palmas das mãos nas bochechas para resfriar o rosto que esquentava.

— É só coisa de família.

— Por que está tudo espalhado pela casa desse jeito? — falou com calma, cauteloso.

— Eu só estava... procurando um negócio.

— Procurando o quê?

— Uma coisa sobre minha mãe.

— O que tem ela? — insistiu, com a voz ficando mais agitada.

— Nada!

Passei por ele, dando um encontrão em seu ombro para entrar na cozinha. Quando cheguei à bancada, cobri de novo a caçarola de Ida com o papel-alumínio e abri a geladeira com força.

Pela visão periférica, vi Mason observando as lixeiras vazias e a pasta sanfonada que agora estava jogada na mesa. Segundos depois, ele parou atrás de mim, com os braços cruzados. A expressão em seu rosto era quase de raiva, mas eu não sabia que motivos ele tinha para ficar chateado. Era eu que estava perdendo a cabeça.

Troquei a caçarola por uma torta de mirtilo intocada e peguei duas colheres do pote de utensílios ao lado do fogão. Nem cogitei pegar tigelas, seguindo para a mesa.

— Você precisa falar comigo. Estou preocupado — disse ele.

— *Você* está preocupado? — murmurei, sentando-me em uma cadeira.

Coloquei a torta entre nós e lhe entreguei uma colher.

— Sim, estou. Tem algo acontecendo com você. Já faz um tempo. E agora eu encontro você trancada dentro de casa com essa merda toda espalhada?

Dei um sorriso amargo.

— Você acha que estou começando a delirar.

— Eu não sei o que está acontecendo. É por isso que quero que você converse comigo.

Enfiei a colher na torta, comendo direto da travessa. Sabia que chegaríamos àquele ponto em algum momento. Mason me conhecia bem demais. Eu não conseguiria esconder as coisas dele.

— Você pode confiar em mim, June. Sabe disso.

Eu sabia mesmo. Não havia nada que eu pudesse dizer que o afastaria. Na verdade, já tinha tentado. Fizemos um acordo anos antes de que ele seria a primeira pessoa que eu avisaria quando tudo começasse, mas, no momento em que eu contasse a ele, no momento em que falasse em voz alta, seria tudo verdade. Aquilo se tornaria uma realidade.

Larguei a colher na mesa, colocando as mãos no rosto de novo. Não havia sentido em mentir mais. Eu sabia disso. Só que era difícil demais dizer a verdade.

Respirei fundo e me levantei. Fui até a prateleira na parede mais longe para pegar a garrafa de uísque.

— Sente-se.

Peguei dois copos baixos e arredondados na cristaleira e os coloquei na mesa.

— Se está tentando me assustar, está funcionando.

— Por favor, só senta.

Eu já estava exausta.

Mason já estava servindo o uísque quando me sentei na cadeira na frente dele e, quando ele pegou o copo, fiz o mesmo. Bebi tudo em um só gole, fazendo careta quando o calor desceu pela garganta e o cheiro defumado da bebida preencheu o ar ao redor. Assim que coloquei o copo na mesa, Mason o encheu de novo.

— Está acontecendo — confessei.

Minha voz saiu tão baixa que não tive certeza de que havia falado em voz alta. Contudo, o semblante de Mason mudou, seus olhos iam e voltavam ao encontro dos meus. Ele segurou firme no copo.

— *Vem* acontecendo — sussurrei. — Há mais ou menos um ano.

De uma só vez, tudo virou definitivo. Conclusivo.

— Um ano.

Confirmei com a cabeça.

— Por que você não me contou?

— Por que você acha? — Dei um sorriso triste, sentindo as lágrimas se formando.

— Está bem. — O tom de sua voz não soou natural.

Eu podia ver nos olhos dele. Mason tinha entrado no modo "controle de danos". Talvez eu precisasse daquilo, mas não sabia dizer ao certo. Não seria eu a pessoa a dizer que não havia nada que ele pudesse fazer para melhorar esta situação. Ele era um homem que precisava sentir que estava consertando as coisas. Sempre identificava as cordas soltas dentro das pessoas e as consertava antes que tudo se rompesse por completo. Eu não tiraria isso dele.

— Como assim "está acontecendo"? O que exatamente está acontecendo?

— Estou vendo coisas. Ouvindo coisas. Ficando sem saber o que é real.

— Que tipo de coisas?

— Não sei. — Acenei com a mão. — Tudo!

Mason olhou para mim durante um bom tempo antes de pegar o copo e beber. Eu estava aliviada por não ouvir o que ele pensava. Além de Birdie, Mason era a única pessoa que eu tinha no mundo, e isso me enchia de uma imensa culpa.

— Você já marcou uma consulta com o dr. Jennings? — perguntou.

— Já. Tenho ido ao consultório dele nos últimos meses.

— Quero ir com você na próxima vez. Falar com ele sobre o que nós precisamos fazer.

— Não precisa ser *nós* — sussurrei.

Ele esperou até que eu olhasse para ele e, quando falou, não hesitou nas palavras:

— Sempre foi *nós*.

Senti uma dor aguda se espalhando sob minha pele. Era exatamente o que eu não queria, e talvez fosse também minha única opção. A verdade era que, se os papéis estivessem invertidos, eu faria o mesmo por ele.

— Uma coisa é dizer "pode contar comigo" quando se é um sem-noção de 18 anos que não sabe nada da vida. Outra coisa é existir um "nós" agora — argumentei.

— As coisas realmente mudaram tanto assim?

Ele estava tentando me fazer rir, mas, naquele momento, eu não sentia nada por dentro.

— Você não… — Girei o copo na mesa. — Você não quer algo mais? Uma família? Uma vida diferente fora da fazenda e de Jasper?

Muitos anos se passaram desde a última vez que fiz essa pergunta a ele.

Mason deu de ombros.

— Quem sabe um dia. Mas não é o que eu quero agora.

Sequei uma lágrima no canto do olho antes que escorresse.

— Talvez eu ainda esteja esperando você perceber que é apaixonada por mim.

Enfim eu ri, porque aquilo era tragicamente engraçado e, infelizmente, um tanto verdadeiro. Conseguia imaginar uma vida em que vivêssemos juntos, casados, até com filhos. Mas essa vida só poderia ser de uma June que não tivesse nascido uma Farrow. E, de alguma forma, eu havia evitado que Mason Caldwell partisse meu coração. Ele havia feito o mesmo.

— Você contou a Birdie?

Neguei com a cabeça.

— Vou contar. Em breve.

A ficha estava caindo. Não só o que eu tinha contado para ele, mas o que isso significava. Era o início do fim, e, mesmo que soubéssemos que o momento chegaria, ainda era assustador.

— E o que está acontecendo ali? — Ele apontou para a sala. — De verdade.

— Você não quer saber — murmurei.

Ele ergueu a sobrancelha de novo.

Suspirei, levantei-me da cadeira e fui até o canto da sala. Peguei a foto que Vovó tinha me mandado na cornija e a foto de minha mãe na mesa. Quando retornei à cozinha, o copo de Mason estava vazio pela segunda vez. Coloquei a foto de 1911 na frente dele e voltei a me sentar na cadeira.

— Eu estava abrindo algumas cartas ontem, e uma delas era um envelope enviado pela Vovó. Foi postado uns dias antes de ela morrer. Só havia essa foto lá dentro.

Ele observou os rostos nas fotografias antes de virar o verso da foto e ler o nome.

— Quem é esse?

— Nathaniel Rutherford — respondi, vendo-o arregalar os olhos.

— O cara que...

— Foi assassinado — completei. — É. E essa é a esposa dele.

Coloquei a segunda fotografia ao lado, e ele se inclinou ainda mais para perto.

— Certo, então é a mesma mulher. E o que que tem?

Coloquei o dedo na foto de minha mãe.

— Só que não pode ser verdade. Esta é minha mãe, Susanna.

Ele pareceu confuso, tentando entender.

Estiquei o braço até o outro lado da mesa e virei o verso da primeira foto para que ele lesse o que estava escrito.

— Esta foi tirada em 1911. Esta aqui — apontei para a outra fotografia — nos anos 1980.

— Então, *não* é a mesma mulher.

Ele olhou para mim.

Não falei nada, esperando em silêncio que ele oferecesse algum tipo de explicação que eu ainda não tivesse pensado.

— Então elas só são parecidas. Mas por que Margaret enviaria isso pelo correio para você?

— Não faço a menor ideia. Por isso comecei a pesquisar, tentando entender com quem Nathaniel Rutherford era casado. — Fiz uma pausa. — Mason, o nome dela era Susanna Farrow.

Ele se recostou na cadeira, olhando para mim.

— Ela tem a mesma data de nascimento de minha mãe, exceto pelo ano, lógico. E tinha uma filha chamada June.

Eu não conseguia decifrar a expressão dele. Mason parecia tão perdido quanto eu.

— A filha dela nasceu próximo ao dia e mês da data de nascimento que você escolheu para mim. E ela morreu exatamente no mesmo dia e mês em que eu fui encontrada em Jasper: 2 de outubro.

— June...

— Me diz se isso não é estranho?

Eu estava buscando apoio agora.

— É, é estranho.

— Mas... não sei. Também tem algo *errado* nessa história.

— Bom... não é como se fosse ela — contrapôs ele.

Mordi o lábio, o coração disparado.

— Espera. — Ele colocou os cotovelos na mesa, e seu rosto ficou sério de novo. — Você realmente acha que é *ela*?

Passei as mãos no cabelo.

— Não sei o que pensar. Me diga como isso é possível. Quais são as chances?

— Não sei explicar. Isso foi há mais de cem anos. As coisas perdem o sentido depois de tanto tempo.

Abri a boca para argumentar, mas ele levantou a mão, me impedindo.

— June, isso é muita coisa para eu assimilar de uma vez. Você acabou de me contar que minha melhor amiga no mundo inteiro está doente e não vai melhorar. E agora está me dizendo que ela acha que a mãe... tipo... voltou no tempo?

— Eu sei que parece absurdo.

— Parece mesmo.

Ele quase riu outra vez, mas agora parecia uma reação de desespero. Como se ele enfim começasse a absorver o fato de que eu estava desmoronando de verdade.

Ficamos ali sentados por um bom tempo, até que ele colocou a mão em meu braço e apertou com delicadeza.

— Olha, *isso*... — Ele focou nas fotos na mesa. — Isso não é o que importa agora.

Respirei fundo, desistindo. Ele olhou dentro dos meus olhos, como se esperasse ser convencido de que eu deixaria a história para lá. Quando assenti, ele enfim afastou a mão. Devia ter ligado para ele naquela noite um ano antes, como havia prometido. Talvez assim eu não estivesse aqui nesse labirinto de Nathaniel Rutherford, minha mãe e uma criança que mal havia existido.

— Quando Birdie volta? — questionou.

Eu podia ouvir a pergunta real por atrás daquelas palavras. *Quando vai ter alguém aqui para ficar de olho em você?*

— Amanhã.

— Vou dormir aqui hoje.

— Não precisa fazer isso.

— Não é uma pergunta.

Ele pegou a garrafa de uísque e encheu de novo meu copo antes de encher o próprio.

A ardência em meus olhos não deu lugar às lágrimas até mais tarde naquela noite, quando me deitei na escuridão do quarto, o som da respiração profunda de Mason subindo pelas escadas. Mesmo assim, eu as engoli antes que escorressem.

Queria deixar a coisa para lá, como ele havia sugerido. Queria focar no que era importante. Mas a foto parecia... intencional. Planejada. Como se Vovó tivesse tentado me dizer alguma coisa.

Havia muito no que pensar. Muitas palavras espiralando dentro da minha mente. Eu não conseguia ordená-las em uma linha reta. Vovó. A foto. As datas. Minha mãe. Birdie. Mason. Era um labirinto interminável, e eu sentia como se tudo em mim estivesse começando a desfiar. E estava mesmo.

7

A primeira coisa que vi quando abri os olhos foi um bilhete de Mason na mesa de cabeceira:

Toma um analgésico. Te ligo mais tarde.

Senti dor de cabeça assim que me sentei. Minha pele estava grudenta debaixo da camisola por causa do ar úmido da manhã entrando pela janela aberta. Eu o ouvira acordar no raiar do dia e sentira o cheiro forte de café, mas não havia conseguido me levantar e descer as escadas.

Era assim que seria? Mason cuidando de mim, dormindo no sofá quando eu não quisesse ficar sozinha? Indo a consultas médicas e passando ali em casa quando eu não atendesse o celular? Eu amava Mason, mas não queria essa vida para nenhum de nós dois.

Observei meu rosto no espelho do banheiro, com a torneira da pia aberta. As olheiras me faziam parecer uma criatura oca. A marca de nascença embaixo de minha orelha estava mais escura, meus lábios pálidos quase invisíveis. O pensamento repentino e veloz me atingiu antes que eu pudesse impedi-lo: fora assim que Susanna Rutherford se sentira antes de se jogar cachoeira abaixo?

Lavei o rosto com água gelada e me vesti. Desci as escadas segurando firme no corrimão. A casa era banhada pela luz rosada da manhã, e a cozinha estava toda organizada. A torta de mirtilos pela metade havia sumido da mesa, e os copos arredondados de cristal tinham sido lavados e secavam ao lado da pia.

O relógio digital acima do fogão marcava oito e oito da manhã. Mason devia estar nos campos de flores àquela altura.

Fiz o que ele sugeriu e peguei o analgésico no armário. Enchi um copo d'água e engoli o remédio, logo me arrependendo. Ainda me sentia enjoada, mas não por causa do uísque. A noite anterior e a sequência de pistas que reuni mudaram as coisas. Eu não sabia como explicar nem provar, mas tinha certeza de que tudo aquilo significava algo. Eu podia sentir. Como se a ideia tivesse se entranhado em meus ossos, tornando-se tão verdadeira quanto eu.

Susanna Farrow não tinha simplesmente sumido pela mata um dia, seguindo as migalhas deixadas pela própria mente fragmentada. E Vovó queria que eu soubesse disso.

Meu estômago ainda estava revirado quando olhei de novo para a entrada da sala, onde o labirinto de papéis e fotos cobria o chão.

A janela havia sido aberta, provavelmente por Mason, quando ficou quente demais aqui dentro na noite anterior. No canto da mesa, as reportagens de jornal que eu tinha xerocado esvoaçavam com a brisa.

A casa rangia com o vento lá fora enquanto eu atravessava a cozinha, mas parei assim que vi uma sombra passar pelas tábuas da sala. Foi seguida de um barulho. Um remexer de papéis, talvez.

Fiz a curva para entrar no cômodo, arregalando os olhos quando vi Birdie sentada na cadeira ao lado da lareira. Ela tinha no colo uma pilha de páginas que recolhera do chão, e uma pequena foto retangular nas mãos. Não olhou para mim quando parei à soleira da porta. Estava calada. Na verdade, não parecia estar nem respirando.

— O que está fazendo aqui? — perguntei, com o tom de voz quase defensivo.

Fiquei constrangida. Achei que teria horas antes de ela voltar de Charlotte, tempo o bastante para terminar de olhar os papéis e arrumar a bagunça que havia feito. O que ela pensou ao entrar e se deparar com tudo aquilo? O que estava pensando naquele instante?

Eu me aproximei, olhando para a foto em suas mãos. Era a que Vovó tinha enviado para mim.

Os dedos de Birdie corriam pela silhueta da esposa de Nathaniel, como se traçasse a estatura dela.

— Não consegui dormir, aí achei melhor pegar a estrada mais cedo. — A voz dela estava distante e dispersa. Quando enfim levantou a cabeça e olhou para mim, havia lágrimas em seus olhos. Ela analisou a sala antes de focar em mim. — Finalmente começou, né?

A energia no ar pareceu pulsar assim que ela pronunciou as palavras. Os olhos dela pareciam saber.

— Quê? — Meus lábios se mexeram, mas o movimento pareceu entorpecido.

Eu mal me ouvia.

Ela sabia. Ela sabia que eu estava doente.

Talvez Mason tivesse ligado para ela, ou talvez entrar e ver o caos na sala só tivesse confirmado as suspeitas que já tinha. Birdie vinha me observando com atenção, em especial nos últimos seis meses. Achei que estivesse preocupada com Vovó, mas o olhar que ela me lançava naquele momento me contava tudo o que Birdie não dizia. A verdade era enfim revelada... a coisa da qual estávamos todos pisando em ovos para falar.

— Achei que eu fosse estar pronta quando acontecesse — afirmou ela.

Ela olhou para a foto nas mãos com uma expressão que não consegui entender. Nostalgia? Afeto? Tristeza? Quando virou o verso, seus olhos permaneceram no escrito mais tempo do que o necessário. Eu estava imaginando ou as mãos dela tremiam?

Birdie engoliu em seco.

— Mas não sei se estou.

Eu tremia apesar do calor na casa. Meus músculos se contraíam, o estômago se revirava tanto que parecia se contorcer.

— Você viu a porta, não viu?

A tremedeira parou, porque um frio paralisante percorreu o corpo.

— Quê? — Desta vez, consegui me ouvir.

Ela se levantou, com a foto ainda entre os dedos.

— Quantas vezes você já viu a porta, June?

Segurei por instinto o pingente de relógio debaixo da blusa, apertando-o tão forte que as arestas ficaram marcadas na palma de minha mão. Eu não tinha mais certeza do que estávamos falando e, por mais que eu olhasse para a expressão dela, não conseguia decifrá-la.

— Por que está me perguntando isso? — Minha voz estava instável.

Ela levantou a mão para pegar a foto de minha mãe na mesinha ao lado, mas hesitou, como se relutasse em tocá-la. E então foi quase como se não conseguisse se conter. De repente, entendi. Fosse lá o que tudo isso fosse, o que significasse, Birdie sabia.

— Ela disse que você me faria perguntas — contou ela com suavidade.

Enrijeci.

— Quem?

— Margaret.

Assim que ela disse o nome de minha avó, uma sensação inquietante surgiu dentro de mim. Eu estava apavorada com o que Birdie estava prestes a dizer. Seu tom gentil e aquele brilho nos olhos pareciam diferentes, como se eu pudesse sentir nas entranhas que o que estava prestes a acontecer destruiria tudo.

Ela retorceu a boca, acentuando as rugas no rosto, e os olhos reluziram e tomaram um tom de azul ainda mais claro e brilhante.

— Quem é a mulher na foto, Birdie? — sussurrei.

Ela ergueu o olhar para encontrar o meu e de repente parecia só uma garotinha; alguém que fora flagrada com algo que não deveria.

— Tenho a sensação de que você já sabe a resposta.

— Quem é? — repeti com a voz mais incisiva.

— É Nathaniel Rutherford. E sua mãe.

Susanna. *Minha* Susanna, pensei. Mas o que aquilo significava? Nunca houve um momento em que minha mãe tinha sido de fato minha.

Balancei a cabeça.

— Não é possível.

De fato, não era. Mas não fora essa a mesma conclusão a que eu estivera chegando? Não fora esse o exato pensamento que me assombrara por longas e silenciosas horas da noite? Mas, com ela confirmando, de súbito fiquei desesperada para ser tudo mentira.

— Respire, June.

De repente, ela colocou a mão em meu ombro, seu toque era gelado.

Eu me encolhi, afastando-me.

— O que está acontecendo?

— O quanto você já descobriu?

Descobriu? Como se eu estivesse em uma caça ao tesouro, só que de olhos vendados. Como se fosse um jogo.

Quando não respondi, ela respirou fundo.

— Sei que é difícil, mas você precisa me escutar. Tem um jeito específico para tudo isso acontecer.

— Mas o que isso significa? — retruquei, brusca.

— Você está começando a se lembrar. — Ela procurou meu olhar. — Certo?

Lembrar.

Eu a encarei, com a cabeça a mil por hora. Tensionei a mandíbula, reprimindo uma resposta. Aquela era a palavra errada.

Fui me afastando dela, fazendo o possível para me agarrar aos últimos resquícios de realidade. A resposta óbvia era que aquilo não era real. Nunca havia sido. A foto, a certidão de casamento, os registros de batismo, as lápides... Tudo era uma grande alucinação brincando com minha mente. Era isso. Talvez eu ainda estivesse no quarto, olhando as cartas fechadas em minha cama. Havia uma possibilidade muito real de que nada disso estivesse acontecendo.

— Isto é... isto é um episódio. — Minhas palavras saíram falhadas quando as pronunciei. — Não é real.

Tentei encontrar sentido em tudo, implorando para meu coração se acalmar. Por um segundo, achei que apagaria bem ali.

Birdie me segurou pelos ombros.

— Você não está doente, querida.

Eu me senti paralisada, o ar ao redor ficando cada vez mais fino e seco, queimando meu peito quando eu respirava.

— Agora, me conte *com exatidão*. Quantas vezes você viu a porta?

Fiquei sem reação.

— Não sei. Três? Quatro?

Ela arregalou os olhos.

— Quê?

— A primeira vez foi há mais ou menos um ano — respondi com a voz rouca.

— Um ano? — Ela soltou meus ombros, erguendo a voz. — Isso tudo?

— Eu não queria contar para você e para a Vovó. Não enquanto ela estava tão doente. Achei que...

Birdie colocou a mão sobre a boca. Estava mais pálida.

— Não é assim que... — Ela engoliu em seco. — Não é assim que é para acontecer.

— Birdie, diga o que significa tudo isso.

Ela atravessou a sala sem dizer nenhuma palavra e desapareceu pelo corredor. A porta do seu quarto se abriu, e ouvi uma gaveta abrindo e fechando. Então ela voltou com algo entre as mãos. Parecia outro envelope.

— Você não está doente — repetiu ela. — Você, Susanna, Margaret... e as outras mulheres da família. — Birdie acelerou as palavras enquanto eu mordia o lábio até sentir dor. — As Farrow são diferentes. Você sabe disso. Parte de você sempre soube disso, né?

A dor nas têmporas estava irradiando, meu próprio batimento cardíaco parecia um martelo batendo em meus ouvidos.

— Ela não desapareceu, né? Susanna... — As palavras saíram murchas de minha boca.

— Não. Ela não desapareceu.

Olhei ao redor, em desespero, tocando a pele do antebraço e beliscando forte. Esperei que as paredes da casa se dissolvessem. Que meus olhos se abrissem para um novo dia. Só que nada disso aconteceu. Eu estava ali, em casa, sentindo o chão sob os pés. Ouvindo os pássaros cantarem lá fora.

Belisquei mais forte.

— Há quanto tempo você sabe disso?

Aquele olhar de garotinha voltou para os olhos de Birdie.

— Há muito tempo.

— E então? Você e Vovó decidiram esconder de mim?

Ela olhou para baixo, para o envelope nas mãos, antes de estendê-lo para mim.

— O que é isso?

— Algo que tenho que entregar a você.

Olhei para o objeto, inspecionando o que não tinha visto antes. Não era um dos envelopes pardos da floricultura, como o que Vovó enviara pelo correio para mim. Era quadrado e enrugado por causa da umidade, as pontas velhas e desgastadas.

Quando não peguei o envelope, Birdie o estendeu com mais firmeza.

— Eu lhe dou isso, e o resto cabe a você. Não posso dizer mais nada. Não posso interferir de nenhuma maneira. — Seu tom de voz mudou conforme lágrimas enchiam seus olhos, mas ela firmou a boca em uma linha reta de novo.

Eu estava furiosa.

— Me diga o que está acontecendo!

— Fiz uma promessa que mantive por muito tempo. Não posso quebrá-la agora. Nem mesmo por você.

Olhei para ela por um bom tempo antes de enfim pegar o envelope. Não havia nada escrito nele, mas estava lacrado.

Birdie deu um passo em minha direção, mas me esquivei dela, dirigindo-me à porta. Não conseguia ficar ali. Não aguentaria ouvir o que diria a seguir.

Tinha dado apenas alguns passos quando ela segurou meu pulso com firmeza e me puxou para um abraço, sem me dar a chance de afastá-la. Ela me abraçou tão forte que chegou a doer.

— Da próxima vez que vir a porta, abra. — Sua voz tremeu, e ela enfim me soltou, mas não olhou para mim.

Passou direto e pegou a bolsa no gancho ao lado da entrada. Então saiu, deixando a porta bater atrás de si.

Fiquei ali parada, estática, enquanto o carro dela dava partida. Demorei alguns segundos para sequer perceber minha respiração. Olhei para o envelope, hesitando, até que o abri.

Lá dentro tinha outro envelope, um diferente. Havia sido branco um dia, mas estava amarelado nas pontas.

Havia um endereço escrito na parte da frente:

Rodovia Hayward Gap, nº 46

Eu conhecia a Hayward Gap assim como todas as outras ruas de Jasper. Passava por ela toda vez que ia para a fazenda e tinha certeza de que, em algum momento, já dirigi nela. Não havia um mísero milímetro da cidade que não me fosse familiar, mas eu não fazia ideia da importância desse endereço. A maioria dos terrenos das fazendas não passava de campos vazios e celeiros abandonados que um dia foram usados para secar tabaco. Observando mais de perto, percebi que não era a letra de Vovó. Era uma caligrafia apressada a lápis. Eu me recusava a cogitar o pensamento apavorante e fugaz que atravessou minha mente. Seria a letra de minha mãe?

Deslizei um dedo trêmulo sob o lacre e abri o envelope com facilidade. Meu coração quase parou quando coloquei a mão lá dentro, mas não encontrei nem uma carta nem uma fotografia. Havia outra coisa. Algo pequeno e comprido. Frágil.

Retirei do envelope e segurei sob a luz que entrava pela janela. Era uma flor prensada com perfeição. Um galho de jacinto-silvestre, que crescia em abundância em Jasper toda primavera.

Segurei a flor contra a luz, virando-a devagar. As pétalas já tinham perdido a cor quase por completo.

Olhei dentro do envelope, virando-o de cabeça para baixo, mas não havia mais nada lá dentro. Quando a dobra de cima se fechou, deparei-me com três palavras:

Confie em mim.

8

E ra de Susanna. Tinha que ser.

Abri a porta de tela e desci os degraus do alpendre com o envelope ainda na mão. O GPS do celular dizia que a rodovia Hayward Gap, nº 46, ficava a apenas doze minutos de distância, não muito longe da fazenda. Pelo mapa, percebi que dois cantos da propriedade em questão encostavam na parte norte do terreno da fazenda.

Liguei o motor do Bronco e já estava com a marcha a ré engatada quando Ida apareceu no alpendre da casa ao lado. Ela ergueu a mão para dar um tchau e, pela primeira vez, sua expressão não estava preocupada. Como se me ver indo para o trabalho do jeito que eu fazia em qualquer dia normal fosse tranquilizador. Como se talvez eu estivesse bem.

Mas eu não estava. Nunca mais estaria.

Um zunido frenético surgiu dos alto-falantes quebrados conforme a rua se inclinava e se alargava diante de mim. Deixei o pé afundar no acelerador. Eu seguia para o leste, onde as montanhas ficavam um pouco mais planas e as árvores ladeando a estrada, mais escassas. A luz do sol brilhava na grama orvalhada, na qual arbustos largos e baixos de cicuta de água balançavam com o vento ao longo das valas de escoamento.

Vovó teve trinta e quatro anos. Trinta e quatro anos para me contar o que aconteceu com minha mãe. Porém, tinha deixado minha vida passar no desconhecido, e a única pessoa a quem havia confiado a verdade era Birdie.

Tudo de repente fazia sentido. Por isso ela nunca quis falar de Susanna. Por isso nunca parecera assombrada pelo mistério do sumiço da filha, do jeito que qualquer outra mãe ficaria. Eu sempre achei que fosse o luto, como se talvez ela não conseguisse suportar nem pensar no que tinha acontecido. Só que, durante todo o tempo, ela soube que Susanna estava no passado, sã e salva. Tinha vivido e morrido em Jasper. Só não tinha me levado junto com ela.

Fiquei olhando para o envelope no meu colo, aquelas três palavras como um farol em meio à escuridão.

Confie em mim.

A entrada na rodovia Hayward Gap era anunciada por uma placa improvisada de madeira. Diminuí a velocidade, conferindo no GPS quando a avistei. A ponta da propriedade que eu procurava ficava na esquina, mas a colina à distância escondia o que quer que estivesse me esperando lá. A caminhonete chacoalhava ao passar por cima dos buracos fundos e cheios de água da chuva conforme a área cimentada dava lugar aos cascalhos. Contudo, levei apenas alguns segundos para avistar uma chaminé de pedra adiante.

O resto da estrutura apareceu alguns segundos depois, e apertei com força o volante, como se eu estivesse me preparando para algo. Não conseguia evitar a sensação, como se cada parte macia de meu corpo estivesse virando pedra.

Era uma antiga casa de fazenda.

O telhado havia desabado de um lado e o revestimento de madeira apodrecida estava quase completamente cinza nas partes em que a tinta branca descascou. Um alpendre estreito se estendia em um dos lados da casa que ainda se encontrava de pé, mas era evidente que o lugar não era habitado fazia muito tempo.

Quando cheguei ao número, parei o carro na beira da rodovia. Não havia nada além de grama alta por todos os lados, espalhando-se por uns cinco hectares, no mínimo. Ao sul da propriedade, aquilo que um dia havia sido um celeiro no momento era somente umas estacas de pé e uma pilha de madeira tomada por videiras de amoras. O esqueleto de um trator antigo estava enfiado em um emaranhado de sebes ao lado da estrada. O metal estava todo enferrujado, mas o nome do fabricante ainda era visível na lateral.

Não conseguia me lembrar de já ter parado aqui nem passado por essa cerca, mas havia uma sensação incômoda e inquietante de que eu *conhecia* este lugar. Eu já tinha estado aqui, não?

Abri a porta e saí da caminhonete enquanto observava o terreno. A vista das montanhas dali era perfeita, com fileiras e fileiras de picos azuis enevoados que se estendiam até bem longe. O rio também não ficava distante. Eu o ouvia por trás das árvores espalhadas pela propriedade, mas o lugar ficava à montante da cidade, uma área em que sequer nos aventurávamos quando crianças.

Passei por cima das estacas caídas da cerca, tocando os topos de junco conforme eu ia até a casa. A maioria das janelas de vidro não existia mais ou estava rachada, e a porta de tela tinha quebrado. Parecia uma das centenas de fazendas que marcavam a expansão das montanhas Blue Ridge, mas havia algo estranho no lugar. Algo quase assustador. O arrepio em minha nuca me fez sentir como se alguém estivesse me observando daquelas janelas quebradas e nebulosas.

No caminho até a residência, tinha quase me convencido de que ali estava a chave de tudo. Como se aquela última pista fosse a coisa que juntava os pedaços naquele padrão que eu estava procurando. Só que eu não conseguia enxergar. Em vez disso, fiquei com uma sensação que não sabia bem decifrar. Era como ouvir um som e não conseguir dizer de que direção vinha.

As nuvens que se aproximavam traziam consigo um vento rápido, e a relva dobrava-se em volta, fazendo um barulho sussurrante que me causava calafrios. O formigamento suave de algo se mexendo em meu pulso atraiu minha atenção, e olhei para baixo, paralisada.

Uma mariposa-gigante-da-seda tinha pousado na parte de trás do meu braço, seu tamanho maior do que minha mão aberta. Era igual àquelas que encontrávamos agarradas aos troncos das árvores nos bosques quando éramos crianças, com as asas marrons rodeadas de marcas vermelhas que se assemelhavam a dois pares de olhos.

Levantei o braço com cuidado, observando com certo espanto enquanto as patinhas pretas do bicho escalavam até a ponta de meu dedo. E ali ficou, com as asas gigantes se abrindo e se fechando em um ritmo silencioso.

A julgar pelo calor arrebatador que se espalhava por meu peito, soube que aquilo não era real. Estava vendo algo que não existia. Entretanto, pela primeira vez, me forcei a ficar parada, absorvida pela visão, em vez de desviar a mente como no geral fazia. Sempre fugia, mas no momento eu me entregava à sensação, deixando que o senso de familiaridade se espalhasse dentro de mim. Eu quase podia tocar o pensamento, como se minha mente se esticasse para alcançá-lo. Só que devagar. Com cuidado.

Fiquei atônita.

Atrás de mim, sentia a casa em ruínas e o céu acinzentado. Sentia o vento frio e a estrada vazia. Só que ali, em minha frente, estava outro mundo. As colinas eram mais verdes, o céu mais azul. E os campos... não estavam mais vazios. Fileiras e fileiras de tabaco cobriam a terra, as folhas largas e chatas, como um oceano verde.

Eu sentia a visão me sugando, como se cambaleasse com um pé neste momento e o outro pé em um diferente. Como se estivesse em dois lugares ao mesmo tempo.

Quando olhei para o dedo, a mariposa tinha sumido, e com ela a visão do campo de tabaco começou a se desintegrar. Em uma questão de segundos, tudo se esvaiu e foi substituído pela fazenda abandonada ao redor.

Eu respirava com dificuldade ao voltar para a caminhonete, pegando, sem jeito, a maçaneta. Pisei no acelerador, mas não conseguia tirar os olhos do alpendre surrado circundando a casa. Da chaminé. Da porta principal torta.

Uma gota de suor escorreu pelo meio das minhas costas, e abri a janela, tentando tirar aquele perfume de dentro do carro. O cheiro doce de fruta madura e madeira apodrecida que me rodeava. Deixei o vento entrar, o velocímetro aumentando, até que enfim consegui respirar. Quando tive coragem de olhar pelo retrovisor outra vez, a casa havia desaparecido atrás da colina.

O carro deslizou até parar quando cheguei à estrada do rio e olhei para o campo vazio do outro lado, ainda com a respiração pesada. O que tinha acontecido ali — aquela visão — era diferente dos episódios que preenchiam meu caderno. O que Birdie tinha me perguntado? Se eu estava me *lembrando*? Era exatamente o que eu senti. Como se estivesse abrindo um buraco na minha mente que continha algo que eu havia esquecido. Mas o quê?

Olhei para a esquerda, onde a cidade de Jasper se estendia além das colinas. Não importava qual promessa Birdie havia feito nem como era para as coisas acontecerem. Ela me contaria o que eu precisava saber. E seria agora.

Girei o volante na direção oposta e dirigi para a fazenda. A vontade de ligar para Mason era tão grande que tive que me obrigar a não pegar o celular no banco do carona. O que sequer diria? Como explicaria aquilo? Eu deveria era ligar para o dr. Jennings. Não houvera um único momento que fizera sentido desde que eu tinha aberto aquele envelope da Vovó, e a imagem que ficava voltando à minha mente era a de Susanna. Não da mulher na foto ou dos arquivos no porão. Era a imagem do que eu imaginava ter acontecido com ela naquela noite, caminhando descalça na estrada no meio de uma nevasca. Perdida e confusa, assim como eu estava no momento. Eu a via adiante, seguindo pela beira da estrada com a camisola molhada, a pele pálida por causa do frio. Uma figura desaparecendo num mar de branco.

Engoli a sensação de enjoo que subia pela garganta. Era Susanna que eu imaginava ali no acostamento da estrada, ou era eu?

De repente, surgiu uma curva fechada na estrada, e afrouxei os dedos no volante quando vi algo pela janela do lado do motorista.

Tão rápido quanto apareceu, sumiu. Afundei o pé no freio, os pneus arranhando o cimento, e o carro parou com brusquidão.

Olhei para a fumaça da borracha dos pneus se espalhando pelo para-brisa e precisei respirar fundo três vezes antes de cogitar olhar pelo retrovisor interno.

Eu não estava imaginando. Era a porta. A porta vermelha.

A mesmíssima porta que eu tinha visto no cemitério. Na fazenda. Na rua principal. A exata maçaneta de cobre. A exata tinta rachada. Estava ali, ereta no meio do campo, uma mancha carmim no meio das colinas verdes ondulantes.

Saí do carro, uma sensação de estar flutuando me tomando enquanto eu seguia devagar na direção das árvores. A caminhonete roncava atrás de mim, e o barulho do vento engolia o silêncio, reverberando em cada célula do meu corpo. O cheiro de borracha queimada ainda preso ao meu nariz conforme eu desbravava a grama alta.

— Não é real — sussurrei, mais por força do hábito.

As palavras foram uma reação involuntária, mas não eram mais verdade. Nunca haviam sido.

Minha respiração estava tão pesada que meus pulmões doíam. *A qualquer momento, eu acordaria*, dizia para mim mesma. Abriria os olhos, na minha cama, e perceberia que nada daquilo tinha acontecido. Contudo, o pensamento foi logo seguido por outro. Que eu precisava ver o que havia do outro lado.

Parei quando cheguei ao objeto, com as botas afundando no solo amaciado pela chuva.

Abra, ecoou a voz de Birdie.

Olhei para os dois lados vazios da estrada, então levantei a cabeça, observando as árvores ao longe. Não havia ninguém me vendo parada no meio daquele campo na frente de uma porta que não existia. Ninguém para testemunhar minha insanidade.

Antes que eu mudasse de ideia, estendi o braço, as pontas dos dedos formigando quando encostaram na maçaneta adornada. Segurei-a e me ouvi expirar antes de girá-la. Com a respiração trêmula e apavorada, abri a porta.

Arregalei os olhos quando as dobradiças rangeram.

Do outro lado, havia outro campo. Depois dele, uma estrada de cimento construída no meio da terra, com árvores aos lados. Eu ouvia as cigarras. A água do riacho.

Voltei a olhar para trás, para o carro parado com a porta entreaberta na estrada. Ainda sentia o metal frio da maçaneta nos dedos. Mas congelei ao ouvir o som do vento nas árvores, as folhas farfalhando. Porque não conseguia sentir aquilo.

Com cuidado, meu olhar se voltou à porta aberta. Do outro lado, os galhos estavam encurvados, a grama se inclinando sob a brisa veloz. Mas, deste lado, tudo estava parado.

Levantei a mão devagar, aproximando-me, e, quando cruzei a soleira da porta, um vento vigoroso passou entre meus dedos. Abri a boca, chocada ao extremo, fechei a mão em punho e a puxei de volta. Assim que fiz isso, o vento desapareceu.

Olhei para a palma da mão, o olhar seguindo as linhas que se espalhavam como raízes de árvore sobre a pele.

Dois lugares ao mesmo tempo.

Foi a voz da Vovó que ouvi quando contei as inspirações. *Um, dois, três.* Dei mais um passo, expirando um ar trêmulo. *Um, dois, três.* Não houve um momento em que eu tinha resolvido agir. Não houve um único pensamento que tinha me levado a fazer aquilo. Eu só segui adiante até as botas encostarem na grama reluzente.

O vento me envolveu, jogando meu cabelo no rosto, e enchi o peito com aquele ar doce do verão. Libélulas dançavam nas águas cintilantes ali embaixo.

Quando me virei, a porta tinha sumido.

9

Olhei ao redor, girando em círculo devagar. Continuei respirando, trêmula, quando avistei a estrada recentemente pavimentada se abrindo entre os campos, como uma cobra desaparecendo colinas adentro.

A caminhonete tinha desaparecido.

Eu estava parada no mesmo lugar. No exato mesmo lugar onde eu havia estacionado minutos antes. Eu sabia onde estava, mas a estrada era… nova. O ar era preenchido por um cheiro de asfalto preto e pedras; a estrada rachada e os guarda-corpos enferrujados não mais ali. Os campos ao redor não tinham cercas. Celeiros. Havia árvores antigas gigantes em lugares que eu nunca as vira e uma casinha de madeira onde antes não houvera nada.

— Acorda — falei as palavras em voz alta, mas os ouvidos nada captaram. — Acorda!

O som de minha voz atravessou o vento, e olhei com mais atenção o mundo que me circundava. Era nítido demais. Preciso demais. Não eram os lampejos distantes e fantasiosos que eu tinha visto antes. Dava para sentir que era real. Visceral e detalhado. Isto era outra coisa. Algo impossível.

Foquei a caixa de correio prateada torta, presa à estaca vertical de uma cerca no acostamento. Tinha gravado de tinta o nome GRANGER.

Minha mente saltava de um pensamento para outro, até que um rangido ecoou no ar e a porta de tela do casebre bateu. No topo dos degraus, uma mulher baixa de cabelo grisalho me observava, com os olhos arregalados.

— Perdão... A senhora...

Ergui uma mão desesperada no ar, mal conseguindo falar.

Só quando dei mais um passo consegui identificar a expressão no rosto dela. Choque. Terror, até. A mulher arrastou os pés de volta, abriu a porta e, então, desapareceu, batendo a porta atrás de si.

Meu olhar saltava de uma janela escura da casa para outra. Não havia nenhum movimento, nenhum som vindo lá de dentro, mas eu a sentia me observando, os olhos me espiando pelo vidro.

Pressionei a mão trêmula na testa quente enquanto tentava pensar. Eu não via nenhuma outra casa. Ninguém nos campos nem na estrada.

Por reflexo, coloquei a mão no bolso de trás. O celular, a chave, tudo estava no carro.

Confie em mim.

As palavras escritas no verso do envelope que Birdie me dera eram um sussurro baixinho no momento. O problema era que eu não confiava mais em ninguém. Nem em mim mesma.

Passei a mão no cabelo, afastando-o do rosto. Se eu tivesse atravessado a barreira do espaço-tempo, como Birdie sugerira que Susanna tinha feito, então eu não estava mais na cidade de Jasper de 2023. Isso não me dava muitas opções.

Comecei a caminhar na direção de onde tinha vindo, os passos titubeantes quando passei pelo local na estrada onde o Bronco estivera parado. Tinha quase certeza de que ouvia o barulho do motor em algum lugar distante. Até sentia o cheiro da fumaça no vento.

Era como antes, quando eu via e ouvia coisas que não existiam. Só que agora parecia que eu estava do outro lado das visões.

Andei na direção das muitas montanhas ao longe. Aqueles picos e vales, pelo menos, não tinham mudado, e, quanto mais eu caminhava, mais distinguia os arredores. A margem do rio parecia diferente, mais larga e selvagem, com parte da água escondida pelos arbustos cheios. Contudo, havia coisas sutis que me ajudavam a me orientar, como uma curva específica na estrada ou uma árvore que eu achava reconhecer.

Quando cheguei à rodovia Hayward Gap, não havia nenhuma sinalização. O asfalto estava rachado no acostamento, no ponto em que anos de rodas passando por cima o destruíram, deixando uma estrada de terra no lugar. Era bordeado por uma cerca de madeira, e atrás dela estava a colina que eu vira no dia anterior, fazendo um arco de um dos lados antes de o terreno se estender do outro.

O barulho de um motor surgiu antes de uma caminhonete aparecer ao longe, e estreitei os olhos, tentando identificá-la. Era um modelo antigo. Não "antigo" como os que existiam na Jasper que eu conhecia: caminhonetes e picapes dos anos 1990 que haviam sido transformadas em veículos utilitários de fazenda. Não, aquela caminhonete era muito mais antiga, a cor azul-escura brilhando conforme o sol batia no para-choque.

O motorista não pareceu me ver no acostamento da estrada até já ter passado por mim, e a caminhonete, de repente, diminuiu a velocidade, como se ele tivesse pisado no freio de um jeito súbito. Mas, assim que tive certeza de que ele tinha parado, o carro voltou a se movimentar, mais rápido desta vez.

Uma sensação sinistra se espalhou por meu corpo, o peito ficando apertado. Assim que a caminhonete sumiu depois de uma curva, saí do acostamento asfaltado e comecei a andar pela estrada de terra. Segui adiante, retraindo-me quando a chaminé entrou em meu campo de visão. A mesma que tinha visto menos de uma hora antes. Só que no momento havia fumaça saindo dela.

A estrutura inclinada e devorada por cupins que se encontrava no pé da colina havia desaparecido. Transformada. A casa da fazenda estava aninhada atrás da linha de árvores que seguia o riacho se estendendo ao longe. Os tijolos vermelhos ainda tinham cor, o revestimento de madeira era pintado de amarelo-claro. Atrás da casa, hectares e hectares de tabaco cresciam em fileiras mais altas do que eu. O celeiro caindo aos pedaços já não era os restos de uma estrutura. Estava inteiro.

Fiquei estática, esperando, de alguma forma, que o cenário desaparecesse em uma cortina de fumaça, como tinha ocorrido antes, mas não aconteceu. Os minutos só continuavam passando. O tempo continuava correndo. E eu tinha, de alguma forma, ultrapassado a barreira dele.

A sensação arrebatadora de que eu conhecia o lugar era ainda mais forte. Quase insuportável. As janelas da casa eram escuras, mas o som distante de um martelo se espalhava pelo ar, uma batida firme que ficava mais alta conforme eu me aproximava. Quando cheguei ao pé da colina, vi as portas abertas do celeiro, algumas galinhas ciscando na terra.

Coloquei as mãos na porteira de ferro fechada, esperando alguém aparecer.

— Olá — chamei, com a voz instável.

A batida de cascos me fez desviar o olhar do celeiro para o piquete, e lá uma égua me observava por trás da cerca. A poeira levantou-se no ar, iluminando-a, mas eu sabia. Era a mesma égua que eu havia visto antes. De pelagem castanha. Tinha um olho selvagem fixado em mim enquanto pisava, a cabeça inclinada enquanto bufava.

A batida penetrante do martelo continuou em um ritmo constante, ecoando pelos campos. Levantei o trinco da porteira e deixei que se abrisse, adentrando o caminho que se estendia até a casa a partir da estrada. Uma grama fina e selvagem contornava o trecho que ia de um lado do alpendre até um jardim repleto de ervas daninhas. Segui nessa direção, procurando a origem do som.

A égua trotou ao longo da cerca do piquete, ansiosa. A pelagem marrom-chocolate adquiria um tom bronze, e a crina capturava a luz. Quando dei mais um passo, o animal relinchou, as narinas se abrindo e fechando.

— Olá — chamei de novo, dando a volta na casa devagar enquanto o barulho aumentava.

De repente, o som parou quando cheguei à curva do alpendre, e vi a figura parada do outro lado do celeiro.

Um homem.

Ele olhava para a égua, como se tivesse ido dar uma checada. Havia um machado pesado ao seu lado, e eu ouvia o ronco baixo e distante de sua voz, conforme seguia na direção do animal. Ao se aproximar, passou a mão no focinho da criatura.

A égua se acalmou por um instante, a respiração ficando mais lenta, e os olhos do homem seguiram o olhar do bicho em minha direção. Seu cabelo escuro caía para um dos lados, preso atrás da orelha e formando cachos nas pontas. Os suspensórios presos ao cinto estavam frouxos sobre as pernas, e a camisa branca estava úmida. Quando enfim focou o olhar em mim, ficou todo rígido, e eu senti um calafrio.

Levantei a mão para proteger os olhos da luz intensa do sol, tentando decifrar sua expressão.

— Olá?

Ele respirou fundo, o peito se esvaziando contra o tecido justo da camisa, mas não disse nada e ficou ali parado, olhando para mim. Então, de repente, começou a andar. O machado escorregou de seus dedos e caiu no chão, e ele começou a marchar em minha direção com uma intensidade que me fez dar passos para trás. Quando não diminuiu o passo, olhei para a estrada. Depois para a casa. Não tinha para onde ir.

— Que merda você está fazendo aqui?

— Quê?

Abaixei a mão quando ele se aproximou.

— Eu perguntei que merda você está fazendo aqui, June?

Arfei ao ouvir isso. Não só meu nome, mas dito por *aquela* voz. A que sussurrava na escuridão. A que tinha sido como fogo em minha pele. Eu conhecia aquela voz.

Dei mais um passo para trás e bati com o ombro no parapeito do alpendre enquanto ele se aproximava. Quando enfim chegou perto, ele ficou tão próximo que tive que levantar de leve a cabeça para olhá-lo.

— Desculpe, você disse... — murmurei enquanto analisava o rosto dele, frenética.

Os olhos. Eram de um castanho profundo, da mesma cor bronzeada do reflexo do sol na crina daquela égua. E, por um instante, tive certeza de que já os tinha visto antes.

— Você me conhece? — sussurrei.

— Quê?

Ele se aproximava cada vez mais, tão perto que eu podia sentir o calor de seu corpo.

— Você disse o meu nome.

Ele abriu a boca, a expressão confusa.

— O que diabo você está falando?

Fiquei sem reação, ouvindo o som da voz dele ecoar dentro de minha cabeça. Havia um sotaque suave na fala que puxava nas vogais e acentuava as palavras. Com certeza era a voz que eu ouvia.

Ele ficou me encarando, no aguardo, mas eu ainda não tinha desvendado aquela parte. Não tive tempo para pensar naquilo. Não havia um plano quando entrei por aquela porta.

— Estou procurando uma pessoa. — Eu me agarrei à primeira coisa em que consegui pensar. — Susanna Farrow.

Ele estreitou os olhos e se afastou, abrindo espaço entre nós. Algo mudava em sua postura. Uma mudança em partes dele que eu não conseguia enxergar.

— Rutherford — corrigi. — Susanna Rutherford. Você a conhece?

— O que é isso? — falou com tanta suavidade que parecia estar perguntando a si mesmo, e não a mim.

Ele parecia quase... desconfiado.

— Estou procurando por Susanna. Você sabe onde posso encontrá-la? — Eu soava ainda menos segura.

De repente, ocorreu-me que ele não estava perguntando o que eu queria. Estava perguntando sobre *mim*.

Ele colocou a mão entre nós repentinamente, segurando firme meu pulso. Antes que eu pudesse reagir, estava puxando meu braço.

— O que está fazendo?

Tentei me soltar, mas seus dedos me apertaram ainda mais forte.

Observei, chocada, quando ele puxou a manga de minha blusa e girou minha mão, de forma que a pele do meu antebraço ficasse exposta. Ele respirava cada vez mais rápido, apertava-me cada vez mais forte, mas eu não sabia o que estava procurando. E então, de uma vez, ele me soltou e deu vários passos para trás.

Puxei o braço de volta, sentindo uma dor absurda no pulso.

— Você nunca esteve aqui, não é? — questionou ele.

— Aqui?

Ele tensionou a mandíbula.

— Nós nunca nos conhecemos.

— Não. — Outra vez, olhei para a estrada vazia. — Eu disse a você que...

— Meu deus, June. — Ele colocou as mãos no rosto, pressionando-as na frente na boca, e lá estava de novo. Aquele jeito familiar de dizer meu nome. — O que você fez?

Ele não estava mais olhando para mim. Também não estava mais falando comigo. Fosse lá o que estivesse se desdobrando por trás dos seus olhos era invisível para mim. Demorou um momento para ele piscar e voltar a si.

— Alguém viu você? — Ele voltou a atenção à estrada. — Você falou com alguém, qualquer pessoa?

— Olha, eu não estou entendendo o quê...

— Alguém *viu* você? — A mulher no alpendre e a caminhonete na estrada me vieram à mente. — Você precisa entrar.

Ele passou por mim às pressas, subiu os degraus da varanda e entrou na casa. O barulho de suas botas me fez lembrar do fantasma de um som que eu tinha ouvido tantas vezes antes. Aquela batida oca e firme.

Eu o segui, parando à porta quando pensei melhor no que estava fazendo. Entrar na casa de um homem desconhecido. Só que era óbvio que ele sabia de algo. Havia um pedaço dessa história que ele sabia e eu, não.

Analisei o casebre, observando tudo o que a luz iluminava. A lareira ainda brilhando com uma brasa, um sofá pequeno com uma manta. A vassoura no canto. Um baú de cedro. Um bordado em ponto-cruz de um buquê de flores na parede. Após a sala de estar, havia uma cozinha pequenina e outra porta fechada.

Ele ajeitou o suspensório e vestiu uma jaqueta grossa de lona que pegou do gancho ao lado da porta.

— Fique aqui.

— Você vai embora? — As palavras saíram rígidas.

Eu ainda estava parada no alpendre, com as mãos encostadas nas laterais do batente.

Ele pegou um molho de chaves do bolso, esperando que eu entrasse na casa. Só que não olhava mais para mim. Na verdade, parecia estar tomando bastante cuidado para não fazer isso.

— Se alguém bater na porta, não atenda. Fique dentro de casa.

— Mas...

Ele retesou a mandíbula de novo, a tensão descendo até os ombros. Os braços.

— Você quer saber sobre Susanna? — A voz ficou mais pronunciada.

Engoli em seco.

— Quero.

— Então espere aqui.

Meus olhos seguiram de seu rosto para a tensão da mão segurando as chaves. As veias que percorriam os nós dos dedos apareciam, salientes, sob a pele.

Não sabia ao certo o que me fez decidir; na verdade, eu estava quase convencida de que não tinha escolha. Não sabia onde estava nem o que estava acontecendo. Só que aquele homem me conhecia. E conhecia minha mãe.

Ele esbarrou em mim ao passar assim que entrei na casa.

— Tranque a porta.

A porta bateu atrás dele e fez as janelas da casa tremerem. Fui até a mais próxima e o observei abrir a porteira e entrar no carro. Ele teve dificuldade com a marcha depois que ligou o motor, e uma nuvem de poeira se levantou no ar conforme ele saía pela estrada.

E então sumiu.

Soltei a cortina, de repente enjoada. Quase em um impulso, fechei o trinco da porta, pressionando os dedos trêmulos nos lábios. O que exatamente eu tinha feito?

Refiz tudo na mente, passo a passo. Andar até aquele canto da casa e ver Birdie na sala. O olhar no rosto dela. O jeito que suas mãos tremeram quando ela me entregou aquele envelope. Eu fiz o que ela tinha mandado. Atravessei a porta. Qual era o próximo passo?

A casa estava silenciosa, com exceção do barulho de minha respiração, então tentei acalmá-la. Tive medo de me virar. De ver com meus próprios olhos qualquer mínima familiaridade. O par extra de botas ao lado da porta. A chaleira na bancada da pia. A caixa de fósforo em cima da lareira. Uma espingarda na parede.

A possibilidade de que tudo aquilo estivesse só em minha cabeça diminuía a cada segundo. Se eu estava imaginando, não era apenas um episódio. Estava perdida em um labirinto. Tão perdida que talvez nunca fosse encontrada.

Dei um passo hesitante para longe da janela, andando pelo tapete feito à mão. Era composto por pedaços de pano de várias cores, desgastado e puído nas pontas. Observei cada detalhe. Ao redor da mesinha, que ficava entre este cômodo e o seguinte, havia quatro cadeiras de madeira, uma delas sem um dos eixos do encosto. A panela de ferro fundido em cima do fogão ainda estava um tanto quente.

Não era só uma casa. Era um lar.

Passei a mão pela bancada de madeira enquanto seguia até a porta fechada do outro lado da cozinha; algo me atraía para lá. Encostei na maçaneta fria de metal, abri a porta, e a luz do sol presa lá dentro se espalhou para fora.

Analisei o pequeno quarto. Havia uma cama simples, uma penteadeira e um armário fechado. Não era o tipo de lugar que um homem ocuparia sozinho. Era feminino. Delicado. Só que eu não tinha visto nenhuma mulher no celeiro. Fosse lá quem ela fosse, não estava em casa.

Foquei no pedacinho de tecido preso na porta do armário, algo rosa empoeirado que não pertencia ao fazendeiro de tabaco. Eu ainda sentia algo me incitando para dentro daquele quarto. Para o armário. Sentia uma força guiando minha mão até o objeto. E, quando o abri, vasculhei o que havia lá dentro com o olhar.

Botas menores do que as que estavam na porta da casa. Um casaco grosso de lã. Alguns vestidos e macacões jeans. Uma pequena pilha de tecidos coloridos dobrados que pareciam as bandanas que usávamos na fazenda.

Virei-me de volta para o quarto, vasculhando os itens que por certo não pertenciam ao homem. Um pente no estilo de casca tartaruga, um potinho com um anel fino de ouro. Uma garrafa de prata em formato de ampulheta que parecia um frasco de perfume. Eu o peguei, levei-o ao nariz e senti o cheiro suave de rosas e laranjas. Minha garganta se contraiu, como se eu fosse chorar.

Parte de mim *sentiu* a fotografia antes que eu a visse. No reflexo do espelho, vi um pequeno porta-retratos na mesa de cabeceira. Uma moldura oval de madrepérola com uma foto em preto e branco atrás do vidro.

Coloquei o perfume na penteadeira e me virei na direção do retrato. Passos lentos e hesitantes me conduziram ao outro lado da sala. Precisei segurá-lo para acreditar. Tinha que pegar o objeto com as próprias mãos.

Forcei meus dedos rígidos a soltar minha camiseta úmida e pegar o porta-retratos. Ali, o homem que vivia naquela casa estava com os braços ao redor de uma mulher, o rosto dela encostado à curva entre seu ombro e pescoço. Ela mostrava um sorriso aberto, mas foi a marca de nascença que me fez sentir como se tivesse sido arremessada no chão. Debaixo da orelha, descendo pela mandíbula.

Ergui a mão e encostei com os dedos trêmulos na marca que descia pelo meu próprio pescoço. Era eu.

Era eu.

A foto escorregou dos meus dedos, o vidro se estilhaçou ao cair no chão, e de repente eu estava disparando pela casa. Em direção à porta. Escancarei-a, descendo os degraus, e cheguei à porteira. À estrada. À curva que levava à cidade.

E corri.

10

Segui a margem do rio, correndo por fora da estrada.

De poucos em poucos segundos, eu olhava para trás e observava as árvores com um sentimento de pavor que se enraizava dentro de mim. Precisava esquecer do que tinha visto, apagar da memória. Só que a imagem daquela foto já estava gravada em minha mente. Isso era diferente da sensação obscura e distante de reconhecer Susanna na foto com Nathaniel Rutherford. No momento em que coloquei os olhos naquela mulher, eu soube, sem dúvida alguma, que era eu.

Continuei caminhando, a adrenalina correndo quente em minhas veias. Eu não sabia aonde estava indo, só que não estava mais seguindo em direção a algo. Não estava procurando nem buscando respostas. No momento, eu simplesmente corria.

O barulho da água foi ficando mais alto conforme o terreno se tornava pedregoso, e tornei a observar os campos que se estendiam pelos dois lados do rio, desesperada para encontrar a porta. Se tinha passado por ela uma vez, podia passar de novo. Não me importava mais com o que tinha acontecido com Susanna. Não queria saber que verdade as Farrow tinham guardado a sete chaves nem o que Vovó estivera escondendo de mim. Nada disso importava. Agora, eu só queria voltar para casa. A casa na rua Bishop, a fazenda e Mason.

O sol estava começando a se pôr quando cheguei à antiga ponte ferroviária que cruzava o rio Adeline, mas ela não parecia mais tão velha. Não estava coberta por videiras, repleta de galhos caídos. A única coisa igual era o rio azul-esverdeado que corria debaixo dela.

Passei pelo meio dos arbustos, desci até a margem e, fazendo uma concha com as mãos, joguei água gelada no rosto. Minha pele estava quente e vermelha, os olhos, inchados, e o som que saiu de minha garganta me fez sentir como a garotinha de 10 anos que pulava da ponte com Mason.

No momento em que pensei nele, o grito, entalado em meu peito, se libertou de vez. Eu daria tudo para estar sentada à mesa de frente para ele, com uma torta de mirtilo entre nós. Voltar àquele instante e ouvi-lo quando ele tentara me convencer a abandonar a obsessão por minha mãe.

Queria acreditar que o que tinha visto naquela casa da rodovia Hayward Gap não podia existir, mas a simples lembrança da imagem me fazia estremecer. O sorriso em meu rosto. O jeito que aquele homem passava o braço em minha cintura. Eu quase conseguia senti-lo, do mesmo jeito que aconteceu naquela manhã em que acordei com a sensação de ter alguém em minha cama.

Olhei para a água, no ponto em que meu reflexo se balançava, desfazendo-se e mudando com a luz, influenciado pelo céu azul e os galhos de árvores espessos acima de mim. Era exatamente como eu me sentia por dentro: distorcida e em pedaços. Uma imagem sem foco.

Suor escorria por minha testa e meus músculos queimavam, lembrando-me de que eu não tinha dormido na noite anterior. Na verdade, eu mal dormia fazia dias. Minhas pernas doeram quando escalei a encosta de volta à ponte, sem meu centro de gravidade, como se estivesse flutuando de um lugar ao outro.

Pisei no trilho, seguindo-o ao passo que se distanciava da estrada, até que eu estava sobre a água. Ao longe, dava para ver Jasper, aninhada à margem do rio, como se nunca tivesse mudado. De um dos lados da ponte no centro da cidade, eu via os prédios de tijolo vermelho da rua principal. Do outro, ficava o campanário esguio da igreja. Estava escondido pelas árvores, mas mesmo dali eu via algumas das lápides espalhadas pelo cemitério. Só naquele momento admiti para mim mesma que não sabia o que fazer. Se eu não estava em 2023, ou mesmo na linha do tempo de minha própria vida, não podia simplesmente entrar na cidade e encontrar alguém conhecido. Só havia uma pessoa daquele lado da porta que talvez pudesse me ajudar: Susanna.

Um barulho baixo e suave reverberou no corrimão sob minhas mãos, e fiquei atônita, segurando firme em uma das barras de ferro. O metal vibrava com uma ressonância profunda e, quando olhei para minhas botas, percebi que o barulho estava aumentando. Os trilhos começaram a tremer, e olhei para as árvores do outro lado do rio. Quando ouvi o apito, respirei fundo e voltei a atravessar a ponte.

O trem surgiu da linha das árvores, vindo em minha direção, então saltei por cima do trilho e caí na ponta da barricada. Fui deslizando colina abaixo, de volta para a água. Parei toda desajeitada, com um galho preso na manga da blusa e raspando no emaranhado de silvas, enquanto o trem chegava à ponte. A sombra da locomotiva se projetou sobre mim, a luz do sol entrando por entre os vagões enquanto o veículo passava.

O trem desapareceu do outro lado da estrada segundos depois, deixando um rastro de vapor para trás. O som se esvaiu antes que o ruído de um outro motor surgisse no topo da margem do rio. Eu apenas ouvia, imóvel, à medida que se aproximava. O barulho dos pneus no cascalho e o ruído do freio chamaram minha atenção para a abertura no mato por onde eu tinha passado e, alguns segundos depois, eu o avistei. O homem que estivera na casa.

Frenético, vasculhou com os olhos a margem do rio até que me viu e soltou um suspiro pesado.

— O que você pensa que está fazendo?

Mais uma vez, aquela imagem dele me segurando pela cintura na foto surgiu em meus pensamentos. Queria apagá-la.

Quando não respondi, ele veio em minha direção.

— Fique longe de mim!

Recuei, pisoteando o rio, e a água fria encheu minhas botas.

— Você precisa vir comigo. *Agora.*

— Não vou a lugar nenhum com você.

Dei uma olhada para trás, para o outro lado do rio, analisando a distância.

— Não é seguro, June.

Ao ouvi-lo dizer meu nome, senti mais um arrepio na espinha. Não havia formalidade alguma. Nenhuma ponta de incerteza. A boca formava a palavra como se já tivesse dito o nome mil vezes.

— Quem é você? — perguntei.

Ele colocou a mão na testa, como se estivesse sentindo dor.

— Meu nome é Eamon — respondeu ele, impaciente. — Eamon Stone.

— Por que tem uma foto minha na sua casa? — deixei a pergunta escapar.

Eu estava com muito frio agora.

— Venha comigo, e eu conto.

— Não. Conte agora.

Ele mudou a expressão conforme media as palavras.

— Eu conheço você. É você que não me conhece ainda.

— Ainda? — Fiquei parada, olhando para ele. O pânico que havia sentido naquele quarto se transformou em terror. — *Como* você me conhece?

Ele deixou os braços penderem nas laterais do corpo, fechando as mãos em punhos.

— Olha, você precisa vir comigo.

Dei mais um passo para dentro da água, e os olhos dele se voltaram para a estrada. Ouvi outro carro parando no acostamento, atrás das árvores.

Eamon ajeitou a postura e vestiu o chapéu de novo ao mesmo tempo que a porta de um carro se abriu. Ouvimos passos por trás das árvores.

— Está tudo bem? — questionou a voz de um homem.

— Está, sim.

Eamon sorriu para quem quer que estivesse parado na estrada, mas a expressão pareceu estranha.

— Vi sua caminhonete.

Um homem vestindo um uniforme de polícia antigo apareceu no topo da margem do rio, olhando para Eamon. Estava com um dedo apoiado no cinto enquanto secava o rosto com um lenço, e o distintivo no peito tinha gravada a palavra POLICIAL. Ele ficou estático quando me viu.

— June? É você?

Olhei para Eamon, o aperto no peito se transformando em uma dor extrema. O que diabo estava acontecendo?

Eamon cravou os olhos em mim com total atenção, como se tivesse medo do que eu diria.

— Ela acabou de voltar — explicou ele e virou-se de forma a bloquear metade da visão do homem.

Voltar? De onde?

O homem deu um passo para o lado, tentando me ver. Ele mexia a mão devagar no cinto e achei, por um instante, que pudesse estar indo em direção à arma na cintura.

— Bom ver você. Sua mãe está bem?

Olhei para ele, depois para Eamon. Minha mãe? Susanna?

Minha boca se abriu, mas, antes que eu pudesse falar, Eamon me cortou de novo:

— Bem melhor — respondeu ele, com os olhos focados em mim.

Os músculos de seu pescoço estavam tensos, e ele acenou com a cabeça para mim de maneira quase imperceptível.

— Aham.

Engoli em seco, seguindo a deixa dele. Não sabia mais o que fazer.

— Que bom.

Assenti, sem jeito.

O policial focou em meus pés.

— Está tudo bem?

Olhei para baixo, para minhas botas, no momento submersas.

— Tudo, sim — respondi, mais alto do que o necessário.

Eu ainda estava sem fôlego.

Era nítido que o homem estava confuso, mas, antes que pudesse fazer mais perguntas, fui subindo pelas pedras a caminho de onde Eamon estava. Atrás da caminhonete dele, a pintura preta e branca brilhante da viatura se refletia no sol. Uma única luz vermelha estava presa no teto do veículo.

Eu nem vi Eamon se mexer, mas de repente seu braço estava ao meu redor, sua mão em minha cintura. Olhei para baixo, observando seus dedos segurarem minha blusa. Ele me puxou para perto de si e eu pude sentir a tensão em seu corpo. O que quer que estivesse acontecendo, Eamon estava fazendo o possível para amenizar tudo.

— Bem, como eu estava dizendo, é bom tê-la de volta. — O policial ainda me encarava, desconfiado. — Foi um ano e tanto.

Assenti de novo, calada. Eu não arriscaria dizer ou perguntar algo que pudesse complicar ainda mais a situação. Não antes de entender ao certo o que estava acontecendo aqui.

Em um aceno, o policial tocou na ponta do chapéu antes de voltar para o carro, abrindo a porta e dando mais uma olhada em nossa direção.

— Eu... — Ele hesitou. — Eu vou ter que contar ao delegado — completou, quase como em um pedido de desculpa.

— Lógico. — Eamon assentiu, a voz mais amena. — Não se preocupe com isso, Sam.

O homem entrou no carro, e Eamon acenou em despedida. Assim que a viatura estava fora de vista, ele tirou o braço de minha cintura e manteve os olhos fechados por um instante. Quando enfim me encarou, seu olhar foi tão frio que fez com que eu recuasse.

— Entra na merda do carro.

Ele não disse nenhuma palavra enquanto subíamos até a estrada, nem mesmo esperou para ter certeza de que eu o seguiria. Por um momento, considerei me negar a entrar, mas debaixo de toda aquela raiva a expressão no rosto de Eamon era desesperada. Ele não somente me conhecia. Eu tinha a sensação de que ele também tentava me proteger.

Eamon ligou o motor do carro enquanto eu abria a porta e entrava. Não esperou que eu a fechasse antes de pisar no acelerador.

— Eu falei para você ficar em casa — bradou ele, segurando forte no volante. — Onde estava com a cabeça, cacete?

Observei o carro por dentro. Era uma caminhonete agrícola antiga com grades de madeira na caçamba e pneus desalinhados que, provavelmente, tinham sido furados nos campos. Palha e terra cobriam o chão, não havia tapetes, e o rádio estava embaçado, não dava para ver os números.

Estávamos voltando pelo caminho que eu tinha seguido, longe da cidade. Vi o campanário da igreja desaparecer atrás de nós.

— Para onde estamos indo? — perguntei.

Eamon só olhava para a estrada.

— Você disse que, se eu viesse, me contaria o que está acontecendo.

— Eu não sei o que está acontecendo — falou cada uma das palavras devagar, acentuando o sotaque.

— Você sabe muito mais que eu, caramba. O que quis dizer com eu não conhecer você ainda?

Ele se permitiu olhar para mim por apenas um instante antes de voltar os olhos para a estrada.

— Nós nos conhecemos há cinco anos. Se você não me reconhece, é porque ainda não aconteceu… para você.

— Como isso é possível?

— Como tudo isso é possível? — exclamou ele, aumentando a voz.

Foi então que eu vi… o brilho dourado em sua mão esquerda. Uma aliança.

— Meu deus.

Eu me inclinei para a frente, colocando a cabeça entre as mãos, tentando respirar.

— Cheguei em casa um dia, e você tinha sumido. Desde então não te vi mais — explicou. — É só o que sei.

— Quando foi isso?

— Há quase um ano.

Fechei os olhos, tentando respirar. Um ano atrás fora quando meus episódios começaram. Quando tudo mudara. Era uma coincidência?

— Não era eu — falei com dificuldade. — Não podia ser eu.

— Era você. Acho que conheço minha própria esposa.

Balancei a cabeça, na esperança de esquecer daquelas palavras.

— Estou dizendo que nunca estive aqui antes. Nunca conheci você.

Ele girou o volante, e a caminhonete sacudiu para a esquerda e para a direita enquanto virava. Segurei na alça de segurança acima da cabeça para não bater na janela e, quando vi o que estava em minha frente, sentei-me ereta, aproximando-me do vidro.

Um suspiro de alívio saiu de minha boca.

Da estrada, dava para ver a Fazenda de Flores do rio Adeline, emoldurada pelas montanhas ao longe. A casa estava em condições diferentes, mas ainda era a mesma em que eu havia crescido. As janelas estavam no mesmo lugar, o alpendre e os degraus exatamente como eu me lembrava. Só que o cômodo da frente que em meu tempo era nosso escritório ainda não havia sido construído. No lugar dele, aquela parte do jardim estava coberta de samambaias, e havia um galinheiro com uma grade de arame. Atrás dele, a terra tinha sido dividida em fileiras com flores total ou parcialmente desabrochadas.

Eamon parou na frente da casa e mal puxou o freio de mão antes de sair e bater a porta atrás de si.

Ele andava na direção da casa quando a porta da frente se abriu, e o rosto de uma mulher apareceu, a mão segurando a ponta do avental amarrado na cintura. A voz dele foi abafada pelo som das cigarras nas árvores, mas eu via que os dois estavam discutindo.

Hesitei até encostar na maçaneta e abrir a porta do carro. Desci e observei os dois no alpendre. A mulher desviou o olhar de Eamon para mim.

Eu soube quem ela era no instante em que a vi. Já a tinha visto inúmeras vezes em fotografias. Esther Farrow, minha trisavó, estava parada olhando para mim com uma expressão que transparecia que ela também sabia bem quem eu era.

Eles ficaram calados conforme eu atravessava o jardim, mas a testa de Esther continuava franzida em profunda preocupação. Ela ficou completamente estática por alguns segundos até que enfim assentiu com a cabeça para Eamon.

— Obrigado. — A voz dele soou pesada.

Esther Farrow me olhava, analisando-me do topo da cabeça à ponta dos pés. Quando focou o olhar no meu, sua expressão era cautelosa. Distante.

— Annie! — Eamon segurou a porta da frente, escancarando-a.

Alguns segundos depois, um tamborilar rápido de passos ecoou dentro da casa. Foi seguido por um topo de cabeça aparecendo por trás da janela.

Uma menininha que parecia ter alguns poucos anos saiu lá de dentro, escondendo-se atrás da saia longa de Esther. Seu cabelo louro ondulado estava preso em duas tranças bagunçadas, e o vestido ia até a altura dos joelhos, as meias de lã suspensas até a panturrilha. No momento em que meu olhar chegou ao rosto dela, vi que já olhava fixamente para mim. Não, não para mim. *Além de mim*, para o íntimo do meu ser.

Ela ficou ali imóvel, o lábio rosado da mesma cor das maçãs do rosto. Desviei o olhar para os degraus do alpendre, incapaz de encará-la por mais tempo. Não conseguia me forçar a perguntar quem ela era. Tinha certeza de que não queria saber.

Eamon chegou perto dela, que se desenroscou da saia de Esther para que ele a pegasse no colo. A menina o abraçou forte e me olhou por cima do ombro dele, mas Eamon mudou a posição dela em seus braços, bloqueando a visão da criança. Ele a carregou até a caminhonete sem dizer nenhuma palavra.

— Olá, June. — Esther ainda estava parada na porta, com as mãos na cintura. — Temos um problemão, não é mesmo?

Ela me observou subir os degraus, os olhos intensos não perdiam nenhum detalhe. Eram de um azul tom de gelo, iluminados pelo cabelo claro com mechas brancas que a faziam parecer quase etérea. Como se ela fosse iluminada pelo luar, apesar do brilho do sol do fim da tarde.

— Ela está aqui? — Minha voz saiu vacilante.

— Quem?

— Minha mãe — respondi.

A palavra "mãe" não era familiar à minha língua e soou estranha quando dita por minha voz. Quase de outro mundo.

Ela deu um passo à frente, parando diante de mim no meio do alpendre.

— Quando você apareceu aqui cinco anos atrás, essa foi a primeira pergunta que me fez.

Cinco anos atrás. Aquelas três palavras adentraram minha mente, uma de cada vez, fazendo meu coração se acelerar.

— Cadê ela? — sussurrei.

— Estamos em 1951, June. — Ela me olhou no fundo dos olhos, um traço de compaixão transparecendo na voz. — Susanna já morreu.

11

T rinta anos. Eu estava mais de trinta anos atrasada.

Não me lembrava de cair no sono. Mal me lembrava de passar pela porta de Esther. O primeiro canto do galo surgiu antes de o sol raiar atrás das montanhas, e o som era tão parecido ao de casa que, por uma fração de segundo, esqueci de onde estava.

Não, esqueci de *quando* estava.

O quarto na ala norte da casa era um cômodo no qual eu havia dormido muitas noites quando Vovó trabalhava até tarde na fazenda ou quando tinha que passar a noite lá para vistoriar as entregas da manhã. Ainda assim, considerando-se a linha temporal daquela casa, era a primeira vez que eu acordava debaixo daquele teto. O quarto tinha o mesmo cheiro e era de muitas maneiras igual ao que eu conhecia. Parecia que eu era a única coisa diferente ali naquele momento, e essa era uma mudança que não poderia ser desfeita.

Susanna já morreu.

Eu sabia disso fazia tempo. Não havia nada dentro de mim que sentisse que ela estivesse viva em algum lugar, esperando que eu a encontrasse. Contudo, desde que eu vira aquela foto, parte de mim quis que isso fosse verdade. A criança abandonada em um cesto que ainda vivia dentro de mim tinha lido as palavras "confie em mim" e se permitido acreditar que, de alguma maneira, eu poderia encontrá-la e que, quando isso acontecesse, enfim entenderia por que ela tinha partido.

Sentei-me na ponta da cama, dobrando os joelhos contra o peito. Nervosa, eu brincava com a bainha da calça jeans enquanto ouvia os barulhos da casa. Passos iam e vinham pelo corredor havia mais ou menos uma hora, mas eu não tinha feito um mísero som. Se eu abrisse a porta, não seria a casa que eu conhecia. Não seria a fazenda que eu conhecia. O lugar era uma terra incógnita, e algo me dizia que eu não estava segura ali.

A brisa bateu nas cortinas que adornavam a janela aberta. Do lado de fora, o trator enferrujado e escondido por um matagal no canto do celeiro em 2023 estava em nítido funcionamento. A fazenda estava diferente daquela em que eu havia crescido trabalhando. Do segundo andar, eu via que não havia um padrão bem definido para as fileiras de plantação e que os campos eram, em maioria, selvagens, uma tática antiga que se baseava no crescimento de espécies nativas entre as plantas para ajudar na drenagem e no combate às pragas. Em 2023, tínhamos práticas modernas que controlavam tais coisas, e, mesmo da estrada, dava para ver a disposição ordenada da fazenda.

Havia duas estufas improvisadas que já não existiam em meu tempo, substituídas por estruturas sofisticadas com sistemas de irrigação e arejamento. Eram mais como vasos enaltecidos nos quais eu suspeitava que Esther cultivava rosas. Era uma das coisas pelas quais a fazenda era conhecida nesta época: rosas durante o ano todo, que, de outra forma, só podiam ser encontradas em Nova York.

Só que a única coisa que meus olhos continuavam procurando era a porta.

Todas as vezes que eu a vira, tinha aparecido de forma inesperada, do nada. E houvera dias, semanas, às vezes meses entre uma aparição e outra. Só que eu não tinha todo esse tempo. Precisava sair dali. Para já.

Um cheiro familiar se espalhou pelo ar, e fechei os olhos quando senti a ardência das lágrimas. Biscoitos assando no forno... um cheiro que eu associava intrinsecamente à minha casa. Deixei os pés tocarem o chão e levantei-me, dirigindo-me à porta, que rangeu quando a abri. Desci a escada estreita de madeira, deparando-me com Esther na cozinha. Seu cabelo estava preso na nuca, e ela usava um vestido fresco e sem um único amassado por baixo do avental limpo.

Ela não olhou para mim quando entrei, tímida, pelo corredor.

— Conseguiu dormir um pouquinho?

Fiz que sim com a cabeça e tremi com a corrente de ar que passava pela casa.

— Que bom. Tem café, se quiser.

Desviei o olhar dela em direção ao percolador em cima do fogão. Havia vapor saindo do bocal.

— Obrigada.

Ela me seguiu com o olhar enquanto eu atravessava a cozinha. Estava coando algo com um tecido morim na pia.

— As xícaras estão na prateleira.

Olhei ao redor e vi a prateleira a que se referia. Uma pequena tábua de madeira ao lado do frigorífico que continha quatro xícaras aleatórias. Durante minha vida inteira, sempre existira um armário naquela parede.

Levantei o braço e peguei a xícara mais próxima, segurando-a perto do peito.

— Obrigada por me deixar ficar.

— Eamon não me deu muita opção, não é? — Esther deu um sorrisinho. — Mas você é uma Farrow, June. Este lugar é tão seu quanto meu, mesmo que você tenha chegado no intervalo errado de tempo.

Intervalo errado de tempo. Foi isso que aconteceu?

Coloquei a xícara na bancada, peguei o percolador no fogão e me servi. Quando tomei um gole, fiz uma careta com o sabor amargo. Não via um açucareiro em lugar nenhum.

Esther tirou o tecido da pia e o sacudiu antes de colocar fosse lá o que estivesse lá dentro em uma tigela em cima da bancada.

— Tenho algumas perguntas.

Sentei-me em uma das cadeiras, olhando para ela.

— Tenho certeza disso. Mas já te digo que deve ter cuidado com as perguntas que fizer. Talvez você não queira saber todas as respostas.

Soava exatamente como algo que Vovó diria, mas eu já não aguentava mais enigmas e meias verdades. Não entraria mais naquele jogo.

— Acho que mereço saber o que está acontecendo comigo — falei.

Ela continuou a tarefa, quase como se não tivesse me ouvido. Porém, alguns segundos depois, respirou fundo.

— Você não está errada, suponho.

Esther pareceu tomar uma decisão, lavando as mãos na tigela de água na bancada. A expressão em seu rosto era indecifrável, e comecei a ponderar se ela estava nervosa. Ela enxugou as mãos na toalha pendurada na cintura e sentou-se do outro lado da mesa.

— Então, por onde começamos? — questionou ela.

— Que tal me explicando como cheguei aqui? Como tudo isso — levantei a mão, gesticulando para a cozinha ao redor — é possível?

— Bem, eu sei menos do que você imagina — respondeu ela.

— Sendo sincera, não sei como tudo começou. Minha mãe me contou o que a mãe dela contou para ela: que todas as mulheres de nossa linhagem veriam a porta e que, em algum momento, passariam por ela.

A escolha de palavras fez com que eu endireitasse a postura.

— O que você quer dizer com "em algum momento"? É algo inevitável?

— Eu não sei de nenhuma Farrow que conseguiu não atravessar a porta. Ela não para de aparecer. Lógico, você pode decidir que nunca a atravessará, mas ela vai aparecer de novo. E de novo. Até que, um dia, você terá razões suficientes para abri-la.

Ela ficou me observando, a cabeça inclinada como se estivesse tentando ver se, por experiência, eu sabia do que ela estava falando.

— Não foi assim comigo. Eu não sabia de nada disso até ontem.

— Não importa se você tem 6 ou 80 anos. Somos como mariposas atraídas pelo fogo. Uma vez que a porta é aberta, tudo começa.

— O que começa?

— O esgarçar da corda.

Esperei.

Ela apoiou os cotovelos na mesa, como se estivesse se acomodando, e me perguntei se teria sido ela a me contar tudo isso da última vez, cinco anos antes.

— Vou explicar do jeito que explicaram para mim. O tempo é como uma corda, feita de muitas fibras que, quando estão reunidas, formam uma linha do tempo forte.

Ela me encarou, confirmando se eu estava acompanhando.

— Mas, uma vez que a porta é atravessada, tudo começa a esgarçar. As fibras se afrouxam. Soltam-se. Em certo momento, a única possibilidade é se desfazer. E então você não tem mais uma linha do tempo.

Dois lugares ao mesmo tempo. Dois *tempos* ao mesmo tempo.

— Então é tudo real? As coisas que estou vendo e ouvindo?

Ela assentiu.

— São só fios paralelos.

— Mas… — Minha mente foi para o caderno que eu guardava debaixo do colchão. — Eu só atravessei a porta ontem. Se tudo começa depois que atravessamos a porta, por que os episódios começaram um ano atrás?

Esther franziu a testa.

— Um ano atrás?

— Sim.

— Um ano exato?

— Quase. O primeiro foi no dia 2 de julho de 2022.

Uma reação inconfundível acometeu o corpo de Esther, mas ela se recuperou bem, colocando uma mecha de cabelo atrás da orelha e pigarreando.

— Bem, não é a primeira vez que você atravessa, June.

Assim que ela disse aquilo, percebi que já tinha essas peças do quebra-cabeça. Minha mãe desapareceu quando estava grávida de mim. Era provável que tivesse dado à luz do outro lado.

— Está dizendo que nasci aqui, neste tempo?

— Não neste tempo, claro. Você nasceu no ano de 1912, e o esgarçar é diferente para cada uma de nós. Às vezes leva meses para começar, às vezes anos. Décadas.

A explicação soou ensaiada e construída com cuidado, mas Esther ainda parecia abalada. Desconfortável, até.

— Para minha mãe — continuou ela —, tudo começou apenas alguns meses depois de atravessar, e foi derradeiro, ela acabou perdendo a cabeça em questão de anos. Para mim, demorou muito tempo para aparecer, e tem sido lento e constante.

— Então, você está…?

— Doente? Não tem nada a ver com ficar doente. É mais como ter dois pares de olhos, um que vê este mundo e um que vê o outro. Em algum momento, eles começam a se misturar, e *é aí* que está a insanidade.

— Mas como se impede isso?

— Não tem como. A porta aparece apenas para as mulheres Farrow, e, de um jeito ou de outro, elas *vão* atravessá-la. E, quando isso acontece, sua mente nunca mais consegue voltar totalmente.

Olhei para o vapor que saía da xícara de café, aquela sensação familiar desoladora se assentando dentro de mim. Já tinha a sentido antes. A atração pela porta foi como um fio tensionado. Eu ao menos hesitei antes de segurar a maçaneta? Não conseguia mais me lembrar.

— Suponho que uma vez ou outra tenha sido um dom útil. — Esther fez uma pausa. — Mas, como tudo na vida, tem um preço.

— E Susanna?

— Susanna era… — Ela parou a frase no meio, como se buscasse as palavras certas. — Ela conheceu Nathaniel da primeira vez que atravessou. Apenas uns dias depois. Dissemos às pessoas que ela era uma prima de Norfolk, na Virgínia, que estava de visita. Achei que fosse ficar aqui algumas semanas e depois ir embora, mas aqueles dois... Nunca vi duas labaredas daquele jeito antes, duas pessoas, uma impelindo a outra, cada vez mais fundo, mais depressa.

Foi isso que manteve Susanna aqui, pensei. *O amor.*

— Tanto Nathaniel quanto Susanna eram um pouco complicados, para ser sincera, mas apaixonados. Nunca fizeram bem um para o outro. Ela sabia disso, mas não conseguia se distanciar dele. O pai dele era o pastor da cidade, e nossa família não era muito bem-vinda na igreja, então lógico que ele não aprovou. Eles se encontraram em segredo durante um tempo, até que descobri, mas já era tarde demais. Alguns meses depois, ela ficou grávida de você.

Um vulto passou pela janela, e os olhos de Esther seguiram um homem jovem com uma boina e camisa jeans caminhando na direção do celeiro com uma forquilha apoiada no ombro. Tinha a pele bronzeada de um dourado intenso digna de dias no campo.

— Convenci Susanna a atravessar de volta, mas ela retornou meses depois. E, quando você nasceu, não tinha mais como desfazer.

— Mas por que ela me levou de volta para o tempo dela e só... me largou lá?

Esther não respondeu.

— Por que ela fez isso? Por que ficou aqui sem mim? — insisti.

— Eu já disse. Não sei o motivo por trás de muitas das coisas que Susanna fez.

Minhas mãos escorregaram da mesa, e me recostei na cadeira, olhando para Esther. Havia mais nessa história do que ela estava me contando. Dava para perceber. Mas aquela mulher era diferente da Vovó. O perfil era mais bruto, o olhar, mais firme.

— Ela ficou muito doente, cada vez mais doente, depois que você foi embora. Os médicos daqui chamaram de "histeria" na época, e, por fim, ficou difícil demais para ela. Alguns anos depois, tirou a própria vida.

A imagem de minha mãe no topo das cataratas, os olhos focados na queda, me deu arrepios.

— Achei que ali tudo tivesse acabado. Mas, cinco anos atrás, você apareceu aqui procurando por ela.

— E então?

— Não muito diferente de Susanna, você conheceu Eamon. Apaixonou-se. Casou-se. E, um dia, você desapareceu.

— E você não sabe para onde fui?

Ela negou com a cabeça.

— Você estava aqui um dia e, de repente, não estava mais. Esta foi a primeira vez que te vi em quase um ano. Isso nunca aconteceu antes, uma sobreposição.

— Sobreposição?

— Uma versão mais jovem da mesma pessoa aparecer aqui depois de uma versão mais velha. Não sei como chamar nem o que fazer com isso, para ser sincera.

Ouvi-la dizer aquilo em voz alta me deixou tonta.

— Mas e agora? Isso significa que há duas versões de mim?

— Não, não existe mais de uma de nenhuma de nós. Se você atravessar para uma linha do tempo diferente, não continua existindo na outra. Ou você está aqui, ou está lá. Mas, de alguma forma, algo foi quebrado. Você é a mesma June que conheci há cinco anos, mas, se você não se lembra de mim, então é a versão mais jovem dela. Você atravessou a porta… antes. As coisas que aconteceram aqui ainda não aconteceram com você.

— O quanto eu estou adiantada? — sussurrei. — O quanto antes atravessei desta vez?

— Em que ano você estava quando atravessou?

— Em 2023.

— Bem, foi adiantado para você, mas atrasado para nós. Esse é o problema. A primeira vez que veio aqui era 2024 para você.

— 2024 — repeti, tentando absorver tudo aquilo.

Isso significava que eu provavelmente tinha 35 anos e atravessara a porta pelo menos nove meses após o enterro da Vovó, talvez um pouco depois. E eu não chegara em 1951. Se faziam cinco anos, então era o ano de 1946 para eles.

Esther estava me observando de novo, aqueles olhos pálidos focando outra vez.

— Por que você escolheu 1951?

— Quê?

— Quando atravessou. Por que escolheu 1951?

— Eu não escolhi nada. Atravessei a porta e vim parar aqui.

Ela fez uma expressão de descrença.

— O pingente, June.

De imediato, coloquei a mão no pescoço, em busca do colar com o pingente de relógio. Mas não estava ali. Apoiei a xícara de café e abri a gola da camisa, procurando-o.

— Não está aí — disse ela.

— Devo ter deixado cair no campo ou pela estrada — expliquei, ansiosa. — Eu…

— Você não o perdeu.

Ela colocou a mão dentro da gola do próprio vestido e puxou uma correntinha. Então a tirou do pescoço, passando-a por cima da cabeça. Colocou o pingente de relógio em cima da mesa, entre nós duas.

Encarei o objeto.

— Como você…?

— Vamos chegar lá. — Ela abriu o pingente e virou o mostrador de frente para mim. Os quatro ponteiros apontavam para o número zero. — Então você estava usando o pingente, mas não escolheu o ano.

Fiquei tão confusa que não tinha uma resposta para ela.

— Você se lembra como os ponteiros estavam?

— Não sei. Talvez no número cinco? Um? — Engoli em seco. — Sim, havia dois ponteiros no número um.

— Um, nove, cinco, um. 1951 — concluiu ela.

Ergui os olhos para encarar Esther.

— É *assim* que se atravessa a porta?

— Você ajusta os quatro ponteiros nos quatro dígitos de um ano, começando pelo menor. Era 2023 quando você saiu de lá?

Confirmei com a cabeça.

— Está bem. — Ela puxou um grampo do cabelo. Começando pelo ponteiro menor no marcador, moveu os quatro para os números dois, zero, dois e três. Quando terminou, fechou o pingente.

— Contanto que o relógio marque 2023 quando você abrir aquela porta, é para lá que você irá.

Girei o pingente entre os dedos, atordoada pelo raio de sol que batia no ouro. Sempre soube que o relógio não funcionava e achava que os quatro ponteiros e os números faltando eram algo estranho. Só que não houvera nada que eu achasse atípico, uma mera consequência de ser antigo. Muito antigo. Ainda parecia velho, mas o metal não era tão desgastado e usado quanto o pingente que eu tinha trajado no pescoço.

Olhei para o calendário pregado na parede perto da porta dos fundos. Era um almanaque agrícola, aberto no mês de junho. Hoje era dia 17, somente quatro dias após o enterro da Vovó. Eu não sabia como isso era possível. Como meros quatro dias haviam colocado tudo o que eu achava que sabia de cabeça para baixo?

— Eu nunca entendi como sua avó nunca lhe contou nada disso — murmurou Esther.

Vovó.

É verdade. Se era o ano de 1951, então Vovó estava aqui. Ela tinha sido criada por Esther nesta mesma casa.

— Cadê ela?

Esther se remexeu na cadeira e, por um instante, ponderei se ela estava cogitando mentir para mim.

— Ela está aqui. — disse e colocou a mão sobre a minha, impedindo-me de me levantar. — Ouça. — Ela se debruçou para perto. — A melhor coisa que pode fazer, para todos nós, é voltar.

Olhei-a no fundo de seus olhos. O que aquilo queria dizer, *para todos nós*?

— Assim que vir aquela porta de novo, atravesse-a. E fique daquele lado.

Eu não argumentaria com aquela lógica.

— Quando isso vai acontecer?

Ela respirou fundo.

— Infelizmente, não há hora certa.

— Não há hora certa? — Levantei a voz. — Está dizendo que estou presa aqui?

Presa. A palavra me deixou enjoada. Claustrofóbica.

— *Vai* aparecer de novo. Você só precisa estar preparada para atravessá-la.

— Tem pessoas que vão me procurar. — A imagem do Bronco vazio na estrada me veio à mente. — Como vou explicar onde estive?

— Do mesmo jeito que todas nós explicamos nas vezes em que isso ocorreu. Você inventa uma história, e segue com ela até o fim. Não chame atenção e não dê muitas explicações. De verdade, quanto menos lúcida acharem que você está, melhor.

Era exatamente o que Vovó e Birdie fizeram com minha mãe: deixaram que a cidade achasse que ela estava delirando e que esse fora o motivo do desaparecimento dela. A razão de nunca ter voltado. Era muito mais crível do que a verdade.

Pressionei as têmporas com a ponta dos dedos. Sempre soube que não estavam me dizendo tudo o que sabiam sobre Susanna. Achei que fosse porque Vovó tentava me proteger. Que ela não queria que eu vivesse com medo do que estava por vir. Mas, na verdade, ela estava protegendo a filha. E a si mesma.

— Está bem. Do que mais preciso saber?

— Bem, existem regras. — Ela se levantou, foi até o fogão e serviu o resto do café em outra xícara. — A porta não vai se abrir para você se não estiver com o pingente, e você só pode atravessá-la três vezes. Depois disso, não vai aparecer mais.

— Mas você disse que eu já estive aqui antes. Se atravessei quando era bebê, depois cinco anos atrás…

Ela negou com a cabeça.

— Não. Da última vez que esteve aqui, você era mais velha. Sua versão mais jovem só atravessou uma vez: quando tinha 7 meses de vida. Você, neste corpo, atravessou a porta duas vezes.

Naquela época e agora. Tem mais uma travessia para fazer, uma escolha. A mesma escolha que toda Farrow faz em algum momento.

Esperei.

— Em que linha do tempo você quer viver. Qual vida quer viver — respondeu à pergunta implícita. — Depois disso, não há como voltar atrás.

Fora isso que eu tinha feito? Atravessado para 1946 e depois decidido atravessar de volta?

— E não é só isso. A segunda regra é que você só pode ir para onde você não existe. — Ela apontou para o pingente. — Só existe uma de você, June, assim como só existe um pingente deste. Isso nunca vai mudar. O pingente em seu pescoço desapareceu quando você atravessou porque ele já existe aqui. Parou de existir. Sua *mente* pode existir em dois lugares ao mesmo tempo, mas seu corpo não. Portanto, se você atravessasse a porta agora e voltasse para um tempo em que você já existe no futuro, como 2022, por exemplo, você também... desapareceria.

Engoli em seco, a gravidade da ideia como um peso fazendo pressão em cima de mim.

— A outra coisa em que precisa pensar é que tipo de informação você trouxe consigo. Nada de falar sobre o que acontece no futuro com nenhuma de nós. Nada de alertar sobre os perigos, oportunidades ou nenhuma outra coisa. Os riscos são altos. Muitas coisas que poderiam ser afetadas.

Pensei logo em Vovó. Havia décadas da vida dela que eu testemunhara. Eu sabia inclusive o dia exato da morte dela. Só que as pessoas deste lado do tempo não tinham esse luxo.

— Quem as pessoas achavam que eu era quando cheguei aqui?

— Já fazia anos que Susanna tinha morrido quando você apareceu. Eu disse que era outra prima. Não falei mais nada, e as pessoas não ficaram muito curiosas. Não até... — Ela parou de falar. — Bem, até as coisas ficarem complicadas.

— Então onde as pessoas acham que eu estive durante todo esse tempo?

— Cuidando de sua mãe doente lá em Norfolk.

— Por um ano? As pessoas acreditaram nisso?

— Não muito. Esse é o problema.

Foi por isso que o policial agira de um jeito suspeito. Só que não explicava por que aquela mulher no alpendre tinha ficado tão apavorada.

— E é por isso que eu vou levar você para casa assim que terminar o café.

Fiquei estática.

— *Quê?*

— Talvez a gente tivesse conseguido manter isso em segredo até que a porta reaparecesse, mas você foi vista, June. Se Sam viu você ontem, a cidade inteira já sabe que você voltou.

— Você não pode esperar que eu volte mesmo àquela casa.

— É exatamente o que eu espero que faça. — Esther franziu a testa. — Sei que sua vida virou de cabeça para baixo aqui, e, se sentir que tudo isso é injusto, você está certa. Você deveria ter sido avisada. — Ela abaixou o tom de voz. — Margaret devia ter preparado você, June. Mas, estando deste lado da porta, espero que faça tudo o que estiver ao seu alcance para que a *nossa* vida não seja destruída quando você for embora. É importante que tudo volte ao normal.

Ela disse aquilo com uma autoridade que não me dava espaço para argumentar, o que me fez imaginar quanta confusão a outra June havia causado.

— Ele não me quer lá — falei.

— Não, mas ele sabe que você precisa ficar se quisermos que a cidade não vire nossa família do avesso.

Fiquei enjoada só de pensar na casa da rodovia Hayward Gap. Naquele quarto. Na foto na penteadeira.

— Precisa chamar o mínimo de atenção possível enquanto estiver aqui, e as pessoas vão esperar que você esteja em casa com Eamon. Quando for embora, vamos pensar em algo para dizer a elas.

— Por que as pessoas estão tão interessadas? Por que se importam?

— Você veio em um... momento *complicado*. — Ela disse a palavra de novo.

Esther atravessou a cozinha e voltou para a pia. Estava evitando olhar para mim.

— Você vai me contar sobre a garotinha? — Mal consegui proferir as palavras.

Esther ficou um pouco tensa.

— Ela é filha de Eamon.

As palavras soaram incompletas de um jeito intencional. Aquilo significava que não era minha, ou que era, mas eu não tinha direito algum de reivindicá-la como tal?

Um rangido soou lá em cima, e nós duas olhamos para a luminária de vidro leitoso que pendia sobre a mesa. O som percorreu o teto até chegar às escadas. Um instante depois, uma jovem contornava o corrimão, com a mão ainda tentando prender a ponta da blusa dentro da saia. Quase tropeçou nos próprios pés quando me viu.

Olhos grandes e azuis da cor do céu focaram em mim, as bochechas sardentas da menina ficaram ruborizadas.

— June! — suspirou ao falar meu nome e, mesmo naquele momento, ali, a mais de setenta anos de distância, soou igual.

Margaret Anne Farrow, a mesma que eu havia enterrado alguns dias antes, estava a poucos passos de mim.

Vovó. Viva. Respirando.

Um sorriso surgiu em seus lábios, e ela foi logo em minha direção, abraçando-me e apertando com força. Era mais baixa do que eu. Magra e esbelta. Mas era ela. A ardência em meus olhos virou uma queimação dolorosa. Quando senti seu cheiro, a dor subiu por minha garganta.

Sem nem pensar, inclinei-me para a frente, abraçando-a com tanta força que deixei escapar um som de tristeza. Voltei a ser de pronto aquela menininha chorando em seu ombro. Depois das últimas vinte e quatro horas, com cada centímetro da realidade mudando diante de mim, ela parecia algo sólido e inquebrável.

Ela recuou para me olhar de novo, com os olhos brilhando em espanto. Havia um sorriso de menina em seus lábios e um tom rosado nas bochechas. Ainda não era uma mulher, apenas uma garota. Não devia ter mais que 16 ou 17 anos. Só que por trás daqueles olhos e na atmosfera ao redor dela, eu via Vovó. Eu a sentia. A mulher que tinha me criado. Que escolhera me manter por perto.

Engoli em seco, relutando contra a dor no peito quando a lembrança de estar de pé naquela colina no enterro veio à minha mente. Tê-la bem na minha frente, sentir o calor de seu toque, fez com que a dor de perdê-la voltasse à tona.

Esther estava com uma expressão sabida no rosto. Uma compreensão solene. Ela sabia que em meu mundo, em meu tempo, aquela garota já não existia mais. Ela devia saber desde a última vez que estive aqui.

— Temos trabalho a fazer, Margaret.

As mãos de Margaret desceram pelas mangas de minha camisa, já pronta para contestar.

— Mas…

Esther lançou um olhar à neta, e Margaret fechou a boca.

— Estamos colhendo as giras hoje — afirmou Esther, usando o apelido de girassol que eu só tinha ouvido Vovó usar. — Os delfinos cortamos amanhã. Vai tudo para a cidade, para a Feira.

A Feira do Solstício de Verão.

Olhei para o calendário de novo. O solstício de verão estava marcado em vermelho no dia 21 de junho, dali a quatro dias. Com sorte, eu já teria ido embora.

Margaret comprimiu os lábios em rebeldia, mas obedeceu, lançando um último olhar para mim antes de sair pela porta dos fundos. A porta de tela bateu atrás dela.

Esther fixou os olhos claros em mim.

— Tome cuidado. É melhor não deixar que ela se apegue demais antes de você ir embora de vez.

Vi a silhueta de Margaret ir diminuindo pela janela, até que desapareceu atrás da cerca.

— Eamon não foi o único que ficou com o coração partido. Entende?

Não sabia se ela estava falando somente de Margaret ou se estava se incluindo na afirmação. Se ela de fato tinha algum tipo de afeto por mim, escondia bem. Não havia sentido quase nenhuma ternura da parte dela desde que entrei por aquela porta.

Se o que disseram era verdade, eu não podia culpá-la. Havia anos de história entre nós, e tudo terminara em uma traição. Mesmo que ela fosse a única a se lembrar disso.

— Tenho algumas roupas que você pode usar. Você vai ter que me entregar as suas. Trouxe mais alguma coisa que não deveria estar aqui? — perguntou ela.

Neguei com a cabeça. Tinha deixado tudo no carro.

Satisfeita, Esther assentiu.

— Não tire esse pingente. Nem para dormir. Nunca se sabe quando a porta vai aparecer.

Segurei o objeto entre os dedos.

— Você ainda não me contou nada sobre o porquê de eu ter ido embora — falei.

Enfim ela ficou em silêncio, apoiando-se na bancada com ambas as mãos, ao mesmo tempo que focava o olhar no meu, com relutância.

Encarei ela de volta, no aguardo.

— Não importa o porquê. Aquela June não existe mais. Onde quer que ela esteja, está a anos na sua frente agora. A pergunta é: o que *você* está fazendo aqui, querida?

12

O trecho da fazenda até a casa de Eamon era de apenas alguns minutos de carro, mas durante o trajeto, eu tinha conseguido imaginar centenas de cenários diferentes.

Eu já estava fora de minha linha do tempo em 2023 havia mais de vinte e quatro horas. Não devia ter demorado muito até alguém encontrar o Bronco, com a porta aberta e o motor ligado, no acostamento. Quando eu não fosse encontrada em lugar algum, o delegado seria comunicado.

Minutos depois, o celular de Birdie tocaria. E então, o de Mason. Perguntariam a eles quando tinham me visto pela última vez. Se sabiam para onde eu fui ou se faziam ideia de onde eu pudesse estar. Mason ficaria apavorado. Era provável que estivesse vasculhando o campo naquele exato momento. Andando pela margem do rio e chamando meu nome pela floresta. Mas Birdie… Birdie saberia exatamente onde eu estava.

Eu não tinha como ter certeza do quanto ela sabia, e no momento me arrependia de sair correndo de casa em vez de tê-la pressionado por respostas. Se eu tivesse feito isso, ainda teria passado por aquela porta? Não sabia.

O problema maior era como eu me explicaria quando voltasse. Que tipo de desculpa eu poderia dar para deixar a caminhonete no meio da estrada e só desaparecer? Eu conseguiria contar a verdade para Mason algum dia? Ele acreditaria em mim?

Nervosa, fiquei ajeitando o tecido macio do vestido que Esther tinha me dado, enquanto ela virava na rodovia Hayward Gap. Comecei a suar frio ao ver Eamon caminhando na margem dos campos de tabaco. Estacionamos na entrada da casa, ele olhou para cima por um instante, e vi a tensão em seus ombros. Sua expressão mudou, ficando rígida, e ele subiu os degraus dos fundos da casa.

Apalpei debaixo da blusa até encontrar o pingente de relógio. O metal estava aquecido pela minha pele, o pequeno fecho já familiar. Eu olhava para os campos, em busca de qualquer sinal daquela tinta vermelha desgastada que cobria a porta. Mas não havia nada. Nenhum sinal daquele brilho do sol sobre a maçaneta de bronze ou as dobradiças no meio do verde.

Esther desligou o motor do carro e deixou escapar o que pareceu um suspiro de exaustão.

— Deixe-me falar com ele primeiro.

— Eu disse que ele não me quer aqui.

— É, mas querer e precisar são duas coisas diferentes.

Ela estava abrindo a porta e saindo do carro um segundo depois. Assisti do banco do passageiro Esther seguir para o alpendre e desaparecer dentro da casa. Era uma construção linda de ver em contraste com os campos e colinas que formavam a vista perfeita das montanhas ao longe.

Aqui, em 1951, era uma modesta fazenda em funcionamento, cujo teto era abrigo de uma família. *Minha* família. Tudo era tranquilo e sereno, mas na mente eu ainda via o esqueleto devastado que existia em 2023. A carga daquilo havia se espalhado por meus ossos, como se eu pudesse sentir o peso precário das vigas curvadas e apodrecidas que queriam desabar. Era um lugar que almejava dar o último respiro.

A égua por trás da cerca andava de um lado para o outro, sacudindo a cabeça e revirando a crina enquanto me observava com aquele olho preto brilhante. A fazenda estava silenciosa, exceto pelo barulho dos passos do animal e o tilintar suave do que parecia ser um sino de vento.

Devagar, voltei o olhar ao alpendre, passando pelas vigas, até que vi o sino. A luz do sol brilhava ao bater em uma corda com varas prateadas suspensas em uma estrutura de madeira. Segurei a maçaneta da porta do carro e a abri, com os pés tocando a terra enquanto olhava sem parar.

O formigamento na nuca estava de volta. Era o mesmo som que eu tinha ouvido na cozinha naquele dia. O zumbido que martelara em minha mente. Não havia sido a única vez que eu o ouvira.

Outro vento soprou e o sino bateu, enviando outra sequência de sons agudos para o ar. Subi os degraus do alpendre e fiquei debaixo dele.

Estava começando a perceber como as coisas que escrevi no caderno se relacionavam a este lugar. Agora eu ouvia o sino de vento com tanta nitidez como quando estava em casa na rua Bishop. Aquele momento tinha sido real, mas *quando* tinha acontecido?

O que Esther dissera sobre o esgarçar da corda fazia sentido de um jeito que nunca fizera antes. As coisas que eu via, as coisas que aconteciam comigo, não eram alucinações, delírios nem nenhuma das alternativas que o dr. Jennings havia escrito nas anotações. Eram acontecimentos reais, verdadeiros, irradiando de outro tempo.

Vozes soaram às minhas costas e fiquei atônita, desviando o olhar do sino. Eamon estava de pé na cozinha, com as mangas da camisa puxadas até os cotovelos, no ponto em que os músculos dos braços se sobressaíam. Seu cabelo estava úmido e caindo nos olhos. Ele olhava para Esther, mas eu não conseguia decifrar sua expressão.

Dei mais um passo para perto da janela, ouvindo.

—… muita opção nessas circunstâncias. — Era a voz de Esther.

— Ele não vai só desistir. Você sabe disso.

O ruído de um carro na estrada ofuscou as outras palavras, e só peguei o final:

— ... ela vai ter ido embora.

Os dois se olharam por mais um momento até que Esther enfim se encaminhou à porta. Quando a abriu, pareceu surpresa ao me encontrar ali.

Ela balançou o queixo na direção da casa.

— Bom, vamos lá.

Outra vez, olhei para Eamon pela janela. Ele me observava de um jeito que parecia desconfiado e ameaçador ao mesmo tempo. Estava tenso. Alerta, como se estivesse pronto para proteger aquele lugar de mim.

— E então?

Esther estava esperando.

Respirei fundo antes de criar coragem e entrar. Esther lançou um sorriso encorajador quando passei, deixando a porta se fechar atrás de mim.

Encontrei um lugar para ficar ao lado da lareira, observando as pequenas bugigangas na cornija. Uma pena manchada, uma concha do mar. Uma caixinha de bronze com uma inscrição na tampa. Do outro lado da sala, uma cortina entreaberta escondia um pequeno recanto que parecia conter uma cama. Uma boneca de pano estava jogada por cima do cobertor. Não tinha reparado naquele pedaço da casa antes, talvez porque a cortina estivera fechada. Devia ser da menina que vi nos braços de Eamon no dia anterior. Eu tinha tomado cuidado para não pensar muito nela.

— Agora — começou Esther —, o melhor que podemos fazer é agir o mais normal possível. June, você estava em Norfolk cuidando de sua mãe que teve um derrame. Ela está bem melhor agora, por isso você voltou para casa de vez.

Fiquei tensa.

— De vez?

— Até onde a cidade sabe, sim.

Eamon me observava, os olhos escuros analisando meu rosto de um jeito que me deixou inquieta.

— As pessoas vão ficar curiosas — continuou ela. — Vão fazer perguntas. Portanto, é importante que você seja cuidadosa com as palavras. Não fique inventando muito, não conte detalhes, entendeu?

Assenti discretamente. Eu entendia, sim, mas não estava gostando da atmosfera preenchendo a sala. Não fazia a menor ideia do que havia acontecido ali nos cinco anos anteriores. Das escolhas que eu tinha feito. Das pessoas que eu tinha magoado. Era como se eu tivesse sido inserida na vida de alguém desconhecido, e estava nítido que eu não era bem-vinda.

— Vou levar Annie para dormir lá em casa hoje. Assim vocês vão ter a chance de... — ela fez uma pausa. —... conversar.

Ela me lançou um último olhar significativo antes de sair pela porta dos fundos. Alguns segundos depois, eu a ouvi chamar Annie, que estava parada na porta do celeiro. Os restos de uma maçã comida pela metade estavam entre os dedos da menina enquanto ela seguia os passos de Esther até a caminhonete.

Do outro lado da cozinha, Eamon não se movia, mas a frieza em seus olhos parecia ter se amenizado um pouquinho. Ele parecia mais curioso agora. Avaliando. Como se estivesse começando a se permitir assimilar minha presença.

— Não é necessário eu ficar aqui — falei, voltando a atenção às mãos dele.

Estavam escuras, manchadas de algo preto que ele não havia limpado direito.

— Isso poderia ter sido verdade se você tivesse me escutado ontem e ficado dentro de casa. — As palavras soaram enterradas sob o tom profundo da voz dele. O sotaque já era mais fácil de entender agora, uma leve entonação irlandesa que havia perdido os traços mais reconhecíveis. — Mas todo mundo na cidade já deve saber que você está aqui. Não temos como fugir.

Juntei as mãos, incerta do que fazer com elas. Ele não estava tentando me deixar mais confortável nem me acalmar, do jeito que

Esther havia feito. Aquele homem estava com raiva, e não ligava de eu saber disso.

— Você ficará aqui até... — Ele não terminou a frase, como se mal conseguisse dizer.

— A porta — murmurei.

Eamon assentiu.

— Quando aparecer, você vai embora, e nós podemos voltar para nossa vida.

Meu corpo inteiro ficou rígido com o pensamento que tive em seguida.

— E se não aparecer?

— Vai aparecer. Sempre aparece. — Ele desviou o olhar do meu. Parecia ter mais significado naquelas palavras do que eu sabia. — Você pode ficar com o quarto. Vou dormir aqui.

Meus olhos avistaram a porta depois da cozinha. Atrás dela, os restos de uma vida da qual eu não lembrava estavam preservados como uma tumba. A ideia de voltar lá para dentro fez meu estômago se revirar.

A luz da casa de repente mudou conforme as nuvens se moviam. Do lado de fora, o vento bateu nas folhas de tabaco, fazendo um som que me lembrava o barulho do mar. Eamon desviou os olhos para a janela, com uma preocupação distraída.

— O que estava procurando ontem quando olhou para o meu braço? — questionei.

Ele pensou na pergunta e demorou a responder.

— Estava conferindo uma coisa.

— O quê?

Ele retesou a mandíbula.

— Uma cicatriz. Alguns anos atrás, June se queimou no fogão. — Ele olhou para a cozinha, como se estivesse se lembrando. — Ficou com uma cicatriz na parte interna do pulso.

Foi assim que ele descobrira. Eu não tinha me queimado porque nunca tinha estado ali. Contudo, o fato de ele conhecer meu corpo tão bem fez meu coração acelerar. Por um breve instante, achei que conseguia sentir os resquícios do calor ali, perto da palma da mão. Uma dor fraca e latejante.

— Por que você veio para cá? — Seu tom de voz era neutro, mas havia certa tensão por trás, como se ele estivesse escolhendo com cuidado as palavras desde que eu entrara por aquela porta.

Era uma pergunta que não tinha resposta fácil. Eu não tinha nem certeza de que sabia o motivo. Como eu tinha ido parar ali, *afinal*? A foto que Vovó me enviou? O sumiço de minha mãe? Os episódios? Tudo isso convergia em um fio que havia sido puxado mais e mais até eu abrir a porta.

— Não é tão simples — respondi.

— Então, me explique, June. Eu não sou estúpido.

Mais uma vez, eu me arrepiei ao ouvi-lo dizer meu nome, o jeito que a letra "u" era prolongada no sotaque fraco. De um jeito impossível, era ao mesmo tempo familiar e estranho. Eu fechava as mãos em punhos toda vez que ouvia meu nome na voz de Eamon.

— Não quis dizer...

— O que você *quis* dizer, então?

— Estava tentando descobrir o que estava acontecendo comigo. O que aconteceu com minha mãe. — Aumentei o tom de voz, na defensiva. — Não sei nada sobre você ou sobre...

Eu não conseguia dizer o nome da menininha.

— Annie — enunciou ele.

Minha boca se abriu e se fechou em seguida. Eu não conseguia dizer. Não queria.

— Então, ela é...

— Minha filha. E de June.

Senti o vestido apertar meu peito conforme eu respirava fundo.

— Se ela é minha filha, por que parece não me reconhecer? — perguntei, agarrando-me a qualquer detalhe possível.

— Ela tinha acabado de completar 3 anos quando você desapareceu, mas as crianças não são bobas como nós. Ela sabe que você não é a mãe dela. Não de verdade.

Não sabia se havia sido o intuito dele, mas a última frase foi como uma linha traçada na areia. Um limite e um aviso para eu não ultrapassar.

— Não consigo entender como é possível — concluí.

— É possível. Eu vivi isso.

— Você não entende, nada disso faz sentido. Eu nunca...

— Seus planos mudaram — interrompeu, brusco.

Fiquei estática.

— Meus planos?

— De nunca se casar. Nunca ter uma família. Ser a última Farrow.

Aquilo me deixou enervada, afetada pela forma amarga que ele falou. Quase com escárnio. E a forma que arrancou o pensamento de minha mente era irritante, porque ele tinha razão.

— Sim. — Ele engoliu em seco. — Eu *conheço* você.

— Não conhece, não.

Ele olhou fundo nos meus olhos, a expressão ficando mais dura.

— Tem uma janela em formato de losango no quarto em que você cresceu. Fica na casa que ainda não foi construída. Você bebe muito café. Manteve aquele caderno guardado debaixo do colchão. Em algumas semanas, quando o verão chegar, você vai ficar com sardas bem aqui. — Ele apontou a própria bochecha, e, de imediato, fiquei corada. — O nome de sua vizinha é Ida, e seu amigo Mason vai procurar por você, certo?

Foi quando ele mencionou o nome de Mason que senti o frio na barriga. O que mais ele sabia de mim? O que mais eu havia contado? Tudo, percebi. Se fui casada com este homem por quatro anos, se confiei nele a ponto de atrelar minha vida à dele, então devia ter contado tudo.

Eamon respirou fundo.

— Acredite, eu também queria que não fosse verdade.

— Eu só... não entendo...

— Por que viria para cá e construiria uma vida comigo? Por que escolheria isto aqui? — Ele olhou ao nosso redor, para a casa. — É nisso que está pensando, não é?

— Não. Não é isso que estou dizendo.

Ele riu, mas foi um som afetado e tenso.

— Você é inacreditável.

— Só estou dizendo que se eu estava aqui e fui embora, tem que haver um motivo.

— Não há motivo bom o bastante. Não um que justifique o que passamos. — Ele destacou ainda mais aquela linha na areia. Fiquei de um lado, ele e Annie do outro. — Você jurou para mim que nunca mais atravessaria aquela porta.

Ele ficou em silêncio, e, por um mísero instante, consegui ver o coração partido que Esther havia mencionado. Emanava dele como fogo, preenchendo todo o cômodo ao redor.

Eu abandonara ele e Annie. Quebrado milhares de promessas. Só que eu não fazia ideia de como tinha chegado aqui nem do que poderia dizer para amenizar as coisas.

— Por que eu fui embora? — perguntei, a voz pouco mais alta que um sussurro.

— Não sei.

Assim como Esther, ele não estava me contando tudo. Disso eu tinha certeza. Porém, para entender o que aconteceu ali e como eu parei naquele lugar, eu precisava que ele falasse comigo.

— Você deve ter, no mínimo, um palpite. Uma teoria.

— Você tinha segredos. Podia ter confiado em mim, mas não quis.

— Eu não sou ela! — As palavras enfim saíram, e meu corpo inteiro tremeu.

Eu estava desesperada para que aquilo fosse verdade, mas não era. Eu tinha estado ali. Aquelas pessoas me conheciam. *Aquela* June, que havia se casado com aquele homem e tido aquela criança, era *eu*. O espaço entre as duas estava se estreitando cada vez mais rápido, uma onda a segundos de quebrar na areia.

Eamon olhou para mim, arregalando tanto os olhos que vi algo por trás daquele olhar duro e magoado. Como se o fato de eu ter explodido enfim tivesse aguçado seu foco.

— Tem que ter alguma coisa que você sabe — sussurrei.

Eamon descruzou os braços e veio em minha direção. Eu havia esquecido de como ele era alto. A altura foi imponente quando ele parou diante de mim, focando o olhar em meu rosto. Ele olhava fundo nos meus olhos, como se estivesse procurando algo ali.

— A única coisa que sei sobre você, June...

Finquei as unhas na palma das mãos.

—... é que eu nunca te conheci de verdade.

Ele ficou ali parado, esperando que eu dissesse algo, mas nenhuma palavra saía de minha boca. Aqueles segundos pareceram horas, a corda invisível entre nós se tensionando até eu quase senti-la repuxando meu corpo. Quando Eamon enfim deu um passo para trás, dei tudo de mim para não exalar fundo de maneira visível.

Ele saiu da casa, empurrando a porta dos fundos, depois desapareceu no campo. A brisa que entrou antes de a porta se fechar estava mais fria que momentos antes, trazendo consigo o cheiro do jasmim de inverno. O vento se espalhou ao redor e me causou calafrios.

A sensação de formigamento foi forte e dolorosa, fazendo-me estremecer. A familiaridade da coisa me deixou imóvel. Abri as mãos, tentando me concentrar. Estava acontecendo de novo, minha consciência se dividindo em duas.

Não me mexi, tentando controlar a respiração enquanto cedia ao sentimento em vez de afastá-lo por instinto. Era como se o ar estivesse tão denso que eu sentia seu gosto na língua: o cheiro de madeira queimando e o agito das águas do rio. A casinha da fazenda se desintegrou ao redor e estendi a mão, apoiando-me na bancada enquanto a visão se formava.

Um céu estrelado se abre entre os ramos de uma copa escura de árvores. Estou em algum lugar ao ar livre, os besouros noturnos zumbindo no silêncio.

"Você vai entrar?" A voz de Mason ressoa ao redor, tão nítida e próxima que me viro.

Ele está de pé com água até a cintura, a pele clara contrastando com a água escura. Está sem camisa, o cabelo penteado para o lado. A barba está mais escura. Mais grossa. Ele sorri para mim.

O som da água fica cada vez mais alto. Olho para baixo, vendo a água do rio passar por meus pés descalços. Sinto o vento em mim, em cada centímetro de minha pele, e percebo que estou com as roupas de baixo. Minhas roupas estão jogadas nas rochas, onde há uma pequena fogueira em meio a um círculo improvisado de pedras.

Quando olho para Mason, ele está me observando. Ergue uma das mãos, para fora da água, e a estende em minha direção.

Mas, no momento em que me movi, a imagem já estava sumindo, desaparecendo depressa. Os sons se desintegraram em silêncio, a luz do sol retornou à casa e a imagem dos meus pés descalços na água foi substituída pela visão das botas no chão de madeira de Eamon.

Coloquei a mão trêmula no peito, e meu coração batia tão acelerado que quase achei que fosse parar. Eu estive em pé no rio Adeline, com uma fogueira acesa na margem e o luar dançando na água. E Mason estava lá. Tinha detalhes específicos e um eco nostálgico de uma... *lembrança*. Foi a única palavra que me veio à mente para nomear aquilo, mas tinha certeza de que isso nunca, jamais aconteceu.

13

Eu estava presa em um museu de outra vida.

Ouvi Eamon se levantar e se movimentar pela casa quando a luz do sol despontou no céu, mas fiquei sentada na ponta da cama, observando o mundo congelado ao redor. O quarto parecia saído de um sonho à luz do início da manhã, os pequenos resquícios que compuseram minha vida entrando em foco.

Havia evidências em todo canto de que aquele lugar fora meu lar, desde a forma como as roupas estavam dobradas até como as coisas foram arrumadas na penteadeira. As pedras, penas e sementes espalhadas no parapeito da janela. Era algo que eu fazia desde pequena: guardar pequenos tesouros no bolso e só me lembrar deles depois. Havia uma coleção semelhante no parapeito da janela do meu quarto em casa.

Peguei uma das penas coloridas, passando-a na ponta dos dedos. Não havia dúvidas de que eu tinha escolhido este lugar, como Eamon dissera, e de que fora feliz aqui. De alguma forma, eu tinha certeza disso. Então, por que fui embora?

Passei horas relembrando da visão de Mason. Parecia cravada em minha mente. Como se eu tivesse apenas me deparado com algo que esteve enterrado ali havia tempos. Eu recordava de cada detalhe, mas não conseguia encaixar aquela noite em nenhum lugar. Estivemos no rio tantas vezes que eu nem podia contar, mas aquela foi diferente. Havia algo na maneira como ele me olhava.

Coloquei os pés no chão e abri o armário, deixando que a porta se escancarasse. Desta vez, me permiti analisar o que havia ali dentro. Tateei o algodão suave dos vestidos e saias pendurados, uma quantidade pequena, porém útil, de roupas que uma mulher de uma cidadezinha agrícola em 1951 pudesse precisar. *Eram de cores que eu teria escolhido*, pensei. Cores que eu *de fato* escolhi.

Minhas mãos pararam em uma renda branca delicada, dobrada e escondida atrás de outras coisas, apalpei-a com um bolo na garganta. Era um vestido de noiva. Em uma série de flashes na mente, vi. A trama da renda em meu braço. O roçar da bainha no chão e a coloração branca como leite que contrastava com meu cabelo ondulado. Uma sequência de momentos entrelaçados com brusquidão, um espelho rachado da realidade, passou por minha mente. Eram cores em um caleidoscópio que mudavam sem aviso para formar uma nova imagem.

Puxei a mão, pressionando os dedos nas costelas e sentindo o coração bater forte. Afastei as imagens da mente antes que pudessem ganhar vida.

Empurrei as roupas para um canto do armário, tirando a renda branca de vista, e puxei um vestido azul de um dos cabides. A porta do armário se fechou, fazendo a coisa toda sacolejar, então me afastei, engolindo em seco. Tirei a camisola e dobrei-a com cuidado. O pingente ainda estava pendurado em meu pescoço, o ar me dava calafrios apesar do calor vindo da peça. Com sorte, aquela porta apareceria antes de o sol se pôr, e a marca que eu deixaria neste local seria quase imperceptível. Eu voltaria para Mason. Voltaria para a Jasper que eu conhecia.

Coloquei o vestido, abotoando-o e deixando o colar para dentro. O tecido era macio e agradável, um pouco largo no corpo, mas tentei não pensar muito no porquê. Meu corpo tinha mudado depois de ter uma filha? O amor e o casamento tinham suavizado minhas curvas nos cinco anos em que estive ali?

Virei-me para o espelho e senti arrepios enquanto me observava parada naquele quarto. Era eu, pintada na tela de uma vida que não tinha vivido. O pior de tudo era que eu parecia me encaixar naquele lugar, estava integrada à cena com perfeição.

Passei as mãos pelo vestido antes de ajeitar o cabelo com os dedos e deixá-lo cair sobre um ombro, na tentativa de tornar o reflexo mais familiar. Por fora, eu era como qualquer uma das mulheres das fotografias guardadas no porão da casa de fazenda. Era convincente, mesmo que por dentro não me sentisse nem perto do normal.

Foquei no pratinho que estava em cima da penteadeira, feito de abalone ou de uma espécie de concha de ostra. No centro, havia um anel de ouro. Era simples e liso, pequeno demais para as mãos de Eamon. Quando pisquei, consegui vê-lo no meu dedo. Também o havia abandonado ali. Até então, não tinha me ocorrido como era estranho que, durante um ano inteiro, ele tivesse mantido o quarto daquele jeito, com todas as minhas coisas. As coisas *dela*. Ele ainda tinha esperanças de que a esposa voltaria?

Quando enfim tive coragem de abrir a porta do quarto, as dobradiças rangeram, preenchendo o silêncio da casa. Dei a volta na cozinha e parei quando vi Margaret, não Eamon.

Ela estava no meio da sala de estar, dobrando a manta que fora colocada no sofá no dia anterior. Eamon dormira ali, deixando os cobertores para trás, mas não estava mais na casa.

— Bom dia — cumprimentou ela com alegria, abrindo um sorriso luminoso ao me ver.

Seu cabelo louro encaracolava na altura das têmporas e as bochechas eram rosadas. Eu não conseguia acreditar no quão impossível era estar ali, diante da Vovó, mas uma versão totalmente diferente.

— Bom dia — respondi. — O que está fazendo aqui?

— Vovó achou que seria bom eu vir aqui hoje. — Ela arrumou a manta no encosto do sofá. — Para ficar de olho em vocês três.

Levei um instante para entender que a Vovó que ela conhecia, a avó dela, era Esther.

A cortina do outro lado da sala estava se movendo devagar, e dedinhos puxaram o tecido quadriculado para que Annie me espiasse. Ela estava sentada na caminha, com os sapatos tocando o chão de madeira.

As meias que cobriam os pezinhos estavam envoltas pela mesma poeira que manchava a bainha do vestido, uma característica que a tornou mais real para mim. Eu só tinha visto Annie de relance antes, como uma foto tirada sem foco. Mas, agora, eu a via. *De verdade.*

Ela torceu o canto do lábio ao puxar a cortina mais ainda, mas só me olhava com os olhos grandes e castanhos. Eram da mesma cor dos de Eamon, outro detalhe que parecia dar sentido àquele lugar.

Eu sentia mais peças como aquela se alinhando e esperando para desabar feito dominó. Esperei, de certa forma me preparando para mais um trem desenfreado de imagens invadir meus pensamentos. Mas não aconteceu.

— Oi — cumprimentei, a palavra solitária carregada de mil perguntas.

O que era uma apresentação adequada entre uma mãe e uma filha que não se lembravam uma da outra? O que significava o fato de aquela menina ter saído de dentro de mim e, ainda assim, eu mal suportar olhar para ela?

Margaret desviou o olhar de mim para Annie, aguardando.

— Eu sou a June — continuei, tentando de novo.

Não sabia como me apresentar e imaginei que essa fosse a maneira menos confusa. Com certeza, ela devia me conhecer como mãe. Ou mamãe. Pensar nisso me causou uma sensação estranha de novo, como se eu estivesse despencando pelo ar.

Sem dizer uma palavra, Annie desceu da cama. Seus olhos estavam fixados em mim enquanto atravessava a sala em passos silenciosos na direção da cozinha. Então saiu pela porta dos fundos.

— Ela fala? — Olhei para a caminha, na qual jazia uma boneca de pano. — Não a ouvi dizer uma palavra sequer.

Margaret sorriu.

— Ela fala bastante, mas no geral faz mais o tipo reservado, como Eamon.

Eamon não tinha sido nada reservado nos poucos dias desde que o conheci. Na metade do tempo esteve gritando comigo. Só que a resposta dela à pergunta me deixou constrangida.

— Eu não sei nada sobre crianças — admiti, embora não soubesse ao certo se estava falando com Margaret ou comigo mesma àquela altura.

— Eu sei.

Ela me deu um sorriso empático, como se soubesse o que eu estava pensando quando botei os olhos em Annie. Tinha passado anos lidando com minha própria morte, vivido e respirado o luto desde pequena, mas não era nada comparado a isso. Não havia sequer um nome para o sentimento dentro de mim.

Margaret desviou o olhar do meu, tímida, foi até a cozinha, pegou o percolador do fogão e despejou o pó lá dentro.

— Onde ele está? — perguntei.

Ela olhou pela janela.

— Trabalhando. Ele sai para trabalhar no campo antes de o sol raiar na maior parte dos dias.

Fui até a porta dos fundos e vi a parede de tabaco farfalhando com o vento.

— Quem o ajuda na plantação? Não vi mais ninguém nos campos.

— Era você. Vocês faziam isso juntos. — Ela abriu a água e puxou a barra de sabão para perto da pia. — Ele tinha alguns ajudantes da cidade, mas... — Não terminou a frase, comprimindo os lábios como se evitasse falar algo que não deveria.

Eu não sabia dizer ao certo a quem Esther e Margaret eram leais. Esther parecia quase uma protetora de Eamon, e não tinha escondido o fato de que esperava que eu mantivesse distância de Margaret.

Tínhamos o mesmo sangue, mas eu as havia abandonado também, junto com um marido, uma filha e uma fazenda. A lista de coisas que eu deixara para trás só aumentava.

Se Eamon tocava aquele lugar sozinho, eu não sabia como conseguia. Apoiei o ombro na porta, observando as folhas amareladas de tabaco nas fileiras mais distantes da casa. Tinha reparado nelas no dia anterior, e não eram um bom sinal, não importava em qual década de agricultura estivéssemos. Durante uma estação atipicamente chuvosa, a água teria descido pelas colinas, e, se a praga estivesse instaurada, poderia arruinar a plantação inteira antes que Eamon pudesse fazer a colheita. Ao que parecia, ele mal vinha conseguindo manter o lugar operando.

Margaret fechou a torneira, esfregando a panela na pia, então peguei o pano de prato seco pendurado sobre o fogão e sequei a tigela que ela já tinha lavado.

— Quantos anos você tem? — questionei.

— Tenho 16.

Dezesseis anos. Imaginei que ela tivesse mais ou menos essa idade, mas ouvi-la confirmar a fez parecer ainda mais jovem para mim. Ela se portava como alguém que não era mais criança, mas a juventude no rosto era inconfundível. Havia um brilho intocável nela. Talvez tivesse mais uns dez anos com Esther antes de a avó morrer, segundo o que Vovó tinha me contado. Depois, assumiria a fazenda sozinha.

Eu a observei pelo canto do olho. Se eu estava ali no momento, isso significava que, durante todo aquele tempo, Vovó se lembrava de mim? Ela cresceu conhecendo Eamon e Annie, mas ainda assim nunca me dissera uma única palavra sobre eles. Sempre achei que não houvesse nenhum segredo entre nós, mas não era verdade. Ela escondera milhares de coisas de mim.

— Sabe.... — Coloquei a tigela na prateleira, tentando decidir como fazer a pergunta. — Você sabe quem eu sou, certo?

— Aham.

— Que você é minha…

— Avó? — Ela pareceu achar graça da pergunta. — Sei.

Uma risada escapou de mim. A situação era tão bizarra que eu não sabia o que sentir. Como devia ter sido crescer sabendo de tudo aquilo? A porta. Os episódios. A cisão do tempo. Vovó recebera toda essa informação tão nova, mas não repassara nada para mim.

Ela mordeu o lábio inferior, como se estivesse na dúvida do que quer que estivesse pensando.

— É estranho. Sinto como se eu tivesse tanto para te contar, mas de repente me lembro... — Ela parou de falar.

Eu sabia o que ela estivera prestes a dizer. Que eu não a conhecia. A alegria que foi sumindo dos olhos de Margaret no dia anterior quando descera as escadas me informara a mesma coisa.

— Nós éramos próximas? — perguntei. — Antes, digo.

Ela assentiu, com o meio-sorriso nos lábios ficando um pouco triste.

— Mas você não parece estar com raiva de mim que nem os outros — arrisquei dizer.

Margaret comprimiu os lábios de novo, assim como eu lembrava que Vovó fazia quando estava refletindo sobre algo.

— Acho que você tem seus motivos.

Tem. Apertei o pano entre as mãos, olhando para ela. Não tinha certeza do que esperara que ela dissesse, mas não era *aquilo*. Havia algo estranho naquelas palavras. Estavam tão no presente. Como se a eu do futuro que ela conhecia e amava, aquela que tinha morado ali, não tivesse ido embora completamente.

Eu quis perguntar a ela quais motivos tinha em mente. Se sabia para onde eu tinha ido e por quê. Só que o aviso de Esther me veio à mente. Aquela Margaret ainda era apenas uma menina.

— Então, Esther mandou mesmo você aqui para me vigiar?

Margaret me lançou um olhar de desculpas.

— Eu entendo. Eles não confiam em mim.

— Estão com raiva porque... — Ela ainda segurava a panela. — Você deixou Annie aqui.

Ela olhou para mim.

— Eu sei.

— Não, o que quero dizer... — Ela pegou o pano das minhas mãos, enxugou as gotas d'água no braço e virou-se para mim, abaixando o tom de voz. — No dia que você foi embora, Eamon chegou em casa e Annie estava sozinha. Você a deixou aqui sozinha.

Meus dedos escorregaram na ponta da bancada.

— Não é possível.

Margaret torceu a boca para o lado, quase como Annie havia feito. Eu sentia as mãos trêmulas, uma dor percorrendo os braços e indo até os ombros.

— Não — repeti. — Você não entende. *Não* é possível.

— Só estou contando isso para você porque... — Ela hesitou. — Quer dizer, é por isso que estão com raiva. Por isso que não confiam em você.

Fiquei olhando para ela, sem palavras. Não havia como eu ter deixado minha própria filha sozinha. Eu sabia como era ser abandonada pela própria mãe. Nunca faria isso. Nunca. Então por que aquilo fez meu estômago ficar embrulhado? Por que eu tinha a sensação de que ela não estava mentindo?

— Sinto muito. — Margaret ficou pálida. — Achei que você deveria saber.

Ela voltou a atenção à panela, colocando a mão de volta debaixo d'água. Mordi a parte interna da bochecha. Não sabia mais o que dizer. Com certeza não faria mais perguntas. Não quando o peso da resposta podia acabar comigo.

Abri a porta dos fundos, seguindo a plantação alta de tabaco tão de perto que as folhas arrastavam em meu braço conforme eu andava. Quando vi Eamon pelas portas abertas do celeiro, parei ali mesmo. Ele estava de pé com Annie em um dos braços, as perninhas da menina balançando ao redor dele enquanto o homem desenroscava uma linha de arame no chão. Mesmo quando Eamon se abaixava em um joelho para cortar o arame, ela continuava agarrada a ele, segurando uma florzinha branca.

Fui até os dois devagar, com os braços bem cruzados. O braço de Annie envolvia o pescoço de Eamon, o cabelo louro fininho dela descendo pelas costas. Reparei em cada detalhe das mãos pequeninas e do rostinho redondo. O jeito que ela parecia confortável nos braços do pai. Mesmo que eu não quisesse acreditar, a menina era minha filha. Parte de mim a conhecia, mesmo que eu não lembrasse. Era a mesma sensação que tive ao ficar diante da casa em ruínas dois dias antes.

Quando Eamon ficou de pé de novo, dei um passo na outra direção, saindo de seu campo de visão antes que me visse. Toquei as vigas da cerca do jardinzinho ao lado da casa, levantei o trinco do portão e entrei. As plantas tinham sido dominadas, tomadas por ervas daninhas que subiam quase até o meio da cerca. Fora abandonado sem cuidados, talvez durante o tempo em que eu me ausentara.

Havia tomate, cebola, abobrinha e ervas. Em um canto, eu via os brotos de uma videira de batata-doce e as folhas de um pepineiro murchando na tela de arame. Era um jardim de plantas moribundas.

Ajoelhei-me no chão e por impulso puxei os montes de trevo, dente-de-leão e tiririca. Arranquei-os da terra, frenética, tentando limpar o matagal enquanto o pânico crescia dentro de mim. Meu coração ainda estava acelerado, a garganta doía com o grito que estava preso ali desde o momento em que vi o rosto de Eamon. Era uma febre que crescia e se espalhava dentro de mim. Um sentimento com arestas tão afiadas que me cortavam bem fundo. Aquilo era um pesadelo. Tudo aquilo. E eu não conseguia acordar.

Arranquei mais um punhado de ervas daninhas da terra enquanto piscava para conter as lágrimas. Mais uma vez, olhei para os campos ao longe, procurando em desespero por qualquer sinal da porta vermelha.

Vai aparecer, disse a mim mesma. Era apenas uma questão de tempo.

E, quando acontecesse, eu estaria pronta.

14

À altura que o céu reluzia o dourado do sol sobre as montanhas, eu tinha acabado de limpar toda a seção do jardim. As plantas antes soterradas estavam rodeadas por um solo escuro e rico, as folhas abertas ao sol, e, quando olhei para elas, senti como se conseguisse respirar um pouquinho melhor.

Estiquei as mãos diante de mim, as articulações latejando. As cutículas estavam machucadas e sangrando, as palmas das mãos, arranhadas e vermelhas. Contudo, aquele aroma — o adocicado do solo rico e o cheiro penetrante e fresco do verde — era familiar.

O odor de fumaça tinha preenchido o ar pela maior parte da tarde, e, quando olhei para o céu, a vi se espalhando pelo campo. Estava em movimento. O pilar de cinza atingiu o canto da plantação, e Eamon apareceu, empurrando as plantas do outro lado da casa com uma vara apoiada nos ombros. Ele estava com um lenço sobre o nariz, e o suor marcava a camisa na altura do pescoço e do peito.

Ele esteve nos campos a tarde inteira, entrando e saindo do celeiro com o mesmo equipamento. Era um tarugo largo de madeira, que se estendia de cada lado dele e que, em ambas as extremidades, estava fixada uma corrente que suspendia dois recipientes de metal que pareciam lanternas. Fumaça saía dos buracos no metal, criando uma nuvem ao redor dele.

Não era o mesmo cheiro que vinha de um fogo ativo, concluí. Era mais como algo queimando abafado, embaixo de uma pilha de cinzas. Ele colocou a parafernália no chão e puxou o lenço do rosto, deixando-o cair para o pescoço. Quando olhou para cima, viu que eu o observava. O vento soprava ao redor dele, as mãos manchadas de preto pendendo ao lado do corpo, mas Eamon desviou o olhar assim que fizemos contato visual.

Defumar a plantação era um método antigo, mas eu nunca tinha visto ninguém o utilizando. Havia diferentes aplicações, e, em minha linha do tempo, só era empregado por fazendeiros com práticas primitivas. Ouvi falar que era usado para controle de pragas, mas que também ajudava no controle de umidade da planta. Naquele caso, imaginei que Eamon o estivesse utilizando pelo segundo motivo.

Atrás dele, os fios de arame que cortara pela manhã estavam pendurados nas vigas, em um padrão quadriculado, como se fossem um tabuleiro de xadrez suspenso no ar. Eu não sabia muito sobre plantação de tabaco, mas dava para perceber só de olhar para as plantas que estavam quase todas prontas para a colheita, então supus que Eamon estivesse montando os varais de secagem. O celeiro não parecia ser capaz de comportar tudo.

Ele desapareceu no canto do alpendre justo quando o som de um motor surgiu. Alguns segundos depois, a caminhonete de Esther estava saindo pela estrada, com Margaret no volante. Assim que ela foi embora, respirei fundo e olhei para a casa. Ela pairava sobre mim, um número infinito de momentos esquecidos vivendo debaixo daquele teto. Mas "esquecidos" não era a palavra correta, era? Como eu poderia esquecer algo se ainda não o tinha vivido?

Fechei o portão bambo do jardim, e a égua relinchou quando me viu, passeando pelo cercado do piquete com o rabo balançando. Ela levantou a cabeça, com as orelhas viradas em minha direção, e parou. Encarou-me de novo, o pescoço esticado, como se esperasse por algo.

Fui na direção dela. Aquele olho preto brilhando à luz do sol, as narinas infladas. Annie podia não se lembrar de mim, mas aquela criatura lembrava.

Callie.

A palavra brotou em minha mente como uma bolha chegando à superfície da água.

Callie. Era aquele o nome da égua? De repente, tive certeza disso. Mas como eu sabia?

Aquele formigamento na pele voltou, mas eu já conseguia sentir a lembrança se esvaindo, afastando-se como um ponto de luz. Uma sensação de déjà-vu. Em um frenesi, tentei agarrar-me a ela, com os olhos concentrados no brilho dos da égua.

Em um flash, o celeiro e o piquete desapareceram, substituídos pelas cores vibrantes da primavera.

Sei onde estou.

Estou detrás da fazenda de flores, onde um laguinho alimentado por uma nascente é sombreado por um conjunto de árvores de corniso-florido selvagem. Diante dele, uma égua marrom com uma crina que parece bronze manchado me observa.

Estendo a mão, dou um passo em direção a ela e, no início, desconfio que ela vai fugir. Mas ela abaixa a cabeça, vem em minha direção, e meus dedos deslizam pelo seu focinho.

Esta não é uma fenda no espaço-tempo. É mais apavorante do que isso. É uma emenda escondida, quanto mais imóvel fico, deixando que ela se desenrole, mais nítida se torna.

Começo a lembrar.

"Callie!"

A voz de um homem ecoa à minha volta antes de ele aparecer entre as árvores adiante.

É Eamon. Uma versão mais jovem e mais esbelta dele. A camisa branca está enrolada até aos cotovelos, o cabelo cortado mais curto e a barba, feita. Ele para quando me vê, e fico tensa, percebendo que ele consegue me ver. De verdade.

Olho para baixo, para meu vestido. As botas. Estou mesmo aqui.

"Pelo visto encontrou minha égua." O sotaque dele faz com que as palavras soem como uma canção.

Um sorriso surge no canto de sua boca, e ele parece surpreso e envergonhado. Meu coração se acelera. Percebo que estou sorrindo também, e um calor se espalha por minhas bochechas.

"Acho que foi ela que me encontrou", respondo.

As palavras saem de minha boca sem permissão. Sequer passaram por minha mente antes de chegarem aos lábios, e de repente sei que este momento está acontecendo sem mim, é como assistir a uma cena de filme.

Eamon dá um passo adiante, com uma guia de couro na mão. Quando não digo nada, ele torce o objeto de um jeito nervoso.

"Peço desculpas por isto. Não percebi que a cerca tinha caído."

"Não tem problema."

Enfio os dedos na rédea da égua, conduzindo-a na direção dele.

Quando ele a segura, prende a guia à fivela por baixo da mandíbula do animal e depois a enrosca em volta do punho. As veias nas costas da mão de Eamon são visíveis sob a pele.

"Obrigado."

"O nome dela é Callie?", pergunto.

Mais uma vez, as palavras emanam por conta própria.

"Sim, Callie."

"Ela é linda."

Algo que não consigo decifrar passa por seu rosto, e ele sorri de novo, os olhos captando a luz. São de um castanho profundo e amadeirado.

Quando ele não diz nada, aceno com a cabeça, deixando a mão deslizar para longe do pescoço da égua. Ele se move para levá-la embora, mas para quando cruza a estaca caída da cerca, virando-se para mim.

"Vou consertar isso."

Ele faz um gesto para a estaca.

Não sei o que dizer, só sei que desejo que ele não vá embora.

Por isso, quando ele fala de novo, sorrio de imediato.

"A propósito, eu me chamo Eamon."

"June."

O que é esta palpitação em meu peito? Este zumbido sob a pele? Quero perseguir a sensação, soprar-lhe as brasas até virar fogo.

"June", repete ele, daquela maneira que agora reconheço nos meus ossos.

Ele olha para mim mais uma vez antes de enfim dar a volta nas árvores e desaparecer. Eu o vejo partir, segurando algo com a ponta dos dedos, distraída. Olho para baixo, como se tivesse lembrado que estava ali... um jacinto-silvestre perfeito.

De repente, retomei a consciência. O celeiro, os campos, o piquete e a égua. A lembrança se esvaiu, eu a senti se afastando, centímetro por centímetro.

Callie pressionou o focinho na palma de minha mão. Minha pele ainda estava quente por causa do sol da tarde, mas eu queimava agora, aquela imagem de Eamon se enraizando fundo em mim. Nós nos conhecemos naquele dia. Aquele fora o momento em que tudo mudara, mas, quando tentei ir adiante daquele instante, em busca de outra lembrança, não havia nada.

Lavei as mãos no balde d'água que ficava atrás da casa, removendo o máximo de terra possível no cair da noite. Quase não consegui abrir a porta quando subi os degraus, os vaga-lumes dançando no escuro.

A cozinha estava quente quando enfim entrei na casa, uma brisa úmida adentrando pelas janelas abertas. A casa toda tinha um cheiro de erva fresca, e olhei para a panela tampada em cima do fogão. As coisas tinham sido arrumadas, o resto da louça do café havia sido lavada. A roupa molhada estava pendurada perto da lareira e os sapatos, ao lado da porta da frente. Parecia que não era a primeira vez que Margaret cuidava de Eamon e Annie, e o pensamento me fez estremecer.

Levantei a tampa da panela, e o vapor se espalhou pelo ar. Era algum tipo de ensopado com carne, cenoura e batata. Mas fechei o recipiente com um estrondo metálico quando me assustei com Eamon saindo do quarto. Ele segurava roupas dobradas.

Ele parou, como um rio congelado no inverno, os olhos me analisando como se visse outra pessoa. Aquele homem que eu nunca tinha visto me conhecia. Não só quem eu era, mas os detalhes íntimos de minha vida. Ele já *esteve* comigo. Tínhamos feito uma filha.

Ele analisou minha silhueta devagar, o rosto firme feito pedra. Aquele olhar não era mais de raiva. Era de dor. Como se me ver ali com o vestido da esposa, com o rosto da esposa, fosse mais do que ele podia aguentar.

— Desculpa, só achei que... — Pressionei as mãos molhadas no tecido azul, afobada. — Não tenho nenhuma outra roupa.

— Tudo bem. — Ele pigarreou e voltou os olhos para o chão. — Tirei um pouco das minhas coisas de lá, por enquanto.

Olhei para o quarto, e a lembrança dele no lago voltou à minha mente. Nós dividíamos aquele quarto. Dormíamos ali juntos.

Ele colocou as roupas dobradas no sofá antes de voltar para a cozinha e começar a arrumar a mesa, sem dizer uma única palavra. Segui o exemplo, pegando alguns copos da prateleira aberta e arrumando-os ao lado das três cumbucas que ele tinha posto na mesa.

O cabelo dele estava molhado, como se também tivesse se lavado no balde d'água dos fundos antes de entrar na casa. A camisa e a calça estavam sujas e ainda havia fuligem da fumaça sob suas unhas, mesmo após ele tê-las secado. Meu estado não era muito melhor, mas Eamon tinha uma expressão abatida, como se mal tivesse dormido nos últimos dias. Se estava defumando os campos sozinho, era provável que o fazia sem parar, além disso, eu o ouvi se levantar na noite anterior quando Annie começou a chorar.

Quando o silêncio ficou desconfortável a ponto de eu não aguentar mais, comecei a procurar em desespero algo para dizer.

— Margaret sempre vem cozinhar para vocês?

— Às vezes. — Foi a única resposta.

Os homens eram sempre deixados à margem em todas as histórias que tinha ouvido sobre as Farrow. Mas aqui, mesmo um ano após eu ter partido, Esther e Margaret ainda o tratavam como família. Até tomavam conta dele. Eu não sabia quanto tempo isso duraria ou por quanto tempo Eamon viveria em Jasper. A casa em que estávamos estivera caindo aos pedaços quando eu a vira em 2023. Em certo momento, eles deixariam este lugar.

Ele pegou a panela pesada do fogão e colocou-a no centro da mesa. Assim que a cadeira dele arrastou no chão, Annie chegou correndo. O sorrisinho dela ficou mais aberto quando me viu, e a menina subiu na cadeira ao lado de Eamon. Eu me sentei na cadeira do outro lado, sem querer me aproximar muito.

Eamon olhou para minhas mãos enquanto eu desdobrava o guardanapo, inspecionando os cortes em meus dedos.

— Não precisava ter feito aquilo no jardim.

Ele fez um sinal para que eu me servisse do ensopado.

Enchi a cumbuca, incomodada com a cena que se desenrolava. Nós três, sentados à mesa, como uma família. Também não sabia muito bem como reagir ao que ele dissera. Estava dizendo que eu não precisava ter feito aquilo, ou que preferia que eu não tivesse feito? Estava zangado pelo que fiz?

— Você está defumando os campos — falei, mudando de assunto.

Quando fui pegar a cumbuca de Annie, ele me impediu.

— Pare. — A palavra foi em tom baixo, mas pesado, e ele não levantou os olhos para mim.

Era um aviso. Mais um limite. Ele me deixaria ficar na casa pelo bem de todos, e me deixaria comer à mesa, mas não queria que eu agisse como a mãe da filha dele.

Recuei, e Annie revezou o olhar entre mim e o pai.

— Me dê, meu amor — falou Eamon baixinho, inclinando-se para perto dela, e a menina pegou a cumbuca vazia e colocou na mão aberta dele.

— É para afastar a praga? — Tentei mais uma vez enquanto ele a servia.

O menor indício de uma reação surgiu em seu rosto, mas, mais uma vez, não consegui interpretá-lo. Talvez ele não quisesse que eu soubesse sobre a plantação, ou talvez estivesse surpreso por eu ter identificado a praga.

— Vi a cor mudando no lado leste do campo. Está se espalhando?

— É algo que meu pai fazia. — Eamon respondeu à primeira pergunta, mas não à segunda.

— E funciona?

— Vamos descobrir, não é mesmo?

Os campos que eram visíveis pela porta aberta dos fundos pareciam ter, pelo menos, uns quatro ou cinco hectares, sem contar qualquer coisa que ele pudesse ter plantado do outro lado da colina. Semear, cultivar e manter toda aquela plantação durante a temporada inteira era trabalho para, no mínimo, três ou quatro homens. Eu não tinha ideia de como ele fazia tudo sozinho.

— Posso ajudar amanhã, se... — falei, pensando melhor antes de terminar a frase.

Se tivesse sorte, não estaria ali na manhã seguinte.

— Não, obrigado.

Eu o observei com cautela. A tentativa de ser educado devia ser pelo bem de Annie, mas era óbvio que estava irritado. Eu não sabia nem por que estava oferecendo. Talvez por culpa.

— É só que... — Fiz uma pausa. — Acho que uma ajudinha seria útil.

— Eu dou conta. — A mudança no tom de voz deixou nítido que ele não discutiria mais o assunto.

Eamon acenou com a cabeça para Annie, como se indicando para que ela comesse, e a menina pegou a colher em silêncio. Suas pernas balançavam debaixo da mesa, e ela tinha um brilho de animação nos olhos. Parecia estar quase gostando da situação toda.

Ela ficou me olhando enquanto mexia o ensopado, e a expressão em seu rosto me fez ponderar o que estava passando em sua cabeça. Tive a sensação de que era muito mais do que eu poderia fingir saber.

Comemos em silêncio, e quando tentei ajudar a lavar a louça, Eamon me enxotou. Ele ficava tenso e desconfortável com minha presença. Isso estava evidente. Sempre que eu me aproximava demais, ele se afastava, sem nunca fazer contato visual. Não desde o dia em que eu apareci ali e ele me olhou de cima, tão perto que eu sentia o calor de seu corpo.

Annie desapareceu no cantinho na sala, e observei Eamon na pia. Outra vez, aquela sensação de familiaridade me atingiu. Como se eu já tivesse pisado naquele chão inúmeras vezes. A imagem oscilava como uma chama, e ia embora na mesma velocidade em que aparecia.

Quase não perguntei.

— Qual é o nome da égua?

Eamon parou e colocou a cumbuca pingando dentro da pia antes de se virar para mim.

— Da égua?

— A égua no piquete. — Gesticulei para a janela. — Qual é o nome dela?

— Callie.

Um sentimento terrível e sufocante desceu por minha garganta e se estagnou em meu peito.

— Por quê? — perguntou.

— Por nada.

Ele me avaliou com o olhar, analisando meu rosto como se pudesse ouvir cada pensamento que surgia em minha mente. Estiquei a mão para trás, procurando a maçaneta do quarto.

— Boa noite.

Fechei-me no quarto, pressionando a testa quente na porta.

Meu corpo, meus ossos, tudo parecia tão pesado que achei que eu fosse cair e atravessar o chão. E não pararia ali. O peso era tão esmagador que poderia me levar direto ao centro da Terra.

Fiquei ali por um bom tempo, olhando para a escuridão crescente. Aquele nome, Callie, parecia se enraizar dentro de minha mente. Eu o sentia crescendo, expandindo-se e se transformando em outra coisa. Esther descrevera a insanidade como uma corda se esgarçando. Fios do tempo. Só que isso não explicava o que havia acontecido com a lembrança de Mason na noite anterior nem o que ocorrera hoje no piquete.

Eu sentia as lembranças transbordando, algumas tão perto da superfície que, se eu tentasse tocá-las, tomariam forma. Contudo, eu não queria isso. Não queria me *lembrar*, como Birdie havia dito, e era exatamente isso que estava acontecendo: eu estava me lembrando. Um esculpir lento e constante, como um rio erodindo a terra.

Olhei ao redor, frenética, procurando por algo, qualquer coisa que pudesse me ajudar a entender o que eu estivera fazendo ali. Por que eu havia ido embora.

Peguei um fósforo do jarro na mesa de cabeceira e acendi a vela, a vista se adaptando à luz que surgia. O quarto era cheio de sombras. Fantasmas com histórias ainda desconhecidas. Mas eu tivera segredos, assim como todo mundo. Por um ano inteiro, escondi registros detalhados dos meus episódios. Anos antes, eu escondi da Vovó minha pesquisa a respeito de Susanna.

Ajoelhei-me no chão, enfiei as mãos debaixo do colchão e fui passando até chegar do outro lado. Se Esther, Margaret e Eamon não sabiam por que eu tinha ido embora um ano antes, deveria haver alguma pista que eles não encontraram. Alguma evidência que deixaram passar.

Puxei as colchas, levantei os travesseiros para sentir o estrado. Quando meus dedos encostaram em algo, congelei.

Devagar, mexi o objeto para a frente e para trás até que escorregasse. Era algo duro, como um rolo de tecido espesso ou um carretel achatado de fio grosso. Quando enfim consegui puxá-lo,

sentei-me na cama e o coloquei no colo, largo, dobrado e embrulhado em juta.

Levantei uma ponta, revelando uma pilha de papel cinza. Jornais.
Duas letras pretas grandes chamaram minha atenção.

PA

Puxei toda a pilha, desembrulhando-a.

PASTOR ASSASSINADO

Era um aglomerado das mesmas reportagens que eu tinha encontrado quando procurei nos arquivos online da cidade, mas estas
eram as originais, impressas e distribuídas em Jasper nos anos 1950.

A reportagem seguinte eu também reconheci:

CORPO ENCONTRADO NO RIO ADELINE

Havia muitas outras, algumas que eu nunca tinha visto, mas todas
dos jornais locais sobre a investigação do assassinato de Nathaniel
Rutherford. Meu pai.

Até pensar naquela palavra era estranho para mim. Eu tinha
vivido à sombra da história de minha mãe, mas um pai era algo
que nunca havia sido mencionado, sequer parecia importar. Todo
aquele tempo, ele estivera no passado, mais longe do que eu poderia imaginar. E não pude evitar pensar que a maldição das Farrow
também o atingiu.

Se fazia um ano que ele morreu, isso significava que eu deveria
tê-lo conhecido enquanto estive aqui, e, se eu estava me lembrando
de coisas daquela época, me lembraria dele em algum momento
também. Mas o que era aquilo? Mais uma compilação como a que
eu tinha de Susanna em casa? E se sim, por que a mantive escondida?

No meio dos jornais havia mais pedaços de papel. Quando os
tirei dali, a luz refletiu na superfície brilhosa de uma foto.

Era a mesma que Vovó me enviara. Virei o verso e o escrito estava lá. Abaixo dele havia um pequeno papel retangular. Era uma série de anos anotados em uma longa coluna. Só que a letra era minha, sem dúvidas.

1912
1946
1950
1951

Foquei no ano de 1951. O presente.

Fiquei paralisada quando ouvi um barulho suave entrando por baixo da porta do quarto. Do lado de fora da janela, a lua tinha nascido por trás das montanhas. Eu sequer havia percebido que a casa ficara em silêncio.

Primeiro, o som pareceu o vento. Guardei os papéis no envelope e o coloquei debaixo da colcha, então cruzei o chão frio do quarto. Quando abri a porta, percebi que o som não era o vento. Era Annie.

Um gemido baixinho ecoou pela casa, a voz dela pesada de sono. Espiei por trás do canto da cozinha e congelei quando vi uma sombra se movendo na escuridão. Eamon estava se sentando no sofá, empurrando a colcha que cobria as pernas para ficar de pé. O luar refletiu em sua pele enquanto ele se movia pela sala, na direção do cantinho de Annie. Eu o vi subir na cama com ela e a menina se aninhar a ele, uma bolinha debaixo da coberta.

Olhei para os dois, sem conseguir desviar o olhar. Segurei firme na quina da parede, aquela dor oca dentro de mim despertando. Durante anos, eu havia me protegido dizendo que não queria amor nem filhos. Algumas vezes, até me orgulhei da independência que meu destino como uma Farrow me garantia. Entretanto, no fundo, por trás da pretensão, havia uma vontade que eu sempre mantive escondida do mundo.

Enquanto estava ali vendo os braços de Eamon enroscados na filha, eu me vi em um daqueles momentos vulneráveis quando a verdade vinha à tona. Tinha me mantido firme porque precisava, mas a June que se casara com Eamon e dera à luz uma filha tinha sido fraca, o pior tipo de egoísta. Eu estava dividida em duas partes... uma que sentia vergonha dela, e outra que tinha inveja.

O choro cessou, seguido por algumas fungadas baixinhas, então a casa ficou silenciosa de novo. Eles permaneceram deitados daquele jeito até a respiração dos dois ficar profunda e prolongada. Fiquei ali assistindo porque não conseguia parar. O braço dele ao redor do corpinho dela. A cabeça dela debaixo do queixo dele. Os dois encaixados como peças de um quebra-cabeça, e o pensamento fez com que uma dor irrompesse dentro de mim, algo que eu mal podia suportar.

Aquele era o campo que eu havia plantado. Com as próprias mãos. Mas depois tinha abandonado e deixado apodrecer.

15

Eu precisava me lembrar. De tudo.

Levantei-me antes de Eamon e Annie, quando o sol estava começando a colorir a névoa azul nos cumes das montanhas ao longe. A fazenda estava silenciosa quando desci os degraus dos fundos, e o canto leve dos pássaros foi abafado por uma brisa suave que corria pela plantação de tabaco.

Eu ficara quase a noite toda acordada, pensando. Se eu estava, de alguma forma, despertando lembranças daquela vida não vivida, então era somente uma questão de tempo até que eu soubesse ao certo o que tinha acontecido antes de ter ido embora. Não tinha forma de voltar no tempo e desfazer tudo. O que estava feito não podia ser desfeito. Porém, eu vivi anos ali, repletos das coisas que eu nunca havia sido corajosa a ponto de admitir que queria. Então eu precisava saber por que Vovó tinha mentido e por que eu tinha escolhido ir embora.

Pisei na grama alta e úmida que se estendia entre o celeiro e a casa, enquanto Callie me observava do piquete. Tentei deixar que a mente e o corpo seguissem o ritmo tênue que cantarolava sob meus pensamentos. Estava na ponta dos dedos, debaixo da língua. Uma rotina que eu estava prestes a lembrar. Uma rotina que eu fazia todas as manhãs.

Peguei a água e os ovos, testando a mim mesma com as pequenas coisas que eu não teria como saber. Quais bandejas no galinheiro teriam ovos e quais estavam sempre vazias. O modo como a bomba do poço precisava de um puxão firme para o lado antes de ser empurrada para baixo. Tomei muito cuidado para não tocar em nada, com medo de perturbar o equilíbrio precário entre mim e aquele lugar. Mas, a cada superfície que roçava com os dedos, eu preenchia partes de uma imagem. A casa não era apenas de Eamon. Também tinha sido minha.

Tirei as botas, deixando-as do lado de fora da porta dos fundos quando entrei na cozinha. Não me deixei pensar, movendo-me apenas pela memória muscular. Um tanto emperrada, mas com certeza estava lá. Coloquei a chaleira no fogão, e, por instinto, meu olhar foi atraído como um ímã para a lata de café em cima da geladeira. Eu conhecia aquela coreografia. Já devia ter feito aquilo centenas de vezes.

Sorri para mim mesma, com o entusiasmo percorrendo o sangue. Eram apenas migalhas, porém constantes.

Tive que procurar até encontrar a gordura vegetal, mas as outras coisas vieram à mente com mais facilidade. Quando procurei o açucareiro no armário, estava exatamente onde eu esperava que estivesse. Minha mão até pareceu reconhecer o toque da tampa e a forma da colher quando coloquei duas colheradas e mexi o café.

Enquanto a chaleira apitava no fogão, comecei a fazer a massa dos biscoitos, despejando o leite nos montinhos de farinha com uma das mãos enquanto virava a tigela da mistura com a outra. Minhas cutículas feridas arderam enquanto eu mexia. Era a mesma receita que eu cresci fazendo com Vovó e que ela crescera fazendo com Esther. Decidi começar por ali, com coisas que sabia que teria trazido comigo da primeira vez, e estava funcionando. Na verdade, estava indo melhor do que eu esperava.

O rangido da caminha de Annie me fez erguer a cabeça. Pela porta, vi Eamon sentar-se com rigidez, como se todo o corpo doesse. Tinha dormido o resto da noite naquela cama, ele e Annie enroscados um no outro, e eu precisei forçar meus olhos para não os observar o tempo todo enquanto me movimentava em silêncio pela casa. Eles também pareciam algo fixo. Uma força gravitacional implacável que me puxava pelas extremidades.

Eamon olhou ao redor da casa, piscando de sono, e, quando me viu, franziu a testa. Levantou-se e fez uma tentativa malsucedida de pentear o cabelo para trás com os dedos. A camiseta branca subiu de um lado, revelando o quadril. Abaixei de imediato os olhos, sentindo um calor no peito. Eamon era o tipo de homem bonito que havia sido esculpido em florestas e rios. Tinha o aspecto de alguém que passara a vida no sol, com as mãos na terra. Todas as cores, curvas e ângulos dele foram moldados para isso. *A sensação de frio na barriga quando olhei para ele era só um reflexo*, disse a mim mesma. Apenas um tipo diferente de recordação.

Quando chegou à cozinha, recostou o ombro na parede e ficou me olhando. Ele engoliu em seco, fazendo a mandíbula se retesar, e os segundos se reconstruíram em um silêncio enervante.

Parei de mexer a massa.

— O que foi?

Eamon balançou a cabeça, como se tentasse frear qualquer pensamento que estivesse ali.

— Nada. — Sua voz soou bem rouca. — É só que... — Ele não terminou a frase.

Coloquei as mãos na mesa, esperando e reparando, pela primeira vez, que ele não estava com raiva. Parecia quase chateado, como se estivesse engolindo a mesma dor no peito que eu sentia se expandir atrás de minhas costelas.

— É que, às vezes — ele fez uma pausa —, é difícil olhar para você.

O sotaque estava mais forte, mas não sabia dizer se era por causa do sono ou da emoção. Só que fez com que a dor se espalhasse pelos vazios em meu interior.

Mordi a parte interna da bochecha, incerta do que dizer, mas Eamon não me deu oportunidade de responder. Ele se virou em direção à sala e pegou algo na mesinha do lado do sofá. Quando voltou, estendeu a mim.

Era um par de luvas. Luvas pequenas de couro.

Voltei o olhar ao dele, mas Eamon não olhava mais para mim.

— Elas são…?

— Suas — respondeu.

Olhei para baixo, para minhas mãos. Estavam machucadas por causa do trabalho no jardim no dia anterior, os calos eram inúteis sem as luvas. Eu estava com a pele toda cortada, as unhas envoltas em sangue pisado. Ele tinha reparado.

Aceitei as luvas, apertando o couro suave e desgastado entre os dedos.

— Obrigada — agradeci com delicadeza.

Ele assentiu, preenchendo a cozinha com aquele silêncio outra vez, até que apontou para o percolador no fogão.

— Posso?

Olhei para ele um pouco confusa até perceber que estava pedindo permissão para se servir de uma xícara de café.

— Ah, sim — gaguejei, sem jeito, colocando as luvas no bolso de trás da calça jeans.

Ele se virou, passou ao meu lado na cozinha apertada, e, quando estendeu a mão por cima de mim para pegar a xícara, o espaço entre nós ficou ainda menor. Uma sensação de estática se espalhou por minha pele, um zumbido elétrico que fez com que eu me afastasse dele de leve. Não pude evitar.

Quando ele percebeu, deu um passo para trás, abrindo mais espaço entre nós.

Peguei a colher, continuando a misturar a massa, e, pela visão periférica, eu o vi dar um gole no café.

— Eu sabia o nome dela — confessei.

Ele parou com a xícara no ar, os olhos nos meus.

— Quê?

Respirei fundo, tentando decidir o quanto eu queria contar para ele.

— Da égua. Ontem. Eu lembrei o nome dela antes de você me dizer.

Eamon permaneceu parado, já bem acordado.

— Como?

— Só... me veio à cabeça.

— Do que mais você se lembra? — Sua voz estava tensa, quase defensiva, e uma familiaridade fragmentada se acendeu dentro de mim quando a ouvi.

Observei a tensão em seus ombros. Em sua mandíbula.

— Quase nada. Só algumas coisas aqui e ali.

— Como você se lembra de algo que ainda não aconteceu com você?

— Não sei.

Eamon pareceu ansioso, mas eu não sabia por quê. Era quase como se ele estivesse com medo de que eu soubesse de algo, e não consegui evitar ponderar o que seria. Havia planejado perguntar a ele sobre as reportagens de jornal que tinha encontrado na noite anterior, mas então pensei melhor.

— Queria perguntar uma coisa. — Fiz uma pausa, escolhendo uma tática diferente. — Eu tinha algum diário?

Ele colocou a xícara de café na mesa.

— Não.

— Um caderno ou algo assim?

— Não, nada disso.

Olhei para o chão, pensando. Poderia significar que eu tinha parado de ter episódios depois que vim para cá, ou talvez tivesse só parado de anotá-los. Ou isso, ou Eamon não estava me contando a verdade. A possibilidade ainda não tinha me ocorrido até então. Quais motivos ele teria para mentir?

— E um...

— A resposta é não — repetiu.

— Só estou tentando pensar em algo que possa me ajudar a entender por que fui embora. E para onde fui.

— Eu sei para onde você foi.

Olhei para ele, remexendo-me. Não esperava que ele dissesse aquilo, mas ele olhou direto para mim, com uma confiança inconfundível no olhar.

Minha voz saiu sussurrada:

— Para onde?

— Para seu tempo. — Aquelas palavras foram algo pesado e sólido entre nós.

Se fosse verdade, tinha que haver um motivo. Eu não teria só partido. De alguma forma, eu sabia disso.

O barulho do ranger do portão que dava para a estrada chamou a atenção de Eamon, que desviou o olhar para a janela da frente. Sem os olhos dele fixos em mim, enfim respirei fundo. Margaret estava lá, e ela e Esther pareciam ser as únicas intermediárias entre mim e Eamon. Os primeiros momentos vulneráveis e influenciados pelo sono da manhã chegavam ao fim, tendo levado apenas alguns segundos para que ele levantasse a guarda de novo e me afastasse. Ele era como um campo de minas terrestres.

Se Eamon não falaria comigo, eu teria que confiar em minha memória, talvez até encontrar uma forma de ativá-la por conta própria. Ou uma maneira de conseguir respostas em outro lugar. Suspeitei que Margaret pudesse me ajudar naquele quesito. Esther era prudente e cuidadosa, mas havia uma versão de Margaret que eu conhecia melhor do que todo mundo.

Três batidas fortes à porta, e a sombra de uma pessoa passou pela parede da sala. Eamon e eu nos encaramos, a casa ainda desarrumada ao redor. *Não é Margaret*, pensei. No dia anterior, ela não tinha batido à porta.

Uma nova tensão pairou no ar, e eu a senti quase que de imediato. Eamon levantou a mão, fazendo um gesto para que eu ficasse quieta. Ele observava o vulto, os olhos se movendo para a espingarda pendurada na parede.

Tirei as mãos cobertas de farinha da tigela e dei um passo para trás.

— Eamon? — sussurrei.

Mais uma batida, sacudindo o vidro da porta, e ele enfim se mexeu, debruçando-se para tentar ver da janela da cozinha.

Sua mão escorregou da cortina.

— Merda.

— O que foi?

— *Merda* — repetiu, virando-se para mim.

Em silêncio, fui para perto dele para conseguir ver o que havia do lado de fora. Uma viatura de polícia estava estacionada dentro do portão, a nuvem de poeira causada pelo veículo ao frear ainda pairava no ar. Olhei para Eamon. Os músculos de seus braços e ombros estavam flexionados por baixo da camiseta, o corpo inteiro, tenso.

— Não diga uma palavra — falou tão baixo que mal consegui ouvir.

Analisei seu rosto, e o medo em seus olhos passou a correr também por minhas veias.

Ele se aproximou, pegou meu braço e o segurou com força. Puxou-me para perto até que eu estivesse observando seu rosto de perto.

— June, está me ouvindo?

Olhei para baixo, para os dedos dele em minha pele, e levantei os olhos de novo. Fiz que sim.

Ele me soltou, então corri para o quarto sem fazer barulho. Observei pelo canto da porta quando ele voltou para a sala, olhando para a espingarda mais uma vez. Houve um milésimo de segundo em que tive certeza de que a pegaria.

Mas o que é que estava acontecendo?

A batida à porta soou de novo, e Eamon enfim a abriu, deixando entrar uma luz ofuscante. Minha boca ficou seca quando o homem do outro lado da soleira apareceu em meu campo de visão. Era um policial. Não aquele que eu tinha visto na margem do rio. Era outro e, assim que meus olhos focaram nele, a casa pareceu ser tomada por um ar gelado. Ele tocou no chapéu em cumprimento a Eamon.

Seu cabelo louro era curto e penteado em um topete. Ele estreitava os olhos escuros.

O homem levantou o queixo, e a porta se abriu mais um pouco.

— Eamon.

Pressionei o corpo na parede, sem emitir som algum.

— Caleb.

Eamon fazia o possível para parecer relaxado, mas não estava sendo bem-sucedido. Ainda se mostrava tenso como uma pedra.

— Ouvi dizer que June enfim voltou para casa.

O homem que Eamon tinha chamado de Caleb vasculhava dentro da casa com o olhar, então me afastei da fresta aberta da porta.

— Chegou faz poucos dias — confirmou Eamon.

— Eu soube. — Uma pausa. — Achei que eu deveria vir pessoalmente dar boas-vindas a ela. Ter aquela conversa que estou há tanto tempo esperando.

— A conversa pode esperar, Caleb. Ela acabou de chegar.

— Ora, você não é o único que estava esperando June voltar para casa. — Havia algo sombrio na cadência suave da voz do policial.

Eu quase ouvia o sorriso por trás.

— Outra hora. — O tom da voz de Eamon não mudou.

Não sabia dizer se minha respiração soava tão alta naquele quarto quanto dentro dos meus ouvidos. Minha cabeça estava a mil por hora. Dei uma olhada pela fresta da porta e vi a mão de Eamon segurando firme no batente.

— Bem, já esperei todo esse tempo, suponho que mais um ou dois dias não farão diferença. — A boca de Caleb esboçou um sorriso estéril enquanto ele colocava o chapéu na cabeça, mas havia uma ameaça em seus olhos. Um brilho perigoso. — Tenham um bom dia.

Ele se virou e desceu os degraus do alpendre. Eamon fechou a porta e ficou ali parado, esperando o barulho do carro desaparecer. Quando surgi no canto da sala, ele passou a mão no cabelo e respirou fundo.

No cantinho, Annie estava acordada, sentada na beira da cama abraçando os joelhos. Ela olhou para mim e para Eamon, com a boquinha curvada para baixo, como se fosse chorar. Em um instante, algo dolorido cresceu dentro de mim, e senti que estava indo na direção dela. Mas Eamon já tinha atravessado o cômodo, pegando-a no colo, ela passou os braços ao redor do pescoço dele e afundou o rosto em seu ombro. Ele retirou o cabelo dela do rosto, evitando meu olhar.

— O que foi isso? — perguntei, indo até a janela da frente para checar a estrada.

A viatura não estava mais à vista.

Os olhos de Eamon focaram nos meus por cima da cabeça de Annie. Eu o via tentando decidir como responder. Ou talvez decidindo se sequer responderia. Era a mesma expressão que tinha demonstrado minutos antes.

Ele passou ao meu lado, entrou na cozinha e pegou uma maçã da vasilha na prateleira.

— Por que você não vai dar bom-dia para Callie? — Sua voz intensa se suavizou ao encostar a boca no cabelo de Annie e colocar a maçã nas mãos da menina.

Ela segurou a fruta, e ele a pôs no chão, o pijama balançando ao redor das pernas fininhas. Então ela saiu pelos fundos da casa, deixando a porta de tela bater atrás de si.

Ele a observou saindo.

— Não é importante. Ele só tem algumas perguntas para fazer.

— Sobre o quê?

Eamon hesitou, eu estreitei os olhos. Ele estava escondendo algo de novo, decidindo exatamente o que dizer.

— Não muito antes de você ir embora, algo aconteceu. — Ele enfiou as mãos nos bolsos. — Ele entrevistou todo mundo na cidade como parte da investigação, e agora quer conversar com você.

Devagar, as peças começaram a se encaixar em minha cabeça.

— O assassinato — concluí.

Eamon hesitou só o suficiente para que eu percebesse.

— É.

— O que isso tem a ver comigo?

— Nada. Ele é o delegado, June. É o trabalho dele. É só isso.

Sem dúvidas não era "só isso". Eamon não queria que eu conversasse com Caleb, e supus que o fato de eu não lembrar de nada era o motivo. Se eu fosse interrogada sobre um assassinato, não teria ideia do que dizer. Só que aquilo não explicava o porquê daquelas reportagens de jornal e uma fotografia de Nathaniel Rutherford estarem escondidas no quarto nem por que Eamon ficara pálido quando viu a viatura do lado de fora.

Era daquilo que Esther estivera falando ao dizer que eu tinha chegado em um momento complicado.

Eamon olhou para fora da janela de novo, com a mandíbula tensa. Lá no celeiro, a silhueta pequenina de Annie estava escalando a cerca do piquete. A égua cheirava seu cabelinho louro, e a mão da criança segurava o focinho do animal, como se a égua fosse um cachorrinho.

O delegado tinha deixado Eamon abalado, isso estava evidente. Não houvera dúvidas do pânico nos olhos dele antes de abrir a porta. Eu ainda sentia o ponto que ele havia tocado em minha pele, o jeito que seus dedos passaram por meu braço e me apertaram. Ele estava com medo naquele momento. Se por mim, ou por ele, eu não sabia. Só que Eamon estava escondendo algo.

16

Eu tinha abandonado qualquer esperança de acordar.

Fui arrancando as ervas daninhas, puxando-as da terra macia, um punhado de cada vez. As videiras compridas me mantinham escondida dos olhares alheios enquanto eu trabalhava, limpando outra seção do jardim, insistente, centímetro por centímetro.

Eamon fora até a casa de Esther assim que Margaret chegara, e eu a vi me observando da janela mais de uma vez. Mesmo naquele momento, décadas antes de conhecê-la, ela não conseguia esconder a preocupação no rosto.

Havia dias que eu já sabia que aquilo não era um sonho, mas aquela manhã fora a primeira vez que senti que o que estava fazendo ali era, de fato, perigoso. O assassinato de Nathaniel Rutherford acontecera algumas semanas antes de eu ir embora, no mesmo dia em que começava a Feira do Solstício de Verão. Eu não tinha me atentado àquela parte da linha do tempo até então, e, pela reação de Eamon na cozinha durante a manhã, tive que me questionar se aquilo tudo era ou não uma coincidência.

O que teria acontecido se eu tivesse sido interrogada pelo delegado, sem conseguir confirmar qualquer coisa que ele soubesse ser verdade a meu respeito? Jasper era o tipo de cidade em que não se podia esconder nada. Era fácil demais descobrir coisas quando se conhecia todo mundo muito bem. E as pessoas fofocavam. Sempre se podia contar com a fofoca.

Eu havia caminhado pela margem do campo por mais de uma hora depois que Eamon saíra, vasculhando o horizonte em busca de qualquer sinal da porta. Fiz as contas desde quando eu a tinha visto no jardim da igreja, e tentei me lembrar da vez antes dessa. Precisava encontrar um padrão. Uma sequência que eu pudesse identificar para obter algum tipo de previsão. Contudo, se eu aprendera algo com a anotação dos meus episódios, era que eles pareciam ser completamente aleatórios.

O pingente de relógio ao redor do meu pescoço ficava mais pesado a cada dia, um nó apertado que parecia cada vez mais um tique-taque do relógio. Esther tinha certeza de que a porta reapareceria, e Eamon estava certo de que, da última vez que eu fora embora, tinha passado por ela, voltado para casa, para minha linha do tempo, onde Birdie, a casa na rua Bishop e Mason me esperavam.

Toda vez que eu pensava em Mason, sentia o coração apertado. Ele devia estar desesperado, fazendo todo o possível para me encontrar. Se tivesse vazado que eu estava me consultando com o dr. Jennings, era provável que o delegado determinasse que eu não estava bem e que meu estado estava ligado ao meu sumiço. Fariam conexões entre mim e Susanna, talvez até antes de eu ser considerada uma pessoa desaparecida. Meu nome, descrição e foto seriam enviados para as cidades vizinhas, mas eu sabia o que a maioria das pessoas diria: que o que aconteceu com minha mãe tinha acontecido comigo. Que era culpa da insanidade.

Afundei as mãos no solo, ajoelhada no jardim. Não havia uma única nuvem no céu, nem mesmo uma brisa leve, e meu cabelo grudava no rosto e pescoço. Eu não me importava, cavando até os músculos dos braços ficarem fracos. Ignorei a dor nas mãos e o início da insolação nas bochechas. Dentro da minha mente havia um labirinto, e eu não conseguia encontrar a saída. Quanto mais tentava escapar, mais perdida eu ficava.

Minhas mãos seguravam um tomateiro recém-desenterrado quando senti a presença suave do olhar de alguém. Olhei por cima do ombro e avistei Annie me observando da cerca improvisada. Suas mãozinhas estavam agarradas às placas de madeira, e os olhos castanhos piscavam para mim de cima do gradil.

Tirei as luvas e enxuguei o suor da testa com a manga da camisa.

— Oi — cumprimentei.

Lá estava a palavra patética de novo.

Ela esperou um instante antes de passar pelo portão. Eamon a vestira com um macacãozinho verde e uma blusa de gola branca que fazia o cabelo parecer ainda mais claro. Ela não parecia ter medo de mim, mas com certeza estava curiosa. Ela analisou o jardim parcialmente limpo antes de voltar a me encarar.

Nós nos entreolhamos, e aquele sentimento surgiu dentro de mim outra vez... como a correnteza do rio me puxando. Uma onda de lembranças estava lá, presa em minha mente por algo que eu não conseguia ver. Estava longe demais do meu alcance.

Esperei que ela se aproximasse, mas Annie não fez isso. Olhei ao redor e vi um tomate-cereja amarelo escondido atrás das folhas. Eu o segurei, arrancando-o do caule e o estendendo na direção dela. Estava quente, a pele madura bem macia, e os olhos dela brilharam, até que enfim a menina deu alguns passos. Com cuidado, ela o pegou de minha mão. Virou então o tomate, inspecionando-o, antes de colocá-lo na boca.

Abri um sorriso. Ela se agachou no chão ao meu lado, afundando os joelhos no solo aquecido pelo sol, com os pés debaixo do corpo. A ponta de sua saia encostou em minha perna, e me peguei me inclinando na direção dela. Estávamos a poucos centímetros de distância.

Fiquei ali sentada, observando seu rosto, suas mãos, a cor de seu cabelo. Aquelas faíscas de memória brilhavam, e eu estava apavorada com o momento em que reacenderiam, como se fossem me queimar por inteiro se pudessem.

Ela me observava também, e ponderei se estava me comparando à lembrança turva que tinha da mãe que conhecia. Eu não tinha certeza de que Eamon contara a ela sobre mim, ou se Annie sequer perguntara algo. Ainda não a tinha ouvido dizer uma única palavra, mas via nela o mesmo jeito reservado que Margaret havia mencionado sobre Eamon. Os dois eram farinha do mesmo saco, mas, na aparência, Annie era mais parecida comigo.

Ela voltou a atenção ao meu pescoço e estendeu a mão, quase por impulso, para puxar o pingente de relógio da gola de minha camisa. Fiquei parada enquanto ela o segurava, girando-o para que a luz do sol batesse na superfície.

Ela o inspecionou, mais concentrada do que eu julgava natural para uma menina de 4 anos. Quase como se conseguisse sentir que não era apenas um pingente qualquer. Lembrava de me sentir assim também, abrindo e fechando o relógio em um ritmo compulsivo, sentada no colo da Vovó. Ela cantava aquela canção que eu adorava... Qual era mesmo? A letra não me vinha à cabeça, mas a melodia truncada estava lá, como um rádio mal sintonizado entrando e saindo de frequência.

A única coisa sobre a qual não me permiti ponderar muito foi a noção de que, se Annie era minha filha, isso significava que ela era uma Farrow. E, se ela era uma Farrow, partilhávamos um destino que corria no sangue. Corria-lhe nas veias como corria nas minhas. Um dia, ela seria como Susanna e o resto de nós, com uma mente dividida entre as linhas do tempo.

Engoli a emoção intensa que descia pela minha garganta, a pergunta se instalando em mim até que mal conseguia respirar. *Como* eu podia ter feito aquilo? Aquela criaturinha perfeita definharia e desapareceria, e de repente ocorreu-me que talvez tivesse sido aquele o motivo para eu ir embora. Talvez eu estivesse com medo de ver as consequências tomarem forma. Talvez estivesse fugindo de tudo aquilo, dela, quando passei por aquela porta.

Annie fechou o pingente e olhou para mim, seu olhar me assolando. Havia uma intensidade calma em seus olhos, que me dava a sensação de que ela sabia o que eu estava pensando. Ou, pelo menos, que sentia o que eu estava sentindo. Desejei que não fosse verdade.

— Annie. — Minha voz saiu sufocada. De repente, fui tomada pela necessidade de saber se ela sabia, se sabia *mesmo* quem eu era.

— Annie, você...

O som de uma caminhonete fez com que nós duas nos voltássemos para a estrada, onde Eamon chegava, os pneus raspando no cascalho. O pingente escorregou das mãos de Annie, que se levantou, saiu pelo portão e correu na direção do pai. O espaço vazio que deixou ao meu lado ficou palpável no ar.

Segundos depois, ela estava nos braços de Eamon. Fiquei de pé e guardei o pingente dentro da blusa. Senti uma ardência quando a peça se arrastou em minha pele, como se o toque de Annie o tivesse eletrizado de alguma forma.

Margaret desceu os degraus do alpendre. Aquele pensamento não tinha me ocorrido até então, de que era provável que ela estivesse esperando ele voltar para ir embora. Eu não podia culpá-la. Também não confiaria Annie a mim mesma.

Ela deu um beijo em Annie e trocou algumas palavras com Eamon, e, embora não tenham olhado em minha direção, eu sentia o peso da atenção dos dois. Fosse lá o que estivessem conversando, tinha a ver comigo. Ela acenou antes de entrar na caminhonete de Esther e então foi embora.

Eamon caminhou em minha direção, com o rosto virado para Annie. Ela mexeu a boca, proferindo palavras que eu não conseguia ouvir, e me vi muito concentrada, tentando captar a voz dela no vento. Passei pelo portão e removi as luvas. A distância que Eamon tinha colocado entre nós mais cedo ainda estava ali, e me lembrei daquela manhã, quando ele ficou me olhando na cozinha. Quando disse que era difícil olhar para mim. Houvera um lampejo naquele momento, algo que me fizera confiar nele. Mas o homem que tinha me dado as luvas e o que tinha mentido para mim não combinavam de um jeito que fizesse sentido.

Ele colocou Annie no chão, e nós dois seguimos adiante, parando no meio do caminho entre a casa e a cerca. Ficamos ali em silêncio por alguns segundos, até que ele enfim falou:

— Esther vai vir aqui de manhã. Ela vai à cidade levar algumas flores para a Feira, e acho que seria uma boa você ir com ela.

Fiquei sem reação, certa de que não estava entendendo.

— À cidade?

Annie agachou-se atrás dele, apanhando um cacho de dentes-de-leão e juntando-os em um buquê bagunçado.

— Caleb aparecer significa que as pessoas da cidade estão fazendo mais do que falar. Quanto mais tempo você ficar escondida, mais vão ficar curiosas, e nós não podemos nos dar ao luxo de ter pessoas bisbilhotando demais.

Olhei para a estrada atrás dele. Já tinha visto mais de um vizinho diminuir a velocidade quando passava, às vezes o mesmo carro várias vezes ao dia. Poucos minutos depois da visita de Caleb, Eamon fora falar com Esther, e os dois decidiram aquilo. Sem mim.

— Não acho que seja uma boa ideia — falei, aquele som sufocante ressurgindo, apesar de eu tentar evitar.

— Você não pode só se esconder aqui. Caleb não é a única pessoa que vai bater à porta. Confie em mim.

Confie em mim. Eram as mesmas palavras escritas no envelope que tinha me convencido a passar por aquela porta em primeiro lugar. Na época, achei que que fossem os dizeres de minha mãe. No momento, me perguntava se não eram os meus.

Neguei com a cabeça.

— Não posso. E se alguém vier falar comigo? E se eu disser algo errado?

— Não vai dizer.

— Eamon…

— Olha, a cidade vem esperando por uma chance de fazer justiça em nome de Nathaniel Rutherford. Você não vai querer descobrir o que poderia acontecer se achassem que conseguiriam fazê-la aqui, na minha porta. Em um lugar como este, ninguém tentará impedi-los, entende? Ninguém virá nos salvar. — Estremeci, abalada com a ferocidade do seu tom de voz. — Primeiro, uma batida na porta; depois, um incêndio no celeiro. Não vão parar por aqui, June. Se ainda estiver aqui amanhã, você vai para a cidade com Esther. Vai aparecer para as pessoas, e nós vamos mostrar que não temos nada a esconder.

Sua voz tinha um tom definitivo que dizia que ele não continuaria debatendo aquilo e, antes que eu pudesse argumentar, ele seguiu para o celeiro. Era a mesma expressão que fizera naquela manhã ao olhar para a espingarda na parede. Ele não tinha só medo do delegado, mas também do que a cidade era capaz de fazer. Com base no que insinuou, havia mais de uma pessoa em Jasper que queria descobrir o que eu sabia sobre a noite em que Nathaniel morrera.

Assim que passou pela porta, Eamon começou a preparar os aparatos para a defumação, levantando a tampa de um dos compartimentos de alumínio e colocando o que pareciam ser lascas de madeira nos recipientes suspensos nas duas pontas da parafernália.

Eu não sabia ao certo se ele estava acostumado a me dar ordens, ou apenas assustado a ponto de não me dar a opção de recusar. Mas tive a sensação de que era a segunda opção. Ele era um homem à beira de um colapso, isso era óbvio. Já tinha perdido a esposa e a qualquer momento podia perder a casa, a fazenda, o ganha-pão.

Olhei para cima, para o sol caminhando em direção ao entardecer. Eamon estava começando tarde nos campos, o que significava que trabalharia até a madrugada, quando seria tarde demais para conseguir dormir pelo menos um pouco.

— Deixe-me ajudar, Eamon — ofereci.

Ele me ignorou, riscando um fósforo e agachando-se para acender o recipiente aos pés.

Respirei fundo, guardando as luvas no bolso de trás. Se ele era teimoso a ponto de fazer o trabalho de três homens sozinho todos os dias, então não era eu que o convenceria do contrário. Nem sabia por que estava tentando ajudar.

Rumei até a casa ao passo que a chaminé soltava fumaça e as cortinas esvoaçavam atrás das janelas abertas. A cozinha tinha cheiro de assado de panela quando entrei, e parei assim que vi as ramas das cenouras cortadas na tábua, as fatias retas e enfiadas em um jarro com água.

Vovó sempre fazia aquilo, nunca queria desperdiçar nada. Guardava as ramas para dourar com as verduras ou para cortar e cozinhar dentro do bolo de carne. Tudo o que sobrava ela dava para as galinhas, mas, antes de serem usadas, ficavam expostas como um buquê de verdinhos na janela acima da pia.

Eu conseguia vê-la descalça na cozinha, cantarolando aquela música. Como era mesmo o nome? Estava na ponta da língua, na beiradinha dos meus pensamentos. Contudo, toda vez que tentava trazer a lembrança à tona, ficava embaçada e fugia de mim.

Um arrepio subiu por minha espinha e se espalhou por todo o corpo, como se fosse o rastro de uma chama. Não importava o quanto eu tentasse, não conseguia me lembrar. A cada segundo, minhas lembranças desapareciam mais e mais. Os pedacinhos da melodia, as palavras... tudo ia lentamente se desintegrando.

Eu sabia. Tinha convivido com aquela música a vida inteira, ouvido Vovó cantá-la milhares de vezes. Então por que não conseguia me lembrar?

17

A caminhonete velha de Esther estava à espera no acostamento da estrada quando saí, a caçamba de madeira cheia até o topo. Baldes de girassóis com miolo verde e gladíolos nas cores de um pêssego melba enchiam cada centímetro quadrado da parte de trás, as flores pesadas e caindo pelas laterais.

Esther estava com uma das mãos no volante quando cheguei à janela do lado do passageiro, me observando entrar no carro.

— Bem, vocês não se mataram — comentou ela. — Acho que isso já é alguma coisa.

Olhei para a fumaça que subia e pairava sobre os campos de tabaco. Eu já estava dormindo quando Eamon voltara para casa na noite anterior, mas, assim que o choro de Annie ecoara no escuro, o som dos passos dele atravessara a sala até o outro lado da parede. Todas as noites, aquilo me arrancava do sono antes de a casa voltar a ficar em silêncio. Eu não estava gostando de já estar familiarizada com aquela rotina.

Ele já tinha ido para o campo quando eu entrei na cozinha naquela manhã, o que significava que não devia ter dormido mais do que algumas horas. Estava trabalhando quase sem parar e, na maior parte da plantação, parecia ter conseguido conter a mudança de cor das plantas. Só que a praga permanecia lá, à espera de uma oportunidade para tomar o campo. Era apenas uma questão de tempo até que acontecesse. Eamon precisava chegar à época de colheita antes.

Esther tirou o pé do freio e guiou a caminhonete de volta para a estrada.

— Como você está?

Olhei para ela, sem conseguir elaborar qualquer coisa que se assemelhasse a uma resposta.

— Por que não me contou que o delegado queria falar comigo sobre o homicídio do pastor?

Ela arqueou a sobrancelha em resposta ao meu tom.

— Sendo sincera, não pensei que você fosse ficar aqui por tempo o suficiente para isso ter importância. É só uma bobagem entre ele e Eamon.

— Que tipo de bobagem?

— Do tipo que os homens sempre parecem inventar.

Ela falou com um cansaço que não estivera ali da última vez que eu a vira. Quando estive na fazenda, ela agira de modo controlado e direto, quase frio. No momento, eu via preocupação correndo em suas veias.

— Isso não é uma boa ideia — falei, com a pulsação acelerando ao virarmos e entrarmos na estrada do rio.

— As pessoas estão começando a se perguntar por que é que você ainda não deu as caras. Até os empregados da fazenda estão comentando. Quanto mais tempo ficar fora de vista, mais motivos terão para começar a criar as próprias explicações. Você vai sorrir para algumas pessoas, acenar de longe, depois vamos embora.

— E se as pessoas vierem falar comigo? Se fizerem perguntas?

— É só se ater à história, e nós vamos ficar bem.

Nós. O lembrete sutil de que aquilo tinha um peso para todos eles não passou despercebido. Ela precisava cuidar de si mesma, da família e da fazenda, mas ninguém estava cuidando de mim. Vim até este lugar para descobrir a verdade sobre Susanna, e só descobri que eu estava mais sozinha do que nunca. Só que, deste lado da porta, June havia tecido uma vida inteira para si e então deixado tudo para trás. Eu precisava saber o porquê.

Eamon parecia de fato preocupado com o que as pessoas da cidade fariam se achassem que sabíamos algo sobre o que acontecera com Nathaniel. O que ele não havia dito era o que a informação em si poderia ser.

Esther calou-se, suas respostas construídas com cuidado pairando entre nós. A primeira vez que eu a vira, tinha sido tomada pelo alívio. Como se ela e a fazenda de flores fossem um lugar seguro, que me acolheria. Só que eu começava a achar que havia mais coisas que ela *não* estava me contando. Assim como Eamon.

Seu cabelo de mechas brancas esvoaçou quando aceleramos, o vento entrando no carro. Eu queria pressioná-la, obrigá-la a me dizer o que estava se passando ali de verdade, mas aquela mulher não era a que tinha me criado. Observei-a de canto do olho, procurando algum reflexo da mulher que Vovó tinha se tornado, mas não encontrei nada. Ela e Esther eram diferentes em muitos aspectos.

Chegamos à curva seguinte, e a vista se abriu de todo para as montanhas Blue Ridge. Picos azuis suaves rolavam como ondas em ambas as direções, um fio de nuvens colorindo o céu da manhã. Dentro de algumas horas, quando o sol atingisse o auge, aquela vista se transformaria em um verde vibrante, depois em vários tons de púrpura à medida que o pôr do sol se aproximasse.

Segurei a borda da janela aberta com mais força quando o centro da cidade de Jasper apareceu ao longe. As construções que se estendiam à frente eram como cópias perfeitas das que eu conhecia. O reflexo de um reflexo no espelho.

As fachadas das lojas pareciam quase as mesmas, mas algumas portas eram diferentes, e os antigos parquímetros na rua ainda não haviam sido instalados. Algumas coisas ainda brilhavam de tão novas, como um letreiro sobre a loja de ferragens que aparentemente tinha sido uma oficina de conserto de eletrodomésticos.

Ou os bancos com moldura cromada reluzindo por trás das janelas do Jasper Diner, que, em meu tempo, era o Edison Café. Havia uma pequena loja de produtos alimentícios que no presente se tornaria... Não me lembrava mais. Conseguia visualizar na mente as janelas do pequeno edifício espremido entre o consultório do dr. Jennings e a mercearia, mas o que era?

Não havia iluminação pública no cruzamento que levava à ponte acima do rio, e as portas do fórum estavam abertas, assim como as janelas que davam para a rua. Do outro lado do cruzamento, um cartaz pintado da Feira do Solstício de Verão fora pendurado sobre um arco de ferro que emoldurava a ponte. Uma tenda branca de seis pontas tinha sido montada atrás dele.

— Isto é... — Minha voz falhou.

Não sabia bem que palavra usar. Era estranho e inquietante. A visão me deixou toda arrepiada.

— É. — Foi tudo o que Esther respondeu, como se soubesse o que eu queria dizer.

Se ela já estava sentindo os efeitos colaterais da travessia no tempo, então tinha passado por aquela porta, tal como eu e Susanna. Ela não dissera quase nada a respeito, e eu só podia imaginar que era de propósito. Meu destino havia sido selado quando minha mãe me fizera passar por aquela porta. Quando Esther a abrira?

Ela freou a caminhonete para que duas mulheres atravessassem a rua, e o homem na calçada ao nosso lado parou, estreitando os olhos em minha direção. Esther encostou à beira da estrada e puxou o freio de mão, desligando o motor.

— Olha, pode deixar que eu falo.

Esperou que eu concordasse com a cabeça antes de sair.

Fiquei imóvel durante vários segundos antes de enfim segui-la. O carro balançou quando ela abriu a porta traseira da caçamba, e, assim que pisei na calçada, vários olhares, desde o fórum até à ponte acima do rio, já me encaravam.

— Ignore-os — murmurou Esther, puxando um caixote cheio para si.

Levantou-o nos braços, com os caules das flores passando da altura de sua cabeça.

Fiz o mesmo, seguindo-a pela rua de paralelepípedo até o local onde tinha sido montada a grande tenda de lona branca. Era exatamente assim que ainda fazíamos: montávamos uma tenda na ponte e a enchíamos de luzes, para que parecesse que a Feira estava suspensa acima do rio.

Todos os agricultores e comerciantes da cidade contribuíam, e as flores eram a contribuição de Esther. Cresci fazendo entregas semelhantes com Vovó todo ano. Nossas flores pendiam em arranjos nos cantos da tenda, adornavam as mesas e decoravam os estandes de uma extremidade à outra da ponte.

Ouvimos o som de um martelo batendo, a rua movimentada ainda barulhenta atrás de nós. Esther ergueu o caixote mais alto, guiando-nos até a beira da ponte, e lá um homem com uma prancheta nos avistou.

— Bom dia!

Ele levantou o olhar da caneta, direcionando-o a mim.

Esther acenou com a cabeça.

— Bom dia, Robert.

— June.

Uma mulher arrumando um caixote de jarros de compota chamou meu nome quando passamos, e eu sorri, permanecendo parcialmente escondida atrás das flores.

— Beatrice Covington — sussurrou Esther ao meu lado. — O marido dela trabalhava na fazenda de vocês antes de Eamon ter que dispensá-lo.

Ter que. Queria perguntar o que isso significava, mas ela já estava cumprimentando outra pessoa. Acenou para um homem negro agachado no canto da tenda com um martelo na mão, usando suspensórios e um chapéu virado para trás, que revelava a testa enrugada.

Quando me viu, abriu um sorrisão e acenou com a cabeça.

— Muito bom ver você, June.

Sorri de volta.

— Este é Percy Lyle. É o dono da fazenda de porcos no fim da estrada da casa de vocês.

Lyle. A família ainda morava em Jasper em meu tempo.

— Claire White — falou Esther baixinho enquanto uma mulher indicava para que fossemos em direção a uma fila de mesas. — É melhor ter cuidado com ela.

— Nunca vou me lembrar de tudo isso — murmurei.

— Não vai precisar.

Esther colocou o caixote de flores ao lado do palco e fiz o mesmo, mantendo as mãos ocupadas ao desembaraçar os caules. Começou uma linha de montagem, na qual três mulheres juntavam ramos de salgueiro. Já estavam aos sussurros, lançando olhares em minha direção de tempos em tempos.

— Ouvimos dizer que você tinha voltado.

A voz pertencia à mulher a quem Esther chamou de Claire. Ela segurava um ramo espinhoso em uma das mãos e um pequeno canivete na outra.

Lancei para ela um sorriso sereno.

— Olá, Claire.

Esther me lançou um olhar de aviso antes de pegar o caixote e dirigir-se para o outro lado do palco.

Claire partiu o galho, colocando-o no arranjo. Sua boca fina e de um rosa pálido tinha um arco de cupido perfeito.

— Estava começando a achar que Sam tinha mentido quando disse que viu você. Pensei que talvez fosse lá em casa dar um oi, mas parece que tem andado muito ocupada desde que voltou. — Claire não olhava para mim, como se quisesse demonstrar que era evidente que ela estava no controle da situação. Suas omissões diziam mais do que as palavras que enunciava. — Nós temos orado muito por você. Graças a deus sua mãe está melhor.

Enfim ela voltou o olhar para mim.

— Obrigada.

A palavra soou mais educada do que eu pretendia, mas já estava familiarizada com esse tipo de questionário fofoqueiro. A curiosidade mórbida e dotada de um senso de superioridade daqueles que fingiam ser bons cristãos prevalecia viva e forte em Jasper.

— Levamos comida para sua casa algumas vezes. O pobre Eamon estava praticamente morrendo de fome. — Ela deu uma gargalhada vazia. — Você sabe que a cidade tentou tudo o que pôde para ajudar na fazenda. É uma pena vê-la em um estado tão ruim. Fico com o coração partido.

Claire franziu a testa.

Eu sentia um fogo arder no peito, as palavras dela eram como gasolina, mas eu não entendia ao certo por quê. Eamon não era meu. Ele não me pertencia. Mesmo assim, não conseguia suportar aquele olhar no rosto dela quando dizia o nome dele.

— Olá, Claire.

De repente, Esther estava de novo ao meu lado, apertando meu braço antes que eu falasse algo.

Claire deu-lhe um sorriso forçado.

— Estava dizendo à June que sentimos muito a falta dela enquanto esteve fora.

— Sim... Que amável da sua parte. — O tom de Esther foi, no máximo, apaziguador.

Claire fixou os olhos em mim.

— Não mais do que Annie sentiu, com certeza.

Mais uma vez, as palavras dela soltaram faíscas. Fosse qual fosse a razão, eu tinha, *sim*, deixado Annie para trás, mas ainda não conseguia sequer começar a compreender isso. A vergonha estava ficando mais intensa a cada dia que passava, e Claire não parecia nem um pouco preocupada com estar me ofendendo. Reconheci o julgamento frio em seu tom. O insulto com um toque de doçura. Tinha conhecido muitas mulheres como ela na vida.

— June, querida, você se importa de ir ao restaurante buscar uma torta para o jantar?

Esther colocou algumas notas em minha mão, e eu abri os dedos com dificuldade.

— Sem problemas.

Só que eu não me mexi. Esther teve que me virar para a abertura da tenda e me dar um empurrão para que começasse a andar.

Senti o olhar de crítica de Claire me seguir enquanto eu saía da sombra da tenda e entrava na rua ensolarada. Quando eu estava fora do campo de visão dela, recebi a mesma atenção de três mulheres reunidas na calçada.

Ignorei-as, fixando os olhos no restaurante, no qual as palavras CAFÉ, SANDUÍCHES e TORTA foram pintadas nas janelas que davam para a ponte. Atrás do vidro, quase todas as mesas estavam ocupadas.

Com exceção da cor da tinta, nada parecia muito diferente do Edison Café. Meu reflexo passou pelas janelas quando cheguei à calçada e coloquei o cabelo atrás da orelha, tentando parecer descontraída. Como se todo mundo já não estivesse me olhando.

O cordão de sinos de cobre atado à maçaneta tilintou quando abri a porta, e mais de uma pessoa se virou em minha direção. A névoa da chapa da cozinha preenchia o ambiente, junto ao cheiro de fatias grossas de bacon. De imediato, senti os olhares; não eram de empatia ou preocupação, mas uma espécie de análise.

Dirigi-me para o balcão com banquetas à frente, sobre o qual os pedidos estavam pendurados como pequenas bandeirolas ondulantes na janela que dava para a cozinha. No geral, todos voltaram a atenção aos pratos quando encontrei um lugar para ficar em frente à caixa registradora, só que, assim que foquei na parede ao meu lado, quase me afastei por reflexo.

Uma moldura de madeira simples estava pendurada por cima do balcão, com um retrato de Nathaniel Rutherford. Ele vestia casaco e gravata, e tinha uma expressão estoica. Parecia o tipo de fotografia tirada para a reitoria da Assembleia Regional Presbiteriana, ou uma foto oficial que seria pendurada na igreja.

Em 2023, havia uma fotografia diferente ali, com outra moldura. Talvez fosse uma espécie de tradição que Rhett Miller seguira quando comprou o local. Eu já tinha visto a fotografia no Edison Café muitas vezes, mas nesta havia algo que me impressionara de um jeito diferente. Os olhos de Nathaniel fixaram-se nos meus, as pupilas pretas quase parecendo se arregalar e se esticar. Sentia como se estivesse caindo dentro delas, e meu estômago ficou embrulhado.

Os ombros e até o formato das orelhas fizeram-me pensar naquele homem que eu tinha visto na janela da igreja quando estivera diante da lápide da Vovó. A mesma figura também esteve no alpendre de casa naquela noite. Tivera um cigarro na mão, cujo brilho iluminara a escuridão. Seria possível que fosse ele?

— June?

O homem que servia café do outro lado do balcão parou na minha frente, com a cafeteira fumegante na mão.

— Desculpa. — Pisquei para voltar ao presente. — O que disse?

— Perguntei como posso ajudar.

— Ah. — Voltei a olhar para o retrato quase que de modo involuntário antes de virar de costas. — Uma torta, por favor.

Apertei as notas na palma da mão.

Ele apoiou a cafeteira na bancada e foi até uma prateleira na parede em que seis pratos de torta estavam dispostos em fila, à espera de serem cortados.

— Cereja ou mirtilo?

— Mirtilo — respondi no automático, com um vazio materializando-se entre minhas costelas.

Só conseguia pensar na torta de mirtilo que estivera na mesa da cozinha, entre mim e Mason. Aquela noite parecia ter acontecido havia anos.

Entreguei o dinheiro, e o homem bateu nas teclas rígidas da caixa registradora antes de a gaveta se abrir. Olhei para seu crachá enquanto ele colocava o troco em minha mão.

— Obrigada, David.

Ele acenou com a cabeça, depois peguei a torta, passando pelas mesas em direção à porta. Quando cheguei do lado de fora, Esther já tinha descarregado o último caixote de flores. Não olhei para ninguém ao entrar no carro, colocando a torta no colo. Sentia o suor escorrendo na testa, o coração ainda acelerado por causa do que Claire dissera. Não havia sido eu a me casar com Eamon, nem a ter uma filha com ele, nem a decidir ir embora, mas a sensação irritante de ser responsável por tudo aquilo era impossível de ignorar.

A porta do carro se abriu, tirando-me daquele pensamento, e eu arfei, quase derrubando a torta.

Esther entrou, colocando a chave na ignição.

— Você está bem?

— Estou.

Ela ligou a caminhonete, e eu me recostei no banco, ainda sentindo os olhares em nós. O ar entrou pela janela aberta quando ela pisou no acelerador. Relaxei um pouco quando as construções desapareceram no espelho retrovisor. De repente, senti uma vontade desesperada de estar o mais longe possível de tudo aquilo. O desejo de estar em casa, na fazenda de tabaco, me dominava.

Em casa.

Agarrei-me ao pensamento assim que me veio à mente. Eu tinha apenas fragmentos de lembranças de lá, mas, de alguma forma, parecia que a casa da fazenda era um lar. Pelo menos para parte de mim. E, no momento, qualquer lugar parecia mais seguro do que a cidade.

— Você teve algum problema no restaurante? — perguntou Esther, lançando um olhar em minha direção.

A pergunta se revirava dentro de minha cabeça. Não houve problema, mas aquele retrato de Nathaniel tinha me abalado de alguma forma. Em vez de investigar o sentimento e trazê-lo à tona, eu o afastei. Queria as recordações, queria saber o que aconteceu, mas aquilo era diferente. Ao vê-lo na igreja e no alpendre, tive a sensação de que ele estava me observando. Seriam lembranças também?

— Não — respondi.

— Ótimo. — Ela pareceu aliviada. — Isso é bom.

Quanto mais nos aproximávamos das colinas, mais eu conseguia respirar. O peso opressivo do olhar vazio de Nathaniel e das palavras ríspidas de Claire eram como uma videira apertada se afrouxando. Mais uma vez, o pensamento de ir para *casa* ressurgiu, e foquei em um ponto fixo ao longe, onde eu esperava ver a curva para a rodovia Hayward Gap.

Ao meu lado, Esther estava calada.

— O que você vai dizer quando eu for embora outra vez? — perguntei.

Ela voltou os olhos para mim, revelando que não era a primeira vez que pensava naquilo. Na verdade, ela e Eamon já deviam ter discutido o assunto.

— Vamos resolver esse problema quando for a hora.

O tom soturno da resposta me fez pensar se diriam às pessoas que eu tinha morrido. Quando Susanna me fizera passar por aquela porta, largando-me em 1989, eles deixaram que as pessoas acreditassem que ela perdera a filha. Até ergueram uma lápide em meu nome. Esther e Eamon podiam dizer à cidade o que quisessem: que eu havia fugido e abandonado minha família para sempre, ou talvez até que me atirara das cataratas como uma das almas perdidas de Jasper. Seria isso o que diriam a Annie, quando tivesse idade para perguntar por que não tinha mãe?

Se a cidade de fato acreditaria era outra coisa. A preocupação de Eamon não era infundada. A linha entre a suspeita e o medo sempre foi muito tênue. Jasper era como uma superfície calma e serena, visível das partes mais profundas do rio. O verdadeiro motivo de preocupação era a correnteza.

— Você disse que Eamon teve que dispensar os ajudantes. Por quê?

Esther olhou para mim.

— Pela mesma razão que qualquer um teria. Ele não tinha dinheiro para pagá-los.

— O que vai acontecer com a fazenda dele?

Ela não respondeu de imediato.

— Não consigo prever o futuro, June. Se está perguntando o que *acho* que vai acontecer... Suponho que seja apenas uma questão de tempo até que perca a fazenda. Talvez ainda perdure por algumas colheitas, mas não sei se tem como recuperar os prejuízos.

— Como chegou a esse ponto?

— Bem, você foi embora. As coisas já estavam apertadas, mas vocês dois faziam dar certo, produzindo colheitas suficientes para mantê-los. Nós ajudávamos do jeito que podíamos, o que não era muito, pois estávamos na época mais atarefada na fazenda de flores. Ele perdeu grande parte da colheita, não conseguiu manter os outros funcionários, por isso plantou muito menos este ano para conseguir dar conta de trabalhar sozinho.

Fiquei olhando para o painel do carro, mas minha mente estava nas plantações de tabaco da fazenda. O vislumbre da camiseta branca de Eamon enquanto as folhas o engoliam e ele sumia de vista.

— Suponho que, se quiser mesmo saber, pode descobrir quando voltar — afirmou Esther.

Olhei para ela, resistindo à lenta agitação no estômago. Ela tinha razão. Quão difícil poderia ser refazer os passos de Eamon Stone e descobrir o que acontecera com ele, para onde fora, quando eu voltasse à minha linha do tempo? Mas a ideia de *voltar* significava algo diferente agora. Não era apenas voltar ao lugar que eu conhecia, era também deixar de lado tudo o que eu descobri desde que viera parar aqui. Eu não sabia como voltar à minha vida e continuar como se meu mundo inteiro não tivesse mudado. Não sabia como seguir em frente com toda aquela informação.

— Droga.

Esther focou no espelho retrovisor e firmou as mãos no volante.

Eu me virei, espiando pela janela traseira empoeirada. Atrás de nós, havia uma viatura com uma única luz vermelha piscando no teto. Comecei a respirar com dificuldade antes de me virar para a frente, observando o veículo pelo retrovisor lateral.

— *Droga* — repetiu ela, estendendo a mão para o porta-luvas, que se abriu, quase batendo em meus joelhos.

Esther enfiou a mão lá dentro.

Moveu-se tão depressa que mal vi o que ela pegara antes que deixasse a coisa cair no porta-objetos da porta. Era uma pistola.

Meu coração acelerou.

— Mas o que você está…?

— Escute com atenção — interrompeu, com os olhos ainda no retrovisor.

A viatura estava se aproximando.

— June! — Esther ergueu a voz.

Quando por fim olhei para ela, a caminhonete começava a diminuir a velocidade.

— Você ficou em casa a noite toda — afirmou ela, com uma das mãos segurando a manga de minha blusa.

— Quê?

— Naquela noite, você ficou em casa. Com Eamon e Annie. Só vocês três.

Analisei seu rosto, o pânico em seus olhos já inundando minhas veias.

— Não sei do que você está falando.

— Apenas diga isso! — Seu sussurro rouco me fez tremer. — Repete o que acabei de dizer.

— Eu fiquei em casa — gaguejei, tentando lembrar. — A noite toda.

Ela soltou minha blusa. Eu me afastei, encostando na porta do passageiro enquanto ela guiava o carro até o acostamento.

Minha boca ficou seca quando o carro da polícia nos seguiu. Paramos, e Esther puxou o freio de mão. Havia uma calma em seu rosto, uma firmeza forçada enquanto ela respirava fundo. Assim que se recompôs, levou a mão ao porta-objetos da porta sem fazer barulho e lá a manteve.

Alguns segundos se passaram até que o policial saísse do veículo. Quando vi o rosto dele, rangi os dentes até doer. Era Caleb, o homem que batera à porta de Eamon. Ele deu passos comedidos e precisos em direção ao carro, com uma das mãos no cinto, no qual a arma estava presa a um coldre.

— Esther — sussurrei.

Ela me ignorou, inclinando-se um pouco para fora da janela.

— É você, Caleb? — Seu tom tinha mudado por completo para corresponder à expressão tranquila.

Quando ele chegou à janela, tirou o chapéu.

— Olá, Esther.

Em seguida, fixou os olhos escuros em mim e esboçou um meio-sorriso. Eu o imitei, mas pareceu errado. Na expressão dele também parecia errado.

— É bom enfim ver você, June.

Havia um tom de familiaridade nas palavras, como se estivesse se referindo ao fato de *não* ter me visto quando fora na casa da fazenda no dia anterior, mas sabia que eu estava lá.

— Ela chegou faz poucos dias — falou Esther antes que eu precisasse.

— Foi o que ouvi dizer. Você não contou que ela ia voltar para Jasper. — Ele continuava me observando. — Como está sua mãe?

— Melhor. — Minha voz soou tensa.

— Que bom saber disso — respondeu ele. — As pessoas por aqui vão ficar contentes em te ver. Já faz tanto tempo.

Voltei os olhos para Esther, à procura de alguma pista sobre o que estava prestes a acontecer ali, mas não dava para interpretar a expressão dela.

— Tenho certeza de que Eamon já contou que eu estava ansioso para sentarmos e conversarmos. Achei que agora seria uma boa hora.

Não sabia se minha respiração soava tão alta dentro do carro quanto em meus ouvidos. Ele tinha nos seguido? Estivera nos observando na cidade?

— Conversar? — repeti.

— Você tem um tempinho para ir comigo à delegacia?

Esther soltou um riso nervoso.

— Agora? — contrapôs ela.

— Agora é a hora.

Ele abriu um sorrisinho.

— Isso não pode esperar? Estamos voltando para a fazenda.

— Você não é a única que esteve esperando June voltar para casa, Esther. — Ele colocou a mão pesada na porta, um gesto inocente na superfície, mas que pareceu uma evidente ameaça. — Vamos ser rápidos. E digo mais, antes do jantar ela estará em casa.

Esther olhou para mim. Estava assustada, com a mão ainda escondida no porta-objetos. Pensando. Ponderando as opções.

Mas, se ela sacasse a arma, eu não fazia ideia do que aconteceria. Atiraria nele? Apenas o ameaçaria? O que ele faria quando a visse com uma arma? Apontaria a dele para nós?

— Tudo bem.

Sorri, com as mãos ainda agarradas à torta no colo. Esther continuava me encarando.

Caleb abriu mais o sorriso.

— Ótimo.

Ele esperou e, quando não me mexi, acenou com a cabeça para a porta. Minha mão tremeu quando segurei na maçaneta e a abri. Deixei a torta no banco e olhei para Esther uma última vez enquanto saía.

Dei a volta no carro, vislumbrando de novo a arma em sua cintura quando ele caminhou ao meu lado. Caleb abriu a porta da viatura e segurou no topo da janela enquanto esperava. Foquei no distintivo em seu peito.

CONDADO DE MERRILL estava gravado em arco sobre a palavra DELEGADO. Embaixo havia um nome:

RUTHERFORD.

Meu coração disparou. Ele ainda sorria, envolto pelos ares de alguém que conseguira o que queria, o que só confirmou o fato de haver algo muito, mas muito errado no que estava acontecendo ali.

Se o nome dele era Rutherford, então tinha que ser parente de Nathaniel. Novo demais para ser irmão, velho demais para ser neto. Um sobrinho, talvez.

Puxei a saia para cima, deslizando para o banco de trás do carro, e a porta foi fechada com bastante força atrás de mim. Depois, Caleb deu a volta e entrou no lugar do motorista. Ligou a ignição, a mão alcançando o interruptor do rádio fixado ao painel.

Esther ainda estava parada na caminhonete à frente, mas eu sentia os olhos dela no espelho retrovisor. A viatura deu meia-volta, e engoli em seco antes de olhar para trás, com a mão segurando o couro quente do encosto do banco enquanto a observava através do vidro traseiro empoeirado. Alguns segundos depois, ela deu partida, sumindo de vista, desaparecendo atrás da colina.

18

O prédio do fórum jazia imponente adiante quando a porta da viatura se abriu; eu olhei para cima, com um nó na garganta.

Se o delegado queria fazer uma cena, tinha conseguido. Quase todos na rua pararam para olhar enquanto subíamos a escada. Os pássaros aninhados nos beirais acima da entrada alçaram voo, afastando-se do telhado aos rasantes e desaparecendo enquanto as portas se abriam.

— Não vai demorar muito.

Caleb me deu outro sorriso forçado, gesticulando para que eu passasse na frente dele.

Prendi o cabelo atrás da orelha ao entrar, evitando os olhares dos homens e mulheres que passavam por mim. O hall de entrada do fórum era mais elegante do que o que eu conhecia, com paredes e chão de mármore brilhantes. As luzes eram mais fortes nos candelabros pendendo do teto, e o burburinho de vozes deixava o lugar mais vivo de uma forma que nunca vi antes.

A janela da delegacia estava aberta, uma placa de latão com o nome do condado gravado. Por trás do vidro, Sam, o policial que tinha abordado Eamon e eu no rio, estava sentado atrás de uma mesa. Ele se levantou e abriu a porta para que entrássemos.

— Bom dia, sra. Stone — cumprimentou ele, e as palavras ecoaram ao redor.

Fiquei tensa ao perceber que ele estava falando comigo. *June Stone.*

Atrás da porta, um revestimento de madeira quente cobria as paredes de uma sala estreita. Papéis se empilhavam em uma série de mesas baixas com luminárias de bronze, e eu ouvia o barulho de teclas sendo digitadas em algum lugar naquele corredor.

— Eles não acreditaram quando eu disse que tinha visto a senhora outro dia.

O policial jovem olhou para Caleb com um sorriso de satisfação. Ele não percebia a energia esquisita que o delegado carregava consigo, mas ainda havia algo implícito no ar que eu não conseguia identificar.

Caleb tirou o chapéu e colocou-o em cima de uma das mesas.

— Temos uma sala pronta, Sam?

O outro policial assentiu.

— A sala quatro está preparada.

Aquilo significava que ele havia planejado a situação. Eamon e Esther quiseram que as pessoas me vissem na esperança de evitar que a cidade fervilhasse de curiosidade, mas não consideraram que dariam a Caleb a oportunidade que ele queria.

Eu me forcei a seguir o delegado pelo corredor claustrofóbico. Parecia que ia ficando mais estreito a cada segundo. Ele entrou em uma porta aberta; eu parei à soleira, observando o pequeno cômodo. Uma mesa de madeira e quatro cadeiras estavam dispostas no centro, e ali havia uma caixa de papelão fechada. Ao lado dela, uma máquina grande com botões antigos havia sido equipada com uma fita preta brilhosa. Parecia o tipo de fita que se tirava de uma fita cassete antiga. Uma réplica exata do mesmo equipamento estava em uma outra mesinha no canto.

— June?

Caleb puxou uma das cadeiras, à espera.

Entrei, engolindo a sensação de enjoo subindo pela garganta quando a porta se fechou atrás de mim. Sentei-me na cadeira e apoiei as mãos trêmulas no colo. Não sabia o que me causava medo, só tinha certeza de que devia ter medo. De alguma coisa.

Olhei para as três janelas retangulares posicionadas na parte de cima de uma parede. Eram tão altas e pequenas que ninguém conseguiria passar por elas.

Caleb se sentou na cadeira à frente, mas Sam permaneceu de pé, posicionando-se ao lado da mesa no canto. Após alguns segundos agonizantes, o delegado apertou o botão vermelho do gravador e as roldanas da máquina começaram a girar.

— Caleb Rutherford, delegado, entrevistando June Stone, no dia 20 de junho de 1951. — Ele esticou os braços, checando o relógio depressa. — Às treze horas e onze minutos. Policial Samuel Ferguson presente.

As palavras se misturaram em minha mente conforme eu me mexia na cadeira. Ele estava me observando atentamente, com os olhos pulando de meu rosto para meus ombros, até pararem em meu pescoço. Levantei a mão, ajeitando a gola da camisa para esconder o colar com o pingente. Era aquilo que ele procurava?

Caleb pigarreou.

— Bem, June, eu sei que Eamon já te deu alguma ideia do que gostaríamos de conversar hoje, mas só quero garantir que o que estamos fazendo aqui é somente uma tentativa de juntar todas as peças da história. Você pode nos ajudar?

Olhei para ele. O tom de voz não correspondia às palavras que saíam da boca.

— Posso, sim — respondi.

— Que bom.

Assenti, sem conseguir falar por causa do nó dolorido na garganta.

— Por que não começa contando onde esteve nos últimos onze meses?

Cutuquei a unha debaixo da mesa, ansiosa.

— Em Norfolk. Estava cuidando de minha mãe.

A resposta foi decorada, repetida exatamente a partir do que Eamon e Esther tinham me dito.

— Quando você soube que ela estava doente?

— Não tenho certeza. Alguns dias antes de partir?

Era um chute, mas, contanto que eu me apegasse aos detalhes mais lógicos, tinha boas chances de me safar do que quer que aquilo fosse. June tinha partido de forma repentina, portanto, se ela foi ver a mãe, não poderia ter sido planejado.

— Recebi uma carta — acrescentei.

Caleb fez uma anotação no caderno diante de si.

— Você ainda tem a carta?

— Acho que não, mas posso procurar.

— Gostaria que fizesse isso. E o que exatamente aconteceu com sua mãe?

— Ela teve um derrame e precisou de mim para cuidar dela.

— Então você esteve em Norfolk desde então?

Assenti.

— Responda em voz alta para o gravador, por favor.

— Desculpe. Estive, sim.

— Você pode dizer o nome do hospital em que ela foi tratada?

Eu sentia meu batimento cardíaco no pulso ficando cada vez mais forte.

— Eu… — Mordi o lábio. — Não me lembro agora. Posso descobrir.

— Faça isso, então.

Caleb me encarou por tempo o suficiente para que eu percebesse que ele achava que eu estava mentindo. Era um jogo que ele acreditava estar ganhando. De onde eu estava, parecia ser mesmo o caso.

— Por que não veio nem visitar no ano que se passou? — perguntou ele.

— Não podia deixar minha mãe.

Eu preenchia as lacunas de um jeito desajeitado, atendo-me às respostas por reflexo.

— Entendi. — Ele cruzou os braços. — Bem, esperamos um bocado para conversar com você. Pode imaginar como estamos aliviados por finalmente conseguirmos as respostas para algumas perguntas.

Olhei para Sam, ainda parado ao lado da porta. Estava de frente para a parede oposta, com o rosto neutro.

— Por que não me conta daquela noite de novo? — pediu Caleb, largando a caneta na mesa.

Aquela noite. A única noite a que ele poderia estar se referindo era aquela em que Nathaniel fora assassinado, mas ele dissera "de novo", o que significava que já tinha me feito aquelas perguntas antes.

— June.

— A noite da Feira?

— Isso. A noite da Feira do Solstício de Verão.

Minha mente se movia tão rápido que eu mal conseguia acompanhar os próprios pensamentos. Eram como uma grande tempestade dentro da minha cabeça.

Naquela noite, você ficou em casa. Com Eamon e Annie. Só vocês três.

As palavras frenéticas de Esther ressoaram em meu crânio.

— Para onde você foi depois da Feira, June? — insistiu Caleb.

— Ficamos em casa. Nós três. A noite inteira.

Caleb estreitou os olhos mais uma vez. Eu havia dito algo errado.

— Vocês foram para casa juntos?

— Fomos — respondi, alto demais.

Caleb e Sam se entreolharam, e rangi os dentes com tanta força que senti dor. Eu tinha falado alguma besteira, mas não sabia qual. Estava pisando em ovos, só com as instruções incompletas de Esther e as poucas reportagens de jornal que li para me orientar.

— Não foi bem isso o que você contou da última vez.

Sorri, mas o sorriso pareceu disforme.

— Não foi?

— Não.

Caleb fez um gesto para Sam, que se afastou da parede e foi até a máquina na mesa no canto. Ele apertou o botão, e as linhas começaram a se mexer. Um zumbido de gravação soou no silêncio, e fiquei sem ar quando ouvi.

Minha voz.

— ... *talvez umas cinco horas?* — Uma pausa. — *Eu tinha que estar lá cedo para ajudar Esther.*

Minha visão ficou um pouco desfocada, a sala ao redor pendeu para o lado, e senti como se fosse cair da cadeira. Não havia dúvidas de que era eu. *Minha* voz. Aquela presa em minha garganta, pronta para gritar.

— *O que você fez na Feira?*

Era a voz de Caleb. Soava ainda mais grave na gravação.

— *Nós demos uma volta, dançamos, ouvimos a banda.*

— *Entendi. E vocês foram embora juntos?*

— *Não.*

Meu estômago se revirou. Foi isso que despertou a expressão no rosto de Caleb. Eu tinha mudado a história.

— *Percy chegou procurando Eamon, e disse a ele que Callie havia fugido da cerca de novo, então ele foi para casa.*

— *E depois?*

— *Annie e eu fomos também um pouco depois.*

— *E como vocês chegaram em casa?*

— *Seguimos de carro até a fazenda de flores com Esther, e de lá fomos andando.*

Sam apertou o botão da máquina outra vez, e o zumbido da gravação cessou, deixando-nos no silêncio.

Caleb olhou para mim, esperando uma explicação.

— Foi isso mesmo. — Tentei não transparecer o pavor que sentia. — Esqueci que ele tinha ido embora antes.

— Você esqueceu — repetiu Caleb.

— Foi um ano atrás — justifiquei. — Não parecia um detalhe importante na época.

— Creio que todos os detalhes são importantes quando se está investigando um assassinato.

Caleb pegou a caixa na mesa e a puxou para perto dele.

Prendi a respiração, e ele a abriu.

Enfiou a mão lá dentro, e ouvi um farfalhar de plástico antes de ele sacar um objeto dela. Era um emaranhado de algo que não consegui discernir.

— Mimi Granger se apresentou para nos dizer que viu você naquela noite.

Franzi a testa. Granger. Por algum motivo, eu conhecia aquele nome.

— Ela disse que viu você correndo pelo pasto úmido na parte oeste do terreno dela. — Ele puxou uma folha de papel de dentro de uma pasta e a colocou na mesa: — "... correndo pelo campo, com o bebê nos braços, e eu podia jurar ter visto sangue no vestido dela" — leu o depoimento em voz alta. — "Eu lembro porque, quando ela chegou à estrada, estava usando só um sapato. Um sapato azul."

Minha vista ficou turva e eu, toda gelada. O som de água abafou as palavras de Caleb, um formigamento dançando por minha pele. Pela visão periférica, pensei ver o campo, ondas douradas que se estendiam até a estrada de alcatrão preto. Ouvia a respiração, um som irregular vindo de minha própria boca.

Em pânico, afastei a lembrança antes que ela pudesse sugar minha mente, focando no gravador que estava na mesa. A voz de Caleb voltou devagar, e a visão foi se esvaindo.

Ele levantou os olhos.

— Ora, é um detalhe muito específico, mas poucas pessoas por aqui dariam muita importância a uma das histórias de Mimi Granger — continuou Caleb.

De repente, lembrei por que reconhecia aquele nome. Estava na caixa de correio... aquela em frente à casa na estrada do rio. No dia que eu atravessei a porta, a mulher no alpendre tinha me visto. Eu ainda me lembrava do olhar horrorizado no rosto dela.

Ainda havia um brilho na sala, tudo ao redor era como a ondulação da água. A cena à minha volta ameaçava dar lugar ao ímpeto da lembrança.

— Ela passa metade do tempo bêbada, logo, não me preocupei muito com isso — afirmou ele. Eu conseguia ouvir o *mas* se aproximando, vindo à frente das palavras. — Mas tenho que fazer minha obrigação, não é? E quando fui verificar isso com você e ver se batia com a ordem dos acontecimentos que me contou daquela noite, você simplesmente desapareceu em Norfolk — contou Caleb. — Sou um homem paciente, por isso pensei em esperar até podermos esclarecer tudo. Mas passaram-se meses, e você nunca voltava. Mas de repente, umas semanas atrás... — Ele pegou o embrulho de plástico, desenrolando-o. — Mimi entrou aqui com isto.

Inclinei-me para a frente quando o plástico se abriu, revelando um sapato azul coberto de lama seca. Uma fivela de tecido estava presa em um dos lados. Ele o colocou no centro da mesa, e foi preciso toda a minha compostura para não recuar. Reconheci aquele sapato. Em algum lugar no fundo da mente, eu tinha certeza de que era meu.

— Ao que parece, ficou preso em uma das forquilhas do apanhador de feno quando estavam cortando a grama do campo oeste e enrolando os fardos.

Se havia alguma coisa que podia ser dita no momento, eu não sabia o que era. Aquilo não era apenas juntar as peças da história. Ele estava tentando encaixar as peças de uma história com *meu* nome.

Aquele medo nos olhos de Eamon não era apenas por causa da esposa e da vida que ela tinha destruído ao deixar aquele lugar. Tinha a ver com o pastor. Com a noite em que ele morrera.

— Você me disse que não tinha um par de sapatos azuis. Certo?

— Certo.

Não hesitei ao concordar, não queria arriscar nem a menor das hipóteses de aumentar a suspeita.

Eu só podia confiar no que havia dito da última vez.

Ele acenou com a cabeça.

— Está bem. Há alguma razão para Mimi pensar que viu você naquela noite? Ou para ela pensar que você estava coberta de sangue?

Se eu tivesse ido a pé da casa de Esther até a minha, não cortaria caminho por aquele campo. Teria seguido o caminho ao longo do rio.

— Não. Eu não sei o que ela viu, mas não fui eu.

Ele cruzou as mãos, paciente.

— Olha, June. Não sou tolo a ponto de acreditar que uma criatura pequenina como você poderia matar um homem adulto com as próprias mãos. Estou, no entanto, propenso a pensar que uma esposa amorosa protegeria o marido a qualquer custo.

Fui abrindo a boca em espanto à medida que assimilava o significado daquilo. Não era a mim que ele queria. Era a Eamon.

Uma batida frenética soou à porta, e Sam foi de pronto até lá, abrindo-a. Um homem que eu não conseguia ver estava do outro lado.

— Temos um problema aqui fora. Eamon acabou de chegar.

As lágrimas logo me encheram os olhos, e enfim respirei. Resisti ao impulso de me levantar da cadeira, contorcendo a saia nas mãos. Ouvi gritos pelo corredor, e escutei o sotaque familiar da voz de Eamon.

— É só falar no capeta... — disse Caleb, com a voz inexpressiva.

Apertou o botão do gravador, fazendo as roldanas pararem. A máquina ficou silenciosa enquanto ele se levantava.

— Algo me diz que esta não é a última conversa que teremos. Portanto, agradeceria se você ficasse em algum lugar onde eu possa lhe encontrar.

— Ficarei.

Na superfície, o semblante de Caleb fervilhava, uma indicação da maneira nefasta com que fingia boas maneiras.

— Faça isso.

Sam abriu a porta, e esbarrei na mesa ao me levantar, quase derrubando no chão a caixa com o sapato. Saí da sala, seguindo o corredor até a recepção.

A voz de Eamon soou mais alta.

— Pode ir dizendo onde é que ela está, cacete.

Ele estava do outro lado da porta de vidro que separava o escritório da sala de espera. Tinha a postura ereta, bravo, com a gola do casaco puxada para cima, próxima à mandíbula.

— Eamon.

Outro policial erguia a mão no ar, em um gesto que pretendia acalmá-lo. Só que Eamon parecia fora de si.

— Abra a porta, Paul. — Eamon não estava pedindo. — Agora.

Caleb passou por mim no corredor, com Sam a tiracolo.

Assim que me viu, Eamon exalou fundo, o alívio era visível em seu rosto. Quando olhou para Caleb, porém, a fúria voltou com toda força.

— Mas que merda é essa?

— Cruzei com June hoje, e ela fez a gentileza de concordar em vir até aqui. — O tom de Caleb era irritante de tão tranquilo.

— Você cruzou com ela? — repetiu Eamon. — Espera que eu acredite nisso?

O policial com quem Eamon estivera gritando recuou, feliz por se ver livre da responsabilidade de lidar com ele. Fui até a porta aberta, mal conseguindo conter as lágrimas.

— Você deveria tê-la trazido aqui assim que ela voltou.

Caleb endireitou a postura, enfrentando Eamon, que deu um passo à frente, apontando o dedo para o meio do peito do delegado.

— Eu disse ao seu pai. Agora estou dizendo a você — falou ele, com um grunhido. — Fique longe da minha esposa.

Seu pai.

Eamon estendeu o braço para mim e fui até ele, engolindo o choro preso na garganta quando ele segurou firme em minha cintura e me puxou para si. Não olhei para trás enquanto ele me guiava até a porta e atravessava a entrada do fórum. Nem sequer sentia os pés quando descemos os degraus.

— Você está bem?

Ele falava perto de meu ouvido, mas eu não conseguia responder. Fiquei olhando para baixo até avistarmos a caminhonete. Uma mancha preta marcava os paralelepípedos atrás dos pneus, e o carro estava estacionado todo torto ao lado do meio-fio, como se ele tivesse entrado na vaga depressa demais e freado com toda a força. Esther devia tê-lo chamado na mesma hora.

Ele abriu a porta para mim, então entrei no carro enquanto as portas do fórum se abriam novamente. Caleb saiu, observando nós nos afastarmos.

— O que foi aquilo? — questionei com dificuldade, secando as bochechas quando as primeiras lágrimas começaram a escorrer sem dó.

Eamon levantou a mão para me tocar de novo, mas se impediu com certo esforço, puxando-a de volta para o volante.

— O que foi que ele disse?

Funguei, tentando recuperar o fôlego.

— June. O que foi que ele disse?

— Ele não estava só coletando depoimentos, Eamon. Ele acha que *nós* temos algo a ver com o assassinato de Nathaniel. Perguntou onde eu estava naquela noite. Onde você estava.

— O que você respondeu?

— Esther me mandou dizer que ficamos em casa a noite toda.

Ele confirmou com a cabeça, soltando um suspiro.

— Ótimo. E o que mais?

— Como você pôde mentir para mim?

— Eu sabia que eles queriam falar com você, mas esperava que não ficasse aqui tempo suficiente para isso acontecer — retrucou ele, bravo. — Ele disse mais alguma coisa?

Coloquei as mãos no rosto, tentando respirar.

— Encontraram um sapato, e acham que é meu. Não sei.

Se ele teve alguma reação, não consegui ver. Fechei os olhos, tentando desaparecer daquele momento. Durante vários minutos naquela sala, pensei que não sairia dali.

— Uma mulher disse que me viu naquela noite. Acham que estou envolvida nisso, Eamon.

Mas Caleb não estivera interessado apenas em mim. Olhei para Eamon de canto do olho. O delegado queria mesmo era saber mais dele. E se o que eu disse era verdade e ele tinha saído cedo naquela noite...

— Ele quer ver a carta que minha mãe escreveu contando que estava doente.

Eamon bufou, balançando a cabeça.

— Lógico que ele quer.

— Preciso sair daqui. Esta noite. Posso ir para Asheville ou Charlotte. Esperar que a porta reapareça.

— Não. Se você for embora, ele vai telefonar para todas as delegacias de polícia em um raio de três estados e mandar que procurem por você.

Quando eu não disse nada, ele passou a mão no cabelo.

— Ele não tem nada de concreto contra você. Se tivesse, você não teria saído daquela delegacia. E talvez você possa fugir disso, mas nós não podemos. Estamos presos aqui.

Olhei para ele. Ao dizer *nós*, estava falando de Annie.

— Se for embora agora, vai convencê-lo de que ele tem razão. Toda essa atenção vai passar para mim, entende? Pode ser que você não se importe com isso, mas minha filha já perdeu um dos pais.

Era aquilo que estava em jogo para ele. Não se preocupava consigo. Tentava conter a situação antes que Annie fosse envolvida.

— As coisas tinham se acalmado antes de você voltar. Eu pensei que isso tivesse ficado para trás.

A voz de Eamon falhou, as palavras quase inaudíveis, como se ele pensasse melhor antes de terminar de dizê-las. Olhei para ele, tentando extrair o significado daquele silêncio.

— Você não queria que eu voltasse, não é? — perguntei.

Ele ficou tenso, olhando para mim, incrédulo, e ficando pálido.

— Minha vida acabou no dia em que você foi embora. Você nunca compreenderia o que sua partida fez comigo. Por isso, não fale do que você acha que eu queria ou do que acha que sabe de mim. — Ele falou com tanta mágoa que foi como se as palavras tivessem sugado todo o ar de dentro do carro.

De repente, eu não conseguia respirar. Era a primeira vez desde que eu tinha chegado ali que ele me deixava vê-lo, enxergá-lo *de verdade*. Não havia paredes construídas ao redor daquela verdade... Estava exposta. Sem barreiras.

Mais uma lágrima escorreu, percorrendo minha mandíbula enquanto eu olhava para a estrada.

— Quem, exatamente, é Caleb Rutherford?

Eamon demorou muito tempo para responder.

— Ele é seu irmão, June.

19

Eu estava com o olhar fixo no espelho retrovisor, com medo de ver aquela viatura de novo. Só quando avistei a casa consegui soltar a maçaneta. Esther estava no alpendre, com os braços cruzados, como se estivesse esperando.

Assim que a caminhonete parou, desci, pisando forte. Ela olhou para mim e depois para Eamon, esperando que um de nós dissesse algo. Só que eu não tinha muita certeza do que acabara de acontecer. Nem na delegacia nem dentro do carro.

Ao meu lado, Eamon parecia quase tão atordoado quanto eu.

— Annie está lá dentro. — Esther respondeu à pergunta implícita de Eamon ao descer os degraus do alpendre, indo ao nosso encontro.

Atrás dela, as janelas da sala estavam abertas até a metade, e as cortinas balançavam com a brisa. Tive o ímpeto insistente de querer confirmar eu mesma se ela estava lá dentro, encolhida na cama com a boneca.

Eamon gesticulou na direção do piquete, e lá Callie pastava outra vez. Esther e eu seguimos com relutância e não paramos até ficarmos debaixo de um raio de sol que batia entre o piquete e o campo. Ali, estávamos escondidos da estrada.

— Ela sabe sobre Caleb. E sobre a investigação. — Foi tudo o que Eamon disse.

— Está bem. O que aconteceu?

Olhei para os dois, tão exausta que mal conseguia dispor de energia para falar. Eu tinha sido forçada a confiar neles, mas ficava nítido que eles só estavam preocupados consigo mesmos.

— Vocês deveriam ter me contado.

— Estávamos tentando te deixar fora disso — respondeu Esther.

— A situação já está bem complicada.

— Vocês *não* podem me deixar de fora. Quanto menos eu souber, mais perigoso será para todos nós. O que teria acontecido se eu tivesse dito algo errado lá dentro?

Esther e Eamon se entreolharam em silêncio. Não me contrariaram.

— Vamos começar com a questão de Caleb — pedi.

Esther olhou para a estrada pelo canto do celeiro, como se também estivesse com medo de ver a viatura de novo.

— Ele é filho de Nathaniel e Susanna. Nasceu dois anos depois de você.

Fiquei esperando.

— Depois que ela abandonou você, não ficou… bem. Acho que pensou que ter outro bebê poderia ajudar, ou, de alguma maneira, desfazer o que havia feito. Mas nunca conseguiu superar.

— Não entendo. Vocês agem como se Susanna tivesse ficado arrasada por me perder. Se isso fosse verdade, por que ela teria feito aquilo? Por que me abandonou?

Esther desviou o olhar de mim para Eamon.

— Foi assim que tudo começou da última vez. Essa mesma conversa. Ela não precisa saber de tudo.

— Preciso saber mais do que sei agora — retruquei, brava.

Esther desabotoou a gola da camisa, abrindo-a para pegar um ar. Eu podia ver a mente dela fervilhando com as palavras, até que enfim começou a falar:

— Ela não abandonou você, June. Ela não teve escolha.

De repente, senti o calor deixando meu corpo, o ar ao redor acertando-me como uma pedra de gelo pontuda. Esther olhava para o chão, o cabelo com mechas brancas caindo do coque.

— Eu te disse, havia algo de errado com Nathaniel. A mente dele era confusa. Desde o início, ele soube que Susanna era diferente de alguma forma, que havia algo de não natural nela, mas não conseguiu resistir. — Fez uma pausa. — Ele achava que Susanna era endemoniada, ou alguma outra coisa ridícula que o pai dele pregava aos domingos. De certa maneira, acho que ele a amava e a odiava ao mesmo tempo. Acreditava que ela havia lançado alguma maldição para dominá-lo e que deus estava testando sua fé. Só que ele não conseguia se afastar dela, portanto, decidiu que queria *salvá-la*, queria consertar as coisas, para que ele pudesse tê-la e ainda assim garantir a própria salvação. Ela foi batizada na igreja e, não muito tempo depois, descobriram que estava grávida.

Ao meu lado, Eamon ficou calado. Ele sabia o que viria depois.

— Nathaniel veio me ver. Estava desesperado. Assustado. Apavorado que o pai descobrisse. — Esther fez outra pausa. — Ele me ofereceu duzentos dólares para envenenar Susanna e matar a criança que crescia no ventre dela.

— Ele queria *matá-la*?

— Não a ela — respondeu ela. — Você.

Meu estômago se revirou, a foto de Nathaniel me vindo à mente.

— Uma bruxa para fazer o trabalho do diabo — murmurou ela. — Mas o único diabo na cidade era Nathaniel Rutherford. Ele imaginou que eu também não desejaria que Susanna tivesse o bebê. Então pediu para que eu interviesse antes que as pessoas descobrissem que o filho do pastor tinha engravidado uma menina. E não só uma menina qualquer. Uma Farrow.

Olhei para ela, sem palavras. Esther continuou:

— Não contei à Susanna o que ele me pedira, mas a convenci a voltar para o próprio tempo, pois não era seguro ficar com ele. Percebi, quando disse aquilo, que ela sabia que era verdade. Apesar de todos os defeitos, Susanna via as coisas. Já tinha notado a escuridão nele. Não sei se foi porque pensou em você ou se já estava considerando fazer isso, mas, quando a porta apareceu, ela atravessou. *Foi quando Susanna surgiu em Jasper*, pensei. Após ter desaparecido por vários meses, ela voltara grávida de um bebê que ninguém sabia explicar.

— Não demorou muito até voltar por aquela porta, e nunca vou entender por que fez aquilo. Acho que, na cabeça dela, achou que poderia consertá-lo, do jeito que ele achava que a consertaria. E foi isso. Ela fez uma escolha, e não havia como voltar atrás.

— Ela já tinha atravessado três vezes — concluí.

A primeira, quando fora para lá e conhecera Nathaniel; a segunda, quando voltara grávida para a casa de Vovó. A terceira travessia fora a última, quando voltara e dera à luz a mim.

Esther assentiu.

— Não havia como esconder que ela estava grávida, e o pai de Nathaniel não era um homem bom nem piedoso. Eles não a aprovavam, nem ele, nem a cidade, mas não poderiam rejeitá-la. Não quando toda Jasper estava assistindo àquilo. Após alguns sermões sobre filho pródigo e perdão, eles cederam. Nathaniel se casou com ela de imediato e, algumas semanas depois, o pai dele teve um ataque cardíaco e morreu bem ali na igreja. Nathaniel ficou convencido de que era um castigo de deus pelo que ele tinha feito, por se apaixonar por uma alma amaldiçoada e se entregar à tentação. Ele realmente acreditava que ela havia feito tudo isso com ele.

— Ele sabia? Sobre a porta? — perguntei.

— Não. Ela teve bom senso a ponto de não contar a ele, mas, como eu disse, ele sabia que ela era diferente. Ele sentia, e tudo se encaixava nas histórias bíblicas que ele conhecia. Acho que, da maneira deturpada dele, ele a amava. Só que também morria de medo dela, e estava consumido de culpa pela morte do pai.

Um carro passou na estrada, e ela ficou em silêncio. Quando o veículo saiu de vista, Esther voltou a falar:

— Quando você nasceu, Nathaniel não conseguiu superar. Estava cismado com a ideia de que tinha trazido ao mundo uma criança amaldiçoada, de que você havia sido concebida em pecado. Então Susanna enfim pareceu aceitar a verdade. Tinha medo dele. Temia o que ele poderia fazer com você. Eu não a via fazia meses, pois ele a tinha proibido de ter qualquer contato conosco, dizendo que ela passara a fazer parte da família *dele*. Então, quando ela apareceu naquela noite, eu não sabia o que esperar. Nathaniel estava passando umas semanas em Charlotte, em encontros com a Assembleia Regional Presbiteriana, e ela esperou até que ele partisse. — Enfim Esther me olhava. — Ela me pediu para ajudá-la.

— Como? — sussurrei.

— A porta não se abriria mais para Susanna, então ela me pediu para levar você para o outro lado. Nós esperamos a porta aparecer, e, quando Nathaniel voltou de Charlotte, ela disse que você estava morta. Que morrera enquanto dormia e que nós a havíamos enterrado. Eu não tinha certeza de que ele acreditaria nela, mas funcionou. Pelo menos, ele quis acreditar naquilo, convencido de que deus enfim havia agido para consertar as coisas. Ela ficou grávida de Caleb não muito depois disso.

Levei a mão à boca, tentando entender.

— Caleb nasceu, mas Susanna foi ficando cada vez mais doente. A mente dela já tinha começado a ficar confusa, e tudo só piorou com o luto de perder você. Um outro bebê não podia consertar isso. Caleb era um pouco mais velho que Annie quando ela morreu. Ele estava lá quando Susanna pulou da cachoeira.

Se o que Esther estava dizendo era verdade, então Susanna achou que estivesse me salvando. Mas acabou se matando por causa disso.

Andei até o canto do celeiro e voltei, esforçando-me para não desmoronar. Era informação demais. Rápido demais. Eu queria respostas, mas não daquela forma.

Caleb Rutherford, o filho vingativo em busca de justiça, era também meu irmão. Só que tudo isso ainda parecia somente um fio de uma teia bem mais complexa.

— Então Caleb sabe que você é parte da família dele? Que a mãe dele era uma Farrow?

— Ele nunca admitiu isso, mas sabe. Foi criado por um homem que nos odiava. Esse tipo de coisa vai sendo absorvido até as entranhas, acho. Nathaniel o manteve afastado da fazenda de flores, mas as pessoas ainda comentavam, contando a história de quando o pastor se apaixonou por uma garota esquisita de Norfolk.

— O que mais vocês não me contaram?

Ela tocou a testa, esfregando entre as sobrancelhas.

— Muita coisa. Não é só da vida de Susanna que você não sabe. Tem a vida que você viveu aqui também. Não é algo que dê para contar em uma única conversa.

— Por que você não pula para a parte que não quer me contar?

Esther olhou para Eamon de novo, hesitante.

— Quando você apareceu aqui da primeira vez, acho que Nathaniel sabia quem você era.

— Sabia o quê?

Fiquei com o corpo rígido.

— Que você era June. Filha dele.

Eamon olhava na direção dos campos, em silêncio.

— Como ele poderia saber disso?

Esther focou na marca de nascença em meu pescoço, e ajeitei a postura, tocando-a por instinto.

— Você tem essa marquinha desde o dia em que nasceu. Mas não é só isso. Você se parece com Susanna. Você se parece muito com ela.

Talvez aquela tivesse sido a única coisa que Vovó me contara de minha mãe. Às vezes, eu a pegava me observando, com o olhar perdido ficando distante.

— Tenho certeza de que, no início, Nathaniel tentou descartar a ideia, mas, em algum momento, ele ficou... obcecado por você — continuou Esther. — Ele se convenceu de que você tinha sido enviada para assombrá-lo, que deus ainda o estava punindo pelos pecados. Alguns meses depois da sua chegada, comecei a vê-lo passar de carro pela fazenda, às vezes várias vezes ao dia. Eu via o carro dele parado no fim da rua, e ele ficava sentado lá, fumando e esperando. Houve vezes em que você achou que ele estava te seguindo na cidade.

Era a isso que Eamon se referira ao falar a Caleb que tinha avisado o pai dele para ficar longe de mim.

— E é por isso que Caleb acha que nós temos algo a ver com o assassinato de Nathaniel? — deduzi.

— É — confirmou Eamon enfim. — Nathaniel e eu discutimos mais de uma vez sobre isso. Algumas vezes, pessoas testemunharam as conversas, então, quando ele apareceu morto, deram alguns depoimentos a respeito, e Caleb começou a questionar onde eu tinha estado naquela noite. Ele acha que você está me acobertando.

— Se ele acha isso, por que não prendeu você?

— Ele não tem nenhuma prova concreta, porque não há nenhuma. Mas, se muitas pessoas começarem a levar essas alegações a sério, teremos problemas maiores. Esta cidade amava Nathaniel, e já vi pessoas resolverem as questões com as próprias mãos por muito menos que isso.

Aquela era a razão de eles estarem tão preocupados, lembrei. A cidade se virando contra eles. Talvez tenha sido o que eventualmente aconteceu com Eamon. O motivo de a fazenda estar abandonada, sem nenhum rastro do nome dele em Jasper mesmo sessenta anos depois. Ele poderia ter sido expulso da cidade. Ou pior.

— É melhor eu voltar. — Esther apertou meu braço. — Margaret já deve estar preocupadíssima.

Não discuti. Em poucos dias, meu mundo inteiro tinha virado do avesso. A coisa toda estava me corroendo, pouco a pouco. Verdade a verdade. A vida que vivi durante trinta e quatro anos parecia muito distante agora, e, quando eu voltasse, seria uma pessoa diferente daquela que havia partido.

Esther voltou para a caminhonete sem dizer mais nenhuma palavra, e os faróis desapareceram por cima da colina, levando com eles o som do motor. E então, éramos só eu, Eamon e o vento no tabaco que nos cercava.

Annie estava sentada à mesa com um giz de cera e alguns pedaços de papel quando entramos em casa. Fui até a pia, enchi um copo de água e bebi em poucos goles. Eamon sentou-se no sofá e chutou as botas para longe. Ele estava tão cansado que as sombras do rosto mudavam suas feições por completo.

Eu não tinha me aprofundado muito a respeito da relação entre nós porque estava com medo. Temia saber ao certo o que havia construído ali e mais ainda me lembrar. Sentia o lugar se infiltrando em mim, e aquelas pessoas também. Quando eu voltasse, precisaria conseguir me afastar de tudo aquilo.

Abri a porta do quarto, mas minha mão a segurou aberta.

— Eamon.

Ele olhou para mim, e vi um relance do Eamon que havia dito que sua vida acabara quando fui embora.

— Obrigada por ter ido me buscar — falei.

Ele ficou imóvel por alguns segundos antes de assentir e continuou a me observar por um bom tempo. Eu sabia que ele provavelmente fora até lá por preocupação, tanto por ele quanto por mim, mas, quando eu o vi na delegacia, tinha parado de respirar. Passei a me lembrar de um modo visceral da sensação de estar aconchegada nele, com seu braço ao meu redor e sua voz perto de mim enquanto descíamos os degraus.

Eu me fechei no quarto e me apoiei na porta, mordendo a unha, enquanto focava no armário. Caleb não era apenas um filho tentando resolver o assassinato do pai. Ele tinha um histórico comigo e com Eamon. E o que havia dito sobre Mimi Granger ficava se repetindo em meus pensamentos desde que saímos da delegacia.

Os olhos arregalados da mulher ao entrar na casa e fechar a porta me vieram à mente. Ela se assustara ao me ver, talvez pensando na noite em que dissera que eu estava correndo na plantação dela, coberta de sangue, com Annie nos braços.

Tentei evocar a lembrança fragmentada que tentara se apoderar de mim na delegacia. Um campo. A estrada. O som de minha respiração intensa. Mas ela não vinha.

Atravessei o quartinho e abri as portas do armário, inspecionando as roupas dobradas nas três prateleirinhas, tirando-as para apalpar a madeira embaixo. Depois procurei entre e atrás de cada uma das peças penduradas. Não havia nada ali, exceto o leve cheiro de lavanda seca e o pó que tinha acumulado no último ano.

Nenhum sapato azul como o que Caleb me mostrara.

Sentei-me no chão, sentindo que era mais um daqueles fios da corda, desenrolando-se tão depressa que eu não conseguia evitar.

Olhei para as mãos, tocando a pilha meticulosamente dobrada de camisetas de Eamon. Sem pensar, passei os dedos na que estava em cima e a segurei. Antes que pudesse me conter, pressionei o rosto nela e inspirei fundo.

O cheiro era quentinho e se acumulou dentro de mim, preenchendo os vazios mais estreitos. Fechei os olhos. Aquilo doía, uma dor física que percorria todo o corpo. A sensação estava viva. Algo preso tentando se libertar.

Quando abri os olhos, concentrei-me naquela faixa de renda branca no fundo do guarda-roupa.

Devagar, coloquei a camiseta no lugar e me levantei. Peguei o vestido do cabide e o comprimento dele foi até o chão, acariciando meus pés. Era uma peça de corte simples, com um fecho na nuca e uma camada fina de renda por cima que esvoaçava nos ombros.

O tecido estava perfeito e sem manchas, de uma cor creme que ficava dourada à luz fraca. Era lindo. E, só de olhar para a peça, perdi o controle da dor que ameaçava irromper dentro de mim. Já não conseguia contê-la.

Estou debaixo de um salgueiro, com a relva fresca sob os pés. Diante de mim, um botão no estilo tartaruga da camisa de Eamon aparece com nitidez. Estou olhando para seu peito, mas depois meus olhos encontram os dele.

Estou usando o vestido. Consigo ver duas pequenas pétalas de uma flor cor-de-rosa presas na renda embaixo de meu ombro e sei que caíram da coroa que Margaret fez para mim.

"Até que a morte nos separe." As palavras saem de minha boca com uma suavidade que ecoa nas lágrimas que sinto brotando nos olhos.

O canto da boca de Eamon se ergue de leve, um pequeno sorriso destinado apenas a mim.

"Até que a morte nos separe", repete ele.

Ele não espera que lhe digam que pode me beijar. Puxa-me para junto de si, e sua mão desliza por minhas costelas até o centro das minhas costas, para poder me apertar contra ele. Quando estou completamente envolvida por seus braços, ele aproxima o rosto. Nossos narizes se encostam antes de seus lábios tocarem os meus, e é um beijo tão profundo que cada átomo de meu corpo se acende como um pisca-pisca de Natal.

Não é uma visão. É uma fera adormecida prestes a acordar. Minha cabeça está sendo preenchida por ela, formando um mapa de lembranças que se estendem e se conectam.

Pela primeira vez, consigo sentir um elo. Está bem esticado, interligando-me àquele homem.

Eamon desliza os dedos ao redor de meu pescoço, encontrando minha nuca. Ele pressiona o polegar em minha bochecha, logo acima da marca de nascença vermelha que mancha minha pele.

Então, tudo desaparece, apagando-se do mundo em volta, mas eu ainda a via dentro da mente. Recordava em detalhes.

Sentia o cheiro de madressilva no ar e o movimento da terra sob os pés descalços. Não fora como os episódios chocantes e confusos que eu tinha vivido antes de chegar ali. Aquilo foi tão suave quanto fluir por água fresca e calma.

O vento aumentou lá fora, fazendo a casa ranger, e um grito leve ecoou do outro lado da parede. Após alguns segundos de silêncio, soou de novo.

Annie.

Logo em seguida, ouvi o rangido do sofá quando Eamon se levantou. O estalido das tábuas quando ele atravessou a sala de estar. Segui os sons, movendo-me ao longo da parede e a tocando com as pontas dos dedos, seguindo o papel que a estampava.

Ouvi Eamon se deitando na cama com ela, como fazia todas as noites desde que cheguei aqui, um padrão previsível.

Olhei para meu reflexo no espelho, ainda sentindo a dormência nos lábios no ponto em que a boca de Eamon tinha encostado na minha na lembrança. Meus olhos assumiram uma cor prateada clara à luz da vela, movimentando-se com as sombras do quarto. E, antes que eu pudesse ver minha mãe ali, olhando para mim, apaguei a luz.

20

Aquela manhã estava diferente.

Eamon e eu nos movíamos como planetas ao redor um do outro na cozinha, a fumaça do ferro fundido levantava uma névoa leve, e o cheiro de bacon tomava o ar. Annie estava sentada em cima da mesa com uma tigela de cerejas pretas, os pés descalços balançando sobre o piso de madeira.

Havia um alívio súbito na casa, como um punho aberto, e perguntei-me se seria porque mais da verdade fora revelada. Eamon tinha me deixado ver o que estava por trás da mandíbula tensa e dos olhos pensativos. Eu não conseguia identificar se foi intencional, ou se tinha só acontecido, mas ele não havia escondido a dor de mim quando tivera oportunidade.

Minha vida acabou no dia em que você foi embora.

O eco dentro de mim me fez estremecer.

Ele me entregou uma tigela sem olhar em minha direção, mas, em vez de uma tentativa de me evitar, parecia mais um movimento automático com base na memória. Uma coisa rotineira. Era daquele jeito que ficávamos lado a lado na cozinha todas as manhãs, enquanto o sol nascia? Era aquele nosso ritmo habitual?

Ele pegou duas xícaras por cima de minha cabeça e, daquela vez, não me afastei quando ele se aproximou. Sentia aquele cheiro de verão, madeira quente por causa do sol e grama. Percebi que inspirei fundo antes de ele se afastar, seu perfume se espalhando por minha língua de um jeito que já não era novidade.

Ele serviu o café com uma das mãos e uma expressão distraída enquanto remexia o bacon na frigideira com a outra. Sem qualquer pensamento aparente, largou a espátula e puxou o açucareiro para perto. Eu o vi abrir o pote e colocar duas colheres em uma das xícaras. A xícara mais próxima de mim.

Fiquei olhando para a peça enquanto ele voltava a atenção à frigideira chiando. Duas colheres de açúcar. Era assim que eu sempre tomava meu café, e ele sabia disso. Mas não havia qualquer indício em seu rosto de que tivesse notado o que tinha feito. Fora um movimento inconsciente, um padrão que lhe era familiar: eu na cozinha ao seu lado.

Segurei a xícara, puxando-a para perto. O calor que ardia na palma das minhas mãos também despertava nas cristas das minhas bochechas. Ele me conhecia. Eu ainda estava tentando assimilar aquilo.

Ele me *conhecia*, de verdade.

As mesmas perguntas se repetiam inúmeras vezes em minha cabeça. Por que eu tinha ido embora? *Como* eu tinha deixado tudo aquilo para trás? Como pude só largar tudo?

Só naquele momento eu começava a pensar naquelas escolhas como minhas. De certa forma, talvez não fosse verdade, mas, a cada dia que passava, era mais difícil separar-me da June que tinha vivido ali.

Olhei para o outro lado do cômodo, para a espingarda na parede. Tinha passado a noite pensando no que Caleb dissera e no olhar de Eamon na delegacia. Se ele tivesse medo de que Nathaniel me fizesse mal, teria o matado? Seria capaz daquilo? Eu não sabia.

Eu pensara mais de uma vez no episódio que tivera no banheiro na manhã em que achei ter visto sangue debaixo das unhas. Lembrava-me do rastro vermelho na água, do cheiro no ar. Consegui ver o flash da lembrança na delegacia, o som de minha respiração arfando enquanto eu corria pelo campo.

Havia sentido um amor profundo na lembrança da noite anterior. Se eu soubesse que Eamon matara alguém, teria acobertado o crime, como alegou Caleb?

Eamon vestiu o blusão, alongando o ombro rígido enquanto olhava pela janela, na direção do celeiro. Começou a se dirigir para a porta, ajustando a gola perto do queixo.

Eu não tinha comentado nada, mas havia observado a mudança da coloração no campo, marcando a diferença de um dia para o outro. Pelo aspecto do tabaco, a praga estava se espalhando. Devagar, mas estava. Eu não tinha certeza se daria para salvar a colheita. Não naquele ritmo.

— Posso ajudar — falei, olhando para Eamon por cima da xícara.

Ele parou onde estava, segurando a porta dos fundos aberta.

— Eu sei irrigar o campo e cortar os caules infectados sem contaminar os outros.

— Sei que você sabe.

Continuei a encará-lo. Lógico que ele sabia.

— Margaret está quase chegando — disse, mudando de assunto. — A Feira é hoje à noite, por isso ela vai ficar aqui até a parte da tarde.

Então desviou o olhar, como se isso atenuasse o significado das palavras. Todas as manhãs, ele só desaparecia pelos campos depois de Margaret chegar. Não ficava lá fora quando eu era a única pessoa em casa com Annie. Na última vez que fez isso, eu a havia deixado sozinha.

Pigarreei, tentando amenizar o nó na garganta.

— Acho que devíamos ir. Para a Feira, digo.

Ele ficou me encarando.

— Acho melhor não.

— Havia pessoas na rua que me viram entrar na delegacia ontem. Se formos os únicos na cidade que não estão lá, o que seria o caso, então vão pensar que temos algo a esconder.

Ele não negou.

— E quanto a Caleb?

— Você mesmo disse que, se ele tivesse alguma prova, teria nos prendido. — Esperei e, quando ele não respondeu, coloquei a xícara no balcão. — Se está falando a verdade sobre não ter nada a esconder, então só precisamos evitar que as coisas saiam do controle até a porta reaparecer.

— Como assim, *se* eu estiver falando a verdade?

Olhei no fundo dos olhos dele.

— Nós dois sabemos que você não está me contando tudo, Eamon. Mas a única opção que tenho no momento é confiar em você.

Ele não negou. Também não contestou o fato de que ir à Feira era nossa melhor opção.

— Só… — Ele apertou o batente da porta. — Se você for trabalhar no jardim, poderia deixar o portão aberto enquanto estiver lá?

— O portão? Por quê?

Ele passou a mão no cabelo, desconfortável.

— Para que eu consiga te ver do campo.

Comprimi os lábios, e notei a rigidez nos ombros de Eamon ao dizer aquilo. Ele queria ficar de olho em mim, manter-me à vista.

— Se precisar de mim, é só chamar. Estarei ouvindo — disse ele. — Até mais tarde.

Só metade de mim admitia que eu esperava que aquilo fosse verdade. Passaram-se cinco dias desde que eu entrara por aquela porta, e nem sinal de ela voltar a aparecer. Mas, naquele momento, estava com certo medo de que isso acontecesse. De que eu atravessasse de volta sem nunca saber ao certo o que acontecera aqui. Não sabia se conseguiria viver com isso.

A luz do sol brilhava em volta de Eamon enquanto ele se dirigia para o celeiro, e as orelhas de Callie levantaram-se atrás da cerca. Fiquei olhando até ele desaparecer de vista, depois olhei para Annie.

Os pés dela balançavam com suavidade enquanto a menina me observava com um olhar firme e concentrado. Havia algo de novo em sua expressão ou eu estava imaginando coisas?

Dei um passo na direção dela, inspecionando cada centímetro de Annie que eu conseguia ver. Ainda não tinham surgido lembranças dela, e suspeitei que se devesse ao fato de estarem mais no íntimo de minha mente. Ainda assim, isso me deixava ansiosa, com vontade de sair em busca das recordações crescendo a cada dia. Havia parte da história que eu nunca entenderia até conseguir me lembrar. Existia uma versão de mim que eu nunca conheceria.

Os dedos dos pés dela roçaram em minhas pernas, as sombras do movimento pintando o chão.

— Vamos à Feira hoje de noite — comentei, minha voz ecoando uma calma que eu ainda não tinha conseguido sentir. — Vai ser divertido, não é?

Ela assentiu, pegando outra cereja com os dedos grudentos.

— Vai ter bolo?

Fiquei com o corpo rígido, boquiaberta enquanto encarava ela. A menina olhando diretamente para mim, com as sobrancelhas erguidas enquanto esperava pela resposta. Só que eu nunca tinha ouvido a voz dela. Annie nunca tinha me dito uma única palavra sequer.

— Vai ter? — repetiu, o sonzinho de sua voz soando como um sino.

Se havia algo de estranho naquele momento para ela, não consegui perceber. Annie só falou como se estivéssemos continuando uma conversa que já existia.

— Não sei — respondi em meio a uma respiração arfada. — Vamos ver quando chegarmos lá.

— Tá bem.

Ela girou um caule de cereja nos dedos, e aquela visão evocou lembranças infinitas de quando eu catava cerejas por cima da cerca do quintal lá em casa. A cerejeira da vizinha pendia para além do limite no canto do quintal, e ali alguns tijolos ficavam empilhados para que eu pudesse alcançar os ramos mais baixos. Eu apanhava todas que encontrava e, passado algum tempo, ela ia para o lado de fora com uma escadinha e me deixava encher um cesto inteiro.

A vizinha. Eu me lembrava do rosto dela, o cabelo escuro preso com um grampo e as unhas pintadas. Só que não conseguia encontrar o nome dela na mente. Estava logo ali, na ponta da língua. Olhei para a tigela de cerejas de Annie, forçando mais a mente. Conhecia a mulher desde pequena, mesmo antes de nos mudarmos para a casa ao lado. Tinha a visitado muitas vezes no fórum quando estava tentando encontrar alguma documentação acerca de minha mãe. Ela que fizera a torta de mirtilo que Mason e eu comemos, pelo amor de deus.

Minha mente empacou, uma sensação de incompletude azedando a lembrança. Havia um espaço vazio no lugar em que algo alguma vez existiu. Por que eu não conseguia me lembrar do nome dela?

Levei a mão à boca, os dedos encostando nos lábios, quando senti. Era a mesma sensação de quando não consegui me lembrar da canção que Vovó costumava cantar. Como se houvesse um buraco em minha mente e a coisa tivesse simplesmente se perdido lá dentro. Só que, naquele momento, era diferente. Antes, apenas as palavras estiveram fora de alcance, agora, eu não conseguia nem pensar na melodia nem imaginar o rosto da Vovó ao cantar a canção.

Houve ainda outra ocorrência. Uma loja da qual eu não me lembrava no centro da cidade, apesar de andar na rua principal todos os dias.

Annie saltou, deixando a tigela de cerejas para trás, e me esforcei para sentir os pés debaixo de mim. Era quase como se as lembranças estivessem se esvaindo. Desaparecendo devagar por trás de um nevoeiro.

Dirigi-me à bancada ao lado da porta dos fundos, arrancando uma página do bloco de notas. Escrevi tudo o mais depressa que consegui, toda a lembrança da cerejeira. Aqueles tijolos empilhados, o brilho do sol, o cesto no braço, os pardais nos galhos. Registrei todos os detalhes, exceto o nome da mulher, anotando até a cor de seu cabelo, o formato dos óculos e o anel que usava sempre no dedo médio direito, com uma opala no meio. Quando não me lembrava de mais nada, larguei a caneta e dobrei o papel duas vezes. Margaret empurrou a porta da frente, e dei um pulo, pus a mão para trás e enfiei o papel no bolso. Nem sequer tinha ouvido o carro chegar.

Ela estava na porta, passando os dedos na longa trança loura que descia pelo ombro.

O papel em meu bolso era como carvão vivo, mas eu não sabia ao certo o que estava escondendo. Só sabia que não conseguia discernir muito bem quem era aliado de quem naquela família. Tive a impressão de que Margaret e June tinham formado uma aliança entre si, diferente de Esther. Entretanto, Esther e Eamon não foram os únicos a esconder de mim a verdade sobre minha mãe e a investigação do assassinato. Margaret fizera o mesmo.

— Você está bem?

Os enormes olhos azuis dela estavam vidrados. Parecia prestes a chorar.

— Estou bem.

Tentei sorrir, mas o sorriso vacilou quando me lembrei que aquela também havia sido minha dinâmica com Vovó. Ela preocupada, e eu tentando tranquilizá-la.

Margaret voltou a mexer na ponta da trança e, por um instante, pareceu que ia dizer mais alguma coisa. Mas, assim que tive a certeza de que falaria, ela passou por mim e foi até a cozinha.

Fiquei assistindo-a começar a lavar a louça, cortando um pedaço do bloco de sabão para passar na escova de cerdas. Ela estava com aquela expressão de quando as coisas estavam prestes a desmoronar. Seu primeiro instinto era controlar tudo o que podia, fosse mudar o óleo da caminhonete da fazenda, limpar um armário ou lavar a louça na pia. Vovó não foi apenas o que manteve nossa família unida. Também havia impedido a de Eamon e Annie de desabar.

Reconsiderei pressioná-la sobre o que quer que ela estivesse prestes a dizer, mas eu não era a mesma June em quem ela confiava. E, se a Margaret ali no momento fosse minimamente parecida com Vovó, ela não permitiria que escavassem seus sentimentos.

Entrei no quarto, deixando uma fresta entreaberta na porta, enquanto me dirigia para a cama e esticava a mão atrás do colchão. Quando encontrei o pacote de juta que tinha deixado ali, puxei-o.

Em silêncio, enfiei o papel com a lembrança dentro dele, com os olhos fixos na página seguinte... A lista de anos que eu tinha escrito.

1912
1946
1950
1951

Eu já tinha começado a cogitar que deviam dizer respeito às travessias da porta. 1912 fora quando Esther me deixara do outro lado da porta. Eu conhecera Eamon em 1946 e fora embora em 1950.

Se só se podia atravessar três vezes, então meu eu mais velho, aquele que vivera neste período do tempo com Eamon, tinha usado todas as chances antes de partir. Onde quer que eu estivesse, não poderia voltar. Então por que eu havia escrito "1951" no fim da lista? Eu não podia mais voltar, no entanto, de certa forma, havia acontecido justamente isso, não? Mas com uma versão de mim mesma que tinha passado pela porta apenas uma vez.

Coincidência. Sorte. Acaso. Não era nada disso.

Eu não estava nada convencida de que passar pela porta naquele dia tinha sido um acidente. Também não podia ser possível que, de todos os lugares e momentos, eu tivesse ido parar neste ponto exato.

Eu escrevi o ano de 1951 porque sabia, de alguma forma, que voltaria? Achava que Susanna tinha me levado até aquela porta, mas agora me perguntava se a pessoa a me conduzir até aqui havia sido eu mesma.

21

A luz quente entrava pela porta aberta do quarto enquanto eu colocava dois brincos de pérola nas orelhas. Meu cabelo ondulado caía nos ombros e parecia mais leve em contraste com o verde-esmeralda do vestido simples que eu usava.

Era o mais bonito do guarda-roupa, e achei um pouco desconcertante o quanto gostei dele. O tecido abraçava minhas curvas como se fosse um papel embrulhando um ramo de flores. Havia um broche de ouro preso em um dos lados da cintura, no ponto em que o tecido se juntava e caía no quadril. Alisei a peça com as mãos, observando-me no espelho. Eu parecia... eu mesma.

Devagar, as lembranças iam se costurando para completar a teia. Eu já conseguia me lembrar de pequenas coisas sem muito esforço, arrancando-as do ar ao meu entorno enquanto calçava os sapatos ou descobria outra planta ressemeada no jardim. Eram pedaços de memória que iam preenchendo minha mente, como gotas d'água. As lembranças mais longas e complexas eram mais difíceis, afastando-se de mim quase sempre que eu tentava alcançá-las. Ao tentar recordar o momento em que parti, a noite do assassinato, ou mesmo o nascimento de Annie, as imagens se desintegravam mais depressa do que se formavam.

Ajeitei o cordão com o pingente no pescoço, deixando-o repousar entre os seios. Na penteadeira, a luz brilhava sobre o anel no pratinho de abalone, e mudei de ideia algumas vezes antes de pegá-lo. O ouro estava arranhado e turvo em alguns pontos, como se o acessório tivesse sido usado por muito tempo, mas eu o tinha deixado ali por uma razão. Sabia disso.

Se Caleb estava tentando encontrar uma brecha em minha história e o restante da cidade estava desconfiado, eu não podia me dar ao luxo de aparecer como June Farrow na Feira do Solstício de Verão.

Naquela noite, eu era June Stone.

Coloquei a joia no dedo anelar da mão esquerda e fiquei olhando para ela, com uma sensação que eu não conseguia nomear correndo quente e lenta sob minha pele. Ao observá-la, lembrei dos votos sob o salgueiro. Não era a repetição de uma história que eu ouvi por aí. Eu estive lá, o momento entranhado em meu âmago.

Respirei fundo antes de pegar o xale na beira da cama e ir para a cozinha. A casa estava vazia, a porta da frente, aberta, e eu via a silhueta de Eamon pelas cortinas finas penduradas na janela. Annie estava no degrau de baixo, andando de um lado para o outro.

Corri os dedos inquietos no tecido fino e transparente do xale antes de criar coragem para sair. Senti meu rosto ficar quente quando Eamon olhou para mim.

Ele engoliu em seco, os olhos percorrendo meu corpo para analisar as curvas. O gesto me causou um frio na barriga.

Ele tinha feito a barba, tornando o ângulo do rosto mais nítido por cima do colarinho branco da camisa limpa. A calça e o casaco de tweed castanho estavam passados de forma impecável; o couro marrom suntuoso dos sapatos brilhava. Até a fuligem debaixo das unhas fora limpa.

— Pronto? — perguntei com a voz tensa.

Em um gesto de ansiedade, ele passou a mão pela mandíbula antes de tirar as chaves do bolso.

— Vamos, Annie — disse ele, e a menina largou o corrimão do alpendre, saltando os degraus.

Annie usava um vestido branco repleto de ilhós e sapatos-boneca pretos. Duas longas tranças louras estavam amarradas com laços azuis na altura do ombro... *Obra de Margaret*, imaginei.

Eamon abriu primeiro a porta do passageiro. Ajudei Annie, colocando as mãos em sua cintura minúscula enquanto ela se esforçava para entrar na caminhonete. Quando se instalou no lugar, entrei, alisando a saia do vestido sobre as pernas. Ela fez o mesmo, imitando o movimento, e vi Eamon tentando não olhar para nós, virando bem a cabeça quando senti o peso de seu olhar.

As montanhas pareciam estar em chamas com o pôr do sol que se aproximava, enquanto seguíamos pela estrada sob um céu de nuvens macias salpicado de rosa e violeta, dando a tudo a impressão de um sonho. Eu tinha estado neste mesmo carro havia um ano, a caminho da Feira do Solstício de Verão. Naquele momento, eu sabia que tudo estava prestes a mudar?

— Tem alguma coisa que eu preciso saber sobre nós dois antes de chegarmos lá? — questionei.

— Como assim?

— Digo... — Tentei pensar em como dizer aquilo sem parecer estúpida. — Como éramos antes? O que as pessoas vão esperar de nós?

Eamon deixou que a mão se movesse para a parte de baixo do volante. Estava pensativo, como se imagens de nossa vida passassem por sua cabeça.

— Somos simpáticos com as pessoas da cidade, mas não em exagero. A maioria não quer se associar muito à sua família, mas todas mantêm as aparências, na maior parte das vezes. O novo pastor tem visitado, tentando me convencer a batizar Annie.

Virei a cabeça na direção dele depressa.

— Você não faria isso, não é?

Eamon pareceu surpreso com minha reação.

— Estou falando sério. Você nunca vai batizá-la, certo? — O tom de minha voz já era quase defensivo, beirando a raiva.

Mas eu não conseguia explicar o sentimento de ansiedade que se apoderou de mim quando ele disse aquilo. De repente, era como se não conseguisse respirar direito.

— Não, concordamos em não fazer isso — respondeu ele, inclinando-se para a frente, analisando meu rosto. Depois ergueu o braço e encostou as costas da mão em minha bochecha, como se estivesse verificando se eu estava com febre. — June, parece que você está passando mal. O que houve?

— Nada. — Tentei respirar. — Estou bem.

Olhei para meu reflexo no retrovisor, percebendo que Eamon tinha razão. Meu rosto estava pálido.

— O que mais? — prossegui, cortando o assunto.

O aperto no peito estava sumindo devagar.

— O que mais você quer saber?

— Como nós… — Tentei pensar em como fazer a pergunta. —… nos comportamos?

— Como "nos comportamos"?

— Tipo, damos as mãos? Encostamos um no outro?

Eamon ficou agitado, uma tensão irradiando dele.

— Aham.

— Como?

— O que quer que eu diga? — Ele se remexeu no banco, irritado. — Se está perguntando se nos comportávamos como se nos amássemos, então, sim. A resposta é sim.

Calei-me quando Annie olhou para nós dois, os olhos castanhos tentando interpretar a dissonância que se instalara no carro. Eamon lançou um sorriso tranquilizador a ela, pegando na mãozinha da menina e levando-a à boca. Beijou-a, apertando-lhe os dedos antes de soltar.

Foi um movimento tão natural e instintivo, um reflexo ao ver aquela angústia sutil no rosto dela. E funcionou. Annie apoiou a cabeça no braço dele, os olhos brilhando à medida que as luzes do centro de Jasper ficavam visíveis.

Nunca tinha visto a estrada tão movimentada daquele jeito. Mesmo em 2023, a Feira do Solstício de Verão era algo que ninguém perdia em Jasper. Só que em 1951 não era apenas um evento anual, era o aniversário de um ano do assassinato de Nathaniel Rutherford.

Três viaturas estavam estacionadas diante do restaurante quando nos aproximamos da tenda branca, e fechei as mãos em punho. Por cima da cabeça de Annie, senti Eamon me observando com atenção. Era provável que toda a cidade estivesse comentando sobre ter me visto no banco de trás da viatura de Caleb Rutherford, e teriam as próprias teorias do porquê. Parecia que Caleb mantivera em segredo a suspeita sobre Eamon.

A tenda erguida acima da ponte parecia um portal para outro mundo, com um brilho avermelhado abaixo do teto. Fios de luzes brilhantes estendiam-se pela rua, como se fossem vaga-lumes.

Assim que Eamon desligou o motor, ouvi a música tradicional estilo *bluegrass*. Era um som atemporal que fazia com que me sentisse em casa. Por uma fração de segundo, a cisão entre a Jasper que eu conhecia e aquela em que eu tinha ido parar parecia quase inexistente.

— Tem certeza disso? — Eamon ainda estava com a mão na chave, pronto para ligar a caminhonete e dar meia-volta.

— Não — respondi.

Saí do carro mesmo assim, esperando que Annie saísse atrás de mim antes de fechar a porta. Eamon estava ao lado dela um instante depois, e a menina deu um passo para perto do pai. A mão dele balançou entre nós, e respirei fundo antes de segurá-la, sentindo arrepios correndo por todo o corpo quando Eamon entrelaçou os dedos aos meus.

Engoli em seco quando ele apertou minha mão mais forte, pressionando a aliança que eu usava. Ele ficou imóvel, levantou nossas mãos unidas, depois virou a minha para cima e viu. A pequena aliança de ouro brilhava à luz branca. Eamon analisou a peça, com uma brisa suave de verão batendo no colarinho de sua camisa.

Torci para que não ficasse magoado, mas foi impossível discernir os pensamentos dele. Um segundo depois, Eamon continuou a andar, com a mão ainda na minha.

A luz da tenda enquadrava a entrada da ponte do rio, e caminhamos em direção a ela, nossas três sombras movendo-se lado a lado. Do outro lado da água, o brilho branco da igreja reluzia entre as árvores. Estava quase escurecendo, mas tudo parecia igual. O pequeno estacionamento que era metade cascalho e metade grama. As cercas rudimentares do jardim da igreja, embora fossem mais estreitas. Ainda não tinham sido realocadas para expandir o cemitério, e me peguei procurando ao longe, na colina verde, as lápides brancas das Farrow.

Forcei um sorriso quando entramos, engolidos pelo som das vozes e da melodia rápida de uma música. As flores que tínhamos levado da fazenda estavam arranjadas em longas guirlandas que se estendiam de uma ponta à outra da tenda, em uma cascata de dourado e rosa que formava uma névoa rosácea em volta. Debaixo delas, havia o palco com uma banda de quatro musicistas composta por rabeca, bandolim, banjo e guitarra havaiana.

Ignorei quando as pessoas focaram em nós enquanto Eamon me puxava no meio da multidão.

— Olá, June!

Uma mulher mais ou menos de minha idade com cabelo vermelho acobreado apertou meu ombro quando passei, abrindo um sorriso que parecia verdadeiro.

— Oi! — respondi no automático e tentei reconhecê-la.

Aquele rosto eu conhecia com certeza, ali no fundo de uma lembrança que ainda não havia sido revelada.

Ela acenou, correndo atrás de um garotinho em direção ao palco, depois desapareceu, substituída por uma dúzia de outros rostos.

Quando avistamos Margaret do outro lado da pista de dança, Eamon soltou minha mão, e fiquei bem ciente do instante em que o calor dele se afastou de mim. O olhar dele me seguiu até que eu chegasse perto da jovem, com Annie atrás de mim, depois dois homens puxaram-no para uma conversa.

Os olhos brilhantes de Margaret reluziam acima das bochechas coradas pelo blush, e o cabelo estava preso no topo da cabeça, fazendo-a parecer alguns anos mais velha. As mangas do vestido cor-de-rosa claro caíam-lhe nos ombros, e um simples colar de prata com um pingentezinho adornava o pescoço dela.

Margaret me puxou para perto, dando pulinhos alegres, como se mal conseguisse se conter.

— Estava começando a achar que vocês não vinham.

Sorri, olhando para ela.

— Você está linda.

Ela abriu ainda mais o sorriso.

— Obrigada.

Ela pegou Annie no colo, apoiando-a na cintura, e as mãozinhas de Annie foram de imediato para a presilha cintilante no cabelo de Margaret. Só que a jovem lançava olhares para a pista de dança, observando um garoto carregar uma caixa de copos.

Demorei um tempo para reconhecê-lo. Era o empregado da fazenda de flores que eu tinha visto no primeiro dia que passei na casa de Esther. O olhar de Margaret o seguia enquanto ele caminhava, as bochechas coradas em um vermelho mais intenso.

— E quem é ele? — perguntei, lançando um olhar sabichão.

— É só um rapaz.

— Ele tem nome?

Ela olhou para trás, na direção de Esther, como se quisesse ter a certeza de que a avó não estava ouvindo.

— Malachi.

— Malachi Rhodes? — O nome escapou de minha boca.

Margaret arregalou os olhos e franziu a testa.

— Como você sabe disso?

Engoli em seco.

— Ouvi alguém dizer o nome dele na fazenda.

Ainda não tinha certeza das regras de interferência. Eu estava tateando com cautela, tentando fazer o menor número possível de intervenções, como Esther tinha pedido, era mais fácil não pensar nisso quando estava com Eamon e Annie, porque eles não existiam em meu mundo. Mas Malachi e Vovó tinham sido amigos íntimos durante toda minha vida, tão próximos que ela insistira para que ele tocasse a rabeca em seu enterro. Sempre me perguntei se alguma vez teria havido algo entre eles. Cheguei mesmo a pensar que ele poderia ter sido o pai de Susanna, e meu avô.

A curiosidade de Margaret sumiu com minha resposta pouco interessante, e ela balançou de um lado ao outro, embalando Annie nos braços. A música mudou, e a multidão em volta do palco assumiu um novo formato, dispersando-se por tempo suficiente para que os homens com copos de cerveja e as mulheres de braços dados se entrelaçassem ao longo da lateral da pista de dança. Havia crianças correndo umas atrás das outras, e um grupo de algumas mulheres negras com vestidos de saia rodada fumavam cigarros do lado de fora da tenda. Ao lado delas, havia uma mesa repleta de sobremesas caseiras em pratos suspensos.

Foquei o olhar em Eamon do outro lado da tenda. Estava ombro a ombro com dois outros homens, ouvindo enquanto um deles falava, com uma garrafa de cerveja na mão. O rosto vermelho do homem estava virado para as luzes, mas o de Eamon permanecia envolto em sombras.

— Com quem Eamon está conversando? — indaguei, inclinando-me para mais perto de Margaret.

Ela se apoiou na ponta dos pés para enxergar.

— Ah, aquele é Frank Crawley.

Crawley. Demorei um tempinho para lembrar. Frank Crawley era mencionado nas reportagens de jornal sobre o assassinato. Era para a casa dele que Nathaniel teria ido na noite em que morrera.

— Ele mora no final da rodovia Hayward Gap, em uma fazenda de tabaco na mesma rua que vocês — completou Margaret.

— O celeiro dos Crawley — murmurei.

— O quê?

Annie desceu do colo de Margaret, puxando-a pela mão.

— Fica na nossa rua? — questionei.

— Fica. Por quê?

— Por nada — menti. — Só estou tentando identificar todo mundo.

Observei Eamon, estudando o modo como cruzava os braços e a expressão reservada distorcida pela luz fraca. Ele saíra da Feira cedo naquela noite quando Percy Lyle contara que Callie tinha saído do piquete. Ele fora para casa. Se os Crawley moravam no fim de nossa rua e Nathaniel estava indo para lá, havia diversos motivos para acreditar que ele e Eamon poderiam ter se cruzado.

O que a reportagem dissera? Que no corpo encontraram indícios de um embate?

Na gravação que Caleb reproduzira, eu havia dito que Eamon foi para casa por volta das cinco da tarde. Se fui embora com Esther, isso significava que ele não tinha voltado para a Feira quando terminara de resolver a questão de Callie.

— Está tudo bem?

Margaret parecia preocupada.

Forcei outro sorriso, chamando a atenção de Annie antes de apontar na direção da mesa das sobremesas.

— Olha o que eu encontrei.

Ela abriu a boca, arregalando os olhos, e eu fiquei admirando-a.

Era tão bonita que não parecia ser de verdade, muito menos ter saído de dentro de mim, o que desencadeou uma reação em cadeia no íntimo do meu ser. Ela estava se tornando muito real para mim. Real até demais.

— Que tal uma fatia de bolo? — sugeriu Margaret, puxando uma das tranças de Annie de brincadeira.

Annie fez que sim com a cabeça e começou a correr em direção à torre de sobremesas, com Margaret tentando acompanhá-la.

O clarão de uma lâmpada me fez estremecer, e pisquei para ajustar a visão àquela luz brilhante, notando que sua origem ficava do outro lado da tenda. Em um canto, um homem de terno estava atrás de um tripé de madeira com uma grande câmara em forma de caixa. Inclinou-se sobre ela, verificando as definições, antes de a luz piscar de novo.

O estalido foi seguido de um breve som efervescente, e algo naquilo instigou um pensamento em mim. Concentrei-me no sentimento, tentando levá-lo para a superfície. Era aquele clarão. O som da lâmpada. Estreitei os olhos, tentando lembrar.

A música foi interrompida, e os corpos na pista de dança pararam de rodopiar, com risos emanando pelo ar. Quando a rabeca recomeçou, o som foi lento, as notas arrastando-se antes de o bandolim se juntar ao arranjo com uma melodia melancólica que fez meu coração se apertar. Eu ouvia o rio ao longe. O canto dos grilos era acompanhado pelo vento vindo das montanhas. Eram os sons de casa, mas aqui estava eu, no meio de um mar de desconhecidos.

Procurei de novo por Eamon e o encontrei ainda no mesmo lugar, mas outro homem tinha se juntado a eles. Eamon parecia estar um pouco aéreo à conversa, com os olhos percorrendo o salão até me encontrarem. No momento em que nossos olhares se cruzaram, senti um nó na garganta.

Ele murmurou algo para os outros e logo estava atravessando a multidão em minha direção. Quando chegou a mim, pegou-me pela mão, desta vez com uma confiança que não tinha demonstrado antes. Ele entrelaçou os dedos aos meus, e as nossas palmas se tocaram antes de ele colocar a garrafa de cerveja na mesa e me puxar para si.

Passamos para o outro lado da pista de dança, e ele se virou para mim. Olhei em volta, e minha respiração acelerou quando notei que tínhamos chamado a atenção das pessoas, mas era para isso que estávamos ali, não era? Para manter as aparências?

Ele me envolveu com o braço, tocando a curva de minha cintura com uma facilidade que demonstrava que conhecia meu corpo, sua forma e contornos. O simples pensamento me causou arrepios, mas a expressão de Eamon parecia sinalizar que me tocar lhe causava dor física. E talvez aquilo me machucasse também.

Ele me abraçou com força e começamos a nos mover em uma espécie de dança que eu não conhecia. Porém, de alguma forma, meus pés seguiam os dele e, devagar, as pessoas em volta pareciam se esquecer que estávamos ali. As conversas ficaram mais altas à medida que a canção seguia, e eu não conseguia parar de pensar que o local onde estávamos era o centro de alguma coisa, um lugar que criava o tipo de força gravitacional capaz de formar galáxias inteiras.

Fiquei olhando para o jeito como nossas mãos se encaixavam e desejei poder pedir a ele que me falasse mais sobre nós dois. Que me contasse, na perspectiva dele, como eu tinha decidido ficar ali. Que palavras eu proferi quando disse que queria me casar com ele. Ele tinha todas as recordações, uma visão panorâmica de nossa história do princípio ao fim. Eu estava desesperada para saber, mas não podíamos ter uma conversa assim em um lugar como aquele. Não tinha certeza de que, em algum momento, encontraríamos uma forma de sequer tocar no assunto.

Quando levantei o olhar para Eamon, ele já me observava.

— O que foi? — perguntei.

Ele balançou a cabeça.

— Nada.

As notas da rabeca ficaram mais profundas, assumindo um tom assombroso, e estiquei os dedos entre os dele, apertando-lhe a mão.

— Vamos, me fale.

Ele pensou nas palavras por mais tempo do que eu gostaria. Achei que não fosse responder, mas, em seguida, Eamon abriu a boca enfim:

— É que, às vezes, parece que você está de volta. Mas, depois, lembro que não está, e isso faz eu me sentir como se… — suspirou —… como se eu não conseguisse respirar direito.

Senti uma ardência nos olhos que fez minha garganta doer.

Eamon não era um homem simples, mas levava uma vida simples. E eu o tinha escolhido. Margaret dissera acreditar que eu havia tido motivos para fazer o que fiz, mas eu achava que nunca justificariam o que ele tinha passado por minha causa.

Mais uma vez, o flash da máquina fotográfica piscou na tenda, e a maré crescente de uma recordação rondou os cantos de minha mente. Só que, desta vez, não fui atrás dela.

Eamon não tirou os olhos de mim, retendo meu olhar ali, mas sem dizer nada. Seu braço suavizou-se ao redor de meu corpo, e deixei as pontas dos dedos deslizarem por suas costas. Meu rosto estava tão perto de seu ombro que eu conseguia sentir o cheiro dele. Era o mesmo toque que eu tinha sentido quando acordei naquela manhã na casa da rua Bishop. Eu escutara a voz dele. Sentira seu cheiro nos lençóis. Tive a sensação distante de que talvez me lembrasse mesmo dele, mesmo antes, como se ele estivesse gravado em uma parte de mim que eu não conseguia ver.

Fechei os olhos, deixando as imagens passarem por minha mente. A forma como ele me beijara debaixo do salgueiro. Sua mão deslizando em meu cabelo. Sua boca tocando a minha.

Eu já estava com a respiração pesada, e puxei-o para mais perto para que o espaço entre nós desaparecesse. Deixei a cabeça se inclinar para trás, e o queixo dele roçou na ponta de meu nariz. Senti sua mão apertando o tecido de minha saia, um punho fechado em verde-esmeralda.

Sua boca estava a centímetros da minha, e todo o meu corpo estava à espera dela, ardendo debaixo do vestido, um fogo que me envolvia enquanto o hálito dele tocava minha pele.

O som da rabeca parou de repente, e o mundo voltou a existir: uma mancha de luzes brilhantes, o zumbido das pessoas e o som do rio correndo debaixo da ponte.

Eamon apertou meu corpo por um segundo antes de me soltar por completo.

— Desculpe. Não consigo fazer isso — disse ele, com a voz carregada de emoção. — É difícil demais.

Ele deu um passo para trás, e o calor que me envolvia se esvaiu, deixando-me gelada. Sua mandíbula estava tensa de novo, seus olhos observando tudo na sala, exceto o único lugar para onde eu queria que ele olhasse: para mim.

— Eamon — chamei o nome dele, e a luz em seus olhos mudou.

Ele analisou meu rosto com uma intensidade que fez meu sangue correr mais depressa nas veias.

Só que depois ele se virou para a multidão, tornando-se apenas uma sombra que se movia na escuridão da rua. Aos empurrões, passei por entre as pessoas, à procura de um espaço em que pudesse respirar. Quando enfim consegui chegar à extremidade da tenda onde podia sentir uma brisa, percebi que estava junto à grade da ponte. Embaixo, o rio preto era invisível.

Senti um vazio no estômago, uma sensação terrível e avassaladora que me fez fechar os olhos. O que eu estava fazendo? Por que tinha tocado nele daquela maneira? Ele fizera as mesmas perguntas com o olhar quando se afastara de mim.

— Boa noite, sra. Stone.

Senti um calafrio quando ouvi a voz de Caleb Rutherford, neutra ao extremo, às minhas costas.

Ele estava a alguns passos de distância, com um copo na mão enquanto apoiava o ombro no poste de madeira. Não estava de uniforme e, por alguma razão, isso o deixava ainda mais intimidador. Uma camisa azul-clara estava para dentro da calça cinza, o aro dourado da cigarreira visível em cima do bolso na altura do peito.

— Olá. — A saudação foi estranha, mas eu não sabia o que soaria mais normal.

Eu o chamava de Caleb antes? Senhor Rutherford? Delegado Rutherford?

Ele deu um passo em minha direção, e inalei o cheiro de cigarro velho e suor. Os cabelos de minha nuca se arrepiaram. Senti-me muito pequena ao lado dele, e era evidente que era exatamente isso que ele queria.

Olhei de relance na outra direção, tentando ver Esther ou Margaret, mas a pista de dança estava cheia de gente outra vez, bloqueando minha visão.

Caleb não desviou o olhar de mim enquanto se aproximava, colocando-se entre a ponta da tenda e o lugar onde eu estava.

— Está se divertindo?

Sorri.

— Estou, sim.

Houve um momento de silêncio em que uma resposta dele teria sido o natural, mas Caleb deixou que o silêncio se prolongasse, observando como me encolhi de leve para longe dele.

— Que bom — respondeu por fim. — Tenho certeza de que sentiu falta daqui. Da sua família.

Encontrei a corrente do pingente de relógio ao redor do pescoço, lutando para dar às mãos algo a fazer. Contudo, assim que percebi que o movimento estava chamando a atenção dele, por instinto afastei-me mais um pouco.

— Senti mesmo — confirmei.

— Sabe, estive pensando nas razões por que você provavelmente ficou tanto tempo longe.

— Estava cuidando de minha...

— De sua mãe. — Ele assentiu. — É verdade.

A palma das minhas mãos estava suando.

— O único problema é que acho que está mentindo, June. Não sei onde você esteve no último ano, mas não acho que foi em Norfolk. E é apenas uma questão de tempo até que eu conseguir provar.

Ele levantou o copo, virando o resto da cerveja com lentidão.

— Meu único palpite é que você pensou que, se ficasse longe por tempo suficiente, tudo isso desapareceria. Mas não vai acontecer.

— Caleb. — O nome me escapou, mas não consegui perceber se ele achou aquilo estranho. — Compreendo que você amava seu pai e que está tentando fazer justiça, mas eu não sei nada sobre o que aconteceu com ele naquela noite.

— Você não sabe porra nenhuma dele. — O tom dele se transformou, e fiquei sem saber se tinha ouvido direito. — Ele era um sacana cruel e não era um bom pai. Mas disso você já sabe, não é mesmo?

— Quê? — falei, sem jeito.

Estava paralisada, dizendo a mim mesma que não era possível que Caleb soubesse quem eu era de verdade. Mesmo que ele tivesse vislumbrado a ideia, nunca poderia confirmá-la. No momento em que pensei nisso, questionei a mim mesma. Eu não fazia ideia de quando os testes de paternidade foram inventados. Haveria alguma forma de ele *descobrir*?

— Meu pai não ficou bem depois que você veio para Jasper — continuou ele. — Foi dominado pela ideia de que você não era quem dizia ser. Quando Eamon começou a fazer queixas, dizendo que o tinha encontrado estacionado na estrada, vigiando a casa de vocês, percebi que havia algo errado.

Então as suspeitas de Caleb começaram *antes* de o pai ser assassinado.

— Ele não me contava a verdade. Ficava dizendo que você foi enviada para atormentá-lo. Que o diabo tinha amaldiçoado sua família e que ele precisava nos proteger.

— Por que não disse nada disso quando me levou à delegacia?

Ele não respondeu, mas eu já estava juntando as peças.

— Não quer que nada disso fique registrado, não é? — deduzi. — Nem na fita gravada nem nas declarações por escrito.

Caleb pareceu achar graça da sugestão. Eu estava certa.

Ele se moveu de novo tão depressa que só vi sua mão quando ele já tinha segurado meu braço. Apertou, fazendo-me arfar de dor, mas a música preenchia o espaço ao redor. Risos. Um copo quebrando.

— Estou *de olho* em você, June Stone — murmurou ele, com o rosto perto do meu. — Você está acobertando Eamon, e vou conseguir o que preciso para provar. Depois, vocês dois vão pagar pelo que fizeram.

— Não sei do que está falando — retruquei entredentes, o medo me percorrendo tão depressa que senti um grito preso na garganta.

Eu via os vestígios do pai dele, de *nosso* pai, naquele olhar desvairado. Era como o homem perturbado com quem me deparei no retrato do restaurante. No mesmo instante, o rosto de Caleb ficou embaçado, misturando-se com o de Nathaniel, os mesmos olhos pretos fixos nos meus. Não era a primeira vez que eu sentia aquele medo.

A dor em meu braço ficou mais forte até que ele me soltou de repente, e o sorriso falso voltou ao seu rosto.

— Bom, aproveite a noite.

Caleb passou por mim e foi engolido pela multidão. Olhei em volta, à procura de alguém que pudesse ter visto aquilo, mas não havia ninguém. Alisei o ombro amarrotado do vestido antes de colocar a mão na barriga, mantendo-a ali enquanto uma onda de náusea se apoderava de mim.

Eu ainda sentia o ar gélido que o rodeara. Sentia a pulsação no ponto em que seus dedos tinham apertado meu braço. Não havia como confundir o olhar de Caleb. Ele queria me machucar.

O estalido e o zumbido do flash da câmera soaram de novo, e a escuridão desapareceu, ofuscando minha vista. Quando meus olhos voltaram a focar, fixaram-se em uma mulher idosa atrás da tenda. Ela usava um vestido cor de vinho, com o cabelo branco preso no topo da cabeça. Observava-me com os olhos azuis do tom de gelo, e a boca enrugada contorcendo-se.

Mimi Granger. A mulher que tinha me visto correndo pelo campo naquela noite.

A expressão de terror em seu rosto era a mesma que eu vira no dia em que estivera na estrada em frente à casa dela. Mimi arrastou-se para trás, estendendo a mão às costas, como se com medo de cair.

Ela não desviou o olhar do meu enquanto se encolhia e adentrava a festa outra vez, e então seu vestido virou um mero traço vermelho sangue esvoaçante no meio da multidão.

22

Estou sonhando com Eamon.

No fluxo lento do sono superficial, sinto suas mãos subirem por meu corpo. O peso dele entre minhas pernas. Ouço-o respirar até que solta um gemido gutural. Sinto o sabor do sal em minha língua e vejo sua pele nua, reluzindo ao luar.

Já não estou mais dormindo. Este é o meio do caminho, como se estivesse presa entre dois pontos de uma costura.

Uma onda de calor me invade, espalhando-se feito um incêndio, quando minhas mãos tocam o rosto dele. Sua boca está em meu pescoço, meu ombro, deixando um rasto de formigamento por onde passa, e só consigo pensar que não quero que ele pare.

Ele não para.

O calor dentro de mim é líquido. Está fervendo agora, à beira de transbordar, enquanto me movo ao encontro dele. Consigo ouvir meu próprio som, as mãos de Eamon me apertando, mas quando enfim abro os olhos, ele não está lá.

O sonho se esvaiu, e fechei os olhos com mais força, tentando permanecer nele. Porém, quanto mais minha mente acordava, mais a imagem se afastava de mim. Minhas mãos agarradas aos lençóis enquanto eu mergulhava em um oceano preto, minha respiração pesada era o único som no quarto iluminado pelo sol ao redor.

Eu ainda o sentia. Seu gosto. O cheiro de seu corpo pairava no ar, mas quando virei o rosto para o outro lado da cama, estava vazio.

Era um sonho, sim. No entanto, eu estivera sonhando com uma lembrança.

Esperei que o coração voltasse ao normal e que o ardor em minha pele cessasse. Era como se ele tivesse mesmo estado ali. Como se tivéssemos mesmo… Coloquei as mãos no rosto, tentando pensar em qualquer outra coisa. Qualquer coisa além do deslizar de sua pele na minha. Devagar, a sensação eletrizante começou a diminuir, e minha respiração foi abrandando, pouco a pouco.

As lembranças que eu recuperava eram uma coisa, mas aquilo eu não sabia se aguentaria. Já apareciam do nada, muitas vezes me atingindo antes que eu percebesse que estavam chegando. E, ao mesmo tempo, havia coisas que eram cada vez mais difíceis de recordar.

Estiquei a mão por baixo do travesseiro até a beira do colchão. Tinha adormecido tentando redesenhar uma imagem na mente… A lembrança da cerejeira. Contudo, passado menos de um dia, não conseguia mais reconstrui-la.

Desdobrei o papel no qual escrevi os detalhes, analisando as palavras inúmeras vezes. Consegui compreendê-las. Faziam sentido, a cena descrita como na página de um livro. Uma menina catando cerejas de uma árvore até a vizinha aparecer com uma escada. Só que não me lembrava de nada disso. Era como ouvir uma história sobre uma desconhecida.

Voltei a dobrar o papel, apertando-o no peito enquanto meu coração se dilacerava. Minha teoria estava correta. Eu não estava apenas ganhando lembranças. Também as estava perdendo.

Quando saí do quarto, havia um prato em cima da mesa, com uma faquinha do lado. Pela porta dos fundos aberta, vi o celeiro vazio e mordi o interior da bochecha. Eamon tinha deixado café da manhã para mim, uma fatia grossa de pão torrado coberta com um pedaço de queijo. Ao lado, um ovo cozido e uma xícara de café.

Tínhamos voltado da Feira em silêncio e, quando chegamos à casa, Eamon colocara Annie na cama. Eu me trancara no quarto, com a mão encostada à porta enquanto ouvia os passos dele atravessando a casa. Não contei a ele sobre Caleb. Também não contei nada à Esther ou à Margaret. Só conseguia pensar em como me sentira quando a boca de Eamon estivera a um sopro da minha. Como a mão dele tinha segurado firme em meu vestido.

Comi, lavei o prato e sai para o alpendre quando vi Annie pendurada na cerca do piquete observando Callie. Fui até lá, vendo-a com os dedos encaixados de leve em uma das frestas da cerca de madeira.

— Estava me perguntando onde você estaria — comentei, sorrindo quando Annie olhou para mim.

Quanto mais me aproximava, mais quieta a égua ficava e, quando lhe estendi a mão, ela encostou o focinho em minha palma. O hálito quente envolveu minha mão enquanto eu a acariciava até o ponto entre os olhos. Ela se inclinou, acalmando-se com o toque.

— Callie — falei com suavidade, experimentando dizer o nome do animal.

Já soava tão familiar.

A égua se aquietou, encostando o focinho em minha camisa, e inclinei-me na direção dela, respirando apesar da sensação sufocante na garganta. Eu ainda estava presa no sonho que tive com Eamon, vagando entre as muitas recordações que enchiam minha cabeça. Em algum lugar entre este mundo e o outro, eu estava me perdendo.

Meus olhos passearam pelos campos, até que a luz do sol refletiu no para-brisa da caminhonete de Esther que vinha da colina.

Respirei fundo, deixando as mãos caírem da crina da égua.

Margaret estacionou, saiu do carro e atirou a chave no banco. Ela tinha aquele brilho da noite anterior, como se ainda estivesse vibrando com a folia da Feira.

— E então? — perguntei, fazendo o possível para agir como se estivesse tudo bem. — Dançou com ele?

Ela ficou corada e deu de ombros.

— Duas vezes.

Ri, e me fez muito bem. Estava com saudade daquele brilho malicioso nos olhos da Vovó. A forma como ela conseguia fazer com que as coisas parecessem um segredo.

Margaret subiu os degraus do alpendre com Annie, e as duas entraram, deixando-me sozinha com Callie. Consegui enfim avistar Eamon nos campos, no lado norte de uma colina que dava para a casa. Ele carregava um fardo de tabaco amarelado e cortado na altura do ombro. Eram os galhos que foi forçado a cortar em uma tentativa de evitar que a praga se espalhasse. Só que já era tarde demais. Já estava instaurada. A única coisa a fazer era manter o máximo possível de plantas saudáveis até a colheita.

Passou outra caminhonete na estrada, e o homem ao volante levantou a mão, acenando. Acenei de volta.

Era Percy Lyle, o criador de porcos que tinha uma fazenda no fim da rua.

Abaixei a mão para a lateral do corpo enquanto a noite se repetia em minha cabeça. A dança com Eamon, a conversa com Caleb, a imagem sinistra de Mimi Granger. Margaret dissera que os Crawley moravam na Hayward Gap, e, se Percy tinha ido buscar Eamon naquela noite para dizer que Callie tinha saído do piquete, então Eamon e Nathaniel poderiam ter se cruzado. Não havia ninguém ali para ver aquilo, só que alguém vira algo naquela noite.

O olhar de Mimi ao me ver na Feira não foi consequência de muitos copos de cerveja. Estivera estampado na cara dela desde o dia em que eu atravessei a porta, quando ela me viu em sua varanda.

Ela sabia de alguma coisa. Tinha *visto* alguma coisa.

Olhei para a estrada, onde a caminhonete de Percy desaparecia no alto da colina. Além dela, a curva para a estrada do rio ficava a apenas cerca de um quilômetro e meio daquela velha casa de fazenda com a caixa de correio onde se lia GRANGER.

Ao longe, Eamon havia desaparecido de novo pelos campos. Eu sabia o que ele diria se eu falasse o que estava pensando. Ele e Esther achariam que eu estava delirando. No entanto, se nenhum dos dois me contaria o que de fato aconteceu naquela noite, eu descobriria por conta própria.

Abri a porta do lado do motorista da caminhonete de Esther e peguei a chave no banco. Antes que pudesse pensar melhor, coloquei-a na ignição. Já estava na estrada antes de ver alguém sair pelo alpendre, e calculei que tinha uns dez minutos antes de Margaret conseguir encontrar Eamon no campo e contar o que eu tinha feito.

Fiz a curva para a Hayward Gap, com os olhos no espelho retrovisor. Fiquei com medo de ver a luz vermelha piscando na viatura de Caleb, mas a estrada estava livre.

A fazenda dos Granger era o único terreno em uma extensão de pelo menos cinco quilômetros, e o caminho de acesso era uma longa trilha entre dois campos. No final, a casa ficava atrás de um mar verde-dourado de alfafa. Dirigi até a entrada, os pneus deslizando na terra quando pisei no freio.

Ao parar, vi uma sombra na janela da frente da casa. Saí do carro e subi os degraus, batendo com o punho na porta. Ouvia o barulho de um prato lá dentro. Passos.

O vento soprava pelo campo, uma extensão que ia até a linha das árvores, no ponto em que o rio se estreitava depois de passar pela fazenda de flores. Tentei imaginar uma mulher correndo com uma criança nos braços. Tentei seguir o caminho dela até a estrada, mas não havia nada.

Bati à porta de novo. Desta vez, com mais força.

— Senhora Granger! Por favor, eu só quero falar com você.

Passaram-se alguns segundos até que a porta se abriu, e atrás dela, Mimi estava de pé, com um ar abatido. Ela mudou de ideia no instante em que me viu e correu para fechar a porta de novo. Enfiei a bota na frente, mantendo-a aberta.

A respiração áspera dela beirava uma tosse, a pele pálida ainda mais sem cor quando olhou para mim.

— Saia! Ou chamo o delegado!

— Eu só quero fazer uma pergunta. — Levantei as mãos, tentando acalmá-la. — E depois vou embora. Juro.

Ela ainda parecia um animal selvagem com aqueles olhos amarelados de coruja, mas comprimiu os lábios finos, como se estivesse esperando.

Abaixei as mãos, olhando por cima do ombro para o campo no lado oeste da propriedade dela.

— Só quero que me diga o que a senhora viu naquela noite.

— Quê? — retrucou em um resmungo.

— A noite que mencionou ao delegado Rutherford. Quando me viu correndo pelo campo.

A sra. Granger estreitou os olhos.

— Mas o que é isso?

— Eu só preciso saber ao certo o que a senhora viu.

— Contei a ele o que você fez. Contei *exatamente* o que você fez.

— Eu não me lembro! — As palavras se chocaram uma na outra, fazendo Mimi estremecer.

Eu sabia que era a coisa errada a dizer, algo perigoso de se admitir. Ela podia ir diretamente a Caleb e contar tudo. Só que havia algo na forma como ela me olhava que fez com que as palavras saíssem de minha boca. Como se ela pudesse, de alguma forma, ao ver o quanto eu estava perdida, me ajudar. Ela me contaria a verdade.

Mimi soltou a mão da maçaneta enquanto me olhava. Ficou calada por um longo momento antes de sair para o alpendre. O xale em volta dos ombros estava bem apertado, e a testa torta relaxada.

— Por favor — pedi outra vez, com a voz cansada.

Ela deixou a porta de tela bater, virando-se para o campo no sentido oeste. Levantou a mão e apontou um dedo calejado para a cadeira de balanço que se encontrava no canto do alpendre.

— Eu venho aqui para fora à noite, logo depois de o sol se pôr, quando a temperatura fica mais amena e os mosquitos vão embora. Estava sentada naquela cadeira quando te vi.

— O que eu estava fazendo?

Ela deu de ombros.

— Correndo. — A forma como disse aquilo desencadeou um pavor dentro de mim.

A mulher não estava mentindo.

— Onde, exatamente?

O mesmo dedo traçou um caminho desde a linha das árvores ao longe até a cerca que ladeava a estrada.

— Você estava vindo do rio.

O rio. Era onde Nathaniel tinha sido assassinado, mas o corpo dele fora encontrado muito longe dali, mais perto das cachoeiras.

— Você estava com um vestido branco e tinha manchas vermelhas nele todo, no peito e nas pernas. E também nos braços. No seu cabelo.

Meu estômago se revirou.

— Estava com a menina nos braços e, quando chegou à estrada, vocês só desapareceram. Então liguei para o gabinete do delegado e falei que precisavam enviar alguém para verificar as coisas.

— Eu não disse nada?

Ela negou com a cabeça.

— Eu chamei você, mas parecia que não estava me ouvindo. Estava com uma expressão… como se… Não sei descrever. Parecia que não estava muito consciente. Quase como se fosse uma sonâmbula ou algo assim.

Fixei os olhos no campo, tentando outra vez me imaginar lá.

— Você não se lembra mesmo de nada disso?

— Não — sussurrei. — Não me lembro.

Ficamos ali em um longo silêncio, enquanto eu observava o campo. Algumas semanas antes, tinham encontrado aquele sapato no apanhador de feno… aquele que eu jurara nunca ter visto. Mimi não tinha motivo para mentir sobre o que vira naquela noite. Não tinha razões para chamar o delegado antes de o corpo de Nathaniel ser encontrado. Também havia o fato de que o tempo dos acontecimentos batia. Se eu tivesse voltado a pé da casa de Esther, teria passado mesmo por aquela linha de árvores. Se fosse preciso, podia ter cortado caminho pelo campo.

Mimi não disse mais nada, então voltei para o carro. Saí pela estrada, e ela ficou na varanda, olhando para mim. Tinha uma mão levantada, protegendo os olhos do sol, e a outra apoiada na cintura.

Eu acreditava que ela me vira na noite da Feira do Solstício de Verão, mas era uma lembrança que eu ainda não tinha. Era daquele jeito que eu me sentia, herdando momentos até que eles se tornassem uma realidade inteira. Pouco a pouco, eu recuperava os pedaços. Se isso fosse verdade, então, em algum momento, eu me sentiria como se tivesse vivido aquela vida. De certa forma, a retomaria.

Nunca esteve tão nítido para mim como naquele momento que não se tratava apenas da June que entrou por aquela porta cinco anos antes. Tratava-se de Susanna e do bebê que ela pedira à Esther para levar pela porta. Do corpo do pastor encontrado no rio. Eu ainda não sabia se Eamon era mesmo capaz de matar alguém, mas aquelas eram estrelas isoladas em uma constelação que eu não via por inteiro.

Senti algo roçar na parte superior de minha perna. Olhei para baixo e respirei fundo enquanto um arrepio subiu por minha espinha, instalando-se entre as escápulas.

O mundo se esvaiu como gotas d'água, um reflexo fragmentado na superfície de uma poça. O carro de Esther desapareceu, mas eu continuava em movimento. Minhas mãos ainda estavam agarradas ao volante, mas o painel foi substituído pelo painel quebrado do Bronco. O cheiro familiar de óleo preenchia o ar, e o couro amolecido e descascando era suave sob meus dedos.

Está acontecendo outra vez.

Uma mão passa, preguiçosa, por meu joelho, enganchando-se na costura interior de minha calça jeans, eu sigo aquele braço com os olhos até o banco do passageiro, onde Mason está sentado.

Seu outro braço está apoiado na janela aberta, com os dedos passando pelo cabelo. Os botões de cima da camisa estão abertos, a linha do bronzeado no pulso à mostra. Mas aquele toque... Olho para baixo, para a mão em minha perna. É o tipo de toque que nunca acontece entre nós.

"Mason", ouço a mim mesma dizer.

Ele enfim vira o rosto para me olhar, sem qualquer vestígio de surpresa. Como se eu nunca tivesse ido embora. Como se fosse a coisa mais normal do mundo estar sentado ao meu lado. "Hum?", responde ele.

Fico olhando para ele, com os lábios entreabertos para dizer alguma coisa, quando o carro dá um solavanco à volta, arrancando-me da lembrança.

Em um segundo, o interior da caminhonete de Esther se materializa, o Bronco desaparecendo e meus olhos se concentrando na estrada. Era o meio de uma curva, e a caminhonete estava entrando no acostamento, em direção à vala.

Puxei o volante para a esquerda, pisando firme no freio, e o carro derrapou e parou. A fumaça dos pneus subiu pelos ares e, quando se dissipou, vi as árvores que contornavam o rio.

Olhei ao redor, ofegante. Não havia mais nenhum carro à vista.

Virei a cabeça devagar para o banco do passageiro, agora vazio. Apenas alguns segundos antes, parecia que eu podia estender a mão e encostar em Mason. Só que ele tinha desaparecido.

Abri a porta e saí do carro. O desvio estava coberto de vegetação, com flores silvestres brotando entre as fendas do asfalto, o rio visível por entre as árvores. Era uma meia-lua perfeita de água verde com um banco de areia.

A lembrança fora como a outra de Mason... quando eu estivera na margem do rio com uma fogueira acesa e ele me perguntava se eu entraria na água. Esse momento também nunca tinha acontecido. Eu me lembraria dele tocando em mim daquela maneira. No entanto, se eram mesmo lembranças, *de quando* seriam?

Estiquei a mão pela janela aberta do carro de Esther e abri o porta-luvas. Minha mão recuou quando vi a pistola, mas tateei por baixo dela, à procura de papel e lápis. Encontrei um pedido de compra de um armazém agrícola em Asheville e virei-o sobre o capô, escrevendo.

Só havia um intervalo de tempo em que essas recordações com Mason poderiam ter acontecido. Eu tinha atravessado a porta em junho de 2023, em meu tempo. Meu futuro eu a atravessou em 2024. Havia pelo menos seis meses de vida que eu desconhecia nesse intervalo. Essas lembranças com Mason eram o que aconteceu com a June que só passou pela porta alguns meses após o funeral de Vovó. Era o intervalo de tempo que eu tinha pulado. Que fora perdido, pois eu atravessara a porta antes de acontecer.

Afastei o cabelo do rosto, fechando os olhos e ouvindo o som da água. Quando Mason e eu éramos crianças, subíamos para a ponte com garrafas de Coca-Cola que comprávamos na mercearia e balançávamos os pés no ar até ficarmos com tanto calor que tínhamos que pular na água. O rio era sempre límpido e frio, e tinha um sabor doce.

Eu afundava e deixava o barulho da água abafar todo o resto, enquanto via a luz fazer ondas acima de mim em rajadas que pareciam estrelas explodindo. E, quando meus pulmões não aguentavam mais, quando parecia que havia uma tempestade dentro de meu peito, eu subia à superfície, ansiando por ar.

Era daquele jeito que eu me sentia.

Fiquei olhando para o papel, sentindo a capota da caminhonete quente sob as mãos. Ao longe, as libélulas pairavam pelo rio.

Eu não sabia como me sentia em relação à ideia de Mason e eu juntos. Saber que nunca seria possível tinha sido um refúgio. Então, o que havia mudado? Não pude deixar de pensar que talvez aquela noite em minha casa, com uma garrafa de uísque entre nós, enquanto eu contava a ele que estava doente, tivesse mudado as coisas. Se eu não tivesse atravessado a porta, era aquilo o que teria acontecido? Era o que estaria à minha espera quando eu voltasse? Se houvesse um mundo em que Mason e eu fôssemos mais que amigos, talvez fosse para *ele* que eu tivesse voltado. Porém, então, por que eu tinha construído uma vida com Eamon, afinal?

Tínhamos sido tão bons fingindo, Mason e eu. Contudo, talvez os dias de fingimento tivessem chegado ao fim.

23

As lembranças estavam surgindo, independentemente de minha vontade.

Eamon estava aguardando quando voltei pela colina, com os olhos fixados na estrada como se esperando que eu aparecesse ali. Assim que me viu, começou a caminhar, passando pela trilha de cascalho em direção à casa. Saí do carro, preparando-me para o que viria.

Margaret já tinha ido embora, e não havia sinal algum de Annie. A casa estava vazia, exceto pela presença séria de Eamon. Ele estava parado na sala quando abri a porta, as linhas de expressão rígidas no rosto.

— Onde você estava? — perguntou.

Apertei a chave com força. Eu podia mentir, mas não via razão para isso.

— Fui até a casa de Mimi Granger.

Fosse lá o que Eamon esperava que eu dissesse, não era isso. A expressão severa em seu rosto se desfez, substituída pelo choque.

— Você o quê?

Levantei o queixo.

— Fui falar com ela. Para perguntar daquela noite.

Eamon olhou para mim, sem palavras.

— Eu tenho que saber, Eamon. Se você e Esther não me vão contar o que de fato aconteceu aqui…

— Eu contei a você o que aconteceu.

— Nem tudo — respondi mais baixo.

Ele tensionou a mandíbula.

— Tem coisas que você não precisa saber, June.

— Mas eu *vou* saber. Estou me lembrando. Estão surgindo mais memórias a cada dia. Em algum momento, conseguirei me lembrar daquela noite — concluí, sentindo o estômago se revirar. — E de tudo o que aconteceu depois.

Não queria falar em voz alta, mas pensava em específico no momento em que fui embora. O momento em que decidi largar tudo para trás. Era a única recordação que eu temia na mesma proporção em que precisava dela.

Eamon passou a mão no rosto, respirando por entre os dedos. Ele também estava desmoronando de certa forma. Eu via. Até sentia.

— Estou começando a achar que talvez você não *queira* que eu me lembre — falei mais baixinho. — Não quer que eu saiba o que está escondendo.

Ele focou o olhar frio no meu, na defensiva, mas nem sequer tentaria negar. Aquele olhar me fez sentir como se meu coração estivesse se partindo… Era uma dor aguda e palpável que eu jamais sentira. Nunca tinha entendido aquela expressão porque nunca tinha dado o coração a ninguém. Só que foi exatamente isso que fiz no meu futuro… e no passado de Eamon. Diante de mim estava o homem que tinha me amado, em quem eu havia confiado, dividido entre duas versões de mim.

Virei-me de costas e fui para a porta, os passos de Eamon me seguiram.

— June — chamou meu nome com uma ternura que me fez morder o lábio com força. — June, ouça.

Só que eu já estava saindo, descendo os degraus e entrando no carro. Liguei o motor e parti sem olhar para trás, nem sequer pensei por um segundo para onde estava indo. Segui a estrada que percorri milhares de vezes quando sentia que não tinha mais nenhum lugar para onde ir. Cheguei à fazenda de flores alguns minutos depois e puxei o freio de mão com o olhar fixo nos campos à frente. As dálias e os girassóis balançavam ao vento até onde a vista alcançava. Havia alguns chapéus se movimentando entre eles, o que me fez pensar em Mason, e fiquei com tanta saudade dele que quase chorei.

Um jovem Malachi Rhodes cavava uma vala rasa a alguns metros do lote mais ao sul, uma técnica de irrigação que ainda usávamos na fazenda. Esther estava à frente do seu tempo com aquela prática, mas, no momento, me perguntava o quanto ela tinha aprendido com o futuro. Susanna trouxera consigo os conhecimentos que Margaret havia aprendido? Ou fui eu? Para que lado a sabedoria tinha viajado?

Subi até o alpendre a passos pesados, mas parei quando vi um exemplar do *Jasper Chronicle* no último degrau de cima.

Peguei-o do chão e o abri.

UM ANO DEPOIS: AINDA SEM RESPOSTAS

Era uma das reportagens que eu tinha encontrado nos arquivos estaduais, quando tudo aquilo começara. Só que aqui estava ela, recém-saída do prelo e dobrada no alpendre de Esther... A edição que marcava o aniversário de um ano da morte de Nathaniel Rutherford.

Abaixo da manchete, a fotografia de Nathaniel estendia-se por toda a página. Ele sorria, a igreja aos fundos, as bordas da camisa branca invisíveis no cenário. O chapéu estilo fedora estava apenas um pouco inclinado para um dos lados, acompanhando a inclinação da boca do homem.

A cidade recorda a vida de Nathaniel Christopher Rutherford, pastor de longa data da Primeira Igreja Presbiteriana de Jasper. Hoje faz um ano de sua morte, na madrugada de 21 de junho de 1950, um mistério trágico que seu filho, o delegado do condado de Merrill, Caleb Rutherford, prometeu resolver.

Em sua homenagem, os cidadãos de luto reuniram-se na igreja no sábado à noite para um coro dos hinos favoritos de Nathaniel. As canções foram ouvidas ao longo de toda a rua principal, a pouco mais de dois quilômetros do local onde o corpo de Nathaniel foi encontrado por Edgar Owens, que pescava no rio na manhã seguinte à morte.

Aqueles que eram próximos de Nathaniel sabiam que ele se considerava um Jó dos tempos modernos, contente em sofrer como deus julgasse melhor. Depois da perda repentina do pai, quando ainda jovem, Nathaniel enterrou a filha bebê. Apenas alguns anos depois, perdeu a esposa, vítima de histeria prolongada. Depois de dedicar os últimos anos de vida à cidade que amava e pela qual prezava, morreu aos 63 anos. Será lembrado pelo filho, Caleb Rutherford, e pela congregação que o conhecia como um pastor leal.

O homem que a cidade recordava estava muito longe de ser aquele que Esther, Eamon e Caleb descreveram. Tinha sido amado como líder espiritual e virado alvo de compaixão pelo sofrimento que suportara. Reverenciado pela dedicação às pessoas da cidade. Não havia qualquer indício do pastor desvairado e obsessivo que Susanna amava e temia. Seu semblante não se parecia com o de um homem que quisera matar a própria filha ou que tentara livrar a mulher de demônios.

"Posso ajudar?"

A voz me encontra, levando-me para uma lembrança tão vívida e nítida quanto o mundo em volta. No momento em que a ouço, deixo-me assentar ali. Mais depressa. Mais fundo.

"Posso ajudar?"

As cores borbulham e sangram até eu estar diante da igreja, com os olhos fixos no campanário estreito ao fundo. O vento joga meu cabelo no rosto enquanto vou subindo o olhar. Botas pesadas rangem nas pedras, vindo em minha direção.

"Você veio para a oração?"

Viro-me, torcendo as mãos quando o vejo. Nathaniel Rutherford, o homem que tinha sido o fim de minha mãe, está a poucos metros de distância. Ele é meu pai, um monstro que vive na igreja junto ao rio, mas eu precisava vê-lo com meus próprios olhos. Tinha que olhar para aquele rosto e tentar enxergar o que enfeitiçara a mulher que havia me abandonado. Só que não vi nada. Senti apenas que se abriu dentro de mim uma fissura que nunca mais se fechará.

Como se ele conseguisse ouvir meus pensamentos, o sorriso amável em seu rosto começou a se desfazer, sumindo segundo a segundo. Ele franze as sobrancelhas e me observa.

"Desculpe, já nos conhecemos?" Sua voz soa tensa de súbito.

Fico abalada, perguntando-me se ele, de alguma forma, sabe. Se há alguma parte dele que consegue sentir que sou sua filha. Aquela cuja cova no cemitério está vazia. Será que acreditaria se eu contasse?

"Estou visitando minha tia." Minha boca se move, pronunciando palavras sem vida. Mal me ouço dizendo-as, pois só consigo pensar que esse homem queria que eu morresse. "Esther Farrow."

O vento sopra meu cabelo dos ombros, e o olhar dele desce até meu pescoço. Ele dá um passo involuntário para trás quando vê minha marca de nascença.

Coloco a mão em cima daquele vestígio, pressionando a pele como se estivesse queimando, e o olhar de Nathaniel sobe para encontrar meus olhos de novo. Agora estão repletos de pânico.

Seu rosto perde o foco, evaporando-se com a visão, e a igreja desaparece em uma questão de segundos.

Eu estava de novo no alpendre de Esther, soltando-me das amarras da lembrança.

Deixei o jornal se fechar nas mãos, olhando para a porta da frente. As mulheres desta família eram boas em guardar segredos. Margaret, Susanna, até mesmo eu. E talvez isso fosse verdade sobretudo para Esther Farrow.

Vovó conhecera a história de Susanna, mas nunca a partilhara comigo, sempre evitando que eu investigasse demais o desaparecimento de minha mãe. Eu pensava que era porque lhe doía muito revisitar a perda da própria filha, mas talvez ela soubesse muito antes de Susanna nascer o fim que a filha teria. De fato, ela tinha crescido no meio daquela confusão.

Só que Esther vira em primeira mão a escuridão de Nathaniel quando ele pedira que ela me envenenasse, e tinha ficado com tanto medo de Caleb que tirara a arma do porta-luvas, pronta para usá-la. Suas palavras ficaram gravadas em minha mente:

O único diabo na cidade era Nathaniel Rutherford.

Esse tipo de coisa vai sendo absorvido até as entranhas, acho.

Se ela acreditava naquilo, eu não conseguia nem imaginar o que teria feito para proteger a mim, Susanna, Margaret ou Annie.

Quando entrei, ela estava na cozinha, diante da tábua de corte, com as mangas da camisa arregaçadas acima dos cotovelos. A faca atravessou a carcaça de um frango inteiro depenado e se fincou na madeira com um estalo.

— Margaret disse que hoje teve uma cena e tanto lá na sua casa — comentou ela, levantando a lâmina para um lado e partindo um osso. Eu me senti mal ao ouvir aquele som. — Espero que tenha colocado tudo para fora.

— Estou esquecendo algumas coisas — falei, minha voz interrompendo-a.

A faca parou, e ela enfim olhou para mim.

— Como assim?

— Tenho me lembrado de coisas da minha vida aqui que ocorreram antes de eu chegar. No início, não sabia que eram lembranças, mas são. Agora também estou me esquecendo de coisas.

— Que coisas?

— Lembranças da minha vida de antes, em 2023, e de todos os anos que a antecederam. Estão desaparecendo, como se nunca tivessem existido.

Um longo momento se passou, até que ela deixou a faca de lado.

— Por que você não falou nada?

— Porque não tinha certeza do que estava acontecendo. Agora tenho.

Esther contornou a bancada sem dizer uma palavra, lavando as mãos com cuidado. Eu a via pensando enquanto esfregava a espuma nos braços.

— O que isso significa? — insisti.

— Não sei. Já te disse, isso nunca aconteceu antes. Sempre nos cruzamos em tempos paralelos, mas, de alguma forma, você encontrou uma brecha. Tecnicamente, foi para um lugar onde você não existe, mas era um local onde já tinha estado. Não há um manual para isso. Caramba, não há um manual para nada disso.

Ficamos olhando uma para a outra.

— E se… — Minha voz soou frágil. — E se a porta não for reaparecer porque eu a quebrei de alguma forma?

Ela franziu a testa.

— Como assim?

— Não sei. Mas você disse que, para nós, o tempo era como o esgarçar de uma corda, certo? Com vários fios. Se estou ganhando as lembranças de uma vida e perdendo as da outra, talvez isso signifique que o tempo está se remendando para mim. Que talvez eu não possa atravessar uma terceira vez.

Era uma teoria baseada apenas em meu próprio medo. Eu estava tentando de tudo.

Esther passou os braços ao meu redor, puxando-me para perto dela.

— Todas temos que fazer uma escolha — disse ela com suavidade —, e é diferente para cada uma de nós. A sua será diferente da minha. Da de Margaret. E da de Susanna.

Deixei meu corpo se apoiar nela, fechando os olhos. O problema era que eu já tinha feito uma escolha quando deixei este lugar. Não tinha certeza de que conseguiria fazer outra.

— Você não acha que ela se matou, acha? — sussurrei, fazendo a pergunta da forma mais direta possível. Não continuaria rodeando os assuntos, com medo de atrapalhar a vida deles. Aquela também fora minha vida. — Você acha que Nathaniel matou Susanna.

Não houve negação nem nos olhos nem no silêncio de Esther, e sua expressão facial confirmou minhas suspeitas.

— Eu já te disse. Havia algo... de errado em sua mãe. Ela não tinha um centro, uma bússola interior. Era uma daquelas pessoas que eram levadas pelo vento, à mercê dos próprios sentimentos e medos. — Fez uma pausa. — Ela não era como você, June. Eu a amava, mas ela era fraca.

Havia um eco profundo de culpa por trás das palavras. Em alguma medida, Esther sentia-se responsável.

— Pensei que ela tivesse feito a coisa certa, enviando você pela porta, mas depois disso não tinha como voltar atrás. De verdade. Foi mais que a quebra do tempo e o que isso fez com a mente dela. Ela estava destruída de um jeito que não conseguíamos enxergar.

— Para mim, isso soa como alguém que poderia tirar a própria vida — concluí.

Ela sorriu com tristeza.

— Não. Receio que ela não fosse forte o bastante nem para isso.

Era uma coisa tão cruel de se dizer, mas o amor que ela sentia por Susanna era evidente na sua voz. Fora assim desde a primeira vez que ouvira Esther falar de minha mãe.

— Ela nunca foi encontrada — continuou. — Não seria a primeira a morrer nas cataratas, e isso pode levar dias ou semanas, mas, em algum momento, acha-se um corpo. Essa parte era estranha, mas não impossível. E, como o homem que a viu saltar foi o pastor da cidade, ninguém questionou nada.

Se ela tinha razão, então o homem mais amado de Jasper, o homem cujo próprio filho o chamava de sacana cruel, era um assassino.

E a única pessoa que parecia saber disso era Esther. Provavelmente Eamon também. Até que ponto ele teria ido para se certificar de que Annie e eu estávamos a salvo de um homem como aquele?

Esther já não evitava meu olhar, deixando-me enxergar, pela primeira vez, o que havia dentro dela. Esther Farrow não era apenas uma agricultora, uma avó ou uma pária da cidade. A mulher era uma chama. *Ela* também era perigosa.

O que ela e Eamon tinham em comum era o instinto protetor feroz. Se ele tinha assassinado Nathaniel, talvez ela tivesse ajudado. Era até possível que tivessem planejado tudo juntos.

— Você acha que foi Eamon? — perguntei, sem meias-palavras. — Acha que Eamon matou Nathaniel?

Ela sabia a resposta da pergunta. Eu via na forma como arregalou os olhos.

— Não sei o que aconteceu naquela noite, e nunca perguntei. Mas aquele homem teria feito muito pior por você — afirmou ela.

Não era uma resposta completa, mas confirmava o que eu suspeitava... que ela acreditava que Eamon era, *sim*, capaz de matar alguém.

Dirigi de volta para casa, deixando a chave do carro de Esther no banco do motorista, como Margaret tinha feito. Eamon estava esperando à mesa da cozinha, mas passei direto por ele e fui para o quarto, desabotoando o vestido e deixando-o cair dos ombros. O ar da montanha era fresco à noite, mesmo quando os dias eram quentes. Vesti a camisola antes de fazer uma trança no cabelo por cima do ombro e acender a luminária.

A reportagem que eu tinha rasgado do jornal na casa de Esther ainda estava no bolso do vestido. Peguei-a e a juntei às outras escondidas atrás da cama. Eu ouvia os passinhos de Annie seguindo Eamon pela casa. Escutei o barulho de pratos na cozinha. O som da chaleira. Eles jantaram, e ele não bateu à minha porta.

Vi as sombras dos dois se moverem por onde a fresta de luz se deslocava no chão, até a casa ficar escura e silenciosa. Imaginei que fosse assim que a casa tivesse ficado durante o ano anterior sem mim. Uma casca. Um túmulo.

Era como as brasas de um fogo adormecido em algum lugar dentro de mim, a capacidade que eu tinha de comportar aquela versão de uma vida. Não conseguia entender direito, mas a sensação que eu tive ao olhar para Eamon quando estávamos sob as luzes brilhantes da Feira do Solstício de Verão tinha se manifestado por completo agora. Já não sabia o que era eu e o que não era. Eu estava me tornando outra pessoa, ou estaria enfim me tornando eu mesma? Não sabia dizer.

Muito depois de a lua nascer, quando ainda não tinha fechado os olhos, levantei-me e fui até o espelho que havia acima da penteadeira. Inspirei devagar, tocando o tecido fino da camisola, e pressionei a palma da mão na barriga. O osso de minha mão acompanhava o osso de meu quadril.

Este corpo tinha carregado uma criança. Só o fato de pensar nisso causava uma sensação explosiva dentro de mim. Meu coração parecia que sairia pela boca cada vez que eu ousava imaginar.

Conseguia ver em minha mente fragmentada a imagem de mim mesma diante daquele espelho, descalça e com a barriga enorme. Eu *sentia*.

Mordi o lábio, e a visão foi se formando de forma tão específica que comecei a pensar que a tinha criado do nada. Só que não se tratava de uma evocação turva da imaginação. Era como o momento em que minha mão se movera pelas costas de Eamon, como se já soubesse o caminho.

Um choro suave atravessou as paredes do quarto, e respirei fundo, apertando forte o lugar em que minha mão tocava a barriga. Annie estava emitindo aquele chorinho delirante e sonolento que ocorria todas as noites, como um relógio.

Fiquei em silêncio, à espera de que os passos de Eamon se seguissem, mas isso não aconteceu, e o silêncio vazio da casa ampliou-se. Quando o choro dela ficou mais alto, peguei um fósforo e acendi a vela na mesa de cabeceira.

O brilho da luz acumulava-se nos beirais, as tábuas do piso estalavam sob meus pés quando saí do quarto. As botas de Eamon estavam caídas ao lado da lareira, e vi sua silhueta adormecida no sofá. Uma das mãos manchadas de preto apoiada no peito largo, e ele nem sequer tinha trocado de roupa. Estava exausto, apagado em um sono profundo demais para ouvir o choro da filha.

O gemido de Annie atravessou a escuridão, e caminhei na direção dela, os olhos ajustando-se às sombras enquanto me movia à luz do luar que entrava pela janela. A cortina de renda que cobria o cantinho da menina moldava as formas na parede quando coloquei a vela na prateleira. Ela estava sentada, com a boneca de pano nos braços.

Fungava, soluçando entre as lágrimas.

— Shhhh.

Agachei-me ao lado da cama, segurando as mãozinhas frias entre as minhas.

Eu esperava, de certa forma, que chamasse por Eamon, mas ela acalmou-se um pouco, enxugando o rosto com a saia da boneca.

— Pode se deitar, Annie — sussurrei, tentando guiá-la de volta para baixo dos cobertores, mas ela puxou meus dedos.

Antes mesmo de perceber o que estava fazendo, subi na cama e ajeitei-me atrás dela para poder me encostar na parede. Ela acomodou-se, aconchegando-se ao meu lado. Encaixou os pés por baixo das minhas pernas e ficou imóvel. Passaram-se apenas alguns segundos até ela voltar a adormecer.

Sua mão soltou-se da boneca até que ela rolou entre nós, e fiquei ali, observando-a, como se a qualquer momento pudesse acordar e estar em outro lugar. Parecia uma daquelas lembranças... em que eu pertencia e não pertencia ao intervalo de tempo que estava se passando.

O rosto dela se virou para a luz da vela, e inspirei seu cheiro, de açúcar e sabão.

O chão de madeira estalou de novo, deixando-me imóvel, e procurei na escuridão até vê-lo. Eamon estava de pé, atravessando devagar a sala de estar até a luz acariciar seu rosto. Estava tomado pelo sono, com o cabelo despenteado e a expressão facial indicando sua confusão, como se achasse que era um sonho.

Contudo, pareceu despertar ao olhar para nós, com um suspiro profundo escapando-lhe.

Esperei que ele me mandasse embora, mas não foi o que fez. Permaneceu calado durante muito tempo e, naquele espaço que pairava entre nós, pude sentir a tensão de inúmeras conversas que nunca aconteceriam. O que ele via quando olhava para mim? Ainda uma versão falsa da esposa? Já não me parecia ser isso.

Ele se sentou na beira da cama, e o vi se deitar do outro lado de Annie. Seu braço a rodeou, ficando ao lado do meu, e fizemos contato visual por cima do emaranhado cabelo louro da menina, espalhado no travesseiro. O ar ficou denso com o peso do que isto era... uma representação real demais. Eu me encaixava naquele espaço. Nós três nos encaixávamos.

A luz foi ficando mais fraca à medida que a vela se derretia e, quando se apagou, a escuridão recaiu sobre nós. O cheiro de fumaça pairava no ar. Já não conseguia ver o rosto de Eamon, mas o sentia, o calor de seu corpo do outro lado da cama. Seu braço estava tão perto do meu que, se eu me movesse um mísero centímetro, tocaria nele. E, de alguma forma, eu sabia o que encontraria. Conseguia prever o toque de sua pele, os pelos que se espessavam ao longo do antebraço e os ossos que lhe emolduravam o braço.

A mão dele encontrou a minha, subindo por meu pulso até o cotovelo, e eu deslizei os dedos por baixo da manga de sua camisa. Nós nos seguramos um no outro, com Annie dormindo entre nós.

Foi a primeira vez, desde que atravessei aquela porta, que não me senti como se estivesse partida ao meio, e só neste momento, com a tinta vermelha vindo de relance à minha mente, que percebi que era o primeiro dia, desde que havia chegado, que não tinha procurado pela porta.

Não, não tinha pensado na porta. Nem sequer uma vez.

24

A única pessoa que sabia de toda a verdade — todos os detalhes — era eu. Só precisava me lembrar.

Annie levantou-se primeiro, com os pés se arrastando até a sala de estar enquanto esfregava os olhos pesados de sono. Havia um vestido à sua espera, e eu a ajudei a vesti-lo com calma enquanto Eamon dormia; fiz uma trança em seu cabelo que descia pelas costas e amarrei uma pequena fita de cetim na ponta. Os fios pareciam seda em meus dedos, o cheiro doce dela enchia meu peito.

Quando ela estava pronta, descasquei um dos ovos cozidos que estavam na bancada e cortei um pêssego em fatias, removendo a casca sem sequer pensar. O fato de Annie não gostar da casca era mais um detalhe que desenterrei da memória e que me deixava com a sensação de ser algo que eu sempre soube.

Vasculhei o baú com as roupas de Eamon até encontrar uma camisa de algodão azul e botões castanhos que ele usava para trabalhar. Eu a vesti, prendendo o cabelo com uma bandana enquanto me olhava no espelho.

Quando ele acordou, já tinha preparado o café da manhã e Annie já estava a caminho da casa de Esther. Eu estava na cozinha, com a xícara de café na mão, e a dele já pronta. *Puro... ele gostava de café puro*, lembrei.

Ele parou ao virar no canto da sala, com os olhos fixos na camisa que eu usava.

— Hoje vamos defumar os campos — falei, antes que ele pudesse dizer fosse lá o que estivesse pensando. — Todos eles. Vamos cortar e limpar à medida que avançamos. Reabrir as valas que precisam ser reabertas.

— O que você está fazendo? Cadê Annie?

— Pedi à Margaret que a levasse para a casa de Esther. Ela também vai passar a noite lá, para o caso de termos que trabalhar até tarde.

Algo que não consegui interpretar passou por seu semblante, e ocorreu-me que talvez ele não quisesse ficar ali sozinho comigo. A presença de Annie na casa era como uma medida de proteção entre nós, em vários sentidos.

— June...

— Olha, eu sei que não quer minha ajuda, mas nós dois sabemos que precisa dela se não quiser perder a colheita.

Olhei no fundo dos olhos dele.

Ele retesou a mandíbula, e ficamos ali, encarando um ao outro, até que ele desviou o olhar para o café. Pegou a xícara e deu um gole. Era a única resposta que eu conseguiria obter, mas ele não estava reclamando. Era o suficiente para mim.

Fui até a porta dos fundos com o café na mão. O cheiro doce de madressilva espalhava-se no ar enquanto o sol aquecia o vento. O solo estava remexido nas fileiras em que Eamon já tinha arrancado o tabaco infectado e, se quiséssemos tratar todas as plantas até o anoitecer, precisávamos começar a trabalhar.

Callie bateu com os cascos atrás da cerca quando cheguei ao celeiro, sacudindo a crina enquanto balançava a cabeça.

— Oi, Callie.

Passei a mão por seu focinho, acariciando o queixo do animal antes de abrir a porteira.

Eamon estava atrás de mim um instante depois, pendurando um balde de aveia para a égua enquanto rumava ao celeiro. Pôs-se logo a trabalhar, pegando duas correntes penduradas na estaca. Dei mais um longo gole no café antes de colocar a xícara de lado e arregaçar as mangas.

— Está bem. Diga-me o que fazer — pedi.

Por um segundo, achei ter visto a sombra de um sorriso no canto da boca de Eamon, mas ele se afastou de mim, atravessando o celeiro até as estantes na parede oposta.

— O que foi?

— Nada. É que nunca vi você aceitando ordens.

Torci os lábios para esconder meu próprio sorriso. Então agora fazíamos piadinhas um com o outro?

Observei com atenção enquanto ele montava o equipamento para que eu pudesse repetir o processo, se necessário. Primeiro, ele despejou as cinzas dos recipientes no tarugo, depois encheu-os de novo com o conteúdo dos contêineres de metal que eu já o tinha visto abrir antes.

— É palha — explicou Eamon. — Queima por uma hora, às vezes mais, e dá para usar em mais ou menos um quarto do hectare, se formos rápidos.

— Quantos hectares são?

— Cinco.

Fiz as contas de cabeça. Aquilo significava que ele se ocupava de cerca de um ou dois hectares por dia. Com nós dois trabalhando, talvez conseguíssemos resolver tudo até o pôr do sol.

— Quantos hectares você já perdeu?

Ele pôs as mãos na cintura, e o número fez com que sua expressão mudasse antes de dizer em voz alta:

— Quase um inteiro.

Então ele já tinha sofrido um baque significativo. Perguntei-me se Esther sabia da extensão da perda ou se ele não tinha contado ela.

— E quanto tempo falta para a colheita?

— Acho que posso começar daqui a uma semana. Talvez duas.

— Está bem — respondi, afastando o pensamento seguinte. Eu não sabia se ainda estaria lá dali a uma semana. — Me mostre.

Ele tirou duas bandanas limpas do bolso de trás e me deu uma para que nós as amarrássemos no pescoço. O processo era simples, mas tedioso e demorado. Eamon encheu os recipientes com palha e acendeu-os, e, assim que fechou a escotilha, a fumaça começou a sair dos buracos no metal.

— Você vai na frente e arranca tudo o que estiver infectado. Os infestados precisam ser removidos por completo. No fim de cada fileira, trocamos.

Ele falou como se já tivéssemos feito aquilo antes. Era provável que fosse o caso.

Fomos até a borda do campo, onde o tabaco estava mais descolorido, e eu comecei primeiro na fileira, analisando as plantas de baixo para cima. Foram apenas alguns passos até que comecei a cortar, juntando as folhas em cachos antes de arrancá-las do caule.

Eamon me seguiu em um ritmo lento, deixando a fumaça acumular-se à medida que se movia. A coisa se espreitava ao redor das plantas, invadindo as fileiras, antes de se espalhar pelo ar, escondendo o céu azul. Havia mais tabaco contaminado do que o esperado, e eu arrancava as plantas mais depressa do que o desejado, deixando buracos no campo a cada três ou quatro metros. Algumas delas tinham que ser removidas por completo, como Eamon dissera. Depois de as primeiras terem sido arrancadas, olhei para ele, à procura de qualquer sinal de ansiedade. Só que não valia a pena ficar pensando no que já estava feito. A vida de um agricultor era precária, cada época de colheita trazia consigo os próprios desafios e perdas. Aquela poderia arruiná-lo, mas só o que podia ser feito era concluir o trabalho. Era a única coisa sobre a qual ele tinha controle.

Quando chegamos ao fim da fileira, Eamon colocou o equipamento em meus ombros e recolheu a colheita caída, puxando-a até o fim para que pudesse ser queimada. O tarugo não era tão pesado, embora desconfortável de carregar, e era difícil se equilibrar com ele nas costas. Demorei alguns minutos para pegar o jeito, mas, mesmo assim, um desvio para o lado quase fez com que os recipientes de metal caíssem no chão.

— Você disse que seu pai te ensinou a fazer isso? — perguntei.

A pergunta o pegou desprevenido.

— Foi.

Ele seguiu pela fileira à frente e fui atrás, estreitando os olhos através da fumaça para mantê-lo à vista. Eu já lacrimejava.

— Cadê eles? Sua família?

Uma pausa.

— Esta é a minha família.

Meus passos vacilaram, e a fumaça ficou espessa à minha volta enquanto os recipientes balançavam, dificultando conseguir enxergá-lo. Não foi uma resposta grosseira nem com o objetivo de me fazer sentir culpa. Foi apenas uma resposta simples e sincera. Uma resposta que era como uma facada no coração.

— Viemos da Irlanda quando eu era pequeno. Cada um acabou seguindo o próprio caminho — falou, sem nenhuma emoção ou arrependimento.

Era tão prático que eu não sabia nem o que pensar.

— Você nunca entendeu isso — acrescentou.

Ajoelhou-se, cortou a base de uma das plantas e atirou as folhas no chão. Ele nunca falava sobre o "nós" que existia antes. Na verdade, parecia evitá-lo a todo custo.

— Quando nos conhecemos, você tinha Esther e Margaret. Mason.

A voz dele mudou um pouco quando disse o nome de Mason.

— E aqui estava eu, sozinho no mundo. Você achava isso triste. Mas família, para mim e para meus irmãos, não era a mesma coisa. Eu não tinha uma família de verdade até... — Ele não terminou a frase.

A faca cravou ainda mais.

Margaret tinha razão quando dizia que Eamon era do tipo reservado. Só falava quando tinha algo a dizer e não o fazia com falsos significados ou palavras palatáveis. Havia algo tão sincero nele que me fazia temer o que mais poderia dizer agora que começara a falar. Como se qualquer julgamento que pudesse fazer de mim fosse verdadeiro.

— E a fazenda? — indaguei.

Ele sorriu, mas, com o rosto dele virado para o lado, só consegui ver metade do sorriso.

— Comprei a terra com o dinheiro que guardei trabalhando na ferrovia, e só consegui comprá-la porque ninguém a queria. O terreno era rochoso em comparação com os outros da região, mas eu tinha crescido trabalhando com agricultura na Irlanda, onde o solo é mais pedra do que terra. Foram necessários dois anos para limpar o terreno aqui.

O jovem Eamon de minhas lembranças voltou a aparecer, com aquele sorriso tímido quando surgiu na cerca.

Ele avançou, cortando plantas à medida que seguia, e caímos em um silêncio reconfortante, trabalhando durante a manhã e depois à tarde, com breves momentos de conversa que eram cada vez mais fáceis de estabelecer. Ele me contou da primeira colheita que fez aqui, da construção do celeiro e de como tinha comprado uma Callie meio esfomeada em um leilão em Asheville. Não eram histórias em si, mas trechos de uma espécie de arquivo. Que constituía a vida dele. Só que quando Eamon foi enfim se calando, demorando mais tempo a responder minhas perguntas, descobri que eu não tinha muito a dizer. Não havia nada que eu pudesse dizer que ele já não soubesse.

A fumaça saía cada vez que enchíamos os recipientes e escurecia o ar entre as plantas altas até parecer que estava anoitecendo. Quando dei por mim, já era noite. A temperatura arrefeceu e chegamos ao último campo, minhas mãos pretas por causa da fuligem, como as de Eamon sempre estavam. Meus músculos gritavam com o peso do equipamento e, quando cheguei ao fim da última fileira, Eamon estava à minha espera.

Eu o vi levantar a ponta da camisa e secar o rosto com ela. Por baixo, havia uma camada de pele bronzeada que brilhava por cima dos músculos das costas. Eu via o caminho sinuoso que tinha traçado com a ponta dos dedos na Feira do Solstício de Verão.

Ele segurou o equipamento quando me aproximei, e eu estiquei os ombros para trás, com o pescoço doendo. Os vaga-lumes estavam acordados, flutuando pela relva. A casa estava escura, mas a lua ainda brilhava. Ele içou o equipamento enquanto eu tirava as luvas e, assim que chegamos ao celeiro, acendeu a lanterna que pendia de uma das vigas.

Tirou a tampa do balde que estava na cadeira do canto, e a luz ondulou na água lá dentro. Quando olhei para ele, Eamon me jogou um pano, gesticulando na mesma direção. O cheiro de fumaça, o mesmo que ele levava consigo para dentro de casa todas as noites, ainda impregnava o ar. Era provável que meu cabelo ficasse com aquele cheiro por dias.

O chilrear dos grilos lá fora era pontuado pelos bufos impacientes de Callie, então olhei em volta, para o celeiro vazio. Trabalhamos lado a lado o dia inteiro, mas eu não tinha sentido que estávamos sozinhos até aquele momento.

Ele soltou as correntes, jogando as cinzas no caixote de lixo encostado na parede, e eu pendurei os dois pares de luvas no gancho, lado a lado.

Mergulhei as mãos doloridas na água, esticando os dedos sob a superfície.

— Posso fazer uma pergunta?

Pela primeira vez, Eamon não enrolou para responder.

— Pode.

— Como contei para você a verdade sobre mim? Sobre de onde eu vinha?

Ele endireitou a postura, desamarrando a bandana em volta do pescoço.

— Você só me contou.

— Quando?

— Estávamos juntos uma noite e, do nada, você disse que precisava me contar uma coisa. Que não podia se casar comigo se eu não soubesse a verdade.

Juntos uma noite. As palavras pareciam vagas de propósito.

— Eu só contei, e você acreditou?

Ele deu de ombros.

— Era uma história impossível demais para não ser verdade. E, de alguma forma, fazia sentido para mim. Eu já sabia havia algum tempo que tinha algo de estranho em você.

— Assim como Nathaniel sentiu algo diferente em Susanna?

— Talvez — respondeu ele, com honestidade.

Olhei ao redor do celeiro e para os campos iluminados pela lua, visíveis da porta aberta. Este homem, que tinha me amado e me aceitado, estava por um fio. Tal como a fazenda. E o peso da responsabilidade que eu carregava por isso era insuportável.

— Eu queria dizer... — Respirei fundo, tentando estabilizar a voz. — Queria pedir desculpa.

— Pelo quê?

— Por tudo. Por ter acabado com sua vida.

Ele franziu a testa enquanto me observava.

— Não precisa pedir desculpa.

— Alguém tem que fazer isso.

Atirei-lhe o pano, afastando-me para que ele pudesse usar o balde.

Ele deu um passo na direção do objeto, virando o pano nas mãos antes de apoiá-lo na nuca e começar a se lavar.

— Você estava esperando que eu voltasse, não estava?

Ele endireitou os ombros. Passou as mãos molhadas no cabelo, afastando-o do rosto.

— Acreditava que eu ia voltar — continuei.

— Acreditava — admitiu ele.

Eamon se virou para mim, e eu não me mexi conforme ele se aproximava. Segui com os olhos a curva de seu pescoço até o ombro, de repente querendo muito que ele me tocasse. Que pusesse os braços à minha volta, como fizera na Feira do Solstício de Verão.

Queria senti-lo, como naquela lembrança dentro do sonho que eu tivera.

Olhei para cima e o vi me observando, com o olhar fixo. Ele já era reconhecível para mim de uma forma tão chocante que me fez prender a respiração.

Uma gota de água escorria de seu queixo, e olhei para a boca dele, sabendo bem qual seria a sensação. Qual seria o sabor. Só que ele parou a alguns centímetros de distância, esperando para ver se eu ultrapassaria aquele limite.

— Você pode ter acabado com minha vida, June, mas, primeiro, você me deu uma.

Segurei o tecido úmido de sua camisa e o puxei para perto de mim, pressionando a boca na dele. O calor do momento transbordou para dentro de mim, algo tão afiado e preciso como a ponta de uma lâmina. Ele abriu a boca, deslizou a língua por meu lábio inferior e se abaixou, beijando-me com mais intensidade. Seus dedos desceram por meu corpo até segurarem firme o cós de minha calça jeans. Depois levou-nos para trás, empurrando-me para cima da bancada de trabalho sem separar a boca da minha. O ar à nossa volta já pegava fogo antes, mas agora a sensação queimava também dentro de mim.

Ele se enfiou entre minhas pernas, aproximando-me a ponto de pressionar o corpo no meu, um som desesperado surgindo em meu peito. Eamon segurou meu cabelo, soltando-o às minhas costas. Ele não estava sendo gentil ou cuidadoso, nem esperando para ver se eu seguiria o ritmo. Era como uma fenda em uma barragem, um homem que havia passado fome. E eu não conseguia afugentar a sensação que me consumia em todos os pontos em que sua pele encostava na minha. Nem queria.

Fora do celeiro, Callie grunhiu, e a cerca rangeu como se a égua tivesse encostado na madeira. Eamon ficou imóvel, então se afastou.

Os olhos dele estavam desfocados. A égua relinchava, batendo as patas no chão.

Eamon me soltou, escorregando dos meus braços, e foi até a porta, ouvindo com atenção.

— O que está acontecendo? — Desci do balcão. — Eamon?

Só que ele já estava andando. Desapareceu. Então peguei a lanterna da viga, seguindo-o. Ele seguia em direção à casa, acelerando o passo quando Callie relinchou. Avançamos na escuridão, com os sons da noite em volta, e, quando o clarão de uma luz se acendeu na janela da frente, Eamon começou a correr.

Parei de repente, com a lanterna balançando no ar. Havia alguém na casa.

Corri atrás dele, perdendo de vista sua sombra quando a porta dos fundos se fechou. Levantei a lanterna, soltando uma exclamação quando o vidro aquecido pela chama queimou meu braço, e, quando entrei pela porta, Eamon estava entrando no quarto. Só que um movimento na sala chamou minha atenção; estreitei os olhos e fiquei boquiaberta quando o vi.

Caleb.

Ele olhava para mim do outro lado da casa, andando para trás, em direção à porta de entrada. Quando Eamon voltou para a cozinha, ficou paralisado e acompanhou meu olhar.

Caleb saiu para o alpendre, os passos trotando nos degraus. Eamon o seguia, mas, antes de chegar à porta, pegou a espingarda da parede.

— Eamon!

Coloquei a lanterna na bancada, quase derrubando-a enquanto contornava a mesa e passava pelo sofá. Eles estavam quase invisíveis quando cheguei lá fora, a camisa branca de Caleb era o único movimento no escuro.

— Eamon!

O som da espingarda engatilhando ecoou na noite quando Caleb chegou ao carro, estacionado na estrada. O tiro rasgou o silêncio, e logo Eamon estava engatilhando a arma de novo, encostando-a no ombro e mirando.

Os faróis do carro de Caleb se acenderam, o motor ganhou vida assim que cheguei perto de Eamon e segurei seu braço. Porém, a arma disparou de novo, fazendo-me recuar com o som da explosão.

Dei um empurrão nele, forçando-o a abaixar a arma, e ele olhou para mim, com o rosto contorcido de raiva, enquanto Caleb se afastava.

— O que você está fazendo? — gritei.

Eamon passou por mim, em direção à casa, e o segurei pelo pulso.

— Eamon!

Ele não respondeu, enfiando a arma debaixo do braço e libertando-se de minha mão.

— Pare!

Eu o segui para dentro da casa, mas ele não colocou a espingarda de volta na parede. Em vez disso, pegou a chave do carro do gancho.

Arranquei-a de sua mão, afastando-a dele.

— Eamon, *pare.*

Por fim, ele focou o olhar no meu e parou por tempo suficiente para que eu colocasse a mão no centro de seu peito. Ele estava voltando a si, a respiração se acalmando.

Quando ele não se mexeu, segurei a arma, e ele me deixou pegá-la. Com cuidado, pendurei-a na parede, olhando para o brilho da luz que a lanterna projetava no cano.

O tremor estava começando e atingiu primeiro minhas mãos. Quando olhei para Eamon, não tive dúvidas do que ele teria feito. Teria matado aquele homem ali mesmo na estrada. Estivera pronto para fazer isso.

Fiquei sem reação, obrigando-me a focar ao redor. As coisas da sala estavam derrubadas, as gavetas, abertas e os papéis, espalhados pelo chão.

— O que ele estava procurando?

Eamon não respondeu.

— Tem alguma coisa que ele possa ter encontrado? — perguntei com cautela. — Qualquer coisa? Alguma prova?

Ele ficou me olhando antes de negar com a cabeça.

Fiquei com o coração apertado. Aquela era uma confissão tácita?

— Tem certeza? — sussurrei.

— Não tem mais nada aqui. — Sua voz grave fez com que o tremor das minhas mãos aumentasse.

Fechei os olhos, com a cabeça explodindo de dor. O cheiro de fumaça estava de novo no ar, mas daquela vez era diferente. Eu via o lampejo das chamas. Sentia o calor do fogo. Só que a lareira estava apagada. Era mais uma lembrança beirando minha mente. Estava longe demais. Fragmentada demais.

— Falei com Caleb na Feira. — Pus a mão na cabeça. — Devia ter te contado.

— Quê?

— Ele me ameaçou.

— Ameaçou como? — A voz de Eamon estava calma, mas tinha assumido um novo tom.

De um jeito que me assustou.

— Ele disse que nós vamos pagar. Que vai encontrar provas de que estamos mentindo.

Empurrei a porta do quarto, tentando respirar enquanto vasculhava o cômodo em volta.

Estava tudo espalhado. Roupas cobriam o chão, o guarda-roupa estava vazio. As páginas dos livros na prateleira tinham sido arrancadas das lombadas. O vento entrava pela janela aberta, esvoaçando as pontas das folhas e as fazendo parecer pétalas de flor arrancadas do caule.

Fui até a cama, usando ambas as mãos para mover o colchão antes de esticar os dedos para atrás dele, procurando o embrulho de juta que eu tinha escondido ali. Os recortes de jornal. A fotografia. A página com os anos que eu tinha escrito. Só que não encontrei nada.

Tinham desaparecido.

25

Peguei o vestido de noiva amarrotado, alisando a renda branca na mão. O tecido parecia estar intacto, mas havia uma mancha de sujeira ao longo do corpete, no ponto em que havia sido pisado.

O som do martelo ecoou pela casa enquanto Eamon cravava um prego no batente da porta. A dobradiça da tela tinha se soltado quando Caleb e Eamon irromperam porta afora, deixando-a pendurada. Passamos o dia arrumando as coisas para fingir uma certa normalidade, embora a sensação perturbadora de que alguém havia estado ali dentro permanecesse no ar.

Eu já tinha recolhido o que não dava para salvar: um frasco de perfume quebrado, papéis rasgados, a mesinha de cabeceira que havia tombado e quebrado uma perna… O resto da bagunça era a roupa arrancada do armário e as cobertas puxadas da cama.

Era a isto que Eamon se referia ao dizer que as coisas estavam saindo do controle. Caleb estava determinado, tão obcecado por nós que violara a lei para conseguir o que queria. Era um homem à beira da insanidade, o que me fez pensar que Esther tinha razão sobre ele. Podia odiar o pai, mas o sangue de Nathaniel ainda corria em suas veias.

Pendurei o vestido, e pela janela do quarto segui Annie com os olhos. Ela caminhava na beira do campo, batendo com as mãos nas folhas largas e planas de tabaco enquanto se dirigia para a casa.

Eamon entrou, e eu o encontrei na cozinha, encostado na parede ao lado da porta dos fundos. Tínhamos passado o dia daquele jeito, calados e sem querer dizer em voz alta o que pensávamos. As coisas estavam progredindo entre nós, mas eu e o Eamon éramos uma coisa. Annie era outra.

— As reportagens e a fotografia não provam nada além do fato de estarmos interessados — afirmou ele. — Deve haver dezenas de pessoas em Jasper que guardaram os mesmos recortes. Só que os anos que foram escritos… você não sabe o que significam?

— Tenho quase certeza de que correspondem às travessias pela porta.

Ele arrancou uma folha do bloco de notas em cima do balcão e colocou-a na mesa antes de encontrar um lápis e entregá-lo para mim.

— Você se lembra deles? — perguntou.

Fiz que sim com a cabeça, sentando-me antes de escrever os anos na mesma ordem que estavam no papel que Caleb levara embora.

1912
1946
1950
1951

Antes do que acontecera na noite anterior, não tinha contado a ele sobre as coisas que eu encontrara no quarto, porque não tinha certeza do que significavam ou se havia alguma razão para escondê-las dele. Só que já tínhamos passado daquela fase. Eamon e eu teríamos que encontrar uma forma de ser sinceros um com o outro se quiséssemos evitar que tudo desse errado.

Ele veio para o meu lado e ficou perto o bastante para evocar aquele momento à luz da lanterna no celeiro, quando me beijou. Eu não conseguia parar de pensar nisso.

Eamon apoiou as mãos na mesa, analisando os números.
Continuei escrevendo, anotando os anos.

1912 — Esther leva June para 1989 (7 meses de idade)
1946 — June (35 anos) chega
1950 — June (39 anos) vai embora

Eamon ficou calado enquanto eu tentava resolver o enigma.
Voltei a tocar a ponta do lápis no papel, preenchendo-o.

1951 — June (34 anos) regressa

— Este é o único que não faz sentido. Por que eu escreveria um
ano no futuro?
— Talvez você estivesse planejando voltar.
Sacudi a cabeça.
— O ano de 1950 foi minha terceira vez atravessando a porta, o
que significa que eu sabia que não poderia passar por ela de novo.
— Bem, de certa forma, você *voltou*.
Era isso que me preocupava... A concomitância entre aqueles
cinco anos, ou a "sobreposição", como Esther tinha chamado.
Fechei os olhos, rebobinando na mente todas as peças do quebra-
-cabeça. Havia algo em tudo aquilo que parecia *planejado*, como
Eamon sugerira.
— Você disse que eu tinha prometido não passar de novo pela
porta, certo? Fizemos a promessa porque você achou que eu a
atravessaria outra vez?
— Não sei o que eu achei.
— Devia haver uma razão para você ter me feito prometer.
Qual foi?
Eamon olhou para o papel em cima da mesa, com os braços
cruzados.
— Tudo começou quando você descobriu que estava grávida —
explicou ele. — Você não queria ter filhos porque sabia que seria uma

menina e que ela passaria pelo mesmo que você. Por isso, quando nos casamos, fizemos esse combinado, mas as coisas não saíram como o planejado. Pensei que você não ia querer ter a bebê, mas você quis.

Isso muda tudo.

As palavras me vieram à mente. Eu ouvia minha própria voz dizendo-as.

— Você mudou de ideia porque queria a bebê. Depois, quando ela nasceu, você ficou tão obcecada com acabar com essa... — Ele procurou a palavra na mente. — Maldição. Não aceitava que não podia resolver o problema.

Isso muda tudo. Você sabe disso, não sabe?

— Era disso que Esther estava falando — concluí, lembrando.

— Quando ela disse que foi assim que tudo começou da última vez.

Ele concordou com a cabeça.

— Quanto mais tempo passava, mais obcecada você ficava. Inventava todo o tipo de teoria para evitar que Annie ficasse doente, e algumas delas envolviam tentar passar outra vez pela porta. Fiquei preocupado. Todos nós ficamos. Você não estava bem, e eu tinha medo de que fizesse alguma coisa perigosa.

Talvez eu tivesse feito, pensei.

Você não estava bem.

Era o que Esther dissera sobre Susanna.

— Você acha que foi isso o que aconteceu? — questionei. — Acha que tentei quebrar a maldição e falhei.

— Mesmo que tenha tentado... — Ele fez uma pausa. — Isso não responde à pergunta de para onde você foi.

— Não, mas responde à pergunta do porquê.

Olhei para ele.

Assim que pensei naquilo, a realidade fria e mordaz apoderou-se de mim. Não havia nada para encontrar, porque aquele rastro de migalhas não levava a lugar nenhum. Quando eu entrara por aquela porta, talvez minha mente já tivesse sucumbido, da mesma forma que a de Susanna antes de morrer. Talvez eu já tivesse me perdido por completo.

Fiquei olhando para o nada, com aquela sensação perturbadora nas entranhas fazendo o coração disparar outra vez. Estava me dando conta de que, em algum lugar no tempo, eu havia desaparecido. Desaparecido *mesmo*. O pensamento me fez sentir o sopro gelado da morte na pele.

Levantei-me da mesa, um pouco depressa demais, e o lápis rolou e caiu no chão. Eu precisava respirar. Puxar o ar para dentro dos pulmões e sentir o vento no rosto. Precisava sair dali.

Saí pela porta dos fundos aberta e desci os degraus, passando as mãos no cabelo. Estava de repente com muito frio, mesmo com o calor úmido do verão. Era como um arrepio que me doía até os ossos. A Terra girava, e eu a sentia, o movimento de todo o planeta rodopiando e fazendo minha cabeça fazer o mesmo.

Estive tentando entender como poderia ter abandonado Annie, mas não considerei que talvez *ela* fosse o motivo. Eu tinha quebrado promessas por ela. As que eu fiz para mim mesma e para Eamon. Não havia nada que pudesse ter me preparado para um amor como aquele, para ficar lá parada vendo crescer algo que morreria. O destino das Farrow era também o de Annie. Talvez eu tivesse arriscado tudo para mudar aquilo.

Girei em círculos, procurando-a pela margem do campo, mas ela não estava lá.

— Annie? — chamei, protegendo os olhos com a mão para bloquear o sol. Ela também não estava na porta do celeiro nem na cerca do piquete. — Annie!

Fui até o jardim, debruçando-me sobre a cerca, mas estava vazio.

Eamon desceu os degraus dos fundos, observando-me.

— Cadê ela? Entrou em casa?

— Não.

Ele focava na estrada, rastreando os limites da fazenda.

Acelerei os passos no caminho para o celeiro e abri a porta de correr pesada, ignorando Callie se esticando por cima do cercado.

— Annie? — Entrei, procurando por ela. — Annie!

Os estábulos e o palheiro estavam silenciosos.

Quando saí do celeiro, Eamon vinha correndo em minha direção.

— Ela não está lá dentro — falei ofegante, com a voz cada vez mais frenética.

Eamon pôs as mãos ao redor da boca, fazendo uma concha:

— Annie! — Sua voz grave atravessou os campos, mais longe do que a minha poderia alcançar.

Nós dois ficamos estáticos, ouvindo.

— Cadê ela? — Olhei para a estrada. Eu tinha visto algum carro passar? — Eamon, cadê ela?

Segurei a manga da camisa dele com tanta força que a dor atravessou as juntas dos meus dedos. Já não conseguia sentir meu coração bater.

— Será que foi para o rio?

Ficava distante, depois da linha das árvores atrás da colina.

Ele negou com a cabeça.

— Ela não iria tão longe.

O rosto dele se transfigurara, uma expressão de puro terror o consumindo. Estávamos nos perguntando a mesma coisa. Na noite anterior, Caleb Rutherford havia invadido nossa casa. Tinha nos ameaçado. Todos nós.

Eamon me empurrou na outra direção, apontando para o lado a nordeste dos campos.

— Você começa por aquele lado, e eu vou por aqui.

Corri, com as pernas me impulsionando até eu desaparecer na fileira de tabaco mais distante.

— Annie! — Minha voz falhou enquanto eu varava por entre as folhas esvoaçantes. — Annie!

O pânico fez com que meus pensamentos corressem por todas as direções, mas eu não conseguia acompanhá-los. A voz de Eamon soava ao longe, cada vez mais desesperada, enquanto ele gritava o nome dela. E, cada vez que eu a ouvia, sentia calafrios ainda mais intensos.

Não diminuí a velocidade quando cheguei ao fim da fileira, depois voltei pela fileira seguinte, com os olhos vasculhando o campo.

Minha garganta estava dolorida enquanto eu chamava por ela de novo e de novo.

— Mamãe! — ecoou uma voz delicada.

Parei, segurando os caules antes de tropeçar e cair para a frente. Prendi a respiração para ouvir. Eamon ainda gritava o nome de Annie, o som abafado pelo vento. Será que eu tinha imaginado?

— Mamãe!

A dor de ouvir aquela palavra explodiu dentro de mim, fazendo com que tudo titubeasse, se deslocasse.

Dei um passo na direção da voz, depois outro.

— Mamãe! Olha!

Eu me espremi entre as plantas, passando para a fileira seguinte, depois para a seguinte, à procura dela. Quando avistei o vestido cor-de-rosa no meio da floresta verde, um soluço subiu por meu peito. Ela era tão pequena no meio do tabaco alto, de pé no centro da fileira. Seus olhos castanhos estavam arregalados de animação, com as mãos juntas à frente.

— Eamon! Ela está aqui!

Fui direto até ela, mal conseguindo manter-me de pé. Quando caí de joelhos na frente dela, senti minhas entranhas se contorcendo. Não tinha percebido que estava chorando, com lágrimas quentes pingando pelo queixo.

Passei os braços ao redor dela, puxando-a para meu colo. Meu rosto encostou em seu cabelo enquanto eu chorava.

— Olha — sussurrou Annie, abrindo as mãos entre nós para revelar uma joaninha.

O bichinho rastejava pela palma da mão dela, e a visão da joaninha ficava turva em meio às minhas lágrimas.

— Estou vendo — falei, enxugando a bochecha com as costas da mão.

Eamon irrompeu na fileira um segundo depois, exalando fundo quando nos viu. Seu rosto estava corado quando se abaixou e nos puxou para perto dele, e eu me enrosquei nele enquanto Annie se enroscava em mim. Ela olhou para a joaninha, alheia aos dois minutos de horror pelos quais tínhamos acabado de passar.

Não me importava que isso ultrapassasse o limite de manter a distância ou confundir as coisas. Naquele momento, eu precisava que o espaço entre nós três fosse inexistente. Precisava sentir nós três juntos, sem início nem fim.

Eu nunca tinha sentido um medo como aquele. Nunca. E achava que não havia maneira de voltar daquela explosão de luz que dera origem a um universo dentro de mim quando ela dissera aquela palavra.

Mamãe.

26

Não era seguro para ela ficar comigo. Nunca havia sido.

Eu estava no centro da sala, no escuro, com os olhos fixos no corpo adormecido de Annie. Ela estava deitada na cama, confortável, iluminada pelo luar que entrava pela janela. Seu rosto tranquilo estava aninhado na colcha, e a respiração era longa e profunda.

— June — tentou Eamon pela terceira vez. — Você não pode ficar aí a noite toda.

Ignorei-o, recusando-me a sequer piscar, apesar de os olhos estarem doendo.

Tinha tentado ir para a cama, e ficara me remexendo e me virando, até os pés me levarem de volta a este lugar todas as vezes. Cada vez que Annie estava fora de meu campo de visão, aquele medo paralisante me encontrava e apertava meu peito com força. Eu precisava vê-la com os próprios olhos. Precisava saber que ela estava a salvo.

Aqueles poucos segundos no campo tinham dado vazão a um oceano de lembranças dentro de mim.

Isso muda tudo.

Estou de pé no alpendre, no escuro, o vento jogando meu cabelo no rosto. Eamon está a poucos centímetros de distância, mas não me toca.

"Isso muda tudo. Você sabe disso, não sabe?", digo.

Ele demora um tempão para confirmar com a cabeça, mas não parece um acordo. Parece uma divisão entre nós.

Pisco, e estou em nossa cama, nua ao lado de Eamon, com a colcha puxada para baixo porque estamos com calor. São os últimos momentos antes de o sono se instalar, e meus olhos estão pesados. A mão de Eamon desliza por minha cintura até à crista de minha barriga inchada, e sinto sua boca encostar na parte de trás de meu ombro.

Pisco, e estou na casa da fazenda. Estou gritando, mas não um grito agudo. É um gemido que vem do fundo das entranhas. As mãos de Eamon me seguram, sua boca encostada em meu ouvido, mas não consigo ouvir o que ele diz.

Sinto o suor escorrer pelas costas por baixo da camisola. Sinto a dor envolvendo meu corpo, e faço força. O grunhido volta a sair de meu peito, e vejo Esther entre minhas pernas. Margaret está na janela iluminada pelo luar, esperando com um pano nas mãos.

Depois há outro grito que não vem de mim. Estendo os braços para alcançar Annie, e então ela está pressionada em meu corpo enquanto choro de soluçar. Um som profundo e debilitado que eu nunca tinha ouvido.

Quentinha, é tudo o que consigo pensar. Ela é tão quentinha.

Eamon pressiona o rosto em meu cabelo, e sinto seu corpo tremendo. Seus braços me apertam com mais força.

Eram apenas algumas das dezenas de lembranças que foram libertadas nas últimas horas. Minha mente já estava cheia delas agora. Annie em meus braços quando era bebê, mamando em meu peito.

Eamon andando com ela no colo pela casa no escuro, nas primeiras horas da manhã. Eram coisas que eu não conseguia desver.

Mamãe.

A palavra continha multiplicidades. Em um instante, tinha me apagado da face da Terra.

— June. — A voz de Eamon só fazia com que a dor dentro de mim aumentasse. Aquela voz. Eu *conhecia* aquela voz. Conhecia-a antes de ter passado por aquela porta. — Você precisa dormir um pouco.

— Você devia ter me contado que eu estava doente — sussurrei.

— Você não estava doente.

Era o que Vovó sempre dissera. Era o que Esther tinha dito também. Só que estar presa entre os tempos, ter uma mente fragmentada, era, *sim*, estar quebrada. Não estávamos funcionando bem, nenhuma de nós. Pouco importava que não aparecesse em um exame no cérebro. Havia algo de *errado* comigo.

— É isso o que acontece — falei. — Eu já vi. Com Vovó. E ela viu o mesmo com Susanna e Esther. Estava acontecendo comigo, mesmo antes de eu chegar aqui. É isso que acontece com a gente, Eamon. E é o que vai acontecer com ela.

Era sempre esse o desfecho da história, não era? Eu já sabia disso desde que me conhecia por gente. Então, por que me doía tanto?

Ele me encarou com um olhar que me dizia que já tinha ouvido tudo aquilo antes.

— Isso muda tudo — repeti, observando o rosto dele.

Ele também me observava.

— Foi o que eu disse quando contei para você, certo? Eu avisei que isso mudaria tudo.

Eu percebia que ele se lembrava de estar no alpendre quando eu contara que estava grávida. Ele se lembrava de quando eu dissera aquelas palavras.

— Como é que eu pude deixá-la? — Minha voz falhou. — Como é que eu pude deixá-la aqui sozinha?

Eamon mudou de expressão, compreendendo.

— Esther contou para você?

— Margaret.

Ele suspirou.

— Que tipo de mãe faz isso? Que tipo de pessoa deixa uma menina de 3 anos sozinha?

— Não é assim tão simples.

— É, sim. A doença não foi a única coisa que herdei de Susanna, Eamon. Eu nunca estive segura com ela, assim como Annie não está segura comigo.

— Você não sabe o que está dizendo.

— Sei, sim. — Confirmei com a cabeça, insistente. — Eu nunca deveria ter sido mãe.

Eamon me encarou com uma expressão que beirava a fúria.

— Olha, eu não sei por que você fez o que fez, mas teria morrido pela nossa filha. Se você se lembra, então sabe disso.

Queria agarrar-me às palavras dele e deixar que me tirassem da escuridão. Queria acreditar nele.

— Você é a mesma pessoa que conheci naquele dia na plantação de Esther. A mesma que decidiu ficar aqui e se casar comigo. E ter uma filha comigo. — Os olhos dele ficaram marejados ao dizer isso. — Mesmo que aquela porta apareça agora e você a atravesse, tudo isso continuará sendo verdade.

— Eamon.

— Ouça o que estou falando. — Ele segurou meu rosto entre as mãos, o timbre de sua voz ficando mais grave. — Eu não mudaria nada. Se eu pudesse passar por uma porta e desfazer tudo, eu não faria isso. Entende?

Fiquei olhando para ele, com medo de falar.

— Você e Annie são os amores de minha vida. — Ele respirou fundo. — E eu não mudaria isso por nada.

Apertei os pulsos dele. Eu me lembrei do homem que me tocava. Lembrei-me da ferocidade de seu amor e de como ele era tão inabalável e seguro de si. Pela primeira vez, fiquei mesmo com medo da ideia de ir embora. Eu havia amado Mason por quem ele era, mas também porque ele fora o único a me escolher. Só que isto aqui... *isto* era um lar que eu tinha construído com as próprias mãos. Eu fiz isso. Era meu.

Havia uma vida do outro lado da porta. Uma história. Um desaparecimento estranho. Contudo, nesta vida, eu tinha algo que nunca tive.

— Preciso perguntar uma coisa — disse Eamon com a voz baixinha.

— O quê?

Ele encostou a testa na minha, segurando-me ali.

— Você se lembra de mim? — Ele fez a pergunta como se estivesse assustado. Como se eu tivesse uma resposta que pudesse destruí-lo. — Não pergunto se tem lembranças de nós. Quero saber se você se *lembra* de mim.

Confirmei com a cabeça, e ele expirou fundo, como se fosse a primeira vez que conseguisse respirar desde que eu partira.

— Sim, eu me lembro — sussurrei.

Ele encostou a boca na minha, fazendo com que o espaço entre nós ganhasse vida, e eu me derreti em seus braços. Só havia o calor dos seus dedos. O calor de sua respiração. A sensação dos seus dentes roçando meu lábio.

Eu estava desesperada para sentir aquilo. Tudo aquilo.

Toquei a gola da camisa dele e fui abrindo os botões, frenética. Já não havia um mar tempestuoso de pensamentos em minha mente. Havia apenas isto: a sensação da pele dele em minha mão enquanto tirava sua camisa. O rastro quente que a boca dele deixava em meu pescoço. A forma como doía um tantinho quando ele me tocava.

Eamon passou os braços ao redor de meu corpo, guiando-me para trás, em direção ao quarto. Assim que a porta se fechou, afastei-me dele só para abrir a fivela de seu cinto.

Ele tocou minhas costas, segurando-me mais perto dele, e enfiou a outra mão pelo tecido fino e branco de minha camisola, encontrando meu seio. Respirei contra a boca dele, deixando escapar um pequeno gemido. Toda parte que ele tocava, todo ponto para o qual o toque voltava, queimava.

Tirei a camisola e deixei-a cair no chão. Não queria esperar. Não podia.

Ele me beijou com mais intensidade enquanto nos deitávamos na cama, o peso dele roubando o ar de meus pulmões. Nada era confuso. Não havia a incerteza do que fazer com as mãos. Aquela não era a emoção ofegante da descoberta. Não tinha a marca de uma primeira vez.

Era uma volta para casa.

Eamon puxou minha perna para cima, passando-a ao redor de si, e gemeu quando nos unimos. Meu peito subia e descia sob o dele, e ele parou por um momento, a respiração se abrandando enquanto a testa encostava na minha outra vez. Havia uma lágrima escorrendo pela ponta de seu nariz.

— Eu te amo — sussurrou.

Segurei seus quadris, mantendo-o junto ao meu corpo. Eu o sentia não apenas dentro de mim. Eu o sentia em lugares que ainda não tinham tomado forma… Todas as imagens e sentimentos que estavam fora de meu alcance.

Nós nos movíamos juntos como se tivéssemos feito aquilo centenas de vezes, e tínhamos. Mas também não tínhamos. Ele jamais me tocara *neste* corpo do presente. *Esta* boca nunca o tinha beijado assim. Não era suave nem lento, era profundo e sincero. Um beijo cheio de lembranças, e fui atrás delas a cada respiração antes que desaparecessem.

Eu estava errada sobre a June que entrara por aquela porta cinco anos antes. Eu a odiara pela escolha que fizera, porque achava que fora cruel. Eu a achara leviana. Só que este amor arrasador que estava abrindo caminho dentro de mim não me parecia egoísta, e sim corajoso.

27

Ficamos em silêncio durante um bom tempo. O suficiente para que a manhã se alastrasse completamente pelos campos e enchesse o quarto de luz.

Eamon estava deitado de costas, comigo ao lado, então encostei a boca em seu ombro, colocando a mão em seu peito para sentir a batida do coração dele. A cada batida, a confirmação de que ele era real. De que isto era real. De que estava acontecendo mesmo.

Eu não queria me mexer, muito menos falar, com medo de dispersar a sensação de sossego que nos assolava. Era frágil e preciosa. Uma calma que eu não queria acreditar que seria seguida por uma tempestade.

O que quer que *isto* fosse, não era simples. Eu estava tentando juntar as peças, organizá-las em uma linha do tempo cronológica que contasse uma história que eu conseguisse compreender. Contudo, embora as peças viessem, não chegavam rápido o bastante nem em ordem.

Eu abri a porta vermelha assim como todas as outras Farrow fizeram. Não sabia que isso mudaria minha vida para sempre. E, em meu caso, tinha mudado duas vezes. Agora havia mais uma escolha a fazer, e a única pessoa que poderia fazê-la era eu.

Ainda sentia o toque de Eamon em minha pele. Seu peso entre minhas pernas. Sentia o cheiro dele nos lençóis, como no primeiro dia em que eu acordara com o calor dos seus braços à minha volta. Parte de mim, mesmo àquela altura, estava despertando para toda a situação, como se abrisse os olhos depois de um sono de um ano.

O que ficava muito nítido para mim agora era que Eamon era a única pessoa que me conhecera de verdade. Por inteiro. Por completo. Eu tivera a sorte de ter pessoas que me amavam. Vovó. Birdie. Mason. Só que havia partes de mim que eu escondia deles, tanto para o bem deles como para o meu. E eu tinha encontrado uma maneira de revelar tudo a Eamon.

Ele era a única pessoa que sabia o que eu de fato queria. A única pessoa de quem eu nunca escondi nada. Porém, enquanto estava ali deitada, ouvindo o som de sua respiração, precisava saber se eu também era essa pessoa para ele.

— Preciso perguntar uma coisa — sussurrei.

Devagar, ele entrelaçou os dedos aos meus sobre o peito, segurando minha mão ali.

— Está bem.

Observei o contorno de sua clavícula, no ponto em que o sol tinha escurecido sua pele. Depois de fazer a pergunta, não conseguiria colocar as palavras de volta na boca. Depois de ouvir a resposta, não conseguiria ignorá-la.

— Você matou Nathaniel Rutherford?

A pergunta era curta para o significado que carregava. Porém, minha voz não vacilou, e não hesitei. Em algum momento, eu lembraria, mas precisava saber naquele momento. E precisava que fosse ele a me contar.

Ele ficou imóvel por um longo momento antes de se deslocar na cama, depois sentou-se, fazendo com que minha mão escorregasse de sua pele. Passou as mãos pelo cabelo, com os pés tocando o chão, e mordi o interior da bochecha.

Ele estava se fechando de novo. Percebia pela mudança em sua postura. A forma como focou o olhar no canto do quarto.

Posicionei-me atrás dele, encaixando meu corpo ao seu. Envolvi sua cintura com os braços, a pele pressionada a dele. Eamon estava tenso, mas, quando encostei a bochecha em sua escápula, ele relaxou um pouco.

— Está perguntando pois está tentando decidir que tipo de homem eu sou?

— Estou perguntando porque quero saber a verdade. Toda a verdade.

Eamon apoiou os cotovelos nos joelhos e encostou o rosto nas mãos, respirando por entre os dedos. Quando voltou a olhar para cima, estava meio iluminado pela janela. Devagar, puxou-me pela mão para que eu deslizasse para a beira da cama ao lado dele. Fixou o olhar no meu.

— Tem certeza disso?

Eu sabia que tinha.

— Pode confiar em mim — respondi, e estava falando sério.

Eu não achava que houvesse algo que ele pudesse dizer que mudaria isso. Não mais.

Ele ficou em silêncio outra vez, com o olhar percorrendo o quarto, como se estivesse tentando encontrar as palavras. Esperei, com medo de que, se dissesse mais alguma coisa, ele mudasse de ideia. Quando ele se virou para mim, sua mão tocou minha bochecha, o polegar traçando meu lábio inferior antes de seguir minha mandíbula.

Eu não tinha certeza do que era aquela expressão em seu rosto. Preocupação ou compaixão, talvez. Havia uma suavidade, uma cautela, na voz dele.

— Não fui eu quem o matou, meu amor — revelou ele. — Foi você.

E, assim que as palavras saíram da boca de Eamon, eu me lembrei.

28

21 de junho de 1950

O clarão de uma lâmpada se alastra, um som crepitante e efervescente preenche minha cabeça. O piscar da luz branca e reluzente se esvai, e o brilho suave da tenda volta a recair em mim. O toque metálico de um banjo soa, e os corpos se movem na pista de dança. O vento esvoaça meu vestido. O fotógrafo tira outra fotografia, e a lâmpada volta a chiar.

Estou na Feira do Solstício de Verão.

As gargalhadas se espalham pelo ar úmido, e sorrio quando vejo os rostos de Margaret e Esther destacando-se no meio da multidão.

Margaret está ofegante, com o rosto corado de tanto dançar.

"Cadê Eamon?"

"Em casa", respondo. "Callie fugiu outra vez."

Ela franze a testa, baixando os olhos para meu ombro.

"Quer que eu a segure?"

Olho para baixo, só então registrando o peso quente e pesado que carrego.

Seguro uma pequena Annie, escorada em minha cintura, com as pernas balançando e os braços enroscados em mim. Está dormindo, encostada em meu peito.

"Não precisa", respondo, pensando que gosto da sensação, apesar de me doerem os braços.

Eu a estou segurando há mais de uma hora.

Esther já estava amarrando um lenço na cabeça.

"Estão prontas, meninas?"

Nós a seguimos até o carro, com o som da feira desaparecendo atrás de nós, e ela dirige pela estrada com as janelas abertas. Há um pôr do sol em tons pastéis que começa a se desenhar sobre as montanhas, e os vaga-lumes estão piscando quando chegamos à fazenda de flores.

Quando saímos do carro, Annie já está acordada e salta descalça pelos degraus enquanto comemos bolo. Falamos da colheita de tabaco e de uma viagem atrasada a Asheville, depois volto a pegar Annie no colo. Quero chegar em casa antes de escurecer.

"Tem certeza de que não quer que eu leve vocês?", pergunta Esther da cadeira de balanço.

Olho para Annie, que está tirando uma das fitas do cabelo. O bolo é um grande estimulante, e ela vai ficar acordada até tarde se eu não a colocar para gastar um pouco de energia.

"Não, vai ser bom caminhar. A noite está bonita", respondo.

Ainda não é a hora do crepúsculo. Os insetos nos campos de flores fazem barulho enquanto vamos para o canto de trás do terreno, e Annie salta à minha frente no caminho coberto de vegetação até chegarmos ao rio. Há uma pequena ponte para pedestres que serve de atalho através dos campos, mas nem sequer está à vista quando ela para e inspeciona uma mariposa-gigante-da-seda que se agarrou ao tronco de uma árvore próxima. Agacho-me ao lado dela, passando o dedo por baixo das pernas peludas do animalzinho, e ele sobe no meu dedo, com as asas batendo devagar.

Seguro-o entre nós, e Annie arregala os olhos castanhos em espanto, fazendo-me sorrir.

São momentos como este que tenho medo de perder. São momentos como este que me dão a certeza do que preciso fazer.

O bicho levanta voo, balançando no ar enquanto se afasta, e Annie o observa partir. A água do rio é agora de um azul brilhante, pronta para escurecer na próxima hora.

"Boa noite, sra. Stone."

O sotaque doce do Sul é manhoso à luz fraca, mas reconheço-o de imediato. Já o ouvi muitas vezes saindo pelas portas abertas da igreja. Já o ouvi em meus pesadelos.

Eu me viro e vejo Nathaniel Rutherford de pé na trilha no topo da margem do rio. Seu terno chique está engomado, o chapéu nas mãos e, mesmo daqui, vejo o brilho das botas dele. Não o tinha visto na Feira, mas havia sentido sua presença. De alguma forma, ele parecia estar sempre por perto. Observando.

Engulo em seco. Não é a primeira vez que o vejo na fazenda de Esther. Só que aquele olhar febril que paira por trás dos seus olhos está fixo em mim e, esta noite, parece um pouco mais alucinado.

Será que ele nos seguiu?

Há um momento em que uma pontada de medo sobe por minha espinha, e de repente estendo a mão para proteger Annie. Eu me dou conta de que estamos longe demais de casa para sermos ouvidas se eu gritar.

"Acho que já passou da hora de conversarmos", declara ele, afastando-se da trilha.

"Estamos a caminho de casa. Eamon está nos esperando."

Ele sorri, como se achasse graça, mas seus olhos continuam vazios e mortos. Quando dá mais um passo, fica um pouco instável, e noto que ele parece bêbado.

"Porque bem conhecemos aquele que disse: 'Minha é a vingança'", começa Nathaniel. "'Eu darei a recompensa', diz o Senhor. E outra vez: 'O Senhor julgará o seu povo.'"

Meu coração acelera quando ele se move de novo, descendo devagar a margem do rio em nossa direção.

"Precisamos mesmo voltar. Tenha uma boa noite, sr. Rutherford."

Pego na mão de Annie e tento passar por ele, mas ele avança mais depressa, bloqueando a passagem.

Olho em volta, sem saber o que fazer. Não há maneira fácil de passar por ele, sobretudo com Annie nos braços, e, embora dê para atravessar o rio, é profundo. E se a correnteza estiver forte demais? E se ela escorregar dos meus braços e eu a perder debaixo d'água?

"É disso que se trata, não é?", continua ele. "Vingança?"

"Eu não sei do que você está falando." Minha voz está tremendo.

"Eu sei quem você é, June. Reconheço o sangue do meu sangue quando o vejo."

Por um instante, não tenho certeza de que consigo interpretar o tom de sua voz. Contudo, a expressão no rosto dele não muda. Ele sabe. Já rodeamos o assunto muitas vezes, mas ele sabe quem sou.

"Você é uma semente plantada pelo meu próprio pecado. Uma abominação. Vocês duas."

Olho para as árvores acima da encosta. Estamos mais perto da fazenda de flores do que de casa e já percorremos aquele atalho pelo meio dos campos inúmeras vezes. Annie consegue encontrar o caminho de volta, digo a mim mesma. Ela sabe que não deve descer até a água sem mim. Ela permaneceria na trilha até ver as luzes do alpendre de Esther.

"Annie, volte para a fazenda", peço, tentando empurrá-la para a direção das árvores.

Mas ela não se mexe.

"Ele mandou Susanna para me atormentar", continua Nathaniel. "O diabo sabia que eu era fraco."

Mais uma vez, dou um leve empurrão em Annie.

"Vai, querida."

Só que ela está olhando para ele, paralisada, com uma folhinha de grama na mãozinha fechada.

"Eu sabia que havia algo de diabólico em sua mãe desde a primeira vez que a vi. Meu orgulho me fez pensar que eu podia vencer isso."

Os pés dele descem a margem, deslizando de leve em minha direção, e, antes que eu perceba o que Nathaniel está fazendo, ele aperta meus ombros com força.

Começo a arfar, arregalando os olhos.

Ele torce os dedos no tecido de meu vestido branco, e tropeço para trás, tentando manter o equilíbrio.

"Annie! Corra!"

Ela enfim corre, o vestido como uma chama no crepúsculo. Vejo-a desaparecer no mato um segundo depois.

"Eu a amava." Nathaniel agora está chorando, com o rosto contorcido. Ele me sacode com força. "Eu a amava mais do que amava a Deus. E esse é o pior tipo de pecado."

Ele me empurra com tanta força que caio na parte rasa do rio. As pedras arranham minhas costas e a correnteza puxa meu corpo, mas me agarro à margem. Um segundo depois, ele está em cima de mim, puxando-me de novo para cima.

"Não há maneira de limpar essa mancha." As palavras soam distorcidas. "Eu tentei. Tentei limpá-la."

Uma dor aguda atinge minha nuca, e percebo que ele está puxando meu cabelo.

"Por favor!", grito, soluçando. "Pare!"

Os olhos de Nathaniel ficam lúcidos apenas por um instante, e ele não se mexe. Então me aperta como se fosse uma prensa enquanto analisa meu rosto.

"Eu a levei para o rio e a segurei debaixo d'água até que ela parasse de gritar", sussurra ele.

Mais um grito irrompe dentro de mim.

"Por favor."

"E depois enterrei-a debaixo do carvalho." Ele funga. "Mas o castigo de Deus ainda não acabou para mim. Não pode acabar enquanto eu não o corrigir."

Arranho as mãos dele e rasgo sua camisa.

"Está tudo bem", diz ele, com gentileza, encarando-me no fundo dos olhos. "Eu te batizo, June Rutherford."

Ele mergulha minha cabeça sob a superfície e o pôr do sol desaparece, sendo substituído pela água corrente. Meus pés escorregam, depois ele puxa meu corpo para cima outra vez. Grito, engasgando-me.

"Em nome do Pai, do Filho e do Espírito..."

Ele afunda meu corpo de novo e arranho seus braços. A silhueta dele é uma mancha preta e oscilante acima de mim. Começo a chutar, mas não consigo ficar em pé. Eu me debato, mas ele é forte demais. Nathaniel me pressiona para baixo com mais força. Fica me prendendo ali e, por cima do barulho da água, acho que consigo ouvi-lo chorar.

Agora entendo o que está acontecendo. Vou morrer.

Outro grito fica preso em meu peito, e as bolhas saem de minha boca quando o solto, as mãos procurando em desespero por alguma coisa, qualquer coisa, a que se segurar. Encontro algo quando a dor em meus pulmões parece que vai explodir. A escuridão começa a tomar minha visão, minhas pernas ficam dormentes.

Envolvo os dedos ao redor daquela forma e, com toda a força que tenho dentro de mim, ergo o braço pela água, balançando-o em um arco, até que rompe a superfície e colide com a têmpora de Nathaniel.

As mãos do pastor me soltam de repente. Ele tropeça para trás, e sinto meu corpo flutuar, com a correnteza afastando-me dele.

Solto um arquejo doloroso e fico tossindo, curvada, com a pedra ainda agarrada ao peito.

Nathaniel emite um som. Pisco com força, a água do rio desfocando minha vista, e o vejo ainda de pé. Está com a mão na cabeça ensanguentada. Algo escapa dos seus lábios, depois ele vem em minha direção.

Vejo-o tropeçar e cair de joelhos, e meu corpo fica tão pesado que tenho a certeza de que vou desmaiar. Tenho a certeza de que, a qualquer momento, tudo vai virar um breu.

Eu me levanto e ergo a pedra acima da cabeça com ambas as mãos. E, quando a lanço para baixo, um som terrível sai de minha garganta. Bato outra vez. E mais uma. Bato mesmo depois de perceber que ele não está mais se mexendo. Só quando a pedra escorrega dos meus dedos encharcados de sangue é que caio na margem do rio.

Estou de costas e, quando viro a cabeça para o lado, vejo-o olhando para mim. Porém, não há vida naqueles olhos vazios. Não preciso verificar para saber que está morto.

Um barulho nas árvores me faz me apoiar nas mãos e joelhos, então vejo aquela pequena chama branca.

Annie está parada no caminho entre as árvores, olhando. Ela pisca uma vez. Depois outra.

Só então percebo o que acabei de fazer. Aos meus pés, Nathaniel Rutherford jaz imóvel, a água dividindo-se em volta do corpo nas águas rasas. O sangue dele está por todo o lado. Em minhas mãos, braços, vestido. Espalhado como tinta nas pedras.

Afasto-me dele, de repente enjoada, e vomito na margem do rio, com o cabelo emaranhado e colado ao rosto. Mal acabo de vomitar, coloco-me de pé e subo a encosta. Depois pego Annie no colo e corro.

Não olho para trás quando chegamos às árvores. Não diminuo a velocidade, apesar do tremor ardente nas pernas. Atravesso a ponte e levanto Annie por cima da cerca do pasto úmido na parte oeste dos Granger, depois continuo correndo. Só paro ao ver a fumaça saindo de nossa chaminé.

"Eamon!", grito o nome dele enquanto desapareço pela plantação de tabaco. "Eamon!"

Meus passos começam enfim a ficar arrastados, com uma dor aguda surgindo em meu pé direito. Em algum lugar, perdi um sapato.

"Eamon!"

O nome dele se desintegra em outro clamor, e atravesso a margem do campo no momento em que a tela da porta dos fundos se abre. A porta bate contra a casa, e eu o vejo. É uma silhueta preta contra a luz da cozinha.

Annie está chorando, agarrada a mim, mas tenho certeza de que vou deixá-la cair. Ajoelho-me no chão antes que isso aconteça, e a terra arranha meus joelhos.

Eamon está descendo as escadas um segundo depois.

"June!"

Não consigo respirar.

"June!" Ele pega Annie dos meus braços. "O que aconteceu?"

Só nesse momento reparo que o vestido branco dela está todo manchado com o sangue que me cobre. Frenético, ele puxa a roupinha da menina.

"Onde você se machucou, meu amor?"

Eamon está em pânico, procurando no corpo dela a origem do sangue.

"Ela está bem." Sinto minha boca dizer as palavras, mas não as consigo escutar. "Ela está bem." O som fica colado em minha língua, porque é só isso que importa. "Ela está bem. Ela está bem. Ela está bem."

Eamon se levanta do chão. Ele a carrega para dentro de casa. Depois me segura e coloca-me de pé, mas logo desabo, e ele me pega no colo.

"June!" Ele parece muito assustado. "Me diga o que aconteceu."

Agora as mãos dele estão em mim, levantando meu cabelo, desabotoando o vestido.

"Eu o matei", digo, com a boca dormente.

"Quê?"

Agora estamos em casa, e posso enfim ver seu rosto.

"Nathaniel Rutherford. Eu o matei."

Ele me coloca na cadeira e ajoelha-se em minha frente.

"Onde? Como?"

"Ele nos seguiu. Tentou..." *Todo o meu corpo treme com um grito silencioso.* "Ele tentou me afogar no rio."

De repente, Eamon fica tão calado que nem parece que está respirando. Ele olha para o centro de meu peito, com as mãos ainda me segurando. Quando enfim levanta os olhos, o pânico contido neles desapareceu.

"Ouça o que vou dizer", *pede ele.*

Eu me inclino para a frente, chorando de novo.

"June", *diz ele com mais firmeza.* "Respire fundo."

Engulo o choro, tentando fazer o que ele diz. Estou tremendo tanto.

"Me diga exatamente onde ele está."

Tento pensar.

"Na curva antes da ponte para pedestres. Perto da água."

Eamon se levanta, vai até o fogão, e o ouço acendê-lo. Depois, abre a porta dos fundos e traz os dois baldes de água do lado de fora. Observo, atordoada, enquanto ele os despeja na pequena banheira ao lado do cantinho de Annie.

A chaleira está começando a apitar quando ele vai buscar o vestido manchado de Annie lá fora e puxa a fita que sobrou no cabelo dela. Eamon tira as meias e os sapatos de nossa filha. Depois, faz o mesmo comigo e me ajuda a tirar o vestido até eu ficar nua na cadeira.

Não consigo me mexer. Nem sequer consigo perguntar o que ele está fazendo, mas percebo quando ele acende a lareira e atira nossas roupas lá dentro. É então que analiso minhas mãos. O sangue debaixo das unhas.

Vou até a pia como um robô, abro a torneira e enfio as mãos debaixo d'água. Esfrego com violência, observando o fluxo vermelho circular ralo abaixo.

A chaleira apita, e Eamon despeja a água quente na banheira antes de voltar para me buscar. Passo os braços ao redor de seu pescoço, ele me levanta e me coloca dentro dela. Depois, coloca Annie em meus braços, e a água transborda quando ela se enrosca em mim. Já não está mais chorando. Nem eu.

"Se alguém bater naquela porta, diga que fui ajudar Esther com a caminhonete. Dê um banho nela e coloque-a para dormir."

Acho que concordo a cabeça.

"June? Você entendeu?"

"Entendi."

Ele passa a mão na cabeça de Annie e me beija, mas sua boca se demora em minha testa um pouco mais que de costume. Ele atravessa a sala de estar e desaparece pela porta dos fundos.

Na casa só se ouve o estalo do fogo enquanto observo as chamas consumindo o vestido.

29

A noite passava em minha mente como um filme, uma cena de cada vez. A cerca de tábuas de madeira que se estendia ao longo dos campos de flores. O frio que me doía as mãos enquanto eu olhava para o corpo de Nathaniel. Os vaga-lumes que piscavam no escuro enquanto eu corria. A parte mais nítida de tudo era a visão das roupas queimando na lareira. Eu quase sentia o cheiro, mesmo naquele momento.

— Quando cheguei ao rio, estava escuro — contou Eamon. — Não vi ninguém na estrada, mas mantive a luz apagada mesmo assim, só por segurança. Ninguém me viu.

Eu estava diante da janela do quarto, vendo Callie caminhar no piquete.

— Encontrei-o exatamente onde você disse que ele estaria, na curva antes da ponte para pedestres. — Eamon apareceu em minha visão periférica enquanto se encostava na parede ao lado da janela. — Só de olhar para ele, percebi que a morte seria suspeita. Tinha marcas nos braços, no rosto. Acho que, talvez, de quando você estava… — Ele não conseguiu terminar a frase. — Se alguém o encontrasse daquele jeito, haveria perguntas. Então decidi arrastá-lo rio abaixo e jogar o corpo pela cachoeira, para que parecesse um acidente. Talvez ele tivesse bebido demais na feira ou escorregado e caído. Havia chovido muito naquela semana, por isso o rio estava alto. A correnteza era forte. — Então Eamon não era um assassino, mas também não era inocente. Tínhamos feito aquilo juntos. — Arrastei o corpo dele para dentro da água e pensei que era perto o bastante da queda para seguir com a correnteza. Estava tão escuro que não dava para enxergar bem, e não percebi que havia uma árvore caída na margem. Ele ficou preso nela e, ao amanhecer, foi visto por um pescador.

Tentei não imaginar o corpo de Nathaniel pálido e emaranhado às plantas, parcialmente submerso.

— Sam apareceu em nossa casa já bem tarde, depois de ter recebido a mensagem que Mimi Granger havia deixado no gabinete do delegado. Felizmente, eu já estava de volta, e falamos que tínhamos ficado em casa a noite toda. Mas depois surgiram pessoas dizendo que me viram discutindo com Nathaniel nas semanas que antecederam a morte dele. Quando se soube que Mimi Granger tinha visto você naquela noite, isso chamou ainda mais atenção.

Fechei os olhos e podia ver a cena. Conseguia ouvi-la. Minha respiração ofegante enquanto atravessava o mar de alfafas na altura da cintura, com Annie nos braços. A dor no pé por ter perdido o sapato… O mesmo que fora encontrado no apanhador de feno, meses depois.

— Ninguém tinha motivo algum para acreditar. Acho que nem sequer estavam levando a sério a declaração de Mimi até você sumir. O momento da coisa foi suspeito e a investigação prosseguiu, mas ninguém conseguia entrar em contato com você. E, quando não voltou, as pessoas começaram a fazer mais perguntas.

— Por que não fomos à polícia? Por que não contamos a verdade?

— Ninguém em Jasper acreditaria no que realmente aconteceu. Ninguém se sentaria em um júri e consideraria, sinceramente, que o pastor era um homem mau ou que queria machucar você. Esse não era o Nathaniel que a cidade conhecia.

A única pessoa viva que o conhecia era Caleb. Aquele brilho sombrio nos olhos quando falava do pai, de *nosso* pai, era inconfundível.

— Não acredito que envolvi você nisso — murmurei.

— Você não me envolveu em nada, June. Precisava de minha ajuda, e eu ajudei. Você teria feito o mesmo por mim.

— Mas Caleb sabe que estamos mentindo, Eamon. Ele olhou nos meus olhos e disse que sabe.

— Ele não pode provar nada.

Eu não estava convencida. Ele tinha mais razões do que nunca para nos perseguir como suspeitos, sobretudo depois do que encontrara na casa. Não era uma prova, mas corroborava que tínhamos mais interesse em Nathaniel do que alegávamos.

— Ele estava disposto a infringir a lei, a invadir nossa *casa*, para procurar evidências.

A expressão de Eamon mudou. Eu não quis dizer "nossa", mas disse.

— E se Annie estivesse aqui? — Aumentei a voz.

— Ela não estava.

— E se ele souber quem eu realmente sou?

— Ele *não* sabe.

Coloquei a mão na boca, sacudindo a cabeça.

— Tem mais coisa nessa história. Só não consigo enxergar ainda.

Era o que eu andava pensando fazia dias. Ainda havia mais coisas que eu tinha escondido de todo mundo. Por que ir embora em um momento tão frágil, a não ser que precisasse?

As lembranças não chegavam tão depressa como deveriam a ponto de responder a todas as perguntas. E eu não sabia quanto tempo tínhamos para descobrir.

1912, 1946, 1950, 1951.

Os anos alternavam-se em minha mente, como macetes usados para fixar coisas na memória.

Quatro anos, quatro travessias, mas minha travessia em 1951 não podia ter sido prevista. Só se tivesse sido planejada.

Eu conseguia ver os dois fios de minha vida.

O primeiro ia até 2024, quando, aparentemente, eu havia me apaixonado por Mason, depois atravessado a porta e conhecido Eamon. Tinha feito uma escolha. Vivi cinco anos com ele, e depois fui embora.

O segundo era o que eu vivia no momento. Era a mesma vida até 2023, o ponto em que meu caminho foi alterado. Eu havia atravessado a porta cedo demais sem me deixar me apaixonar por Mason. Mas, de alguma forma, acabei onde o primeiro fio tinha terminado.

Esther tinha chamado de "sobreposição", mas era mais como uma dobra no tempo.

Arregalei os olhos.

Eamon me olhava com atenção.

— O que foi?

— Uma dobra no tempo — falei, ainda tentando acompanhar o pensamento. — Estão se fundindo em um só. É por isso que estou perdendo lembranças. É por isso que, em 2022, comecei a ter episódios no mês e dia exatos em que saí daqui.

— June, não estou conseguindo entender.

Recuperei o pensamento que surgia no fundo da mente, tentando desenvolvê-lo com delicadeza. Fui até a cozinha com passos pesados, abrindo as gavetas até encontrar o que procurava: um carretel de barbante grosso e uma faca de descascar.

Coloquei a faca na mesinha da cozinha, e Eamon veio até o meu lado, observando. Peguei a ponta do carretel e puxei-o até ficar suspenso no ar entre nós. Depois puxei a ponta com os dedos até os fios começarem a se desfazer.

— A maldição não é a porta, Eamon. É a cisão do tempo. Esther disse que nossa mente é como o esgarçar de uma corda. — Deixei que as fibras se soltando percorressem o comprimento do fio. — Para todas as Farrow é igual. Porque nós somos uma corda comprida que vai se desfiando. Esther, Margaret, Susanna, eu... estamos conectadas umas às outras.

Ele assentiu, acompanhando o raciocínio.

— Entendi.

— Mas como se conserta uma corda que está esgarçando?

— Você... — Ele fez uma pausa. — Corta.

— Exato. — Ergui a faca e cortei o fio com um único movimento. Restou uma ponta firme. — Depois, amarra-se ou queima-se, tanto faz. E, assim, impedimos que continue se desfiando. — Torci o fio com os dedos, ainda pensando. — Era isso que eu estava tentando fazer. Consertar o fio antes que Annie passasse pela porta.

— Mas como?

— Não sei. — Larguei o barbante, andando de um lado para o outro. — Mas não foi por acaso que vim parar aqui. Não foi um acidente o *momento* em que vim parar aqui.

Eu vinha refazendo meus passos através da narrativa de minha vida e do caminho sinuoso que tinha me levado até ali. Desde o início, vinha seguindo uma espécie de trilha.

— Não só vi a porta um dia e simplesmente a atravessei. Primeiro, achei a fotografia. Ela foi o início de tudo. A partir daí, eu não podia deixar para lá. Minha mãe, os registros de batismo, o envelope com seu endereço... foram como migalhas de pão. Foi isso que me fez atravessar, e, quando o fiz, criei uma linha temporal que se sobrepôs à outra.

— Mas você podia ter ido parar em qualquer lugar, certo? Como é que veio parar aqui?

Respirei fundo, juntando toda a informação. Levantei a mão, segurando o pingente de relógio. A porta tinha me levado para 1951 porque era essa data que os ponteiros marcavam. O pingente que Vovó tinha me dado.

— Foi Margaret — sussurrei. — Eu não podia ter feito isso sozinha. Precisaria de ajuda para voltar aqui, porque não se pode ir para um tempo em que já se existe.

Era isso que tinha me passado despercebido. O fato de que o pingente de relógio estava marcando o ano de 1951 não era um acidente. Tinha sido posicionado assim. Por Vovó.

Tiramos Annie da cama e entramos no carro, percorrendo os cinco quilômetros até a fazenda de flores enquanto o sol se erguia sobre as montanhas Blue Ridge. Quando eu estava batendo à janela de vidro chanfrado da porta de Esther, a lembrança já se formava em minha mente. Eram apenas fragmentos, mas estavam lá.

Preciso de sua ajuda.

Estou dizendo as palavras, mas, a princípio, não consigo ouvi-las por completo. Olho ao redor e vejo que estou à sombra de uma das estufas com Margaret. O rosto dela está mais suave, mais jovem, ao olhar para mim.

Olho por cima do ombro, com medo de que alguém nos ouça.

"Preciso de sua ajuda", digo.

A porta da casa de Esther se abriu, fazendo a lembrança desaparecer, e eu estava de novo no alpendre, ao lado de Eamon. A versão mais jovem de Margaret tinha desaparecido, mas uma um pouco mais velha estava ali diante de mim.

— Bom dia. — Ela ajeitou o cabelo de Annie atrás da orelha, abrindo mais a porta. — O que estão fazendo aqui tão cedo?

Annie correu para dentro da casa, mas eu e Eamon não nos mexemos.

Ela sorriu.

— June? Você está bem?

— O que está acontecendo? — perguntou Esther, aparecendo no corredor atrás dela, com o cabelo comprido caindo pelo ombro.

Estava sem o avental.

— Foi você — falei, com o olhar ainda fixo em Margaret. — Não foi?

Margaret soltou uma gargalhada confusa.

— Quê?

— Eu vim até você. — Puxei a lembrança de volta à superfície da mente. — Falei que precisava da sua ajuda.

O sorriso no rosto dela oscilou um pouco.

Esther olhou para nós duas.

— Ajuda para quê? Do que você está falando?

Fiquei olhando para Margaret.

— O que você fez? — perguntei.

— Margaret? — incitou Esther.

Margaret torcia as mãos, com o lábio inferior tremendo enquanto olhava de relance para Eamon.

Dei um passo lento na direção dela.

— Você sabia esse tempo todo.

— Não posso. — A voz dela falhou. — Prometi que não diria nada.

— Fale!

Segurei os braços dela, apertando-a.

— Eu prometi para *você*! — gritou ela, afastando-se de mim.

Eu a soltei, e ela tropeçou perto do corrimão do alpendre, mas se segurou. Olhou para nós três, com olhos arregalados e vidrados.

— Não posso dizer nada. Só depois que você fizer sua escolha.

— Foi para *você* que dei o envelope com o jacinto-silvestre, não foi? — perguntei em voz alta ao me dar conta. — Pedi que me ajudasse a voltar para cá.

O rosto vermelho dela estava cheio de lágrimas, o cabelo saindo da trança.

— Margaret — pedi com mais suavidade. — Me conte.

Quando Annie apareceu na porta, Esther empurrou-a de volta para dentro da casa. Depois saiu e fechou a porta.

Margaret enxugou o rosto.

— Você disse que tinha uma ideia de como... — Ela parou.

— Está tudo bem, querida. — Esther esfregou as costas dela, acarinhando sua trança. — Leve o tempo que precisar.

— Você teve uma ideia de como fazer para que Annie nunca ficasse doente, mas não podia contar a Eamon porque ele não compreenderia. Disse que ele a impediria de fazer o que precisava fazer. Você me implorou.

Eu via. Quase conseguia ouvir minha voz falando as palavras. A lembrança estava ressurgindo. Margaret sussurrando. Uma porta batendo em algum lugar.

— Você me pediu para guardar o envelope em segurança. Durante muito tempo. É para eu lhe entregar em 2022, para que você possa voltar para cá.

Balancei a cabeça.

— Por que você não me contou logo? Por que não me explicou?

Eu estava pedindo que ela explicasse coisas que ainda não tinha feito. Não era justo. Eu sabia que não era, mas também não conseguia entender a situação.

— Você disse que não podia saber de nada até o momento certo. Se soubesse, isso poderia mudar as coisas. Alterar o rumo de tudo. Não devo contar nada até você começar a se lembrar.

Minha mente estava a milhão, tentando coincidir esta linha do tempo com a que se desenrolaria dali a mais de setenta anos.

— Mas então, tanto tempo se passou que… — A voz dela falhou. — Pensei que eu talvez tivesse estragado tudo, de alguma forma.

— O que exatamente eu pedi para você fazer, Margaret?

— É para eu lhe dar o pingente. Você me pediu para acertá-lo para o ano de 1951, não antes, para não correr o risco de voltar a um tempo em que ainda estava aqui.

Você só pode ir para onde você não existe.

Era uma das regras.

Eu tinha escondido as alucinações de Vovó e de Birdie por quase um ano. O que Margaret não sabia era quando morreria. Enviar a fotografia pelo correio podia ter sido o último esforço que fizera. Um ato de fé, na esperança de que iniciasse a sequência de acontecimentos antes que fosse tarde demais.

Tudo aquilo havia sido obra *minha*.

— Para onde fui quando saí daqui, Margaret?

Ela olhava para os sapatos, limpando o nariz com a manga da blusa.

— Agora já está feito. Eu estou aqui. Não há razão para me esconder mais nada.

Ela fungou.

— Preciso de um papel.

Esther abriu a porta, e nós seguimos Margaret para dentro da casa. Ela pegou um papel na gaveta da escrivaninha na sala de estar e sentou-se. Ficamos espiando por trás dela, assistindo enquanto ela desenhava duas linhas ondulantes e entrelaçadas que pareciam uma corda. Era assustador de tão parecido com o que eu tinha imaginado quando estivera tentando explicar a Eamon.

Ele olhou para mim, pensando a mesma coisa.

— Esta é a linha Farrow. Dois tempos enlaçados. — O rosto de Margaret continuava inchado, mas ela estava calma agora. Concentrada. Colocou um X na extremidade direita da corda e escreveu 1950 acima dele. — É aqui que ela se torna *uma única* linha do tempo.

— Não estou entendendo.

A partir do X, ela desenhou uma única linha reta.

— Quando você foi embora, enviou a si mesma para um lugar na linha do tempo que se sobrepõe à sua vida aqui. Achou que isso faria com que houvesse apenas um tempo.

— Isso é absurdo — murmurou Eamon, sem esconder a irritação.

— Fizemos o plano, e você ia executá-lo da próxima vez em que avistasse a porta. Só que então, naquela noite da Feira do Solstício de Verão... — Ela contorceu a boca. — Tentei convencê-la a esperar até que as coisas se acalmassem, mas você ficou com medo de acabar presa, se Caleb descobrisse a verdade sobre aquela noite. Se isso acontecesse, não poderia fazer a travessia como tinha planejado. — Estávamos todos calados, esperando. — E, quando a porta apareceu, você foi embora.

— Está bem, mas *para onde* é que eu fui, Margaret?

Ela mordeu o lábio inferior.

— Para 2022.

Esther arregalou os olhos.

Margaret não desviou o olhar do meu.

— Você foi para um lugar onde já existia.

Balancei a cabeça.

— Então eu... desapareci.

Se não podiam existir duas de mim, então eu havia sumido. Contudo, o que ela estava dizendo significava que eu tinha acabado com minha própria linha do tempo. Com minha própria vida.

— O que você quer dizer com "desapareceu"? — A voz de Eamon era quase inaudível.

Ao meu lado, Esther levou a mão à boca.

— Eu me matei? — perguntei em voz alta.

— Não. — Margaret arregalou os olhos. — Você encontrou uma brecha. Só isso.

Estreitei os olhos para ela. Era a palavra que Esther tinha usado.

— Mas e se não tiver funcionado? E se eu estivesse errada sobre tudo isso?

— Não estava — retrucou ela. — Já está funcionando.

— Como assim?

Ela apontou para a linha reta e única na página antes de pegar a caneta. Continuou traçando a linha, ramificando-a em duas que não se entrelaçavam.

— Agora só há uma linha do tempo. Esta e a que está do outro lado da porta. Já não podem existir juntas porque você acabou com o esgarçar da corda. É por isso que está perdendo lembranças.

Eu não tinha dito aquilo a Margaret.

— É isso que está acontecendo, não é? Você está perdendo lembranças?

Esther me olhou.

— E agora, então? Vou perder a vida inteira?

— Só se não voltar para o outro lado. Você vai escolher a vida que quer viver. Se ficar aqui, então, sim, vai perder as lembranças daquela vida. Se escolher voltar, vai perder as desta. Não pode ter as duas. Não mais.

— Você está dizendo que funcionou de verdade?

Ela fez que sim com a cabeça.

— Isso. Quando você perder todas as lembranças de uma das vidas, sua mente passa a existir apenas em um tempo. O esgarçar da corda vai ter acabado.

Engoli em seco, o peito ardendo com a respiração que eu prendia.

— Então, está tudo... acabado?

— Para você e para Annie, sim. Annie é uma extensão de sua linha do tempo. Você achou que, se impedisse que o fio se desfizesse, impediria que o mesmo acontecesse com o fio dela. Se já não há duas linhas temporais, a esperança é que não haja uma porta conectando-as. Se não houver porta, Annie nunca passará por ela.

Ficamos os quatro sentados em silêncio, com o relógio na parede fazendo tique-taque.

— Você disse que era importante que pudesse escolher. — A voz de Margaret suavizou-se.

Quando Esther me dissera aquilo pela primeira vez, não *havia* escolha. Eu voltaria, acontecesse o que acontecesse. E ainda podia voltar. Só que se eu atravessasse de novo para 2023, não haveria retorno. Seria minha terceira travessia, e eu esqueceria da vida aqui. Esqueceria de Eamon e de Annie. Se eu ficasse, apagaria da mente toda a vida que vivi antes de chegar aqui. Nunca mais veria Mason ou Birdie.

— Você sabia de tudo — sussurrei. — O tempo todo.

Nunca havia duvidado do amor de Vovó por mim, mas o sentimento era mais profundo e mais antigo do que eu poderia ter imaginado. Ela sabia que eu seria deixada em Jasper ainda bebê. Provavelmente sabia a noite exata em que o delegado bateria à porta da casa dela comigo nos braços. Ela fora a pessoa a quem eu confiara toda essa história. A pessoa com quem eu sabia que podia contar. Isso sempre tinha sido verdade.

Susanna havia ido até Esther para pedir ajuda para salvar a filha. Eu fui até Vovó.

O plano era detalhado. Fora bem pensado, mas não era isento de riscos. A margem de erro era enorme. A única pessoa a quem

Margaret confiara a verdade fora Birdie. O envelope que ela tinha entregado a mim naquela noite, enviado através do tempo por Margaret, teria sido o plano B? O pingente também havia sido confiado a ela.

Fiz uma promessa que mantive por muito tempo, dissera Birdie.

— Quem é Birdie? — sussurrei.

Margaret não olhou para mim. Em vez disso, seu olhar atravessou a sala de estar, para onde Annie estava de pé no banco da cozinha. Ela pegava o vidro de geleia em cima do balcão.

O nó em minha garganta virou um embrulho no estômago, e olhei para a menina, o cabelo louro como fios de ouro brilhantes à luz que entrava pela janela.

Birdie.

Ela fora uma constante em minha vida desde as primeiras lembranças. O terceiro membro de nossa família. A amiga mais antiga da Vovó. Mas ela tinha sido mais que isso, certo?

Annie Bird.

Eu ouvia o nome ressoando em minha mente. Eu a chamava assim* e, olhando para ela agora, eu *enxergava*. Havia um brilho nos olhos de Annie que não tinha mudado em setenta e dois anos. O cabelo cintilante meio prateado, meio dourado. A elevação das maçãs do rosto. Estava tudo lá. No rosto de minha filha.

Dei um passo em direção a ela, depois outro, sem parar até poder tocá-la. Ela segurava a colher coberta de geleia, espalhando-a, distraída, em um pedaço de pão, enquanto eu a envolvia nos braços, e minhas lágrimas caíam em seu cabelo.

Eu não conseguia compreender nada daquilo. A mulher que eu criara tinha, depois, me criado. Então me enviado de volta no tempo para si mesma e para o pai dela. Aquilo formava um ciclo? Uma história sem fim destinada a repetir-se pela eternidade? Durante todo esse tempo, ela se lembrava de mim. Só estivera à espera de que eu me lembrasse dela.

---

* Annie Bird funciona como um apelido carinhoso, algo como "Annie Passarinha". Birdie é uma derivação deste apelido. [N.E.]

— June — disse Esther, com a voz frágil.

Ela segurava a cortina da janela, observando enquanto uma nuvem de poeira subia pelas árvores.

Ao longe, outra aparecia. Carros na estrada. E avançavam depressa.

Uma ligeira palpitação surgiu em meu peito, e os pelos em minha nuca se eriçaram.

O som das sirenes chegou antes mesmo de as enxergarmos: viaturas de polícia.

30

Annie olhou para mim, com a colher ainda agarrada à mão. Do outro lado da sala, Eamon tinha empalidecido.

O som das sirenes foi ficando mais alto enquanto eu pegava Annie no colo, abraçando-a apenas por tempo suficiente para beijar-lhe o rosto. Depois atravessei a sala, com os olhos em Margaret.

— Leve-a — respirei, colocando Annie em seus braços. — Vão para o celeiro.

Margaret não hesitou, dirigindo-se logo para a porta dos fundos. Annie ainda me observava por cima do ombro antes de a porta de tela se fechar e elas desaparecerem.

— Eamon, ouça — falei.

Ele não olhava para mim. Seus olhos percorreram o corredor, no ponto em que Esther destrancava um armário na base da escada.

Pela janela, vi as viaturas chegarem à entrada muito depressa, freando com força, depois as portas se abrirem. Vi primeiro Caleb. Estava outra vez de uniforme, com o chapéu na cabeça e a pistola na cintura. Quando o condutor da segunda viatura saiu, reconheci o bigode escuro de Sam.

Fiquei parada no batente da porta aberta, com o coração pulando. Ele não estava aqui por causa de Eamon. Os olhos de Caleb estavam fixos em mim.

A porta do armário abriu-se atrás de mim, e congelei quando vi Esther sacar uma espingarda lá de dentro. No instante seguinte, ela a entregou a Eamon.

— Não! — Tentei segurá-lo enquanto ele se dirigia para o lado de fora da casa, mas ele se soltou de mim, descendo os degraus. — Eamon, não!

Caleb e Sam sacaram as armas no momento em que o viram. Eamon estava com a espingarda na lateral do corpo, pronto para erguê-la.

Sam levantou a mão.

— Eamon, vamos nos acalmar.

— Saiam daqui agora, porra.

Os olhos de Eamon estavam fixos em Caleb.

Só que aquele olhar presunçoso no rosto do delegado dizia tudo o que eu precisava saber. De alguma forma, ele conseguira o que precisava e viera atrás de mim.

Ele tirou as algemas do cinto no momento em que ouvi a voz de Margaret atrás de nós.

— Annie!

Eu me virei. Annie vinha correndo pela cerca até nós, com Margaret atrás dela. Peguei Annie no colo e, quando Caleb deu um passo em nossa direção, Eamon levantou a arma. Em um instante, Sam e Caleb levantaram as pistolas. Ambas estavam apontadas para Eamon.

Virei o corpo, colocando-me entre Annie e a mira das armas.

— Papai? — A voz de Annie estava embargada.

Ela olhava para ele por cima de meu ombro.

Levantei a mão devagar, segurando o braço dele.

— Eamon. — Mantive a voz calma. — Pare.

Ele não olhou para mim, cada músculo do corpo tão tenso que a arma em suas mãos nem sequer tremia.

Segurei o pulso dele.

— Se puxar esse gatilho, ela fica sozinha — sussurrei. — Entende? — O peito dele subiu e desceu por vários segundos antes de soltar o cano da espingarda. — Abaixe a arma antes que um deles atire em você.

Depois de mais um suspiro, ele ouviu. Baixou o cano, a coronha da arma continuava encostada ao ombro, e Sam se aproximou, colocando-se à frente de Eamon com a mira ainda apontada para seu peito.

Caleb focou em mim.

— Sam, pegue a menina para que eu possa prender a sra. Stone.

Sam guardou a arma no coldre, avançando com relutância em nossa direção. As unhas de Annie arranharam meu pescoço enquanto ele tentava arrancá-la dos meus braços. Ela gritava.

— June Stone, você está presa pelo assassinato de Nathaniel Rutherford — começou Caleb.

Sam tentou de novo segurar Annie, que enrolou as pernas à minha volta, com as mãos emaranhadas em meu cabelo.

Quando ela voltou a gritar, o punho de Eamon voou pelo ar, atingindo Sam na cara com tanta força que ele caiu de joelhos. Ele puxou o policial pelo colarinho, lançando-o para trás.

Eu me agachei, apertando os braços ao redor de Annie, segurando sua nuca enquanto ela chorava em meu ombro. O clique distinto do metal foi o que fez os dois homens pararem de trocar golpes. De onde eu estava, olhei por cima do cabelo de Annie e vi Caleb com a arma empunhada. Apontada para mim.

Eamon ainda segurava Sam pela camisa, e eu o via pensando, imaginando se conseguiria chegar até Caleb antes que ele puxasse o gatilho.

Os pés de Margaret moviam-se devagar em minha direção, e tirei Annie de cima de mim, entregando-a antes de me levantar.

— Mamãe!

Ela olhava para mim com olhos arregalados e apavorados.

— Está tudo bem, meu amor. — Sorri em meio às lágrimas, enquanto Margaret a carregava, ainda gritando, para dentro da casa. — Vá para dentro de casa, Esther. — Minha voz vacilou.

Ela não se mexeu, intercalando o olhar entre mim e Eamon, que estava com as mãos para cima, com Sam entre ele e Caleb.

Por alguns segundos, eu não soube o que ele faria. Atacaria? Mataria o homem? Entraria no carro comigo e fugiria?

Um formigamento agudo e familiar subiu-me pela espinha, espalhando-se pelo corpo, até que um sentimento inconfundível se instalou dentro de mim. A sensação me fez ficar parada, e um vento frio soprou no ar quente, contorcendo-se em volta do lugar onde eu estava.

A voz de Caleb prolongou-se, indecifrável, enquanto o mundo parava de girar. Até que parou. O tempo congelou, e eu senti: a mesma força gravitacional. O brilho que florescia por trás da minha visão. A sensação de flutuação que enchia meu corpo. Devagar, virei a cabeça para os campos, sabendo exatamente o que veria ali.

A porta vermelha.

Estava entre as dálias, com as flores pesadas se balançando para trás e para a frente. A moldura da porta parecia ter acabado de brotar da terra, a maçaneta de bronze brilhava sob um emaranhado de videiras que irrompiam pelas fendas da estrutura.

O clarão da luz do sol refletida nas algemas na mão de Caleb me fez pestanejar outra vez, mas eu só o ouvia falando ao longe. Era como o som da água corrente, e a única coisa que perfurou a ressonância em minha mente foi a voz de Eamon dizendo meu nome.

— June.

Pisquei, com os olhos pesados. Ele me olhou por cima do ombro de Sam, com a testa franzida enquanto me fitava.

Então seguiu meu olhar na direção dos campos, mas não enxergava o que eu via. Ninguém enxergava. Ninguém, exceto Esther.

Ela olhava fixamente para mim, com a mão apertando a saia, e, quando Eamon olhou para ela, entendeu tudo. Voltou a observar o campo. Estava vazio para ele, mas ele sabia.

— Apareceu? — perguntou, com a voz tensa.

Caleb olhou para nós dois, começando a ficar desconfiado.

— Apareceu o quê?

Assenti, com a garganta doendo. Não conseguia falar.

Eamon engoliu em seco.

— Vai.

Olhei para ele enquanto duas lágrimas escorriam por minhas bochechas. Ele estava me dizendo para ir embora. Para me salvar. Só que, se eu fizesse isso, nunca mais poderia voltar.

— *Vai* — repetiu.

Em uma fração de segundo, dois caminhos se abriram diante de mim. Aquele que eu tinha visto nas lembranças de Mason, algo que eu sempre desejei em segredo. E então havia este aqui, com Eamon. Uma existência simples na casinha da rodovia Hayward Gap, no tempo a que eu de fato pertencia.

Era tão fácil. Eu já tinha feito a escolha.

Sorri, encontrando os olhos de Eamon por mais um segundo, antes de me virar, caminhando na direção de Caleb. Eu ouvia Margaret chorando dentro da casa.

— June. — A voz de Eamon ficou mais alta, a respiração ficando mais rápida. — June, não.

Mas eu já estava com as mãos estendidas à frente. Olhei para Eamon enquanto Caleb colocava as algemas em volta dos meus pulsos.

— Eu te amo. — Minha boca se movia dizendo as palavras, mas eu não conseguia escutá-las.

— June!

Caleb me puxou na direção da viatura, e eu fechei os olhos, tentando respirar em meio ao choro que subia pela garganta. Ele me colocou no banco de trás, enquanto Esther permanecia nos degraus, olhando, impotente.

A porta se fechou com um estrondo, logo depois o motor começou a ronronar.

Senti Eamon sendo arrancado de mim quando o carro seguiu para a estrada. Ele era a corda atada que tinha me puxado de um tempo para o outro.

Não olhei para trás, pela janela, quando chegamos à colina. Não queria ver ele, nem a casa, nem a fazenda sumindo ao longe. Não havia nenhuma dessas coisas no lugar para onde eu estava indo.

Em vez disso, deixei os olhos observarem o campo, onde as flores cresciam, com uma calma inundando meu corpo.

A porta vermelha tinha desaparecido.

31

— **V**ocê mentiu, June. E agora vai pagar por isso. — O tom de voz de Caleb era sóbrio quando viramos à direita e entramos na estrada do rio, longe da cidade.

Quando a viatura de Sam foi na direção oposta, meu estômago se revirou.

Caleb segurava o volante com força, e seu corpo se balançava da esquerda para a direita enquanto o carro sacudia pela estrada irregular. Eu o sentia olhando para mim pelo retrovisor. Eram os mesmos olhos que tinham me observado do outro lado da mesa na delegacia. Os mesmos que tinham me seguido na Feira do Solstício de Verão.

Caleb sabia que tinha vencido e queria assistir, segundo a segundo, conforme eu me dava conta disso.

— A verdade sempre dá um jeito de vir à tona, não acha? — disse ele, pegando no porta-luvas uma garrafa de vidro âmbar. Parecia ser de uísque. — Meu pai me ensinou isso, e é algo que nunca entendi sobre as pessoas. Por mais que a cidade seja pequena ou que se acoberte bem as coisas, sempre sobram vestígios. Tem sempre alguém por aí que viu, ouviu ou sabe de alguma coisa. É apenas uma questão de tempo até que se descubra.

Ele deu um longo gole da garrafa antes de virar o volante, levando-nos para uma das estradas do condado que serpenteavam pelas profundezas das colinas. O cheiro doce de carvalho do uísque se espalhou pelo carro.

— Nunca gostei de você. Principalmente porque passei a ter que vigiar meu pai quando você chegou à cidade. Ele ficou desorientado, possuído pela ideia de que você não era quem dizia ser. Devo confessar que concordo com ele, June. Portanto, imagine minha surpresa quando encontrei aquela fotografia dele em sua casa.

A mão dele apontou para algo no banco do carona.

Inclinei-me para a frente e vi. A pilha de papéis que ele roubara de meu quarto estava na pasta fechada ao lado dele, com a fotografia de Nathaniel e Susanna, nossos pais, em cima.

— Precisei me perguntar: por que é que aquela mulher tem essa fotografia?

— Susanna era de minha família — respondi.

De acordo com o que a cidade sabia, era verdade. Eu era uma parente das Farrow de Norfolk, Virgínia, tal como ela havia sido.

— Talvez. Ou talvez haja mais nessa história.

Foquei o olhar no dele pelo retrovisor.

— A fotografia me fez pensar. Todo esse mistério sobre o sapato e ninguém sabia ao certo o que você estava vestindo naquela noite. Eu não tinha pensado no fotógrafo.

O clarão branco da lâmpada acendeu-se de novo em minha mente. Sentia o cheiro de fumaça da faísca. O fotógrafo do *Jasper Chronicle* estivera lá naquela noite. Tirando fotos para o jornal.

Rangi os dentes.

Caleb pôs a mão na pasta no banco e ergueu uma coisa no ar, entregando-a para mim. Puxei-a para o colo, com o coração se apertando. Era uma fotografia ampliada em preto e branco da Feira do Solstício de Verão de 1950. A imagem era da pista de dança, um borrão de pessoas espalhadas pela moldura. Contudo, no fundo, havia um foco em mim. Eu estava ao lado de um dos postes da tenda, com Annie dormindo em meu colo. Ambas usávamos o que pareciam ser vestidos brancos, e eu calçava aquele sapato. Era idêntico ao que Caleb tinha na delegacia. Aquele que eu disse nunca ter tido ou visto.

— Como você vai explicar isso ao júri, June?

Caleb riu, dando mais um gole no uísque.

Ele tinha razão. Conseguira o que precisava. Havia uma gravação em que eu dizia nunca ter visto aquele sapato e uma fotografia que provava que eu estava mentindo. Além disso, havia o depoimento de Mimi. Os itens que ele encontrara em minha casa. Os relatos de Eamon ameaçando Nathaniel. Era apenas uma questão de tempo até ele ser preso também.

— O que fez com o vestido? Queimou? — perguntou ele.

Aquelas chamas eram como faróis atrás dos meus olhos, o brilho me fazendo estremecer. Eu ainda via a silhueta preta de Eamon enquanto se agachava diante delas, alimentando o fogo com nossas roupas.

— Pensei que tivesse sido Eamon que o havia matado, e que você tivesse ajudado a encobrir tudo — continuou Caleb. — Mas agora estou achando que foi você. Aqueles arranhões nos braços e no pescoço. Isso é coisa de mulher.

O pé de Caleb pisou fundo no acelerador, e o carro ganhou velocidade, fazendo as curvas mais depressa.

Estiquei as mãos nas algemas, o metal machucando a pele.

— Para onde estamos indo? — questionei, com o medo me sufocando.

Ele ignorou a pergunta, despejando o resto do uísque na boca.

— Parte de mim compreendeu, quando olhei para você, o porquê de ele não conseguir deixá-la em paz.

Eu me preparei para o que estava por vir.

— Não é normal. — Ele balançou a cabeça, com a voz embargada. — Não é normal o quanto você se parece com ela.

Lembrei-me do brilho desvairado nos olhos de Nathaniel quando me empurrou para debaixo d'água. O tom enervante da voz. Ele sabia.

De alguma forma, ele sabia. A questão era: o quanto Caleb lembrava de nossa mãe? E quanta verdade havia no que Esther dissera sobre o que era transmitido pelo sangue de geração para geração? Eu também tinha aquele sangue nas veias.

— Por que você se parece com ela? — A voz dele mudou com a pergunta.

Assumiu um tom não natural que me deixou toda arrepiada.

Ele me observou de novo em vez de prestar atenção à estrada. O carro entrou no cascalho antes de ele acertar o volante de volta à pista.

Ele estava de fato perguntando, tentando achar sentido no que se passava. Ele era apenas uma criança quando Nathaniel afogara nossa mãe no rio, mas estivera lá. Vivera com isso. O fantasma de Susanna o tinha assombrado, tal como assombrou a mim, e ele precisava de respostas.

— Acho que você sabe o porquê — respondi.

Ele ficou tenso, e me vi contente por tê-lo pegado desprevenido. Talvez Caleb não esperasse que eu respondesse, mas já não valia a pena esconder. Algo me dizia que ele sabia muito mais do que queria admitir.

Caleb puxou o volante com brusquidão e a viatura deslizou por inteiro para fora da estrada, para a vala que ladeava um dos campos. Bati contra a porta quando o carro parou, as chaves balançando na ignição, e Caleb olhando para a estrada.

Meu coração voltou a acelerar, o calor subiu por meus braços como fogo. Assim como na garganta. Eu não conseguia entender o que ele faria: me arrastaria para o campo e me mataria? Como o pai dele tentara fazer?

Sem aviso prévio, ele abriu a porta e saiu, como se estivesse agindo antes que mudasse de ideia. Deu a volta no carro até o lado do passageiro e me puxou para fora do banco de trás pela manga do vestido, empurrando-me para a estrada. Tropecei, escorregando no cascalho antes de conseguir ficar em pé.

Olhei ao redor, para a imensidão de campos dourados se estendendo em todas as direções. Um mar inquieto de trigo sussurrava ao vento.

— Quem é você? — gritou ele, mas seu rosto mudou de repente.

Ficou mais humano. Suas mãos caíram, pesadas, para os lados enquanto ele me observava, ainda analisando os traços de meu rosto. Ele parecia tão cansado.

— Eu sou June Rutherford. — Minha garganta ardeu quando disse o nome em voz alta pela primeira vez na vida.

Tinha certeza de que era a primeira porque o que o nome fez às minhas entranhas era algo que eu teria lembrado.

Caleb balançava a cabeça e passava as mãos pelo cabelo. Sua pele ficou vermelha antes de ele sacar a pistola do cinto.

— Não.

— Sou, sim — insisti.

— Eu disse a ele que ele tinha perdido a cabeça. — As palavras de Caleb soaram distorcidas. — Que estava imaginando coisas.

— Não estava.

— Ele falava que você era um demônio que veio para assombrá-lo. Para castigá-lo. — O delegado respirava com dificuldade. Andava de um lado ao outro da estrada. — June Rutherford morreu quando ainda era um bebê. Está enterrada no cemitério da igreja — murmurou ele, tentando em desespero se convencer daquilo.

— Então desenterre a sepultura. Não tem nada lá, Caleb. — Ele ficou me encarando, e eu continuei: — Ele queria que eu morresse. Susanna pensou que ele fosse me matar, por isso mentiu. Disse a ele que eu tinha morrido quando ele estava em Charlotte, e Nathaniel acreditou nela.

— E onde você esteve esse tempo todo?

— Isso importa?

Tentar explicar sobre a porta para ele só o convenceria de que eu estava mentindo sobre todo o resto. Não havia hipótese de a mente dele conseguir lidar com aquilo.

— Quando eu voltei, ele soube. No fundo, ele sabia quem eu era e começou a me seguir. A esperar por mim na cidade. Quando me viu indo para casa naquela noite com Annie. — A visão se materializou com tanta nitidez em minha mente que eu mal conseguia respirar. — Ele queria me machucar. Fazer os demônios desaparecerem.

Não houve qualquer reação na expressão de Caleb. Ele estava plácido e frio, como se nada daquilo o surpreendesse. E era exatamente o que eu queria que ele pensasse: no fato de ele *conhecer* o próprio pai. Eu não conseguia imaginar os horrores pelos quais teria passado ao crescer na casa daquele homem.

— Você sabia o que ele era — falei. — Não sabia?

Caleb mordeu o lábio inferior, um gesto que o fez parecer um menino, e não pude deixar de sentir pena dele. Mas, então, ele ergueu a pistola, apontando-a para mim.

Por reflexo, coloquei as mãos na frente do rosto. Estava tremendo inteira, ainda procurando na estrada qualquer sinal de um carro. Só que era um trecho isolado. Seria um milagre se houvesse alguém em um raio de quilômetros.

— Você estava lá — gaguejei. — Tinha 5 anos, Caleb. Você deve lembrar.

Ele tensionou a mandíbula.

— Acho que você sabe que ela não pulou das cataratas naquele dia. No fundo, sempre soube disso, não é verdade?

Um brilho reluziu nos olhos dele.

— Não sei do que você está falando.

— Ninguém encontrou o corpo dela porque ele a enterrou.

Ele entreabriu os lábios e franziu a testa.

— Quê?

Se ele estava mentindo, era bastante convincente.

— Nathaniel me contou. Logo antes de tentar me afogar no rio.

O peito dele se inflou com uma inspiração profunda. Era isso o que ele precisava saber, eu podia ver.

— Sim — afirmei. — Eu o matei.

A arma disparou, o som explodiu em meus ouvidos e ecoou nas colinas. Esperei por uma erupção de dor no peito. Na barriga. Contudo, quando olhei para baixo, não havia nenhum sinal de vermelho. Ele tinha disparado a arma, mas não me atingiu.

Devagar, ergui o olhar. As lágrimas brilhavam nos olhos de Caleb enquanto ele me encarava, e eu não sabia se eram por Nathaniel ou por Susanna. Só um deles merecia qualquer tipo de pena.

— Ele me segurou debaixo d'água. — Minha voz falhou. — Ele me segurou lá enquanto minha filha assistia da margem do rio.

Caleb acreditava em mim. Era nítido pelas linhas de seu rosto. As lágrimas presas nos olhos dele enfim transbordaram, mas a expressão não mudou. Ele ficou ali, livre da mentira que tinha contado a si mesmo durante toda a vida. Fora uma criança que acreditara na história que lhe contaram porque precisava sobreviver. E chegava o momento de esquecê-la.

— Você vai encontrar nossa mãe enterrada debaixo do carvalho no canto do bosque ao lado das cataratas. Ela merece uma sepultura, Caleb.

Ele tentou alcançar o cinto e vacilei, puxando as mãos algemadas para o peito. Só que Caleb enfiou o dedo em um pequeno molho de chaves e atirou-as no chão, dando-me as costas. Observei, entorpecida, enquanto ele entrava na viatura. Fiquei ali parada, congelada, enquanto ele voltava para a estrada.

Folhas de papel voaram pela janela do lado do motorista quando ele deu partida, esvoaçando no ar antes de flutuarem até o chão. Fui até elas enquanto se espalhavam pela estrada, parando de repente quando percebi o que eram.

A fotografia. A silhueta fina de Nathaniel. O cigarro na mão. Minha mãe, com o rosto virado enquanto sorria para ele. Ela não fizera ideia do que aquele amor sinistro desencadearia.

32

2 de julho de 1950

Aparece em um dia qualquer, em uma hora qualquer, e, no momento em que sinto, meu mundo inteiro para.

O zumbido no ar é algo que conheço. Eu o sinto entrando em casa, envolvendo-me com as gavinhas.

A porta.

O luar atravessa a parede da sala de estar, fazendo com que tudo pareça preto e branco. Vejo-me no reflexo da janela da cozinha, a alça da camisola escorregando do ombro. Estou de pé em frente ao fogão, e nele a chaleira faz barulho. Meu cabelo louro está preso em uma trança que quase chega à cintura.

Agora não.

Não é assim que deve ser.

Foco no reflexo dos meus olhos, deixando-me formar a imagem na mente. Eu. Nesta casa. Uma mãe. Uma esposa. Eu me preparei para isso, mas, mesmo assim, preciso levar a mão à boca para abafar o som que me invade o peito. Preciso respirar fundo para não a acordar.

Pela porta aberta do quarto, vejo Annie dormindo debaixo de minhas colchas. Eu a ouço respirar.

A queimação em minha garganta não é nada comparada à dor em meu coração enquanto meus pés me conduzem pela cozinha. Ela está banhada em luz azul, seu cabelo parece prata. Está dormindo, digo a mim mesma. Eamon deve chegar em casa a qualquer momento. Ela não vai acordar. Nem sequer vai se mexer.

Não tenho escolha a não ser esperar que seja verdade.

Já se passaram quase dezoito meses desde a última vez que vi a porta, e cada dia a mais é um dia em que Caleb Rutherford pode descobrir a verdade. É apenas uma questão de tempo até que venha à tona. Quando isso acontecer, terei perdido a oportunidade.

Entro no quarto e contorno a cama. As bochechas de Annie emolduram uma boca cor-de-rosa perfeita, e encosto os lábios em sua têmpora. Inspiro com vontade seu cheiro.

Não há tempo para pensar duas vezes nem esperar pelos faróis do carro de Eamon na estrada. Sigo para a penteadeira e tiro o anel do dedo. Deixo-o cair no pratinho embaixo do espelho e me lembro das palavras que escrevi naquele envelope, uma mensagem que será transportada através do tempo, de volta para mim:

Confie em mim.

Espero que eu confie mesmo.

Abro a porta dos fundos, sem me preocupar em enrolar um xale no ombro nem em levar a lanterna comigo. Os campos de tabaco são tão densos que o vento faz com que as folhas pareçam água escura ao luar. A vibração do vento é ainda mais viva aqui fora, e sigo-a até a fileira mais próxima. As plantas me engolem, meus pés descalços afundam no solo macio e úmido, e caminho, com as mãos encostando nas folhas conforme passo por elas.

Alguns passos depois, eu a vejo. A pintura vermelha lascada. O brilho que a rodeia no ar.

A porta está no meio do campo, escondida do resto do mundo.

Sou uma pedra afundando em um mar profundo e escuro. E não vou voltar.

Chego à porta com um último passo silencioso, e o vento aumenta, levantando a camisola ao redor. É a mesma porta que tem aparecido nos últimos cinco anos, e, da última vez que a abri, eu era outra pessoa. Não fazia ideia do que me esperava do outro lado.

O peso do pingente de relógio se evidencia de repente em meu pescoço, e eu coloco a mão por dentro da camisola, puxando-o para fora. Faz um estalido quando se abre, e viro o mostrador para o luar. Os ponteiros estão acertados em 2022. Um lugar onde existo, onde uma June Farrow de 33 anos cuida da avó doente e tenta manter a fazenda funcionando. Com medo do futuro. Sofrendo pelo passado. Estou depositando nela toda a esperança que tenho.

Levanto a mão trêmula e, no momento em que a ponta de meus dedos toca na maçaneta da porta, não hesito para não mudar de ideia. Viro-a. Abro-a. O que jaz do outro lado é uma escuridão que nunca vi. É uma escuridão que devora a si própria. Uma parede espessa de nada.

Estou tremendo quando meu pé atravessa a soleira da porta. Minha respiração é uma tempestade dentro de minha cabeça, e, quando fecho a porta atrás de mim, a fresta de luar torna-se uma lasca. Uma faca no escuro.

E desaparece com um clique.

Eu sou

Eu

33

1952

O corpo de Susanna Rutherford foi exumado do local em que repousara por trinta e quatro anos no dia 3 de julho de 1951.

Encontraram-na debaixo do carvalho, exatamente onde Nathaniel dissera que ela estaria.

Eu estava no lado norte do rio enquanto os homens trabalhavam com pás na mão e camisetas brancas sujas de terra, cavando. Do outro lado, Caleb só observava, e vi o exato momento em que a encontraram. Um silêncio tomou a floresta, até os pássaros se calaram.

Ela era ossos e pó já havia muitos anos, o que, de alguma forma, não parecia muito diferente do mito pelo qual eu sempre a conheci. Ela era um prisma que coloriu a mim e ao meu mundo com uma história. Éramos os ramos de uma árvore despedaçada com raízes envenenadas.

Enterramos Susanna três dias depois, e os mesmos homens que estiveram no rio cavaram outro buraco no chão. A lápide que

Nathaniel erguera havia tantos anos ainda estava no pátio da igreja, fazendo dela a primeira Farrow a ser enterrada dentro da cerca daquele cemitério. Só que ninguém nunca desenterrou a pequena sepultura ao lado, a de sua filha, June Rutherford.

Um ano depois, eu me sentava no banco em frente à penteadeira do quarto enquanto Margaret amarrava pequenas flores de camomila nas tranças de meu cabelo. Ela cantarolava uma canção para si própria, um vislumbre da menina que eu tinha conhecido visível no reflexo enquanto eu a observava.

Eu já me lembrava dela agora. Aos 11 anos, 12, 13. Naquele momento, tinha 17, prestes a se tornar uma mulher. Uma vez perguntou-me como era nossa relação antes de eu vir para cá, e, apesar de não poder falar do futuro, eu lhe disse que ela fora uma mãe para mim. Minha amiga mais querida. E, olhando-a no momento, isso continuava sendo verdade.

Ainda me lembrava daquela noite na colina, com o sol se pondo e o violino tocando, quando Birdie… Annie… pegara minha mão e nós nos despedimos de Vovó. Só que, antes de eu nascer, teria sido ela a se despedir de *mim*. Em breve, a antiga lembrança desapareceria, e eu só recordaria de novo se tivesse que revivê-la.

A maldição sobre as Farrow tinha rompido as leis naturais do mundo e gerado muito sofrimento. Só que, em meio a tudo isso, houve a mais inesperada das dádivas. Ao repensar o passado, eu compreendia a tristeza que vira nos olhos de Birdie quando saíra de casa naquele dia. Era a mesma razão pela qual ela hesitara antes de me entregar aquele envelope.

Era um adeus.

Aquele momento estava sumindo, como todos os outros. Já havia se passado um ano desde que eu partira, mas as recordações *desta* vida, na década de 1950, continuavam surgindo, só que os trechos eram escassos e de períodos distantes entre si. Agora eu tinha um caderno novo, no qual escrevia todas as lembranças de que me recordava e das quais sentiria falta. Eu as registrava com o máximo de detalhes possível, fazendo uma espécie de arquivo da vida que tinha vivido. Cozinhar com Vovó na cozinha. Fazer guirlandas na floricultura com Birdie. Inúmeras tardes de verão com Mason no rio.

Do outro lado da porta, me tornarei uma história, tal como meu pai e minha mãe. As crianças relatarão terem me visto na floresta. Haverá rumores de que me atirei das cataratas, mas a vida vai continuar. Três anos após minha travessia, a vida plena e bela de Birdie, assim como sua linha do tempo, chegarão ao fim. E com isso, também será o fim das Farrow. Mason herdará a Fazenda de Flores do rio Adeline e acabará se apaixonando por uma mulher que trabalhará para ele como estagiária durante um verão.

Deste lado da porta, viverei uma vida que pensei nunca merecer. Nem sequer um ano depois de enterrarmos Susanna, Caleb vai embora de Jasper. Por razões que nunca saberei, ele guardará meu segredo.

Vai demorar quase dois anos para a porta voltar a aparecer, depois cinco anos e meio. Onze anos depois, quando minhas últimas lembranças tiverem desvanecido, aparecerá uma última vez.

Eamon e eu plantaremos campos e cuidaremos deles. Criaremos nossa filha e, mesmo depois de sermos velhos demais para cultivar, passaremos o resto da vida nesta casinha amarela na rodovia Hayward Gap. Annie crescerá. Envelhecerá. Nunca verá a porta vermelha.

Margaret arrumou a trança presa na coroa de flores em minha cabeça, e segurei sua mão quando ela encostou em meu ombro.

No dia 19 de setembro de 1966, ela dará à luz uma criança que se chamará Susanna. Minha linha do tempo vai se sobrepor à de minha mãe durante pouco mais de vinte anos antes de eu morrer. Eu a verei nascer, depois ela *me* verá nascer, e este ciclo, esta rotação, recomeçará.

Eu passarei o resto da vida lidando com o limite precário do que posso contar ou não a Margaret e Annie. O que deixar para o destino e o que prepará-las para viver. Elas tinham feito o mesmo por mim e, embora imperfeita, fora uma vida cheia de amor.

Era quase esmagadoramente doloroso ser feliz aquele tanto.

— Obrigada — falei, com a emoção tomando a garganta. — Por tudo.

Margaret abriu um sorriso doce para mim.

— Não há de quê.

Annie levou um frasco de cristal com perfume ao nariz sardento, e eu a envolvi nos braços com força, enterrando o rosto em seu cabelo.

Isso muda tudo.

E mudou.

— Está pronta, Annie Bird? — perguntei.

Ela deslizou de meu colo e saiu do quarto em uma resposta implícita.

Ajeitei uma madeixa solta e ondulante atrás da orelha e levantei-me. O vestido de renda branca caía por minhas curvas, a bainha delicada arrastando no chão. Olhei-me no espelho antes de Margaret me entregar um ramo de margaridas amarelas, áster e monardas que tinha colhido com Annie.

Quando descemos os degraus dos fundos, os campos de tabaco estavam cheios, todos verdes. Seria uma boa colheita. Uma colheita saudável.

Eamon e Esther estavam à espera junto ao canteiro de flores silvestres ao lado da cerca. Ao longe, as montanhas eram um mar de azul ondulante sob um céu sem nuvens.

Esther me deu um beijo, segurou a mão de Margaret, e, ao lado delas, Annie observava com um dente-de-leão rodopiando entre as mãos. Ficamos ali, quatro gerações de mulheres Farrow, amaldiçoadas a viver entre mundos. Só que, naquele momento, no vale das montanhas Blue Ridge, só existíamos em um lugar.

Quando o olhar de Eamon cruzou com o meu, ele abriu um sorriso de canto que eu agora reconhecia como sendo característico dele. Eu amava aquele sorriso. Eu o amava. Mais do que alguma vez pensei ser possível para um ser humano carregar tamanha intensidade dentro de si.

Eamon tinha me pedido para me casar com ele outra vez, e eu havia dito que sim, porque, apesar de me lembrar do dia com tanta nitidez que parecia que este corpo do presente tinha estado lá, eu me casaria com ele mil vezes.

Quando cheguei perto dele, ele pegou minha mão e encostou-a no peito. Eu sentia o batimento de seu coração.

Isto é real, falei a mim mesma.

Depois, pronunciei meus votos em meio à brisa de verão. Jurei que o amaria para sempre. Que eu sempre, sempre voltaria. Que, não importava o que acontecesse, eu o encontraria.

NOTA DA AUTORA

Sinto-me incrivelmente inspirada pelo cenário do oeste da Carolina do Norte. A cidade de Jasper, embora fictícia, foi criada como um reflexo das muitas cidades rurais que se espalham pelas montanhas Blue Ridge. Embora a história e a cultura da região sejam ricas ao extremo, também estão repletas dos efeitos duradouros da escravidão, o que achei importante levar em consideração à luz do período temporal em que uma parte desta história se passa.

Mais de cem anos após a abolição da escravatura, pessoas negras ainda enfrentavam uma enorme discriminação na Carolina do Norte de Jim Crow. Embora as áreas circundantes de Asheville só tenham começado a se integrar de verdade na década de 1960, existem inúmeros exemplos históricos de empreendedores, agricultores, artistas, proprietários de empresas e inventores negros muito anteriores a esse período. Muitos desses indivíduos foram apagados da história visível e relatada da região, como é o caso de tantas figuras não brancas do passado. Optei por retratar a menção ou referência a indivíduos negros neste livro para refletir tais exemplos, mas é importante reconhecer que eles não abarcam a experiência negra como um todo, como acontece com qualquer retrato ficcional de qualquer membro de qualquer grupo de pessoas.

AGRADECIMENTOS

Q uando me propus a escrever este livro, não podia ter previsto o que estava por vir. A semente da ideia foi plantada na primeira vez que visitei Asheville, na Carolina do Norte, ao me deparar com uma portinha fixada na parede exterior de um edifício na rua. Demoraria alguns anos até que eu começasse a entender do que se tratava realmente esta história e aonde ela me levaria como escritora.

Este livro é dedicado às minhas amigas mais antigas, Meghan Dickerson e Kristin Watson, que foram testemunhas de todas as versões de mim mesma. Obrigada por serem o lugar para onde regresso, a lente que me vê como sou de verdade, e por me apoiarem sempre, sempre. Vocês são dois dos maiores presentes que já recebi.

Sou incrivelmente grata à minha equipe editorial por ter posto o cinto de segurança para esta viagem e por ter acompanhado as voltas e reviravoltas comigo, sobretudo minha editora, Shauna Summers; Mae Martinez; e minha agente, Barbara Poelle.

Muito da inspiração para o cenário deste livro veio da cidade-zinha de Marshall, na Carolina do Norte, mas também contei em minha pesquisa com a generosa contribuição da proprietária da loja de flores Carolina Flowers, Emily Copus, e do Registro de Títulos em Asheville.

Nenhum livro meu ganha forma sem o apoio da minha comunidade de escritores: minha parceira de crítica, Kristin Dwyer, e os colegas autores que me inspiram e encorajam, sem exceção. Obrigada também à minha leitora beta Natalie Faria. Sou muito grata a todos vocês.

Este livro foi impresso pela Vozes, em 2025, para a Harlequin.
O papel do miolo é o avena 70g/m²,
e o da capa é o cartão 250g/m².